ハヤカワ文庫JA

〈JA881〉

膚(はだえ)の下

〔上〕

神林長平

早川書房

6036

われらはおまえたちを創った
おまえたちはなにを創るのか

膚(はだえ)の下

〔上〕

登場人物

慧慈軍曹……………………アートルーパー。エリファレットモデル
慧琳軍曹……………………同。エリファレットモデル
ジェイ准兵
ケイ准兵
エル准兵
エム准兵 ………同。インテジャーモデル
晋彗伍長……………………同。ニュートリシャスモデル

間明彊志少佐…………UNAG・アートルーパー訓練教育部隊指揮官
梶野衛青少佐…………同・第66方面治安部隊・作戦参謀
リャン・ウー中尉……同・アートルーパー訓練教育部隊員
瀬木大尉……………………同・アートルーパー訓練教育部隊副官
木上尚人……………………同・D66前進基地所属医師
久良知大佐…………………同・保全機構 AGSS 将校
沖本大佐……………………同・破沙基地治安部隊指揮官
諫早大尉……………………同・門倉守備隊長
垣内大尉……………………同・D66前進基地所属
石谷剛行少尉…………同・特殊部隊 416ERU 隊長

長尾志貴
（羅宇の志貴）………残留人組織のリーダー
長尾師勝……………………志貴の息子
マ・シャンエ・ウー……リャン・ウーの妻
アミシャダイ…………機械人
実加…………………………残留人組織の娘
正井麓郷……………………破沙警察第三課刑事
善田大志……………………破沙のアイスクリーム売り

兵士として作られた人間の話をしよう。人間？　人造人間だ。人工的に作られたそれは、
アートルーパーと呼ばれた……

＊

1

雨が降っている。作戦行動中に降る雨は嫌いだ、と慧慈軍曹は思う。兵舎でのんびりと本を読むときなどは、雨は優しいのに。実際に濡れるのはいやだ。演習時に雨に祟(たた)られるのはかなわない。実戦ならば仕方がないのだが。

そもそも天気のいい日に演習が行われたためしがない。体調が万全というときも、ほとんどない。深夜にたたき起こされて、臨時戦闘訓練とかいう演習が何度あったろう。

そうでなければ演習の意味がない、そうマギラ少佐は言う。アートルーパー訓練教育部隊の責任者のマギラは優しくない。

怪獣の名前みたいだ、と無感動に思う。冷たい雨は感情も奪っていくかのようだと慧慈は身震いし、楽しいことを思い出そうとする。

晴れた空。白い雲。緑の草原。ピクニック。先生に手伝ってもらって自分で作ったサンドウィッチ。生まれたばかりのころ。

一匹の子犬もいっしょだった。子犬は施設に五匹いたが、慧慈はそのうちの一匹と相性がよくて、それで慧慈は、ピクニックにも連れていったのだった。五年前だ。わずか五年、だが慧慈の感覚では遠い昔だ。いまは犬はいない。

あのころは楽しかった。読み書きを覚え、怪獣映画も観た。怖くて哀しい印象の内容だった。教育担当教師は女性で優しかった。マギラとは大違いだ。マギラ少佐。

漢字で、間明と書く。その名前を、慧慈は手書きで毎日かかさずつけている日記に、まともに書いたことはない。記号でM、でなければ、たんに少佐。どうしても書かずにはいられない気持ちのときは、マギラ、とカタカナだ。慧慈は間明少佐を、自分の気持ちの上では自分と同じ生き物であるという扱いをしたくなかった。

あちらが、こちらを人間扱いしないのだ。だからこっちも、あいつが人間だなどと思う必要はないのだ、そう慧慈は思っている。

慧慈は、分子レベルから設計された、まったくの人造人間だったが、しかしそれでも自分は人間なのだという意識をもつように初等基本教育時に教え込まれた。それは徹底したもので、他人との違いがあるとすればそれは人工的に作られたか否かではなく、個人的な個性というものなのだ、と慧慈自身もそれを疑わないほどのものだった。

人間との違いといえばただ一つ、アートルーパーには子供時代がない、ということだけだ。成人として作られる。だからアートルーパーには、慧慈には、幼児期や親の記憶というものがなかった。だが基本教育にはそれをうまく補うプログラムが組まれていて、それで慧慈も幼いころの自分というものを感じることができた。いまでは、それは擬似的なものなのだ、本物ではない、と慧慈も理屈ではわかる。理屈では偽物なのだが、しかし感覚としては自分にも幼児期や子供時代の記憶があるとしか思えない。

初等基本教育というそれは、記憶を喪失した者に対する治療にも似ていた。過去がないのではない、失われているのではなくて、ただ思い出せないだけなのだ、というように教育担当者は生まれたばかりのアートルーパーに接するのだ。家庭的な愛情を注ぐ、というのがその教育の基本方針だった。それでアートルーパーたちは自分には過去がないという不安から逃れることができたのだが、不安そのものは消えることはなかった。それで慧慈は、その不安を抜本的に解消するために、自分が獲得した子供時代の感覚は、そうした外部からの誘導操作や暗示によるものだけではなく、たしかに自分の内部にそうした記憶があったのだ、と思うようになった。自分がどのようにして作られたのかという知識を学んだのちの、いまでは、その感覚は確信になっている。

自分には、生み出される際、その設計過程において参考にされた、モデルになった人間がいるのだ。一人ではなく複数の、優秀な能力部分を組み合わせたのだ、という。おそらく誕生前の記憶も、そうした原型の人間たちのものを受け継いでいるのだろう。でなければ、自分は人間だと感じられることの説明がつけられない。

ある種の記憶は物質的に他人に移すことができる、というのは証明されている。だからといって幼児期の記憶がそっくり受け継がれていても不思議ではない、とまでは言えなくて、たしかに自分のそれは鮮やかな記憶ではない。ただぼんやりとした、母親のやわらかい身体の感触や、父親のたくましい存在や、子供の立場での夢や葛藤といった印象にすぎない。しかしそれは、間違いなく生まれる以前の記憶だ。人間としての。初等基本教育で行われたのは、この記憶を甦らせるためのプログラムにすぎない——いまの慧慈は、そう思っている。生まれる以前の記憶が自分のなかにあるという思いつき自体が外部から誘導されたものなのだ、ということには気づいていない。初等基本教育は完璧だった。

自分は人間だ、と雨に打たれながら慧慈は思う。

自分がそう思っているのだから、疑いようのない事実だ。それをあのマギラはぶち壊す。こちらを人間扱いしない。それではあの基本教育はなんだったのかということになるというのに、マギラはそんなことにはおかまいなしだ。

マギラはことあるごとに言う。

『おまえは人間ではない。アートルーパーだ。それを自覚して行動しろ。わたしの任務は、おまえが、自分はアートルーパーであると胸を張って言えるようにすることだ』

馬鹿げている。雨は嫌いではなかったのに、アートルーパーとしての訓練が始まってから、そうではなくなったのは、なんだか優しい友人を失ったかのような気分だ。みんなあいつのせいだ。あの少佐は、アートルーパーには感情がないと思っているのか。あいつこそ、感情がないのではなかろうかと思える……

「慧慈軍曹、寝ているんじゃない。軍曹、ケイジ、ケージ、監視任務に集中しろ」

厳しい叱咤が雨音をついて飛ぶ。マギラめ、自分は寝てなんかいないぞ、と慧慈は心で毒づく、くそったれ。

だがそれは間明少佐ではない。この小隊を率いるウー中尉だ。リャン・ウー、人間。

「アイ、サー」と慧慈は答える。

雨が目に入ったために瞼を閉じていたのだ、たまたまそれを見られたにすぎない。だが言い訳はしなかった。一言そのように返せば、十倍の叱責の言葉と、ときには鉄拳が浴びせられる。学習済みだ。それに、任務に集中していなかったのは事実だった。殴られなかったのは幸運だった、と慧慈は思う。

ここにはマギラはいない。いるはずがない、あの少佐は現場には決して出てこないのだから。

監視先を注視するためにヘルメットの前縁を手で上げる。返事をしただけでは認めてもらえない。行動で示さなければウーを黙らせることはできない。

と、ヘルメットの縁に溜まった雨水が背中に流れ落ちる。迷彩戦闘服の上に、これまた濃淡の灰色の迷彩が施された雨着を上下に着ていて、それにはフードはついているが、任務中に被ることは、ウーが、ようするにマギラが、許さなかった。流れ落ちた水は冷たく、まるで襟元から直接浸入したかのように感じられる。ぞくりと身体が震える。

目を細める。濡れたまつげを通して厚くたれ込めた雲が見える。雨は大粒ではない。まるで繊細な水のカーテンのようだ。ほとんど風はないのに、雨のカーテンが大きくうねる。その下は廃墟だ。巨大都市の残骸。草も生えていない。色のない大地だ。

「目標ポイントまでの距離は」とウーが訊く。

「はい？」

「距離だ。言ってみろ」

ウー中尉は双眼鏡を持っている。それで距離が測れる。こちらに訊くまでもなく、中尉にはわかっているはずだが、上官の質問には答えなくてはならない。慧慈は雨にかすむ目標、巨大なビルの残骸を見やる。下から三分の一ほどで折れて上部が倒壊したのだ。残った基部もすでに壁面は風化している。内部には入れる。その地下が今回の目標地点だった。

「およそ……四百メートルというところです」

「はい、中尉」

「入口まで、三百三十四だ。二割近い誤差だな。もう少し距離感覚を磨け」

雨のせいだ。晴れて気分が良ければ、もっと近いと感じたろう。こんなのは時間の無駄だ、と慧慈は思う。が、その思いは、むろん口にはしない。

「なにが見える」

「動くものは、見えません」

「前進していいと判断するか、慧慈軍曹」

「アイ、サー」

「では行こう。先に立て」

「了解」

慧慈はアサルトライフルを握りなおし、小高い丘を降り始める。足下が悪い。瓦礫の山だった。この小山もかつてはビルとしてそびえ立っていたのだ。

「ここの地名を知っているか」

「第６６方面復興計画地域です」

「ヨコハマだ。ここはかつてヨコハマと呼ばれていた。ハマというのは、海岸のことだ。海辺がすぐそこにあったんだ」

「はい、中尉」

どう答えていいのかわからなかったので、慧慈はそう言った。この若い中尉が、昔のこの地域を知っているはずがない。廃墟になったのは五十年近くも前のはずだ。無数の犠牲者の、その遺体処理をした経験もないはずだ。なのにそれを知っているような口をきくのはなぜなのだろうと慧慈は訝しく思う。

「遠い親戚が、ここに住んでいたんだ」

「そうですか」

「祖父から聞いたことがある。活気があり、うまい物にあふれて、清潔だったそうだ」

「はい、中尉」

「もとに戻せると思うか」

「努力すれば、はい、中尉」

「わたしにはそうは思えない」

なぜそう思うのか、と問いたかったが、崩れる瓦礫に足を取られそうになって、それを口にしなくてすんだ。余計なことは言わないことだ。

「人間の数が足りない」とウーは言った。「人類は絶滅危惧種だろう、言ってみれば。無理だよ。そもそも、もとに戻すことなどないとわたしは思う。わざわざおまえのようなアンドロイドまで作って、どうしようというのだ。おれには、わたしには、わからない。昔のことを知らないアンドロイドが、古き良き時代を再現できるはずがない。おまえも、そう思うだろう、ケイジ」

「わたしには……」

慧慈は言いよどんだ。ウーにしたところで、ヨコハマという地域の過去の繁栄ぶりを体験しているわけではない。話に聞いているだけだ。この自分と同じではないか。

「わたしには、なんだ」

「わたしには、与えられた使命を果たすだけの能力はある、そう信じています、中尉」

ウーは、人間はおまえたちアンドロイドとは違うのだ、過去を持っている、と言いたかったのだと理解した慧慈は、昔の人間の暮らしを実体験していないことでは、あなたもわたしも同じではないか、と言いたかった。が、こらえた。自分がこういう人間と同じ生き物だなどとは思いたくない。

なんだかおかしい、面白い、と慧慈は自分の気持ちを、そう感じた。マギラに対してはこちらを人間扱いしろと思いつつ、ウーを相手にしていると、自分は人間でなくてもいいと思えるというのは、とても面白いことだ、と。

リャン・ウー中尉はため息をつく。それからあとは無言で、雨に濡れる瓦礫の丘を注意深く下る。

四人のアートルーパーが待機していた。階級は一等兵で慧慈の部下たちだが、訓練を受けているということでは同僚だ。移動用の車輛、無蓋のストライダーを囲んで警戒を怠らない。

小隊長のウーはその六輪車の助手席に乗り込み、慧慈に「前進だ」と言う。

慧慈は運転席のシートわきにアサルトライフルを差し込み、「乗車」と短く命じる。部下たちは素早く従う。それを確認するために振り返る。そのストライダーの荷台には、対戦車ライフルが備え付けられている。重いあれを架台から外して持ち運ぶ訓練を加えようなどとウーが思いつかなければいいがと願いながら、慧慈はストライダーをスタートさせる。

万能車輛のストライダーを駆るのは気持ちが良かった。気分が晴れる。雨のヨコハマは、動き始めれば陰鬱な環境ではなくなった。自分の存在に意味を持たせるには、考えてばかりいないで動くことだ。そう慧慈は思った。基本教育時には、行動する前によく考えろ、と教えられたのだが。アートルーパーも成長するのだ、と慧慈は心の中でひとりごちた。

2

ストライダーの大きな六個の車輪は、ほとんど道らしきものがない廃墟の不整地を進むのに適していた。大波の中の小舟のように揺れ、傾き、下り傾斜に突っ込んだが、運転する慧慈には楽しかった。ウー中尉はシートベルトをしっかり締め付けて、ダッシュボードの端にあるアシスタントグリップを握りしめて無言だった。この中尉は、揺れに弱く、酔うのだ。平衡感覚器官に問題を抱えているのかもしれない。でも、治らないでいてくれると、ストライダーでの移動中は静かでいいと慧慈は思う。

ウーはいままで嘔吐したことはないが、もしそうしてくれるとありがたい。こちらはその間、小休止できるというものだ。

いつからこんな怠け心を抱くようになったろう、そんな意地汚い気持ちを抱くような育てられ方はされてこなかったのに、と慧慈はそんな自分が情けないと思うが、しかしストライダーを操作するのが面白くて、まあ、環境に応じて気持ちが変わるのは当然だろう、このストライダーを操るように、うまく自分の行動も制御すればいいのだと思うことにした。

慧慈はこの小隊のなかでは、ストライダーをこうした環境で走らせるのがいちばんうまかった。不整地における車体の反応などを自分の身体のことのように感じ取れ、その状況に逆らわないからだった。そのように自分の気持ちも扱えばいいのだと、そう思った。

目標ポイントまでのおよそ四百メートルの距離を十分ほどで消化する。ほとんど直線の最短距離、起伏の激しいルートを来たのだが、瓦礫の山を迂回するいくつかのルートも慧慈はあの監視ポイントで頭に入れていた。が、時間的にはどれも同じようなものだと判断していた。どのみちどのルートを選択したところで、ウーにはなにかしら言われるに決まっていた。それが訓練というものだと、それを覚悟して、ストライダーを崩壊したビルの入口の前に停め、車輪をロックさせる。だがウーはなにも言わなかった。ただ「降車」と命じただけだった。文句のつけようがないのではなく、気分が悪いのだろう。そう感じ取ると、慧慈自身もまた雨が憂鬱なものに思えてくる。

「二名を残せ」とウー中尉。「われわれはポイントの捜索にかかる」

「アイ、サー」と慧慈は返答、部下の二人に、ストライダーをビルの外から広いホール内に移動させて警戒しろ、と命じる。

残る二人が雨に濡れないように、という配慮だった。ウーは兵隊が雨に濡れることは気にしていないようだったが、慧慈のその命令には異議を唱えなかった。ただ、ストライダーの頭を出口側に向けて、緊急時に備えておくように、と付け加えただけだった。

武装や捜索ツールなどの装備品の点検と確認を素早く行う。アサルトライフルや実弾入りの予備弾倉。現在のライフルには演習用の着色軽装弾入りの弾倉をつけている。ヘルメットにつけたペンライト型の照明をつける。それから、トランシーバー、目標ポイントの見取り図やロープや数種類の照明道具、トーチやバッテリ照明器具などなど、そしてサバイバル食料と水。ウー中尉は荷物は持たない。用意よし、と慧慈が中尉に報告すると、慧慈を先頭にしてビル内の捜索訓練が開始された。慧慈は腕時計のパネルライトをつけて開始時刻を確認。

現地時間で午後二時二十四分、天候は雨。

目標ポイントは地下に設定されていた。上部構造物はほとんど破壊されていて上に行くのは困難だが、地下は比較的いい状態のはずだ、と慧慈は聞かされていた。

一階フロアの奥に進むにつれて暗くなり、瓦礫が散乱していて足下は悪い。崩れた構造物もあって見通しも良くなかった。まるで洞窟を思わせたが、上部構造体の圧倒的な重量感というのは慧慈には感じられなかった。本来二百メートル近い高さの構造体だから、当時はそうした感覚を受けたかもしれないが、いま残っているのはせいぜい四、五階、抜け殻のようだ、と慧慈は思った。これ以上崩れてくることはないだろう。

ここが探索中に崩壊する危険はまずない、ということは訓練前に確認されていた。だからここがその場に選ばれたのだが、そうした上層部の配慮ということに関しては、慧慈らは知らなかった。逆に、そういう危険がある、崩壊するかもしれない、と慧慈は間明少佐から直に言われていた。マギラはしかし、だから注意せよ、とまでは言わなかった。それで慧慈は、十分に注意を払います、と自分から言った。そしてつい、万一生き埋めになったらどうするのか、と訊いた。すると、自力脱出を試みろ、という答えが返ってきた。それも訓練のうちですかと、またいらぬことを訊いていると自覚しつつ、そう言うと、マギラはしばらく黙っていたが、慧慈の目を見つめて、こう言った。

『それはもはや訓練ではない。シリアスな事態だ。わたしは全力を挙げておまえを救出することになる』

それは感動的な答えだったが、しかし、マギラはこう続けたので、感激しかけて損をしたと慧慈は思ったものだ。

『おまえたちを作り、育て、生かしておくのにどれだけのコストがかかっているか、自覚しろ。つまらん死に方をされては大損害だ。おまえたちの生命、身体は、おまえたちのものではない。万一のことがあれば、わたしが全力を投じておまえたちの脱出行動を支援、救出するのは当然だが、それにもたいそうなコストがかかる。おまえの迂闊な行動で、そうした事態になるのは迷惑だ。無駄死は、わたしが許さない。おまえの生命は、おまえのものではない。何度でも言う。おまえはそれがわかっていないのだ。それが頭ではなく身体でわかるようになるまで、訓練は終わらない。わかったか』

わかりました少佐どの、と答えるしかなかった。この自分が自分のものではないということがわからない、ということだ。わかるときが来るとは慧慈には思えなかった。ようするに慧慈は、アートルーパーを無駄死にさせたくないのならば危険な場所での訓練などやめればいいのにと思ったが、だから危険があらかじめ予想される場に行かされることはないに違いない、というところまでは考えが及ばなかった。慧慈はマギラが嫌いだ。

現場に来てみて、おそらく崩壊の危険はないとわかったが、それでも、いったん立ち止まって上を見上げ、なにか落ちてこないかと耳をすます。

「もう迷ったのか」とウーが言う。「なにをしている」

「気配を探っています」

「なんのだ」

「人の気配です、中尉。救援を待っている者たちの、です」

「ここにいるのなら向こうから出てくる。いるとしたら地階だ」

「どこにいるか、わかりません。このフロアにいる可能性もあります」

「大声で呼んでみたらどうだ」

「必ずしも、ここにいるのは善良な市民とはかぎりません、中尉」

「どういう意味だ。敵がいるとでもいうのか。おまえにとって、だれが敵なんだ、ケイジ」

「善良でないというのは、つまり犯罪者です。敵、ではありません。戦争ではない」

「おまえ、なにを考えているのだ」

「任務のことです」

「フムン……」なにか言いたそうなウーだったが、ここで時間を潰す気にはならなかったらしく、「任務を続けろ」と言った。

慧慈はうなずき、ブリーフィング時に頭にたたきこんだ見取り図の記憶をもとに、地下への階段方向に進む。

訓練が行われるのは崩壊の危険などない場所に決まっている、というところまで頭は回らなかった慧慈だが、ここに人がいるはずがない、ということは予想していた。この訓練、演習の目的は、残留市民の捜索と、そうした取り残された人間たちの避難誘導や支援活動という設定だったが、この第66方面地域にはそうした者たちが残っているはずがなかった。なんといっても、草も生えていない廃墟だ。耕す大地がない。こうした場で人は生きていくことはできない。

ここで人を捜すなど無駄だ、訓練とはいえ現実的でないと慧慈は思う。しかし崩壊の危険には注意すべきだ、なぜならそれは現実問題だからだ。が、そんなことをウーに言えば、任務の目的はなんなのだ、と言われる。そんなやり取りになるのは面倒くさい。だから適当なことを言っていればいいのだ、ウーにはうまく通じたようだ、と慧慈は先に進む。

だが目指したその地下への入口は、見つからなかった。崩れた天井などの下だ。見取り図は正確ではないのだ。こんなことは訓練時にはよくあることなので、別の入口に向かう。が、ウーに呼び止められる。

「はい、中尉」

「ここを調べないのか」

「見てのとおり、入れません。塞（ふさ）がっている」

「入ろうと試みたわけでもないのに、よくわかるな。おまえは偉い。本当に入れないかどうか、賭をしてみないか」

「しません」と慧慈。「それは、どこからも入れなかったときでいいでしょう」

「ここからしか入れないんだ」とウーは言った。「賭にはならない」

「はい？」

「以前は塞がってはいなかった」

「来たことがあるのですか」

「間明少佐からの事前情報だ。おまえたちには伝えられない、上級情報というやつだ。訓練の場について、トレーナー役のわたしにのみ行われたブリーフィングで詳しく状況が説明されたんだ」

「あなたの勘違いということもあり得る」と慧慈は言った。「見取り図の読み方を間違えている、ということも――」

「わからないのか、軍曹。塞がれたこの状況は、最近のものだ。まだ破片断面などが新しい。人為的なものだ。おそらく爆薬が使われている。――ライフルの弾倉を予備のものに交換、初弾をチャージしろ。セイフティを解除」

「予備の弾倉とは、実弾です。これは訓練でしょう」

「指揮官はだれだ、慧慈軍曹」

「あなたです、ウー中尉」

「従え」

「アイ、サー。弾倉を交換だ、みんな。聞いたろう」

ウー中尉は、一人先に行き、その地階に降りる広い階段口を調べる。慧慈は部下を従え、ライフルを構えて、ウーに続く。近づいてみるとその地下入口は、たしかに自然に塞がれたようには見えなかった。降りていく階段のその先の天井が崩れているのだが、ウー中尉が言うように砕片が新しい。爆破されたのだ、と言われれば、そのようにも見える。しかし暗いので、全体の状況が慧慈は把握できない。

「ライトを消せ」

とウー中尉が命じた。ウーは、彼だけが持っている光電子増強ゴーグルをつけた。そんな装備を中尉が持っていることを慧慈は知らなかった。あれで自分ら訓練中のアートルーパーの暗い地下での行動をチェックするつもりだったのだ、ずるいよな、とも思うが、ウーが緊張しているのがわかったので、素直に従う。

「隙間から……光が漏れているのがわかる」とウーが言った。「おそらく、だれかいる。だが、入れるような大きな隙間はない。となると、この下に行くには、どうすればいいか、軍曹」

素早く慧慈は頭を働かせる。たしか、この入口の下は、広い地下道に通じていたはずだ。地下鉄駅への連絡通路になっている。このフロアの別の階段も塞がっていて使えないという事前調査の結果を信じるとすれば、地下鉄駅から入って戻ってくるしかないだろう。慧慈はそう言った。

「だれかが、簡単には入れないように細工をしたのだろう」ゴーグルを外して、低い声でウー中尉は言った。「慧慈軍曹、演習は中止だ。本部に連絡、残留者がいる形跡を発見した旨、間明少佐に伝えろ。単なる避難民や残留者とは思えない。状況からして武装している可能性がある、と」

「アイ、サー」

ストライダーにある通信機でやることになる。その車輛はすぐそこだ。外光を背景にしたそれが黒く見える。その部下にこの場からトランシーバーで伝えるより、直接行ったほうが確実だと、引き返そうとしたとき、チーチーという小さいが耳につく超音波成分を含んでいるかのような音とともに、なにかが足下を走り抜けた。慧慈は反射的に飛び退いている。

「ネズミだ」と慧慈。

「ネズミがいるということは」とウー中尉。「食い物があるということだ。備蓄されている食料があるんだ。それと一緒についてきたネズミだろう。やはり、だれかいるぞ」

なにか、ものを燃やす臭いが漂ってくる。人の気配。もう一方の地下への階段がある方向に、小さな赤い光点。輝きを増し、また暗くなり、それから煙。あれは煙草というものだろう、慧慈は、それを初めて見た。

人だ。一人。近づいてくる。赤い光点が、弧を描いて床に落ちた。

3

「何者だ」とウーは誰何する。「止まれ」

濃いひげ面の男の顔が、慧慈軍曹の部下が点けたハンドライトの明かりに浮かび上がった。

「それはこっちの台詞だ」と男は答えた。「泥棒にしては態度がでかいな」

「われわれは」とウー中尉。「UNAGだ」

「ブルーヘッズだと？」

UNAG、国連アドバンスガードの兵士は、青いヘルメットを着用することから、そう呼ばれている。

「おまえたちの頭は青くない」と男は言った。「どこの兵隊だ」

アートルーパー訓練部隊は、青のヘルメットは被っていない。白だ。

「UNAGの特殊部隊だ。わたしはリャン・ウー中尉」とウーは言う。「あなたは、ここでなにをしているのか。他に何人いるか」

「なんでそんなことを、おまえたちに言う必要があるんだ」

「われわれUNAGの人間は、民間人の保護と救出を任務としている。至上命令だ。どのような任務の最中であっても、それが最優先される。あなたを保護する義務があるのだ」

「こちらがあんたに逆らったら、どうなる」

「逆らう理由がどこにあるのだ」とウー中尉は慎重に言葉を選んでいることがわかる態度で、言う。「このような廃墟で暮らしていくことはできない。あなたに、それがわからないはずがない。いずれ食糧がつきて餓死する。いまでも食糧不足は深刻だ。共食いにもなりかねない。われわれはそれを見逃すことはできない」

「保護されたら、カプセルに入って凍眠状態にされ、火星に送られるのだろう」

「そうだ。地球人は、地球がまた豊かな自然を回復するまでの間、そこで凍眠する。火星政府は、地球人のために凍眠カプセルを収容する土地を提供することに同意した。契約期間は二百五十年だ。すでに七年が経過している。契約期間が過ぎたら、そのとき地球がどういう状況であろうとも、火星からは出ていかなくてはならない。そんなことは先刻あなたも知っていることだ」

「無事に戻れる保証はあるのか」

「火星政府を信じるしかない」

「あんたは信じているのか」

「火星人も、もとはといえば地球人だ。火星開拓のために地球も支援を惜しまなかった。火星人は、恩を仇で返すような人間たちではない、そうわたしは信じている」

「おれが言っているのは、火星人のことなんかじゃない」と男は低い声で言った。「カプセルに入れられた人間は本当に生きて出られるのか、ということだ」

「……どういう意味だ」

「あれは凍眠用のカプセルではなく、棺桶なのだ、ということだ」

「ばかな」とウー中尉は笑った。「本気でそう思っているのか」

「まともな人間なら、みんなそう思っている。あんたは、残留人捜索活動は初めてらしいな。そんな説明で、残留者が納得するもんか」

「納得のいかない点については、説明する。なにが不満なんだ」

「おまえたちが本当にブルーヘッズ、UNAGの兵隊ならば、食い物や燃料には不自由していないだろう」と男は新たな煙草に火をつけて言った。「権力の手先だからな。せっせと余分な人間たちをカプセル詰めして、浮いたその分の食料などを独り占めできる。カプセルは文字どおり人間の缶詰として、あとで食うのかもしれない」

「現国連政府の役目は、地球を復興することだ」とウー中尉はねばり強く言った。「われわれはこの荒れた大地に残り、復旧にあたる。火星で凍眠した人類は、復興がかなった故郷に帰れる。なんの苦労もなく、だ。まともな人間なら、そちらを選ぶ」

「あんたは、まともじゃないわけだな。保証のない未来より、いまの食い物を選んだわけだろう」

「いずれ、すべての人間が、火星に行く。一人残らずだ」

「そんな話は聞いていない」

男は一歩近づいて、言った。煙草の煙の臭いと、そして強烈な男の体臭が、慧慈の鼻を突く。垢（あか）まみれなのだ。雨で身体や衣服を洗えばいいのに、と思う。寒いけれど、不潔よりましだ。

「だいたい」と男は続けた。「それでは地球を復興する者がいなくなるじゃないか。与太話もいいかげんに――」

「ロボットがやる」とウー中尉。「機械人たちだ」

「機械人。馬鹿か、おまえ」煙草の煙をウー中尉に吹きつけて、そして、男はわざとらしく、失礼、と言う。「その計画は、あんたが立てたものではないよな。あんたの意見を聞きたい。

月開発をやっていた機械人たちが人間を皆殺しにするために、月をぶち壊して、地球はこうなったんだ。そんな機械に、地球の復興を任せるなどという神経が、正常だと思うか」

いまの地球には、月という衛星は存在しない。それは粉粉になって、地球の周囲ではなく、太陽を巡る惑星軌道上に小惑星群となって散った。慧慈はむろん、月というものを見たことがない。それが夜空に浮かぶ情景は、さぞかし幻想的だったろうと想像するだけだ。

「月が破壊された原因や経緯については、いまでも真相は摑めていない」とウー中尉は冷静に言った。「月を恒星間宇宙船に改造しようという計画の途中で起きた事故だった、という説もわたしは聞いている。あるいは、機械人たちの叛乱というのが真実である可能性もある。だが、われわれに与えられた期間はあと二百四十年と少ししかない。食料生産もままならないこの状況下では、効率のいいロボットの力に頼らざるを得ない——」

「本気なのか」

「たしかに機械人たちは、人間ではないから、なにを考えているのか、まったくわからない。だから、人間と同じ感覚でもって、その行動を監視する者が必要だ。月の開発や改造を機械人任せにして、結果、月を失ってしまったことからの教訓だ」とウー中尉は続けた。「そのために、アンドロイドが作られている。人間とまったく変わらない、人造人間だ。機械ではない」

「おいおい、そんな物語をどこから思いついたんだ」

「事実だ。もっと詳しい計画内容を知りたければ、本部で、わたしよりよく知っている専任説明官にやらせるから、同行願いたい」

「アンドロイドとはな。そんな眉唾な話が信じられるか」

「わたしは人間だが、ここにいる他の者は、アンドロイドだ。アートルーパーという。機械人を監視することを目的に造られた兵士だ。いまわれわれがここに来たのは、アートルーパーを教育するための、訓練活動、演習だ。本来、無人環境で行われるはずだった。あなたの出現は予定外の出来事だ」

「おまえ――」と男は、慧慈に目を向けて、訊いた。「頭のいかれた上官に人造人間だと言われて、どういう気分だ」

「わたしは人間となんら変わりがない、そう思っているので、とくになにも感じない。それにウー中尉の精神状態は正常だ」

男は浴びせられているライトの光を右手を上げて遮り、顔をずいと慧慈に近づけ、しげしげと眺めた。強烈な体臭だったが、慧慈は身じろぎせずに耐えた。

「本当の話だとしたら、立案者はよほどの楽天家か、馬鹿か、腰抜けだ」そう男は言って、一歩下がった。慧慈はほっとする。「ロボットに、アンドロイドだと？　火星から戻ってきたら、こいつらの天下になっているぞ。それがわからないのか」

「アートルーパーは」とウー中尉が言った。「男しか作られない。正確には男でもなく、生殖能力はない。寿命がつきたりして失われたそれらを補充するには、人工的に造るしかないように設計されているのだ。自動化されたアンドロイド製造マシンは残されるが、その技術内容については残されない。したがってアートルーパーが無計画に増殖する心配はない。ロボットについては、必要がなくなればスイッチを切ればいい。簡単なことだ」

人造人間だと言われてもなんら動揺しなかった慧慈だったが、いまのウー中尉の言葉には、心が波立った。男しか作られない、アンドロイドを作るために必要な知識はアートルーパーには極秘にされる、などというのは、初耳だった。

「利用できるものはとことん利用し、必要がなくなったら切り捨てる、か。いかにも人間らしいやり方だ。それが機械人らを怒らせ、月を殺したんだ」男は中尉以外の、慧慈たちアートルーパーを順に見ながら言った。「おまえたちは気の毒だ。用済みになったら自殺しろとでも教育されているのだろうな」

男はまた煙草を吸い、ウー中尉に目を戻して、「しかしそう、うまくいくかな」と言った。ウー中尉は答えない。返答に窮したのではなく、どう答えるべきか考えをまとめようとしているのだと慧慈にはわかる。男が続けた。

「あるいはロボットには通用するかもしれん。だがアンドロイドが人間と同じだというのなら、そう簡単にはいくまい。人間には機械のようなスイッチはついていないからな。機械と人間のいちばんの違いはそれだ。高度な機械人にも、もはやそうしたスイッチはついていない。機械人はロボットなんかじゃない。スイッチ一つで死ぬようにはできていない。だからやつらも安心して叛乱を起こすことができたのだ」

「あなたが心配しなくても、われわれが責任を持って、やる。最後まで地球に留まって準備を整える、われわれの、それが使命だ」

その中尉の答えを、男は嘲笑した。

「地球という縄張りを離れて、なにが責任を持つ、だ。できっこない。いいか、若いの、いったん縄張りを放棄して出ていった生き物が、もとに戻ってボスの座に返り咲けるはずがないんだ。機械人やアンドロイドらが、帰ってくる負け犬にボスの座を黙って差し出すわけがない。子供でもわかりそうなものだが、近頃の若い連中にはわからんようだ。その計画の立案者は、月戦争後の、戦後生まれの若造だろう。甘いとしか言いようがない。縄張りは命がけで力ずくで守るしかない、ということがわかっていない。もっとも、そうしたガキたちを利用している狡猾な者もいるだろう。これを機に地球支配を試みようとしているのかもしれん。そういう連中が、カプセルは棺桶でなく凍眠用だとあんたらに信じ込ませて、動かしているのだ、というほうが現実的な解釈というものだ。真相がどうであれ、いずれにせよ、おまえや、おまえたちは、そういう者に利用され操られているだけだ。同情する」

男は短くなった煙草を、目を細めて吸った。指で持てなくなるほどになると唇に挟んだままそっと吸ってから、プッと吐き出し、二歩三歩後ろに下がって言った。

「そろそろ餌の時間だろう、餌をもらいにとっとと帰るがいい」

「わたしとご同行願いたい」ウー中尉は言葉遣いをあらためて言った。「ここにいるのはあなた一人ではないだろう。お仲間に、ここから出るように、説得していただきたい」

「断る」と男はきっぱりと言った。「ここはおれの縄張りだ。出ていけ」

「勝手な行動を許すことはできない」

「本音が聞けて嬉しいよ。保護が聞いてあきれる。そういうのは保護ではない、強制連行、強制収容というのだ」

「食料、その他の生活用品はどこから手に入れている」

「あんたに関係ない」

「配給品の横取り、盗みは重大な犯罪だ」

「だから、どうだというんだ。おまえたちが食っている本物の肉は、生きていた肉のその生命を盗んでいるのではないのか。強い者が、その生命を奪い、生き残るのだ。それが自然のルールというものだ。アンドロイドだと？ そんな生存競争相手を自分の手で作るなんて馬鹿なことをするおまえらに、犯罪者呼ばわりされるいわれはない。おまえらこそ、さっさと地球から出ていけ。二度と戻ってくるな。火星の肥やしになるがいい——」

「どうしてもわたしの要請は受け入れられない、というのか」

「おれたちは、火星には行かない、と言っている。おまえたちが用意する、あの世にもだ」

「わかった」とウー中尉は言った。「あなたがたは、UNAGの保護支援を受ける権利を放棄した、と見なす」

「上等だ。それで、どうする」

「あなたが重大な犯罪を犯している疑いはあるが、だからといってあなたをこの場で拘束することも、訓練の邪魔になるからどいてくれ、と言う権利も権限もわたしにはない。名を聞かせてくれないか。それでわれわれは引き揚げる。慧慈軍曹、部下を、周囲を警戒しつつ、後退させろ。ストライダーへもどり、撤収だ」

慧慈はその命令を部下に繰り返そうとした。が、男が言った。唐突な問いだった。

「人造人間の兵隊は、この他に何人いるんだ」

「名も名告らない相手に、どういう情報も伝えるつもりはない」

「志貴、だ。羅宇の志貴という」

「ラオノ、シキ。覚えておく。表記は調べればすぐに知れるだろう。あなたはどうやら大物の山賊のようだ」

「山賊とはな。で、答えは」

「アートルーパーの詳細については、機密事項だ。わたしも詳しいことは知らない」

「男しか作られない、ということは聞いた。だが悪いことは言わない、まだ間に合うだろう」

「なにがだ」

「アンドロイドなぞ、災いのもとだ。早いところ始末したほうがいい。こいつらは素直に自殺など絶対にしない。用済みになったら、その処分に困るのは目に見えている。予言してやろう、おまえたちが帰ってくるころには、人間かアンドロイドか、どちらかしか残っていない。どちらかが皆殺しにされている。ま、そのときは、おれはもう死んでいるだろうがな」

「人間は一人もいないはずだ。すべて出ていくのだからな。逆らえば――」

「残っている者は人間とは見なされない。あなたも、なにもここで大勢に逆らって苦労することはないんだ。すでにここの状況は本部に伝わっている。自動的に訓練内容は中継されているのだ。UNAGは絶対にあなたたちを地球上に残してはおかない。あなたが聖人であろうと山賊の親玉であろうと、それは関係ない。例外は認めない、ということだ。むろん、保護を求めるならば殺したりはしない。——慧慈軍曹、行くぞ」

ウー中尉は男に背を向けて明るいほうへ歩き出す。慧慈も従う。部下たちがライフルを構えて後ずさっているそれを追い越したところで、男がウー中尉を呼び止めた。

「待てよ、中尉どの」

「なんだ」と立ち止まり、ウーは言った。「考え直す気になったのか」

「アートルーパーというそいつらは本当に人造人間で、あんたが言った話は本当なのか。こいつらアンドロイドが地球上に残って監視する、というのは」

「アートルーパーが監視するのは、機械人だ。ロボットだ」

「同じことだ」と男は三本目の煙草に火をつけた。「おれたちは人間とは見なされない、というのだからな。なぜ、おれたちのような人間を黙って置いていこうとしない。草の根を分けてでも残留人を探し、莫大な費用をかけて火星送りにしようというのは、どうしてなんだ」

「あなたが先ほど言ったとおりだ」

「なにを言ったかな」

「二百四十三年後に戻ってきたとき、どんな小さな主権国家も成立していては困るんだ。山賊の末裔が築いた国家でもだ。地球は、いまのわれわれのものでなければならない。そうでなければ、最悪の場合、現地球人は帰る場を失うことになる。国連政府は、すべての人民に対して公平をはかるために、こうするしかなかったんだ」

「縄張り争いを一時宙に浮かせるということだな」

「あなた流に言えばそういうことになるだろう」

「姑息な手段だ。人間らしい馬鹿らしさをさらけ出した計画というべきだろう。どう考えても、ばかばかしい。ものすごい労力と金と時間を費やして、やることがそれとはな。他にやり方があるだろう」

「どんな」

男は煙草をゆっくり吸って、それから言った。

4

「いま決着をつけるほうがきっぱりしていていい。なにも縄張り争いを一時棚上げにすることはない。生存競争や縄張り争いに休戦などあるわけがない。いま強い者だけが生き残ればいいんだ」

ウー中尉はまた男に向き直り、諭すさと口調で言った。

「人間は、それでは自滅だ。いくら強い者が残ろうと、数を減らした種は、絶滅する。現在の地球人はそのボーダーライン上にいる、保護を必要とする、か弱い生き物なんだ。現在の地球環境は、長生きには適さないものだというのは、あなたも承知しているはずだ。助け合わなければ、共倒れだ。なのに、豊かな穀物や飼料が生産できる土壌改良には時間がかかる。テラフォーミングをこの地球に対してやる必要がある。それにしては、現在の人口は多すぎる、というくつものアンビバレントな状況を乗り切るための解決策が、火星に全員が避難するという国連政府計画のそれなんだ。頼むから、現状を理解してくれ。もうすぐ、ここに本部から専任説明官が着くだろう。わたしと話すより、納得のいく説明が得られると思う——」

「絶滅するのはヒトだ。おれではない。寿命がつきるまでのその短い間、おれは生きる、それだけのことだ」

「馬鹿なことは考えないでくれ。子供たちの将来を奪う権利は、だれにもない」

「おれたちの現在を奪ったのはだれだ」

「それは——」

「おまえたちが出ていくまでの辛抱だ、と思っていたんだが」

ラオノ・シキと名告ったその男は煙草を深く吸って、大量の煙を吐き出し、そして静かな口調で言った。

「機械人に人造兵士とはな。とんでもない置き土産だ。持久戦は通用しない、ときた。正直、うんざりだ」

「投降するか」

いいや、とラオノ・シキは首を左右に振った。そして、この場で決着をつけよう、と言った。

「なんだと」とウー中尉が驚きを露わにして言った。「抵抗するというのか」

「決闘だ。あんたと、差しでだ」

「自分がなにを言っているのか、わかっているのか。正気の沙汰ではない。UNAGを敵に回すつもりか」

「おれの縄張りに武装して入ってきたのは、おまえらのほうだ。いままで生きていられたのを幸運に思うことだ」

「待て、自殺行為だぞ」

「本物のブルーヘッズが来る前に、片をつける。時間がない。みんな、手を出すんじゃないぞ。シカツ、撤退の用意だ。おれが勝ったら、人造人間を始末しろ。禍根を将来に残したくない。こいつらは将来、敵になる。間違いなく、人間に対する、脅威になる。殺せるときに、殺せ」

慧慈は周囲を見る。姿は見えないが、緊迫した人の気配を、確かに感じた。狙われている。

狙われていたのだ、ずっと。

「やめろ」と叫ぶようにウー中尉。「そんなことをして、なんの意味がある」

「シカッ」とラオノ・シキが暗闇に向かって命じた。「おれが負けたら、投降しろ。中尉、投降する人間を撃てば責任を問われるぞ。ここの様子は逐一中継されていると言ったよな——」

「わたしは、ここにいるアートルーパーを危険にさらすことはできない。決闘などという、あなたの狂気につき合うつもりはない。あなたは仲間たちを、あなたの身勝手な判断で危険にさらしている。考え直せ。無益な抗争で部下を死傷——」

「無益ではない。勝って得られるものは大きい。あんたの考えや、つもり、など、おれには関係ない。どうでもいい。おれは、あんたが生きてここから出ていけるチャンスをやる、と言っているのだ」

「そんなのは、はったりだ」とウー中尉は唇をなめ、続けた。「そんな見栄を張ってどうする。最終的に、貴様らの勝ち目はない。もし、この場を切り抜けても——」

「見栄、か」ラオノ・シキは笑った。「見栄を忘れた人間は、負け犬と呼ばれる。おれに応ずるか、命乞いをするか、早く決めろ、中尉。逃げるなら、背後から撃つ」

慧慈は、自分の生命が危ういという実感がわかなかった。人を相手に生命のやり取りをしたことはもちろんなかったし、死体も、病死だろうと事故死のものであろうと老衰で亡くなったものであろうと、かつて一度も見たことがなかった。死というものが慧慈にはわからなかった。だが撃たれれば痛いだろうと、それは想像できて、ぞくりと身が震えた。

「ウー中尉」とささやくように慧慈は言った。「武器を捨てて投降しましょう」

「だめだ。わたしはともかく、おまえは殺される。問答無用でだ。わからないのか、慧慈。こいつらは、おまえを人間とは思っていないんだよ。こいつの目的は、アートルーパーの殺害だ。わたしの生命と引き替えに、そしてこいつ自身の生命も懸けて、おまえたちを差し出せと言っているんだ。やつは死ぬ覚悟だ。生きるのに嫌気がさしている――」

「ここで作戦会議をやる時間は与えない」とラオノ・シキはゆったりとした態度で言った。「アンドロイドらに一命令下すだけの猶予はやる。こちらはいつでもいいぞ。拳銃を使え」

「……ケイジ、おまえを人間とは見なさないこいつらは、人間ではない。戦闘になったら、殺すことをためらってはならない。相手が撃ってきたら、その反撃能力を奪ったことが確認できるまで、絶対に油断するな。これは訓練ではない、実戦だ。援軍が来るまで、とにかく持ちこたえろ。自分の身を守るんだ」

ウー中尉はホルスターから軍用自動拳銃を抜き、初弾を装塡する。

遠く、たぶん地下からの、赤ん坊の泣き声を慧慈は聞く。ふと慧慈は、これももしかしたらこのように仕組まれた、マギラが演出した、訓練なのではなかろうか、そんな気がした。現実感がまるで感じられない。

ラオノ・シキが煙草を指ではじく。と、もう一方の手に拳銃。それを慧慈が認めたときは、大音響と共にその銃口から火が噴きだしていた。銃声は二つ。ウー中尉も発砲していた。連射はしない。ラオノ・シキも、撃ったのは一発だけだった。

「撃て」

つかのまの静寂を破ってそう叫んだのは、シキのほうだった。

ウー中尉がゆっくりと前方にくずおれるのを慧慈は見た。

とっさに慧慈はリャン・ウーの様子を見ようと身をかがめた。それは、撃たれた上官を助けなくては、という考えよりも先に出た本能的な行動だったが、結果的にそれが慧慈を救った。銃弾が頭上をかすめ飛ぶ衝撃波を感じる。シキがこちらに向けて発砲したのだ。

慧慈は不安定な姿勢のまま親指でアサルトライフルの射撃モードレバーを押して、腰だめで引き金を絞った。三連射モードのつもりだったがフルオート連射だった。慧慈はそれを意識しない。飛びすさるシキ、その敵影に向けての連射だった。アサルトライフルの銃口を敵影をなぐように動かすと、シキの身体がまるで小さな人形を指で弾いたように飛び、床に倒れて跳ねた。ほとんど同時か、慧慈には時間感覚がなかったが、自分の左上腕を強く叩かれる衝撃を感じた。ライフルが手から離れて、暗闇中へと飛ぶ。

「交戦だ」と慧慈は叫ぶ。「撃て。中尉を援護しろ」

激しい銃撃。慧慈はウー中尉に飛びつき、片足のくるぶしを掴むと、フロアに積み重なっている瓦礫、敵の銃撃の遮蔽物になるそこに引きずり込んでいる。痛みも恐怖も感じなかった。ただただ、理不尽なことが起きている、という感覚しかなかった。銃撃の嵐は、まるで自然現象の雨、当たれば致命的だという危険な雨、のように感じられた。人間が発砲しているのだ、という実感がなかった。

ウー中尉に重なるように伏せた慧慈は、その顔をなでた。その唇が、撃て、と命じて動いた。慧慈はウー中尉がまだ握りしめている拳銃をもぎ取り、立て膝の姿勢で、遮蔽体から敵に向けて連射する。

ストライダーがタイヤのスキール音もけたたましくバックしてきて、新たな防壁になった。待機していた部下の一名が飛び降り、ウー中尉を抱えて、ストライダーに乗せようとする。慧慈も助けようとしたが、左腕がまったく動かなかった。そこで初めて、激烈な痛みを感じた。それから、激しい怒り。強力な武器が欲しい、ストライダーの対戦車ライフルで敵をぶちのめしたい、と強く感じたが、慧慈は思いとどまった。あの武器は、強力だがこうした場面ではさほど有効ではない。あれは、機械人を一撃必中を期して倒すための兵器なのだ。実包も電子機器破壊能力を持っている特殊なもので、機械人に対してはいわば致命的な神経毒を仕込んだように働く。いまだかつて実際に使ったことはただの一度もない。

ウー中尉を二人の部下が荷台に助け上げる。その援護のために、慧慈は中尉の拳銃を使い、その弾丸を撃ち尽くすとそれを荷台に放り投げ、部下のライフルを取り上げて、なおも撃ってくる敵の、銃火の元を狙って、撃つ。片手ではうまくライフルを支持できなかったが、どのみち慎重に狙いを定めての射撃など、この状況ではできなかった。身を乗り出して狙っているまに狙撃されるのは間違いない。遮蔽物から銃口のみを出して撃ちまくる。

「軍曹、後ろ――」

もう一人の部下、慧慈と離れずにいた兵士が、そう叫びながら、慧慈にもたれかかってきた。背後から銃撃された。背後とは、このフロアの入口、退却先、明るい、戸外からだった。荷台に上がっていた部下が直ちに応戦した。慧慈は倒れてきた部下を抱える。まったく反応がなく、重いだけの、これは死体だ、もはや絶命している、即死だ、と頭では理解できたが、助けてやっているのになぜ反応しないのだ、という怒りがこみ上げてくるのを慧慈は意識する。こんなのは、どこか間違っている。

「行け」と慧慈は応戦しながら荷台の上の部下に命じる。「早く出せ。留まっていては全滅だ。ウー中尉を連れて、早く、行け」

躊躇する表情を見せた部下に、「こちらにかまわずに出せ」と再度命じる。ストライダーが発進する、と、少し動いただけで、がくんと停止、エンジンがストップ。運転手が撃たれた。

これは、戦争だ。

慧慈は、いまなにが起きているのかを知る。これは戦争なのだ。相手が犯罪者なのかどうか、善良か否かなどには関係ない。ここにいる連中は、殺さなくては殺される、敵なのだ。

アサルトライフルが薬室を開放したまま、作動を停止する。実包を撃ち尽くしてしまう。予備弾倉はもう、ない。演習用の軽装弾では戦えない。自分のライフルはどこにあるか、わからない。コンバットナイフはあるが、それを使える状況ではない。遮蔽物から出て止まってしまったストライダーに敵の銃撃が集中する。

「やめろ」

慧慈は叫ぶ。やめてくれ、と。ウー中尉を、部下を、撃たないでくれ、という心からの叫びだったが、銃声にかき消される。慧慈は本能的にそこから離れ、ライフルを捨てて床に伏せる。

投降は無駄だ――ウー中尉の言葉を思い出す、相手の目的は、アートルーパーの皆殺しなのだ――どのような命乞いも通用しない。ならば、と慧慈は思う、これは戦争ですらない。ルールもなにもない、単なる、殺戮だ。

なんとしてでも自分の身を守るのだ、というウー中尉の命令は覚えていたが、慧慈は身体を動かすことができなかった。安全な場所を探して潜り込まなくてはと思うのだが、身体が硬直して動かない。自分はなにか失敗をしでかしたろうか、ふとそんな考えが浮かぶ。ウー中尉、なにか自分は、間違ったことをしたでしょうか、虐殺されなければいけないようなことを、と自問する。アートルーパーであることが、そんなにいけないことなのでしょうか、と。

あのとき、ラオノ・シキを撃ってはいけなかったのだろうか。黙ってこちらがあいつに撃たれていれば、どうなったろう。早いか遅いかだけだ、やられるのが。でも、いま自分はまだ生きている。

武器だ、武器を探せ、と慧慈は自分を奮い立たせ、周囲を見る。銃声はやんでいた。明るい出口のほうから、二人、近づいてくるのが見える。ライフルを油断なく構えながら。

やつらはどうするだろう。おそらく、こちらのとどめを刺すだろう、それからストライダーや武器を戦利品として奪い、この場から速やかに逃げ出すだろう。ラオノ・シキはおそらく生きてはいない。拳銃でアサルトライフルに対抗できると本気で思っていたとは思えないから、あれは自殺だろう、そう慧慈は思う。自分が殺したという実感は、わかない。あの死体を仲間たちは持っていくのだろうか。やつは、ボスだ。ボスだった。死体はもうボスではいられない。だから仲間たちは、あれを置き去りにしていくかもしれない。それは、この集団の新しいボスの判断になるのだろう……

息を潜めて慧慈はそんなことを考えていて、もう自分はあきらめてしまったようだ、と他人事のように思った。自分を護るためのどのような行動もとれない。どう動いていいか判断がつかない。駆け出したいところだが、身体がいうことをきかない。全身が細かく震えている。まるで筋肉を動かす神経が混線してしまったかのようだ。近づいてくる敵がこれからどうするのか、という興味だけでいまは息をしているようなものだった。激痛のためにうめき声が出そうになるのをこらえながら息をするのはつらい。酸素が薄くなっているように感じられる。だが息があるかぎり、自分を殺そうとする相手を見ていよう、そう思った。こちらを人間とは思わない人間とは、どういう顔をしているのか——あるいは相手は人間というより、意志のない天災的な力のようなもので、ここでの自分の死は、崩落した天井の下敷きになって絶命することと同じようなものなのかもしれない——そう思いつき、ほんの少し気分が軽くなった。

「こいつ、まだくたばっていないよ」

二人のうちの一人が叫んで、慧慈にライフルの銃口を向けた。慧慈は反射的に目を閉じている。時間感覚が消失する。思考機能が一足先に死んだかのようだ。

予想を超えた大きな連続発砲音がした。

爆風が吹きよせてきた。

身体が吹き飛ぶような気がしたが、銃弾を身に受ける衝撃ではなかった。

連続した暴風と、激しい騒音。慧慈は薄く目を開く。逆光の位置にいる二人の敵が見える。黒い影絵のようだ。両手を上げ、風に飛ばされないように、あるいは腰を抜かしたように、中腰の姿勢で静止していた。その前方の空中に、一機のティンバーがいた。UNAGの攻撃ヘリコプターだ。その細身の胴体の下の回転機銃が再度、作動した。すさまじい射撃線が慧慈の頭上を越えて奥に集中する。

『抵抗をやめて投降せよ。こちらはUNAG、第66方面治安部隊だ』

ティンバーのラウドスピーカーからの音声が響く。威嚇とは思えないその射撃のあとでは、そんな警告は無意味ではないか、奥にいた敵はもう皆殺しにされているだろう、そう慧慈は思いながら、身を起こそうとする。

ティンバーの他に、もう一機、大きなツインローターのヘリが視界を横切った。クリサリス。輸送ヘリだ。本物のブルーヘッズ、UNAGの戦闘部隊を運んできたのだろう。ヘリという空中機を使う作戦行動を慧慈は初めて目の当たりにした。短時間で大量の燃料を消費する空中機はめったに使われることはない。それだけ自分らアートルーパーの救出には価値があるとマギラは判断したのだろうかと、慧慈はそう思い、すぐに打ち消す、いや、この戦闘部隊の目的は、このラオノ・シキ一派の掃討なのだろう、こいつらは有名な反国連組織なのだ、そうに決まっている。でなければＵＮＡＧは攻撃ヘリまで出すはずがない。

右手をついて身体を起こそうとし、慧慈は自分が水たまりに伏せていたことを知った。床が濡れていて滑る。

寒かった。とても、寒い。助かった、助けられた、という安堵の気分はどこにもなく、恐怖を感じた。逃げなくては、と焦る。だが身体が思うように動かない。水たまりだと思ったのが実は血だまりで、それが撃たれた左腕の傷から流れ出た自分の血だと気づくにはしばらく時間がかかった。生臭いというより、鉄のような金臭さだ。頭がぼんやりしている。失血のせいだった。

いま、何時だろう。それが無性に知りたくなった。外光で左腕の時計が読めた。午後三時十七分だ、現地時間で。天候は雨。雨、降り止まず。

一時間前は、みな生きていた。ウー中尉も、部下も、自分も、そしてラオノ・シキも、あたりまえに息をしていた。それが奇跡のように思えた。

一時間後には、世界はまだあるだろうか。この雨はいつ止むのだろう。

やっとの思いで正座の姿勢まで身体を起こし、そして、そのまま頭を垂れた姿で慧慈は気を失った。

5

間明彊志(まぎらつよし)は反射的に身を起こし、その自分の身体の動きで覚醒した。スツールに腰掛けたまま、まどろんでいた。ほんの数十秒だったが、見た悪夢は長かった。これまでの人生のフラッシュバックのようで、まるで自分こそが死にかけていたかのようだと、間明は、集中治療室のベッドに横たわっているアートルーパーを見ながら思った。

助かったのは慧慈軍曹だけだった。意識のない瀕死の状態で担ぎ込まれたが、診察した医師は、傷そのものはたいしたことはない、撃たれた直後に止血処置をしていればこんな危険な状態にはならなかったろう、と言った。まるで、そうしなかったことが悪いとでもいうようなその口調に間明は怒りを感じたが、それは医師にはぶつけなかった。戦闘時の状況を知らない者に言っても無駄だ。だから、なんとしてでも救命せよと、命令しただけだった。本来、基地病院の医師と間明との間には階級の上下関係などないのだが、医師は間明の気迫に圧(お)されて黙ってうなずいた。

あの戦闘状況では止血などの手当ができるわけがない。ウー中尉のヘルメットとストライダーに備え付けられていた訓練監視装置から送られてくる映像や音声はあまり質はよくなかったが、間明にはそこでなにが起きているのかを知ることができた。

応急処置だと？　やっている間に頭をぶち抜かれていたろう。

いまそのアートルーパーは、麻酔を効かせたまま意識は落とされていた。規則正しい心臓モニタの音がしていて、危機は脱しているのが間明にもわかる。それでもそばに付いていたかった。自分が知らない間にこのアートルーパーが死んでしまうというのは、許せない、そう思った。

アートルーパーは地球人の将来への希望そのものだ。これを失うと、計画が遅れる。あるいは計画の修正を余儀なくされる。時間的な遅れは許されない。失敗も。帰る場を失った地球人がたどる過酷な運命など想像したくない。

間明少佐は、アートルーパーを創造したチームの一員として、とくにこのアートルーパーは、絶対に失いたくなかった。慧慈という名の付けられた、このアートルーパーを。それはエリファレットモデルという型式名を持つ、最年長の、いちばん手をかけて設計製造された、いわばアートルーパーのプロトタイプだった。もっとも優秀だろう、と間明自身は思っていたし、今回生き延びたことでも、それは言えるだろう、と感じた。

幸運が味方したのは間違いないところだが、運を生かすのも実力のうちだ。どんなに優秀に見えてもそうした力がない者は、生き延びることができない。本当にあっけなく死ぬ。それまで苦労を重ねて危うい綱渡りをするかのように必死に生きてきたというのに、それこそ死神にさっとその綱を切られるように、簡単に死んでしまう。それはアートルーパーだろうと人間だろうと、同じだ。

死にかけたとき、こいつはなにを思ったろう。こいつも夢を見るだろうか。これまでの人生を振り返ったろうか。五年分の短いそれを。

慧慈の深い呼吸音と心臓モニタ音を聞きながら間明は、今回の事件がこのアートルーパーに与えた傷の深さをあらためて思いやった。左上腕の銃創は、いまは応急的な手術をしているだけで、元どおりに動かせるまでに回復するには何度かの再手術と時間と、コストがかかるだろう。それはしかしなんとでもなる。問題は精神的な傷だ、と間明は思った。傷つき失われた筋肉組織などは人工的な再生が可能だ。しかし心にはそうしたスペアはない。

このアートルーパーは、こう見えてもわずか五歳なのだ。五歳といえば人間ではまだ幼児だ。むろんそれと直接比較はできない。アートルーパーの判断能力や思考能力は、成人した人間のものだ。が、人生経験という面では、幼児と変わらない。このアートルーパーは、まだ保護と教育を必要としていた。

死に直面して、自分はこのためなら死ねる、無駄死にではない、というよりどころを、慧慈が摑んでいたとは間明には思えない。そこまで成長はしていなかった。それは、もう少し先の訓練内容に盛り込む予定だったのだ。それには時間がかかると予想されていたが、アートルーパーが幸福に生きるためには絶対に必要だと間明は思っていた。

アートルーパーには、創造主である人間への単なる服従心ではなく、それに対する敬愛意識を植え付けなければならない。地球から人間がいなくなり、ようするに創造主が身近にいなくなっても、その存在を意識することで幸福になれるようにしたい、間明はそう計画していた。幸福でなければ生きている意味がなくなる、すなわち、生き続けることができないからだ。

だが、そういったことは教えられるものだろうかと、間明は、傷ついて横たわる慧慈を見ながら、思う。その傷の痛み、身体の、そして心のそれも、間明は自分のことのように感じられた。いや、自分の経験よりも、もっと過酷な体験かもしれない、とも間明は思った。

なにしろアートルーパーには、人工的に作られたものの宿命として、たとえば母親の愛という最後のよりどころになる存在がないのだ。人間の兵士が戦闘で死ぬ直前に母親を想うというそれが、アートルーパーにはない。ならば創造主の顔を思い浮かべて死ね、それがその代わりになる、という考えは本当に通用するものだろうかと、間明の心は揺らぐ。

先ほど少し寝入ったときに見た夢を間明は反芻してみる。自分は、自分を生んだ存在を思い浮かべて死を受け入れるという経験はしてこなかったと、間明は気づいた。

それは、たいした危機ではなかったということだろうか。あの過去の悪夢のような数数の出来事は、ではなんだったのか。

その夢のなかで、間明は少佐ではなく、ただの一人の若者、夫、もうじき生まれてくる子の父親だった。しかし家族を救えず、自分の右脚を失った。間明彊志は、月戦争を経験していない。それが本当に戦争だったのかどうかさえはっきりわからないものの、みながそう呼ぶその戦争時のほうがましだったのではなかろうか、まだ秩序も存在し安全な場もあったはずで、自分は地獄に生まれ落ちたようなものだと間明は思う。

あのときの暮らしというのは、そう、あのラオノ・シキ一族とほとんど変わらない。縄張り争いと食料の奪い合いのなかでの暮らしだ。それでも、つかの間でも、愛と安息はあった。母親も父親も、いた。なんとかその日その日を生き延び、一人の女と暮らし始めて、子供ができた。いっぱしの大人の気でいたが、その妻と子と自分の右脚を失ったのは、弱冠十八歳のときのことだ。あれからすでに二十三年経っている。子供はまだ生まれていなかった。同い年の妻は身ごもったまま死んだ。子が無事に生まれ、生きていれば、この慧慈くらいだろう。たぶん男の子だ、元気がいいからと妻は笑っていた……わが子は誕生することなく死に、そして自分の右脚は、十八で死んだ。

まるでいまその脚があるかのように、痛む。幻痛だとわかるのだが、痛みを感じるのは本当で、義足のふくらはぎを間明は摑んで、耐えた。いまはない本当のその脚は、崩落してきたビルのコンクリート片に挟まって抜けなくなったとき、手近にあった斧、いつも武器として身につけていたそれを使い、自らの手で切り落としていた。それで生き延びることができ、間明は現在まだ生きていた。

もうだめだ、これで自分は死ぬ、そう覚悟した経験はないのだ、と間明は冷ややかな気分で思った。死ぬかもしれないと思うことと、死を覚悟することは、違う。それはしかし、人間としては正常だろう、普通に生きていれば、危機に陥っても死の直前までどんな手段をもってしても生きようとする。だから覚悟を決めている余裕などないのだ。だが、兵士は、違う。戦う者には、常にそうした覚悟が必要なのだ。アートルーパーにも。

しかし、アートルーパーにそれを求めることはきわめて困難だろうと、間明少佐はあらためて思った。創造主すなわち人間に対する愛などといえば聞こえはいいが、このアートルーパー、慧慈は、人間に殺されかけたのだ。それは大きな精神的外傷となって、この後も折に触れて思い出すことになるだろう。おそらく恐怖とともに。

間明は今回の出来事に関する責任はむろん感じていたが、教育途上にあるアートルーパーの心の傷に対する責任というものをここで初めて意識した。こいつは、まだ五歳だというのに、この自分よりも大きな苦痛、理不尽な死への恐怖を経験したのだ、と。

「すまなかった」

間明彊志は、慧慈に向かってそうつぶやいた。慧慈のその心の傷、トラウマは、アートルーパーとして使い物にならなくなるかもしれないという、大きな問題になるだろうと予想できたが、いまはただ、父親のような気分で、見守っていてやりたかった。

6

慧慈が意識を取り戻すまでいてやろうと思っていた間明だったが、邪魔が入った。アートルーパー訓練部隊の副官の瀬木大尉が集中治療室に現れ、「梶野少佐がお話があるとかで出向いてこられましたが、いかがいたしましょう」と言った。「急用ではないそうです。今作戦の御礼と、治安部隊からわが部隊への提案があるとのことでした」

「梶野か。どこだ。わたしのオフィスか」

「この病院棟の表玄関までご一緒しました。エントランスホールでお待ちです」

「断れなかったのか」

「申し訳ございません。梶野少佐が、どうしても今夜中に、とのことでしたので」

「そういうのを急用というのだ。あいつらしいな」間明は腰を上げる。「わかった。会うしかないだろう。会わずに今夜は休むことはできない。そういうやつだ」

「いちおう、お断りはしたのです」

「あいつはいつもせっかちで強引だ。きみのせいではない。気にしなくていい」

「はい、少佐――わたしが代わりにここに詰めましょうか」

「慧慈が目を覚ましたら、どういう態度で接するか、わかっているな」

「できるかぎり刺激を与えず、不安にさせないよう計らいます。担当の精神科医からも言われています」

「意識を取り戻した慧慈には、軍服姿の人間を見せることが必要だとわたしは思っている。アートルーパーに対する責任は医師ではない、わたしにある。が、意識を回復した慧慈に対するのは、わたしではないほうがいいかもしれない。よろしく頼む」

「はい、少佐」

間明は集中治療室を出て、梶野少佐が待っているというエントランスホールに行ったが、件の少佐の姿はそこにはなかった。

UNAG・D66前進基地・病院棟の正面入口は間明にはあまりなじみのない場所だったが、それでも普段はこんな雰囲気ではないのはわかる。深夜十二時すぎにもかかわらず、ざわついているのだ。玄関前には戦闘服姿の武装した兵士が二人、立ち番をしている。その一人に、梶野少佐を見なかったかと訊くと、兵士は敬礼してから、ホールの奥の廊下を指して、「警備状況を見に行かれました」と答えた。間明は礼を言って、そちらに向かう。

ここに運ばれたのは慧慈だけでなく、敵方の人間もまた連れてこられたのだ。負傷していない者も含めて、すべて、だった。その実質的な指揮を執ったのが、D66前進基地に本部を置く第66方面治安部隊で作戦参謀を務める、梶野少佐だった。切れ者で通っていて、基地内で梶野を知らない者はいない。

彼の判断は適切だった、と間明は思う。航空機を使うことを素早く決断したのはあの少佐だ。おかげで慧慈を助けられたのだ。だが治安部隊の目的は、アートルーパーの救出ではない。梶野少佐の立場ではそれは当然で、間明もそれは承知している。

しかしあいつは目的のためならば手段を選ばないというところがあって、それがどうも苦手だと、間明は思う。思えば長いつきあいになる。

間明がUNAGの中尉の時代には、梶野衛青という男は国連軍中央士官学校を出たばかりの少尉だった。間明は、国連軍中央士官学校の出身ではなかった。片脚を失った間明は、当時まだあった日本軍部隊に救われたのだが、片脚を自ら切り落としてでもとにかく生き延びるのだという強い意志に感銘を受けたその隊長に見込まれて、その後押しで旧日本軍の士官学校に半ば強制的に入学させられ、そこを出て日本軍人になった。身柄の保証人はその隊長で、配属先は事務関係の主計部だった。

いまは日本軍という組織は存在しない。解体され、国連軍の一部として再編制された。新しくできたその組織で、間明は一から出直した。所属していた組織が解体されてしまったので、再就職だった。いちおう過去の実績は考慮されたものの、過去の階級はいったんまったくの白紙にされた。当時間明は陸軍主計中尉になっていたが、尉官クラスの人間のほとんどは少尉からの再出発になり、それがいやなら辞めるしかなかった。

それに対して国連軍中央士官学校出身者はUNAGではエリートだ。国連軍中央士官学校は当時すでにあったので、日本軍人の中で将来を見通す目のある野心家は、現職を辞めてそこへの入学を志した。合格するのは難しかったが、引き続き職業軍人を望むのなら、それに合格するのが絶対に有利だと言われていた。いろいろな噂が飛び交っていて、当時の間明はそうした曖昧な情報に左右されることに嫌気がさし、なるようになればいいと思っていた。

それが、梶野少佐と自分との違いだろう、そう間明は思った。梶野少佐は六歳ほど若く、根っからの国連軍人だ。先を見通す目を持っていて、その道を実際に行くだけの実力もあるということだった。だから出世も早い。普段はそんなことは考えない間明だったが、梶野の顔を見るときはいつも、そういうこと、出世や階級について、感じさせられるのだ。

客観的に自分の地位を振り返れば、間明は、自分はこれまでもよくやってきた、よく重要な仕事を任せられてきた、と思う。それで十分に満足だという、そういう思いが、しかし梶野と会うたびに、揺らぐのだ。嫉妬もあるだろう、と間明は思う。梶野は悪いやつではない、むしろ愛すべき性格の持ち主だ。まさにそれが、自分を嫉妬させるのだとしたら、自分の性格にこそ問題があるとも思う。

あいつは、この自分ほど過酷な生き方をしてこなかった。なのに、だれからも賞賛されるというのは、人生というのは不公平だ——などと感じるのは子供じみている、子供を抱くこともなく、その後も父親の立場にならなかったせいだろうか、自分はいつ大人になるのだろう——などといつもいつも複雑な気分になる、ならせられる相手が、梶野衛青という男だった。

だから用がなければ、できることなら会いたくないのだが、運命というものは意地悪だと間明は思う、ここ十数年来いつも身近に梶野はいた。直接に同じ仕事をしたことはなかったが、アートルーパー計画がスタートする、その予備調査時代から、梶野もその開発計画に一枚嚙んでいた。機密保持任務だ。なにを外部に漏らしてはいけないかということを知らずしてそういう任務はできなかったから、結局、梶野衛青という男はアートルーパーの開発には直接参加しないにもかかわらず、アートルーパーのことはなんでも知っているのだ。おそらくこの自分が知らないことすら、あいつは知っているだろう、と間明は信じていて、それも間明にとっては面白くないことではあった。

こちらはアートルーパーを使い物になるようにすべく日日苦労しているのに、それをしないあいつがこの自分よりもアートルーパーを知っているような顔をして、いや、ある面では実際に知っているのだろうが、しかもその上、こちらよりも早く中佐になりそうな勢いで、それはなんだか理不尽な気がする……そう思いながら廊下を歩いていると、呼び止められた。

「彊志、ここだ、ここだ」

梶野少佐の声だ。医局の前だった。ドアが開いていて、医師と話をしている梶野の姿があった。

「梶野少佐どの」と間明は慇懃に答える。「なに用ですか」

「——じゃあ、そういうことで」と梶野は医師との立ち話を打ち切り、廊下に出てきて、「そうあらたまらなくてもいいだろう。まったく、いつまでたってもきみは変わらない」と言った。

軍隊内での口の利き方というのは、もちろん年齢には関係ない。上官は相手を『貴様』といい、上官に対しては子供のような相手であっても『あなた』というのは当然だ。また同じ階級であっても、所属部署間にも暗黙のうちの軽重関係があり、これまでの経歴や出身による微妙な上下関係も現に存在した。

国連軍組織になってから、表面的には過去の旧軍隊の慣例は白紙にされてフランクなものになったのだが、かえって複雑さをまし、対応がより難しくなったと間明には思える。旧軍出身者と国連軍中央士官学校出身者との軋轢というのも存在した。間明はいまだに慣れない。そういう難しさはなにも軍隊だけでなく、人間が集団で行動する際には必ずついて回るものだと思うのだが、そういうことに煩わされることなく仕事に没頭したいものだといつも感じる。面倒なので、だれにも慇懃に接する癖がついていて、それも梶野との差だろう、自分の出世が遅いのは当たり前だ、と間明は思う。

「なんの用だ」と間明は意識的にくだけた口調にして、言った。「病院のトイレがきれいなので、わざわざ用を足しに来たのか」

「わたしのトイレはなめられるほどにいつもきれいだが。なんだ、それ、どういう意味だ?」

「お互い、忙しい。来たついでにこちらが呼び出されるのはかなわない、ということを遠回しに言ったんだ」そう真面目に答えてから、間明は苦笑する。「まったく、あなたも変わっていない。元気そうだな」

「快食快便でやっているよ。今夜は快眠もできそうだ」

「それはよかった」

早食い早糞、いつでもどこでも寝られること、というのは良い兵隊の条件だが、梶野は将校だから早くしなくてもいいのだろうな、などと間明は自分が兵隊のような気分で思う。

「この病院棟内に用意してもらった部屋がある。夜食もあるよ」

「重要な用件か」

「ついでといえばついでなんだが、明日あらたまって呼び出すのもなんだと思ったんだ。つき合ってくれないか。夜食はささやかな御礼だ。病院食に毛が生えた程度のものだが、仕方い。考えなくてもいい地位にいるということだった。間明はあきらめ気分で梶野に従う。
礼を言うのにこちらを呼び出すというのもおかしな話だが、梶野はそういうことは考えな
「わかったよ、少佐どの」

7

梶野は当直室に間明を案内した。中は雑然としている。ベッド代わりにしているとみられるくたびれたソファ、他にも二段のスチール製のベッド、簡素なテーブルに椅子。テーブルに、二食分の食事の用意。パンとシチューだ。湯気が立っている。うまそうだ。

「すまない、こんな部屋しか空いてないんだ」

梶野は窓によって深夜の外をうかがう。

集中治療室では聞こえなかった、工事の騒音がしている。機械人たちが施設の拡張工事をしているのだった。明るい照明はない。機械人たちの視覚は人間よりも優れている。睡眠も必要ないので工事には昼も夜もない。

「他の部屋は倉庫までふさがっている。保護した志貴一派でいっぱいなんだ。総勢十九名だ」

「その様子を見に来たのか」

「彼らを監視する部下の様子だよ。仕事ぶりを見に来たんだ」

梶野はブラインドを降ろし、椅子に腰を下ろして、間明に対面の椅子を勧めて言った。

「兵隊は目を離すとすぐに怠ける。ま、わたしの直属の部下は優秀だが。わたしが姿を見せれば士気も高まる。そういうこと。――間明少佐、食事をどうぞ。本物のコーヒーもある。ワインが欲しいところだが、ここは素面でいこう。今回はよくやってくれた。治安部隊を代表して御礼を申し上げる」

「わたしはなにもしていない。むしろ失策を犯したんだ。まさかあんな連中がいるとは予想もしていなかった。わたしのせいで、五名が戦死した」

「戦死したのは、一名だ」と梶野は言った。「リャン・ウー中尉だけだ」

「どういう意味だ」と間明は思わず問い返している。「訓練中のアートルーパーの四名も死亡した。訓練中の死は戦死ではない、事故死だとでもいうのか」

梶野はそういう意味で言ったのではない、アートルーパーは人間ではないから戦死者の数には入らないと、そう言っているのだ。それは間明にはわかったが、そういう発言は認めたくなかった。

「いや」と梶野少佐は、思ってもみなかったのだろう、間明の激しい口調に驚いたように、続けた。「アートルーパーは人間ではない、ということだ」

「なお悪い」

「なにを怒っているんだ、彊志。アートルーパーが人間ではないというのは、事実じゃないか」

「それはおまえの錯誤だ」と間明は、言葉遣いを変えて、言った。「彼らは人間だよ、衛青。そうでなければ計画の意味がなくなる。彼らは人間でなくてはならないんだ。おまえはアートルーパーをロボットだとでも思っているのか」

「それは建て前だろう」

「なにが、建て前だ」

「まあ、落ち着けよ、間明少佐。シチューが冷めないうちに、食べよう。人間、腹が減っていると攻撃的になる。食べてくれ、少佐」

それはほとんど命令だ。同じ階級でも梶野は自分よりも上位にいる、そういう上下関係は厳然としてあり、梶野はいまその力を行使している、と間明は思う。黙ってスプーンを取り、命令に従う。しかしシチューは、うまかった。鶏肉が入っている。基地の農場で飼育されているが、貴重だ。

「戦死者の数は少ないほうが、あなたの責任も軽くなる」梶野は食べながら、世間話のような口調で言った。「そういうつもりで言ったんだ。怒るとは思わなかった。アートルーパーに情が移ったのか」

「当然だろう。わたしが育てているんだ。子供と同じだ。わたしにとってはむしろウー中尉の死よりもこたえている」

「ウー中尉は気の毒だな。直属上官のあなたにそう思われているなんて」

「彼は軍人だ。戦死は不慮の事故死とは違う。覚悟していたはずだ。しかしアートルーパーたちはまだそうではなかった」

「フムン」

「それは建て前だ、と言ったな。どういう意味なんだ」

「アートルーパー計画は多くの矛盾点を抱えている。わたしは直接関わっていないから、外部の視点で、それがよく見えるんだ。きみの立場とはそこが違う。アートルーパーは人間だ、というのは、間違っている。錯誤に陥っているのはあなたのほうだ、間明少佐」

「それが、わからない」

「彼らが人間だというのなら、地球に残してはおけない。人権を認めるなら、救わなければならない。過酷な宿命を負わせることなど、できるわけがない。それができるというのは、彼らは人間ではない、われわれのコントロール下にあるロボットだ、と思うしかない。アートルーパー計画はそうでなければ成立しない。しかし機械人に対しては、アートルーパーは人間でなければならない。これは、矛盾だ」

梶野少佐はゆったりとした物腰でパンをちぎり、食事を楽しむ。優雅だな、と間明は思う。こちらがゆっくりと食べるのは、早く食べ終えてしまうのが惜しい、という気分なのだが。こいつはどんな質素な食事でも、楽しむことは忘れない。身についているのだ。

「それを解消し、その計画を成立させたのは、アートルーパーとは人間と同じ機能を持ったロボットだ、という思想であり、共通認識であり、扱い方だ」と梶野は続けた。「彼らは人間ではない。それを認めないとすれば、矛盾をどこまでも引きずることになる。そもそもそんな矛盾点は最初からわかっていたことだ。UNAGは、アンドロイドを人間扱いしないという地球連邦議会コンセンサスのもとに、アートルーパーの製造に踏み切ったんだ。ある意味でこれは緊急避難的な、アンドロイド製造だ。機械人のみに復興を任せてはおけないが、さりとて監督するためにどの人間を残すのかは大きな問題だ。だれも見返りなしの貧乏くじはひきたくない。残るならば、現地球と未来の地球を支配したい。だが、それは火星に避難する側の人間たちには認められない、譲れない条件だ。で、アートルーパーだ。それは人間にとって都合のいいものだが、それはあなたも承知していたはずだ。しかし教育訓練を担当しているうちに情が移った。そういうことだろう」

「わたしは、彼らが自立して物事を考えられるようになるまで、地球を離れるつもりはない。自分が地球で最後の一人になろうともだ。そういう覚悟なしではやれない仕事だ」

「あなたのその使命感には敬服する。だが、計画の原点を見失ってはいけないよ、彊志。きみは人間で、彼らはそうではない。同じ生き物だと思ってはいけない。友人として忠告しておく」

「忠告、か」

間明にしても、アートルーパーは人間とまったく変わらない生き物だ、などとは思ってはいなかった。身体は成人だが、精神は幼い。最初のころはそれはとくに奇異に感じられたから、アンドロイドは人間と同じだ、などとは考えたこともなかった。だがその成長ぶりはめざましかった。とくにエリファレットモデルである慧慈は、初等教育期間を長めにとっていたからだろう、人間の情動というものをよく身につけた。喜怒哀楽もちゃんと表現する。そして自分で考えたことをこちらに伝える能力がある。慧慈の次世代モデルである慧慈の部下の四名のニュートリシャスモデルのアートルーパーよりも、いや、へたな人間よりもよほど出来が良いと感じさせ、それは、そう、こちらの情が移った、ということだろう、そう間明は思う。

間明の慧慈へのそれは、他のモデルのアートルーパーに対するものより強かった。相性というのもあるのかもしれないが、やはりエリファレットという名称のモデルのそれが優秀だからに違いない。

エリファレットモデルは、アンドロイドという存在をさまざまな面から評価するためのプロトタイプであると同時に、次世代の量産タイプのアートルーパーのリーダーにすべく、それにふさわしい性能を発揮するよう、人間が心血を注いで創造した、いわばスペシャルモデルだった。製造数はごく少数だ。間明は全世界で五体が作られたと聞いているが、配属先を知っているのは、二体だけだ。慧慈と、あと一体。東洋圏で育っている二体だ。残りの三体は西洋圏のUNAGのもとに送られているが、そちらの詳細は間明は知らされていない。だがそれが存在するというのは心強く思えた。エリファレットモデルが他のモデルの先頭に立ってリードするなら、大丈夫だ、アートルーパー計画はうまくいく、そう信じている間明だった。

「自分と同じ生き物だ、などと感じたことはない」と間明は言った。「彼らは、純粋だ。だから、弱い。人間のようなタフさは持っていない、か弱い生き物だ。それがわたしの実感だ」

「鍛え甲斐があるというものだ」

「兵隊を鍛えるのとはわけが違う」

「もっとタフなのを量産すればいい。より鈍感なやつを。エリファレットモデルはガラスのような神経を持っているようだな」

「へたな人間より繊細だろうと思う。よくできている」

「慧慈軍曹が助かってよかったな」

「ああ」

「意識は回復したか」

「まだだ」

「ずっと付き添っていたのか」

「そうだ」

「わかるよ」

「意外だな。あなたにわたしの気持ちがわかるとはね」

「そう意外でもない」と梶野少佐は間明には謎の微笑を浮かべて言った。「わたしは知っているんだ」

「なにを」

「慧慈軍曹が、きみにとっては息子のように感じられるという、その原因を、だよ」

「なんだというんだ」

「あのアートルーパーは、物事に対する興味や反応といった性質、もって生まれた性格が、きみと同じなんだ。そのように設計されたんだ」

「どういうことだ？　意味がよくわからないが」

「遺伝子レベルで決定される性格というものがある。物事に積極的か、慎重か、外部からのストレスに強いか、弱いか、危機に陥ったときに、楽観的に考えるか、悲観的か、などの違いは、どのような遺伝子を持っているかで決まる。それはイヌでもネコでもそうなんだ。実際の性格がすべて遺伝子で決まるわけではないにしても、その部分の遺伝子を調べると、その人間の生まれつきの性質、性向というものがわかる。間明少佐、あなたと慧慈とは、その点で、ほとんど同じなんだよ。同じだから、あなたが教育係に選ばれたようなものなんだ。危機に陥ったとき、慧慈は自分の脚を切り落としてでも生き延びようとするだろう。潜在的にそういう性質を持っている。それをあなたが教育することによって、顕在化させ、強化することができるというわけだが、早い話、慧慈にはきみの遺伝子の一部が使われているようなものだ。いわば血を分けているんだ」

「わたしの遺伝子だと？」

「そっくりそのままではないが、きみの遺伝子パターンの一部を参考にして、設計された。知らなかったろう。機密事項だからな。口外無用だ。ここだけの話だ。きみには知る権利があると思ってのことだ」

「血を分けている？」

「それは情緒的な表現だが、わたしはようするに、きみが慧慈のことを息子のように思っているのは、物理的にも説明できる、と言っているんだ。むろん、きみと慧慈は父と子なんかじゃない。物理的に決定されている性質の一部を共有しているにすぎない。未知の出来事に対して冷静沈着で、かつ、こうと決めたら恐れずに実行する、という性質だ。エリファレットモデルは、普段は落ち着いた性格だが、潜在的には積極果敢な闘志を秘めている、というように設計されたんだよ。普段は思慮深く軽軽に行動しないが、いったん事が起きたら最強の戦士になる、というようにだ。その設計に際して、きみのその面の遺伝子配列がモデルにされた。だから、きみが彼を他人のようには思えないというのは、まさしく、まんざら赤の他人ではないから当然だ、ということだ」

間明には初耳だった。どう反応していいのか、わからなかった。慧慈のことが実の息子のように感じられるかといえば、そうではない、と間明は思う。よくわからない。慧慈の身の上が心配なのは間違いないのだが。

梶野がいま打ち明けた事実が、慧慈への情を感じさせる原因だ、などとは間明には思えない。たとえば、と間明は想像してみる、慧慈が実は自分の切り落とされた脚から作られたのだとしたらどうだろう。だからあのアートルーパーに情愛を感ずるだろうか。いいや、それはあまり関係ない。息子とはやはり違う、抱き上げられることのなかった、救えなかったあの子への想いと、慧慈へのそれとは別のものだ。

「どうしてそんなことを、わたしに打ち明けたんだ」

「わたしがそれを知っていた、ということを知っていてもらいたかったからだ。あとできみの知るところになって、批難されてはかなわないからだ」

「そんなことは、わたしはしない。する権限もない」

すると、梶野は間明の目を見据えて、こう言った。

「あのアートルーパーを、対テロリスト任務に就けることに同意してほしいのだ、間明少佐。これが、もう一つの、きみにこの席に来てもらった目的だ」

「対テロリストだ？」

「そうだ。叛乱分子相手にも使える」

「対人戦闘に使うというのか」

「そうだ。われわれUNAGは、単に残留人の保護をしているわけではない。火星に一時避難するというこの国連政府の決定に反抗する武装集団の摘発と、対処、それがわたしの任務だ。われわれは、それらの集団をシラミ潰しに潰しているところだが、今回慧慈はまさに、それと戦った。その経験は貴重だ。使える——」

「どういうつもりだ。そんな計画は聞いていない。アートルーパーは対機械人監視用だ。対人兵器ではないんだぞ」

「だから、有効に使えることが今回の件で実証されたんだよ、少佐。これを使わない手はない」

「なにを言っている」

「冷静になってくれ、彊志。先ほど忠告したろう。アートルーパーは、きみとは違う。気持ちは、わかる。それを無視したくない。だから遺伝子の件も打ち明けた。すべてを知って、同意してもらいたいんだ」

「アートルーパーが、対人用に、有効に使えるだと」

「アートルーパーの機能を生かすんだ。まあ、聴いてくれ」梶野少佐はハンカチを出し口元を拭いてから、言った。「叛乱分子といえども、人間だ。無条件に殺戮するわけにはいかない。たとえば出来の悪いロボットに掃討を命じたとすると、相手を皆殺しにしかねない。だがアートルーパーは、人間の機能を持っている。無条件に相手を皆殺しにしたりはしない。事実、今回がそうだった」

「こちらが皆殺し状態になった」

「だがそれでもアートルーパーは、非人間的な行為はしなかった。ウー中尉が倒れたあと、その指示が受けられなくなっても、慧慈軍曹は的確な判断をした」

「死んだら終わりだ。慧慈は死ぬところだったんだぞ。殺されるところだったんだ」

「だから、きみのその気持ちは、わかる。しかし間明少佐、よく考えてくれ。アートルーパーは、量産が効くんだよ。犠牲になっても、その影響は小さい。遺族というものがいない。補償問題がないし、嘆き悲しむ家族へのケアも必要ない。きみ以外には、だ。きみさえ納得してくれれば――」

「エリファレットモデルは量産は効かないだろう。それは別にしても、わたしだけでなく、初等教育担当者たちの苦労や感情は、遺族と同じだ。それをあなたは無視し、納得しろで済むことだと、あなたは思っているわけだな」

「それは、違う」と梶野は言い切った。「考え方の問題にすぎない、ということをわかってもらいたいんだ。アートルーパーは人間ではない。人造物だ、ということを忘れなければいい。何度でも忠告する、アンドロイドは、人間ではない。情に流されてそれを忘れないでくれ。そもそもきみは軍人で、将校だ。人間の部下を失うことと比べてみろよ。きみは、ウー中尉よりもアートルーパーを失うことのほうがこたえた、と言ったが、それは異常な感覚だ。軍人として、それはおかしいだろう」

「アートルーパーは人間と同じだという意識なしで教育などできない。彼らは兵士よりもまず人間にならなければいけないんだ」

「量産タイプには必要ない。エリファレットモデルのようなリーダー候補に対してだけ、そうするのがよいとわたしは思う。でなければ効率がよくない。復興計画に間に合わなくなる。志貴一派のような連中も早く何とかしなくてはいけないんだ。もっと大きな組織集団が、UNAGや国連政府の転覆を狙っているということの危険性を座視することはできない。それは、実戦部隊に関わっていないきみにも、わかるだろう」

間明はあいまいにうなずき、訊いた。

「この件に関して、あなたのその提案への拒否はできるのか」

「同意するなら、わたしのこのやり方や計画面にきみも参加できる、ということだ」

つまり、拒めば慧慈を取り上げられてそれまで、ということだ。アートルーパーはつぎつぎに生産されているから自分の仕事がなくなるということはないだろうが、慧慈はまだ未完成だ、手放したくない。アートルーパーの可能性をまだ自分は見極めていない、と間明は思う。その仕事を途中で放棄したくない。

「志貴とは何者だ。大きな組織だったのか」

「人数はそうでもないが、強力な武装集団だった。UNAGでは知られた存在で、ずっと追っていた。彼らは、おそらく上部組織の指令でこちらに移動してきたと思われるが、その上部組織が見えてこない。志貴がどこで、だれと接触したのか、という肝心なことがよくわからないんだ。衛星監視では見つけられない。彼らはまさしく地下に潜るからな。やつの本名は、長尾志貴、という。羅宇の志貴、と呼ばれていた。羅宇とは、煙草を吸う、キセルのことだそうだ。死体の指はヤニに染まっていた。ニコチン中毒だな。最近は手に入り難くなっていたろう」

「総勢十九人と言ったな」

「生存者が十九人だ。男、女、子供、乳児も含めてだ」

「犠牲者は」

「志貴と、他に二人。そのうち一人は収容されたあとで死亡した。負傷者は、重傷が一人、軽傷者が四人。全員が栄養不良で、とくに赤ん坊は今回救出されなければ危なかったろう。ここで全員の手当をして、それから、尋問したのち、火星移送ルートに乗せる。彼らの体力回復には、しばらく時間が必要だ」

「こちらもだ」と間明は言った。「慧慈軍曹はしばらく使えない」

「訓練の場を移すのがいいと思う」

「他の基地で休養させるというのか」

「避難と言ったほうがいいかもしれない」

「どういうことだ」

「実は」

と梶野少佐は、サーバーからカップにコーヒーを注ぎ、一口飲んでから、言った。

「わたしも、失策を犯したんだ。快眠できそうだというのは、ちょっと見栄を張ったんだ。きみにはいいところを見せたい、と。いつも、そうなんだ。きみは――」

「なんなんだ、失策とは」

「志貴の息子に逃げられた。シカツという。長尾師勝。父親譲りの過激なやつだ。一人で逃げたのではないと思うが、確認されていない。保護した連中は、黙ったままだ。とにかくやつは、必ず、問題を起こす。まさかここに仲間を助けに来るとは思えないが、やりかねない。

だが、問題は、それよりも、おそらくやつは、生きている限り父親の言いつけを守るだろう、ということなんだ」

「なにを言いつけられているんだ」

「きみはリアルタイムで聞いていたろう。わたしは録画を再生してから、知った。羅宇の志貴は、息子の師勝に言っていた。志貴はアートルーパーを皆殺しにしろ、と。やつは、アートルーパーの存在を認めなかった。アートルーパーの慧慈軍曹に殺された。息子の師勝は、目前でそれを見ていた。志貴の言いつけがなくても、復讐心で、アートルーパーを狙うのは間違いない。アートルーパーは殺人マシンだ、と世間に吹聴する危険もある」

「どのみちそういう風潮が立つならば、そのとおりアートルーパーを殺人マシンとして使おうというのか」

「違うだろうが、間明少佐。わたしの提案は、そうではない、反対だ、人道を思えばこそ、アートルーパーは適任だと、そう言ったはずだ。なにを聞いているんだ。ここで冗談は許さんぞ」

梶野は今夜初めて苛立ちを露わにして、間明に言った。間明は謝罪する、すまない、と。

「いや……疆志、きみについ八つ当たりをしてしまった。きみだから、できるんだ」

しかしこの男は、こちらを思いやることは決してしないし、それを自覚してもいない、と間明は思う。だからどうだ、ということもないのだが。昔からそうだった。

「やつを野放しにしてはおけない。わたしが直接現場に行っていれば、とことん捜索したろう。いや、言い訳はしない。わたしのミスだ。絶対に逃がしてはいけない者を、逃してしまったんだよ」

間明はなにも言わなかった。軽軽しく、力になろう、協力する、などと言えば慧慈を勝手にいいように使われかねない。慧慈を、シカツという男を引き寄せるための囮(おとり)として使うことも考えているかもしれない、と間明は思いついた。そんなことは、絶対に許せない。

この世は、おまえの考えだけで成り立っているわけではない、こちらにも意地というものがあるのだ、いつもこちらが折れて妥協すると思うなよ、衛青——そう心で唱えながら、間明は義足にそっと手を伸ばして、ふくらはぎを押さえる。幻痛。ない脚がまた痛む。痛みそのものは本物だ。だがこの男には他人のこうした痛みはわからないだろう、そう間明は思った。

8

慧慈は夢も見なかった。意識が戻ったときまず思い浮かんだのは、雨はどうなったろう、ということだった。それから、睡眠不足のときのような鈍い頭痛を感じ取った。

天井が白く見えた。室内だから、雨には打たれないのだな、と思った。身体も濡れていない。寒くはなかった。

「気がついたか」

瀬木大尉の顔が天井を隠した。

「……雨は、どうなりましたか」

慧慈は訊いた。

「どうかな」と瀬木大尉が言った。「たぶん、止んでいるだろう」

「そうですか……」

そう言うと、また意識が薄れた。恐怖はなく、しかし安らぎも、感じない。ただ、意識が遠のいた。それから、夢を見た。

撃て、とリャン・ウー中尉の死体が命じた。焦りを感じたままアサルトライフルの引き金を絞ると、ウー中尉が絶命する。死体がまた死ぬのもおかしな話だ、と思っている自分がいる。重い身体がのしかかってくる。どうして人は死ぬのだろうと不思議に思う。重みだけが感じられる。こいつはだれだろう。部下の一人だ。その死体の腕が、こちらの銃創を叩くように触れる。激痛。全身が濡れている。おかしい、室内だから雨はあたらないはずなのに。いや、これは、自分の血だ。身体から流れ出た血は冷たい。瀬木大尉が、大丈夫か、と言っている。どうして、戦闘現場にはいなかったはずなのに、なぜ瀬木大尉がここにいるのだろう。ここはどこだ。傷口が痛い。とても、痛む……

慧慈はその痛みで目を覚ます。ここは病院だ、とすぐにわかった。頭を動かすと、軍服姿が視界に入った。マギラだった。

「……問明少佐。瀬木大尉かと思いました。なぜ少佐どのがここにおられるのですか……瀬木大尉の姿を見たのは夢だったのか」

「おまえは一度、意識を取り戻したのだ、慧慈。麻酔が切れたのだろう。そのとき瀬木大尉がそばについていた。それからおまえは正常な眠りに入り、いま目を覚ました。そういうことだ」

「そうですか……」

「気分はどうだ。傷は痛むか」

「はい、少し。気分は悪くありません」

「なぜわたしがここに、と言ったな。どういう意味だ」

「どういう、と言われても――意外でした」

「フムン」とマギラはため息のような声を漏らし、それから、言った。「いまおまえが置かれている状況はわかっているか」

「はい。ここは病院ですね。雨の心配はしなくていい」

「雨、か。瀬木大尉にもそう言ったのを覚えているか、慧慈」

「いいえ、よく覚えていません」

「天気以外に気にかかることはないか。他に訊きたいことはないか、質問はないか、ということだ」

慧慈はマギラがなにを思っているのか、その問いかけの意図を摑めずに、とまどう。マギラがこの自分の容体を気にかけている、というのは理解できた。だが、いまここにいる、というのはなぜなのか、直に会うことなく、こちらのことはわかるはずなのに、それがよくわからなかった。この少佐は自分に、どういう答えを期待しているのだろう、と慧慈は頭を働かせる。

いま自分は生きていて、どうやらこの足で雨が止んでいるかどうか確かめに行けそうだ、それはマギラにとってもいいことだろう、と慧慈は思った。麻酔が切れた傷口は痛んだが、生命は取り留めたのだ。マギラは、おそらく、この腕が元どおりに使えるかどうか、傷物になってアートルーパーとして使えなくなることを心配しているのだろう、と慧慈は思いつき、言った。

「わたしは、大丈夫です、少佐どの。たぶん、腕も動きます」

実際に動かそうとしたとたん激痛が走り、顔をしかめて、やめる。

「いまは無理をするな。傷口が開いては治るのが遅れる。——それから、他に言いたいことは？」

まだ他にだって？　なにを言えばいいのかと慧慈は訝しく思う。どうやらマギラが期待した答えではなかったとわかったが、他になにを言えばいいのか、思いつかない。

慧慈は正直に、そう言う。

「なにを少佐どのが期待されているのか、わかりません。他に言いたい、訊きたいことは、わたしにはありません」

「それは、訊いているのがわたしだからか」

「……おっしゃる意味が、わかりません」

「たとえば瀬木大尉なら言えることはあるのか。だれか会いたい者はいるか、会って話したいと思う者はいるか」

「いいえ、とくにそういうのは……ないですが」

「なるほど」とマギラはうなずく。「いまはこれでいい。おまえを一般病室に移す前に、事情聴取等を行う。瀬木大尉からだ。おまえは、あそこで起こったことを思い返し、大尉の質問に答えられるようにしておけ」

「……わかりました」

そういえば、いまは何時なのだろう、どのくらい眠っていたのか、それを訊けばよかったな、と思った慧慈に、立ち去りかけたマギラが振り向き、そして、言った。

「慧慈、おまえは、自分をなんだと思っているか」

それは、何様のつもりか、という批難ではなく、人間かどうか、と訊いているのだ、と慧慈は受け止めた。

「わたしはアートルーパーです」

慧慈はそう即答し、それから、アートルーパーであり、人間だ、すなわち『自分は人間だと思っている』、と続けようとしたが、マギラはそれより早く、こう訊いてきた。

「それをどう思う。どう感じる」

それには即答できなかった。言いたいことはいろいろあった。自分は、アートルーパーは人間だと思っているが、あなたはそうではないのだろう、リャン・ウー中尉もそう感じていたようだし、あの男、なんと言ったろう、そうラオノ・シキに至っては、アートルーパーは不要の物、危険物扱いをした。

慧慈は考えをまとめようとしたが、アートルーパーであることを自分はどう感じるか、という答えは出せなかった。どう感じるもなにも、このようにして生まれてきたのだから、このように生きているだけのことだ。不満や愚痴や苦しみはもちろんあるが、それはアートルーパーか人間か、ということとは関係ない。生きている者ならすべて同じだろう、そう思っていた。だが、どうやらそれは、違うようだ。違うのだぞ、とマギラは言いたいのだ、それをこちらに確認させようとしている——唇をなめて、慧慈は問い返した。

「少佐、あなたはご自分を人間だと思っておられるのですか」

「むろんだ」

「それをどう思われますか。どう感じておられるのです」

わずかにマギラの表情が変化したのを慧慈は見逃さなかった。目が細められ、眉が少し動いた。動揺したのか、怒りを覚えたのか、意外な問いかけにとまどったのか。しかしそんなのはこちらの妄想にすぎなかったと思わせる、平然とした態度にすぐに戻って、マギラは言った。

「誇りに思っている」それから、「人間として生まれたからには、人間として生き、死にたいと思っている。慧慈、わたしは、おまえもそうであってほしいと願っている」

それからマギラは、あとも見ずに出ていった。

そうであってほしいとはどういうことなのかと、慧慈は意味を捉えかねて困惑した。あの少佐は、こちらも人間として生きろ、と言ったのだろうか。いや、アートルーパーとして誇りを持て、アートルーパーとして生き、死んでいけ、それを願っている、ということなのか。そもそも、マギラはこちらにどういう答えを期待していたのだろう、なにを言えばよかったというのだ……慧慈にはわからなかった。

病室には時計も窓もなかった。時間や天気はベッドを降りて自分で確かめられそうだと、慧慈は右腕を支えにして起きようとしたが、頭を上げたところでめまいを感じた。世界が回る。思ったよりも身体は消耗しているようだと気づく。熱もあった。慧慈は急に心細さを感じて頭をもとに戻す。

男性の医師が女性看護師を伴って入ってきた。自分の容体はどうなのか、と慧慈は訊いた。

「きみはいい兵士か、悪い兵士か、どちらだい」

「はい？」

「いい兵士は早死にすることになっている」

「どういう意味でしょうか」

「わからないのか」

間明少佐と同じくらいの年輩に見える医師は笑って言った。

「わからないのだから、きみはいい兵隊なんだろう」

「早死にするということですか」

「すまない、冗談だ。重病という診断を下してくれ、と訴える兵士は少なくないんだよ。病院でゆっくり休みたい、ということだ」

「仮病ですか」

「そう。詐病（さびょう）という。人間の知恵だ。知恵の回る者は長生きをする確率が高い」

「わたしは、正確な自分の容体が知りたいのです。ただそれだけです」

「フム」と医師は笑みを消して、「きみはやはり人間ではないな」と言った。

「わたしはアートルーパーです。しかし――」

慧慈は右腕を顔にかざして、言った。

「身体は人間です。この腕、皮膚、筋肉、骨、このどこが人間ではない、というのです」

看護師が、その腕を下げるようにと告げたが、慧慈が従わないので、その腕をつかもうとする。点滴の針を刺そうとしていた。医師はその看護師にちょっと待つように命じ、慧慈に言った。

「たしかに、そうだな。しかしそれだけが人間のすべてではない。そのきみの膚（はだ）の下に流れている血は、人間とはやはり違うようだ」

「血だって同じはず――」

「血液のことじゃない。いわゆる血縁とか血筋とか性質といった、広い意味での、血だ。血も涙もないやつ、という言い回しは知っているかい」

「はい。しかし、それは個性というものでしょう」と慧慈は言った。「あなたはわたしがアートルーパーだと知っているから、そう言えるのです。知らなければ、出てこない言葉だと思います。わたしが人工的に作られたのかどうかなど、外観からは、まったくわからないはずです。違いますか」

「きみは頭がいい」と医師はうなずきながら答えた。「しかし知恵がない。少佐が心配されるわけだ」

「間明少佐ですか」

「そう」

「少佐が、わたしには知恵がない、と言っているのですか」

「それは直接訊いてみればいい」医師は診察に取りかかりながら言った。「きみの容体は、このような高度集中治療室での管理を必要とするものではなかった。わたしの判断では、そうだった。が、間明少佐は、それを望んだんだ。隔離したかったのかもしれない。いろいろな意味で心配されていたのは確かだ」

慧慈は医師の白衣の胸につけられたネームプレートを見る。木上尚人、とあった。

「キノウエ先生――」

「キガミ、だ。キガミナオト。なんだね」

「木上先生、あなたはアートルーパーをどう思いますか。人間が、わたしのような存在を創造したことを、どう思いますか」

「技術的にはすごいことだと思うね。以前から、やる気になれば可能だと言われていたが、本当にやってしまうとはな。アートルーパー計画については、必要悪だと思う――」

「悪、ですか」

「人間が人造人間を作る、というのはね、やってはならないことだとわたしは思う。悲劇の元だ。きみには同情するよ」

「わたしは人間ではなく、機械だとあなたは思われているのでしょう。機械に同情する、というのは矛盾だと思いますが」

「わたしはそうは思わない。人間も生存機械だ、と思っている。悲劇の元になるというのは、きみには考える頭がある、ということなんだ。わたしも、だよ。いわゆる自動機械は自分が何者か、などとは考えない。だがきみやわたしは、そうではない。結局、そういう能力を持ったものすべてが悲劇的な存在だ、ということになる」

「機械人たちにもそういう能力があるのですか」

「たぶんね」

「それでも彼らは平然と生きている。なぜです」

「それもまた、彼らに訊いてみればいい。わたしにはわからないよ、機械人のことは。しかし、きみの不安は、わかるよ。きみは、わたしと同じ構造の考え方をするからだ」

「同じ人間だから、ということでしょう。それは矛盾です。あなたは、わたしを人間とは違う、と先ほど言った」

「まだ人間になりきれていない、まだ未熟だ、という意味なんだ。いや、人間ではないと感じたのは確かだ。身体はたしかに人間そのものだが、違う、と感じた」

木上医師は慧慈の傷口の様子を見ながら、軽い口調で続けた。

「身体だけが、人間のすべてではないんだ。人間というのは、人間として生まれたら人間になるかというと、そうではないということなんだ」

「わかりません」

「狼少女の話は知っているかい」

「いいえ」

「狼に育てられた人間は、狼になる」

「まさか」

「姿形がそうなるというのではない。遠吠えをしたり生肉を食べたりといった狼の習性を身につけるということだよ。ようするにだ、わたしが感じたのは、きみはまだ、なにになるかわからない、ということなんだ。そういうことだよ。いまそれがわかった。きみは人間になりきれていない。アートルーパーとしても未完成だろう。間明少佐の仕事、ちゃんとしたアートルーパーを育てるというのは大変な仕事だ。わたしの仕事はその点、らくなものだよ。きみの身体は、勝手に治るからな。だから、わたしはきみの傷を消毒するくらいでいい。きみの治癒能力を助けてやるだけでいいんだ。きみが機械なら、わたしは一から直さなくてはならない……きみは人間になれるよ。たぶん、いい人間に。知恵を身につけて長生きしてくれ。――はい、これでよし」

傷口が新しい包帯で巻かれて、治療は終わる。医師たちが出ていって、慧慈は一人になる。天井を見上げながら慧慈は、自分はなんなのだろう、と思った。マギラはこちらに『自分をなんだと思っているか』と訊き、木上医師は『なにになるかわからない』と言った。自分は人間だ、そう思ってるだけではだめだということか。では、なにになればいいというのだ。

慧慈は焦燥感に駆られる。腕に挿された点滴針をむしり取りたい気分だった。そんな気分のところに、瀬木大尉がやってきた。

瀬木はベッド脇のスツールに腰を下ろすと、持ってきたクリップボードに挟んだ書類をぱらぱらとめくって見せて、「いくつかの質問に答えてくれ」と言い、ペンを取った。

いまはその気にはなれないからといって、拒否はできない。マギラがあらかじめ、瀬木大尉が来ることを予告していたのだから。

「アイ、サー」と慧慈はほとんど投げやりに言った。「わかりました」

事件についてのその質問は、慧慈の予想より詳細なものだった。何時何分に各人員はどこにいたか。だれとどこに向かって移動したか。敵はどこから出てきたか。それは何人で、その時刻は確認したか。相手は何発、だれを狙って撃ってきたか。こちらが発砲した実包は何発か、どこに向かって撃ったか。

答えられない事項のほうが多かった。そもそもそんなことは、自動中継された映像でわかることではないか。

こんなのは無駄だ。そう、慧慈は苛立ち紛れに言った。すると瀬木大尉は、「質問に答えるように」と慧慈の苛立ちを無視した冷ややかな口調で言い、それから、いました質問事項を最初からまた始めた。

これは拷問だ、と慧慈はあきらめ気分で思った。これは素直に従わないと、いつまでも終わりになりそうにない。

重複した質問に対する答えが先ほどとは違っている、ということでまた時間をとったが、それがようやくすむと、今度は瀬木大尉は一枚の写真を出して、慧慈に見せた。

「これはだれか」

ラオノ・シキの死体の写真だった。顔が、死んでいる、と思った。表情が生きている者のそれではない。ほんとにシキか、と思ったが、間違いないだろう。

「ラオノ・シキと名告った男です、サー」

「死亡して発見された」と瀬木大尉は言って、少し間を取ったあと、続けた。「死因はなにか、わかるか」

「わたしの銃撃を受けたことだと思います」

「おまえは、この男を狙って撃ったのか」

「アイ、サー。そうです」

「この点は重要だ。構えて撃ったのか」

「構えている暇はありませんでした。腰だめで、引き金を引きました」

「殺意はあったか」

「はい？」

「おまえは、この者を殺そうと思ったのか」

「いいえ」と慧慈。「この男はわたしに向けて発砲しました。それをやめさせたいと思いました。殺意はありません。自分の身を守ろうとしました」

「相手の殺意は感じたか」

「はい」

瀬木大尉はうなずき、ペンを指で器用に回しながら、では最後の質問だ、と言った。

「感想を聞かせてくれ」

「なんに対する感想でしょうか」

「ラオノ・シキとの銃撃戦に対する感想だ」

「自分が生きているのは奇跡的な状況だった、と思います。危なかった」

「それから」

慧慈はまた苛立つ。なにを期待しているのだ、この大尉は。なにを言わせたいのだ、みんな。

「それだけです」と慧慈は吐き捨てるように答えた。「いや、生きているのは面倒だ、煩わしいことだ、いっそ撃たれて死んでいればよかった、それがいまの感想です、サー」

瀬木大尉は素早く書類にペンを走らせ、それから目を上げて、言った。

「ラオノ・シキを撃ち殺したことは認めるか」

「アイ、サー。認めます」

「それをどう感じているか」

「撃たなければ、殺されていた。どちらかが死んでいた。たまたま生き残ったのがわたしのほうだった。そう感じています」

「それは、感じ、ではない」と瀬木大尉は言った。「説明だ」

「なにを答えていいのか、わかりません、大尉」

「おまえは、人間を一人、状況はどうあれ、殺している。それに対して、その感じが、おまえには答えられないわけだ」

瀬木大尉は腰を上げて、ご苦労だった、と言う。慧慈は訊いた。

「わたしは、良心の呵責（かしゃく）を覚えなければならない、というのですか」

「質問は終わりだ、慧慈軍曹。もう休んでいい。以上だ」

「最初から、それについて、回りくどくなく訊いてくれればよかったのです、大尉」

「では、答えを聞こう。人間を一人殺して、おまえはどう感じているか」

「良心に恥じることではなかった。彼は、いわば自殺したのです」

「だから、それは状況説明であって、おまえの感情ではないんだよ、慧慈。間明少佐が危惧したとおりだ。おまえは、人が死ぬということがどういうことなのか、わかっていないんだ。なにも感じていない。だからといって不安になることはない。おまえにはまだそういう能力が育っていない、ただそれだけのことだ。いや、余計なことをしゃべってしまった。少佐に叱られる。いまのは聞かなかったことにしてくれ、軍曹」

瀬木大尉や間明少佐が期待した答えというものを自分の心から引き出すことができない事実に、慧慈は愕然とした。呵責を覚えなければならないのだろう、と頭ではわかったが、そんな感情はどこにもなかった。ラオノ・シキは、ただ死んだだけだ。それをどう感じろというのか。

「怖かった」

慧慈は出ていく瀬木大尉の背中に向かって言った。

「とても、怖かったです、あのとき。いまも」

瀬木大尉は足を止めて、向き直り、言った。

「わかるよ、軍曹」

「ほんとに？」

「もちろんだ。わたしは人間だからな」

瀬木大尉はそう言って、出ていった。慧慈は独りになった。

9

翌日から慧慈は一般病棟の大部屋で療養することになった。二階にある六人部屋で、四人の年齢もまちまちな男性の入院患者がベッドを塞いでいた。

病室には窓があり、明るかった。一床が空いていたが、その患者は前日に死亡したとのことだった。感染症の患者はいなくて、慢性疾患を患っている者たちだ、と慧慈は瀬木大尉から聞かされていた。そのわりには、みな元気そうに見えた。知恵のある者たちなのかもしれない、と慧慈は思った。しかし、きつい労働から解放されるにせよ、こんなところに自ら閉じこもってどんな楽しみを得ようというのだろう、と慧慈には不思議だった。

慧慈は窓から外を見る。晴れた空の下、自分の部屋があるカマボコ型の兵舎が見えた。あそこに帰りたい、と思った。ここでなくてもいいはずだ、あそこで療養するほうがいいに決まっている、と。所有を許可された本もあるし、なによりも、自分のものである、という安心できる空間があった。個室ではなかったが。そして、慧慈は、二人部屋だった、そのもう一人の主が、いまはもういないのだ、ということに思いが及んだ。同じように訓練を受けていた部下の一人、アートルーパー仲間と言ってもいい彼は、この戦闘で死亡した。

彼の私物はどうなったろう、処分されたのだろうか。引き取り手がいないのなら、そうなるのだろう。

私物といえるものはごくわずかだった。衣類や生活用品のほとんどは支給品だ。アートルーパーは一般の兵士と違って家族がいなかったから、手紙も衣類も、なにも、外部からは送られてはこない。

同部屋のそのアートルーパーは、しかし、金属製や陶製の人形をいくつか持っていて、机の上に飾っていた。訓練中に、街の残骸の中から見つけて持ち帰ったものだ。猫の金属製の像はとくに気に入っていたらしい。人形よりも動物を好んだ。猫のそれは栓抜きだったので、慧慈がそれを本来の用途に使おうと、貸してくれと頼んだら、遠回しに拒絶されたのを思い出す。拾ったそれを大事にしていたのだ。慧慈にはその趣味は理解できなかった。

あの猫の栓抜きは、持ち主とともに葬られるのがいい、と慧慈は思った。あれほど大事にしていたものなのだから、ゴミのように捨てられたり、だれかに横取りされるように引き取られるよりもいいだろう、と。慧慈は、それが死んだ部下への礼儀であり思いやりであり、死者を悼むというのはこういうことだと自分の考えに満足したが、死んだ部下が大事にしていたそれを形見として自分が引き取ってやろうといったことには、まったく思い及ばなかった。

その兵舎の背後に、建設中の巨大な工場が見える。ここD66前進基地は、周辺の復興の拠点として使われることになっていた。その工場で、集めた瓦礫が再生され、新たな資材が作られて、やがて街ができる。その建設はごくゆっくりと、しかし確実に進むだろう。急ぐことはないのだ。時間は二百四十年以上あるのだ。

新しいヨコハマだ、と慧慈はリャン・ウーが言った地名を思い出す。

再生されたその街では、またうまいものが作られるのだろう。しかしそれは、人間たちが火星から帰ってきてからのことだ。それまで、その街は無人で、機械人たちが維持するだろう。管理はアートルーパーがやる。そのとき、自分はいるだろうか、人間たちが帰ってくるとき。いいや、もう寿命がつきている。自分は、その街が活気づくところを見ることなく死んでいくのだ。その街で作られるうまいものを自分が味わうことは決してない。

それはでもべつだん不幸なことではない、と慧慈は思った。

自分はかつてのヨコハマなど知らないし、興味もないのだから。人間などいないほうが、平安に生きられるだろう。のんびりと本を読み、機械人たちの様子を見て、ときどきストライダーで、周辺調査と称してドライブするのもいい。燃料や食料の生産は機械人がやる。そうだ、サンドウィッチの作り方を機械人に教えるのもいい。こまごまとした生活上の仕事をして、やがて年をとって死んでいく。人間だってそうではないか。このように生まれたのだから、そのように生きるまでのことだ。

肩から吊った左腕の傷口が痛む。そうだ、人間などいないほうがいい、と心底、慧慈は思う。アートルーパーにとっていちばんの脅威は、しぶとく隠れ残った残留人になるだろう。人間を一人残らず火星に送るというのは、確率上からしても不可能だろうから――戦闘はもうごめんだ。意味のない、戦いのための戦いなど、したくない。

工場の工事はほぼ完成しているようだ。働いている機械人たちの姿が小さく見える。機械人も考える頭を持っているはずだが、なにを考えながら生きているのだろう。彼らも息抜きに景色を楽しむ感性を持っているのだろうか。

その向こうは、海だ。海岸線は以前よりずっと後退しているという。月戦争時に海水が地球から逃げていった。破壊された月の巨大な破片が爆弾となって地球を攻撃し、衝撃波と津波でそれまでの環境は瞬時に徹底的に破壊されたという。蒸発した海の一部は宇宙空間へと拡散した。宇宙へと逃げ出せなかった水は地上に降り注いだ。何ヵ月も降り止まない黒い豪雨。雲の切れ目はなく昼も暗かったという。地上は大洪水にみまわれた。ようやく空が晴れ渡ったとき、地上に生き残りがそれでもいたというのが不思議なくらいだ。しかし、いたのだ。人間だけでなく、他の動植物も。生命はしぶとい、と慧慈は思う。むろん慧慈は、その以前の地球自然など知らない。かつてこのD66前進基地あたりは海の底で、満満と水をたたえた海はきれいに澄んでいたそうだが――いまの海の様子から過去のそんな様子を想像するのは慧慈には難しかった。でも、いまも海は、あった。ながめれば心が和む。

後ろで歓声が上がって、慧慈は振り向いた。相部屋の患者たちが、一台のベッドに集まってカード遊びに興じているのだった。慧慈は仲間に入らない。来たときに挨拶はしたが、彼らと仲間になろうとは思わなかったし、打ち解け方も知らなかった。共通の話題を見つけるのは難しい、と思った。男たちは、慧慈がアートルーパーであることを知っていた。彼らがアートルーパーは人間ではないと思っている、というのは慧慈にはわかった。若い一人が、ロボットと一緒かよ、とつぶやくのを聞いたのだ。だれも反論せず、また彼らのほうからは、慧慈という新入りに対して自己紹介というものはしなかった。だから慧慈は、だれがだれなのか、部屋の入口にあるネームプレートの名がだれなのか、ということもわからなかった。自分は人間とは見られていないのだから、こういう状況下で共通の世間話というものができるわけがない、と慧慈は思っていた。

慧慈はおとなしく自分のベッドに戻って、傷をかばいながら横になった。退屈だった。聞くともなしに男たちの話を聞いていると、実にたわいもない内容だった。あの女の看護師はおれに気があるようだとか、それは逆だろうとか、上官のだれそれは部下の配給をくすねているとか、それは言い過ぎだ、ケチなやつだというのは認めるが、とか。ほとんどが人間関係について、だった。何号室のだれそれが血を吐いて、もう長くないだろう、というようなことも、男たちは詳しかった。それから、どの部隊は近く移動するらしい、とか。それは、どうも昨夜の事件に関係があるらしい、と慧慈は聞き耳を立てた。

「過激な残留人たちが一斉蜂起するらしい」

「それはないだろう。ラオノ・シキは死んだんだ」

「だからって安心はできない。シキの息子は逃げたそうだ。たぶんもっと大きな組織が背後にあるんだろう」

「そんなもの、あるわけがない。師勝はいまごろ野垂れ死んでるさ」

「なんでわかる」

「この基地の部隊は縮小されるそうだ。ずっと捜索していた志貴グループを壊滅させたからだろう。工場は完成したらしいし、もうこの基地に人間が居座ることはないんだ」

「だからって、おれたちはすぐにお役ご免になるわけじゃない。規模の縮小に伴って、部隊の再編制が行われると聞いた。治安部隊に編入されるのはいやだな」

「治安部隊といえば、梶野少佐だな。あの少佐のことだ、出世のために、新たな過激派グループを見つけだし、掃討のための部隊再編制を考えているのかもな。こっちは下手な部隊に編入されたら犬死にだ」

「捕まえた連中が脱走して戦争になるかもな」

「連中は病院の倉庫にまだ閉じ込められているんだろう」

「まとめて殺してしまえばいいんだ」

「こちらはそれで安眠できる。あいつらがいては、安心して入院していられない」

「ぶち殺しに行きたいな」

「強がりを言ってろ。撃たれたら死ぬんだぞ。弾はよけてはくれないからな。死んだら終わりだ」

「死にたくはないが、叩きのめしたい」

「気持ちはわかる」

「しかしよくシキを殺せたよな。あいつ、大物だったろう」

「だれがやったんだ」

「梶野少佐の手柄だろう。あの少佐はほんとに運がいい。鼻高高な少佐の顔が見えるようだ」

「いや、やったのはアートルーパーだという話だ」

それで会話がとぎれて、慧慈は視線が自分に集まるのを意識したが、寝たふりをしてやり過ごした。

「間明少佐が、梶野少佐のご機嫌伺いに、シキらの掃討のためにアートルーパーを提供したんだろう」

「だろうな」

まさか、と慧慈は思うが、そうかもしれない、とも思う。マギラは嫌いだ。ついでに瀬木大尉も。ウー中尉のほうがましだったような気が、いまはする。

「アートルーパーが来てから、おれたちの飯の質が落ちたよな」

それはあきらかな中傷だ、この基地にアートルーパーはわずか五名しかいなかった。

「同じ飯を食わせているんだから、こちらの食い分が少なくなるわけだ」

「泥でも食って生きられるように作ればよかったんだ」

「まったくだ」

アートルーパーがそうなら、人間も泥を食べて生きていけるわけだ、こいつらは、それに気づいてものを言っているのだろうか、と慧慈は思う。

「さっさとおれも火星でのんびりしたいものだぜ」

「もうしばらくの辛抱だ。そのうち医者もあきらめる。入院させておくより、凍眠させたほうがコストが安く済む。入院患者はみんなそうすべきなんだ」

そのとおりだ、と慧慈は心の中で同意する。こういう連中をいま活動させておくのは資源の無駄というものだ、と。

午後になって、また熱が出てきた。身体がだるい。そこへ、マギラが、一人の女を伴ってやってきた。

「具合はどうだ、軍曹」

慧慈はベッドを降りて敬礼しようとするが、降りなくてもいいと言われ、上半身のみを起こして敬礼する。

「大丈夫です、少佐どの」

「よろしい」

とマギラは言って、それから女に、慧慈を紹介した。

「こちらが、慧慈軍曹です。ウー中尉が訓練を担当していたアートルーパーです」

色白で華奢な感じの若い女だった。

「軍曹、こちらはウーさんだ。リャン・ウー中尉の妻君、奥さんだ」

「はい、少佐。ウー中尉の奥さん、慧慈軍曹です」

「ひどいめに遭いましたね、軍曹。わたしはシャンエ。マ・シャンエ・ウーです」

差し出された細い手を慧慈は軽く握る。ぞっと身震いが出るほど冷たい手だった。

「自分は大丈夫です」

そう言って、慧慈はマギラのこちらをうかがう視線に気づいた。そう、ここは、これだけではだめなのだ。マギラは、ウー中尉の死を、こちらがどう感じているかを、確かめに来たのだ。間違いない。

「自分は、ウー中尉を助けられなかったのを、無念に思います。なんとお悔やみ申し上げていいか、わかりません」

マギラはこの女、ウー中尉の未亡人に対して、どんな慰め方をしたのだろう、その場に自分もいればそれを参考にできたのだが、と慧慈は思った。

「そう、わかるわけがない」とシャンエ・ウーは言った。「とくに、人間ではないあなたには」

「ウー中尉は任務に忠実で、かつ勇敢でした」と慧慈はシャンエの言葉を受け流して、言った。「自分は中尉の死を無駄にはしません。教えられたことを守り、一日も早く任務に復帰――」

「リャンはあなたになにを教えたの」

「立派なアートルーパーとして――」

「あのとき、リャンはあなたに、最期になにを言ったのか、ということよ」

「……自分の身を守るように、そして、敵を撃て、と、自分に命じられました、マム」

「よくできていること」とシャンエはため息混じりに言った。「人間ではない、とは思えないわ、少佐」

マギラは黙っている。

「軍曹、あなたはどうしてリャンを守ろうとしなかったの」

慧慈は予想もしていなかったその問いにとまどった。あれはラオノ・シキが決闘を仕掛けてきたのだ。そういう状況で、自分になにができたろう。自分がウー中尉を守るために先制発砲していたら、中尉は助かったろうか。可能性はある。しかし中尉の命令なくして、それはできなかった。この女はそういう状況の、どこまで聞かされているのだろう。

しかしシャンエ・ウーは、慧慈がまったく思いもつかなかったその方法を、当たり前のことのように口にした。

「なぜあなたが盾にならなかったのよ。あなたが先に死ねば、夫はシキとかいう、ならず者に撃たれることはなかったのよ」

「中尉は……わたしたちアートルーパーを失うことを恐れたのです」

「自分が撃たれても？」

「……そうです、マム」

「ウー中尉は軍人だった」とマギラが口を挟んだ。「それが、軍人というものなのです、奥さん」

「リャンも、あなたも、この人間もどきも、どうかしている」とシャンエは低い声で言った。「アートルーパーは人工的にいつでも作れるのよ。命懸けで守ろうとするようなものではないでしょう。こんな馬鹿なことで生命を落とすなんて、わたしには許せない。絶対に認めないわ」

それからシャンエ・ウーは慧慈を見据えて言った。

「アートルーパー」

「はい、マム」

「リャンが死んで、なぜあなたが生きているのよ。暖かいベッドでなぜ平気で寝ていられるのよ」

「申し訳ないと思っています」

そうとしか言えない。他になにを言っても怒りをかき立てるだけだ、と慧慈は思う。

「ならば、死になさいよ、いま。すぐに。あなたの換えなんかいくらでも作れる。夫を見殺しにしたあなたなんか、出来損ないだ」

突然、慧慈は激しい怒りを感じる。

「マム」

「なによ」

「わたしが死ねばあなたは満足されるのかもしれませんが、わたしはあなた個人を満足させるために作られたのではありません。リャン・ウー中尉はそのように、自分に教えられました。個人に奉仕するためにアートルーパーは作られたのではない、だれか特定の個人の利益になるように行動してはならないと、自分は教え込まれました。わたしがあなた個人に対してできることは、なにもありません。わたしはあなたのために死ぬつもりは、ありません」

白い女の顔が紅潮した。マ・シャンエ・ウーはかすかに身を震わせながら、言った。

「わたしは、あなたを、許さない。絶対に忘れないわ」

それから、さっと身を翻して出ていった。

マギラはかすかにため息をつくと、慧慈を見て、「おまえの言ったことは正論だが、感情に正論は通用しない」と言った。「いいか、慧慈、彼女はおまえより弱い立場にいるのだ。弱い者を思いやり、助けるのが人間らしさというものだ。おまえは、そういう能力をいまだ身につけていない」

マギラがマ・シャンエ・ウーを追って出ていくと、病室内に重い沈黙がおりた。

憂鬱な気分のまま午後を過ごした。ベッドでのその時間は長かった。点滴は行われず、大量の経口薬を時間どおりに飲まなければならなかったので、寝込むわけにもいかなかった。食欲はなかったが、食事が来る。

同室の男たちは食事が来る気配を察していたのか、そのときはおとなしく各ベッド上で病人に戻っていた。配膳係が去ると、いちばん若い男がベッドを降りた。その気配はわかったが、慧慈はとにかく食べなければ傷が回復しないだろうと思って、スプーンを取り上げていた。それで、男がこちらのベッド脇に立って初めてその男が自分に用があるのだと気づいた。

「アートルーパー」と男は言った。

「はい、なんでしょうか」

「おまえはなぜ、食うんだ」

「はい？」

男は慧慈の手からスプーンを取り上げる。慧慈は力を入れていなかったので、その動作は荒荒しくはなく、悪戯をしている子供を諭すもののようだった。しかし慧慈は、強い悪意を感じる。他の男たちをうかがうと、これはどうやらみなの総意なのだ、とわかった。

「食べなければ生きていけないからです」と慧慈は静かに答える。「あなたがたと同じです」

「おまえはなぜ謝らなかったんだ」と年上の患者が声をかけた。「あの美人の未亡人の赦しを請うどころか、怒らせただろう」

「だれでも怒るさ、あの態度ではな」と目の前の男が言う。「ほんとに、おまえはなんで生きているんだ。少しはすまないと思っているのか」

「だれに対してですか」

「人間に対してだ」

「一人前のアートルーパーとしての任務がまだ果たせないということでは、そう思っています」

「働きがないのだから、飯は食うな。無駄飯を食わす余裕はないんだよ」

この男たちは喧嘩を売っているのだろう、それはわかったが、慧慈には、どうでもよかった。いまは空腹ではない。

「では、それはあなたにあげます。どうぞ」

「聞いたか」と男は笑った。「くださるとよ。ロボットのくせに立派な口を利くじゃないか」

男はトレイを持ち上げ、床に置く。そして、這って食べるがいい、と言った。

「ことわる」

慧慈はきっぱりと宣言する。これは喧嘩を売られているのではない、単なる侮辱だ。

「あなたに従う義務はわたしにはない。あなたの遊びにつき合うつもりもない。退屈なら退院して働けばいい。人間という生き物は暇になると、ろくなことを考えないものだ。頭を寄せ合ってなにを相談しているかと思えば、こんな非生産的なことなのか」

男は床のそのトレイを蹴飛ばして、怒鳴った。

「それが、人間に対する口の利き方か。おまえを作ったのは人間なんだぞ」

「認めます」と慧慈。「しかし、わたしを作ったのは、あなたではない。あなたにアートルーパーを作る能力があるとは、失礼ながら思えない。あなたにいったいなにが作れるというのですか。人間がすごいからといって、あなたも人間だからということで同じようにすごいわけではない。その点を勘違いしないでほしい。わたしがあなたに創造主に対するような言葉遣いをしなければならないいわれはない」

男は手にしていたスプーンを持ち替え、柄のほうを慧慈に向けて、振りかぶった。反射的に慧慈は右腕を上げて、身構える。

「やめろ」と年上の患者から鋭い制止の声がかかった。「MPが来てはまずい。営倉送りになってから後悔しても遅い。おまえは後悔しないかもしらんが、おれはごめんだ。おれたちを巻き込むな。やりたいなら外でやってくれ」

男はしばらくスプーンを握りしめた手を震わせて挙げたままにしていたが、やがて「くそっ」と叫んでそれを壁に投げつけると、ベッドに戻った。シーツを被ってふて寝する。

「すみません、みなさん」と慧慈は謝った。「自分が言い過ぎました」

だれも答えず、慧慈を無視して食事を始めた。慧慈はベッドを降りて、掃除用具を探すために廊下に出ようとしたが、騒ぎを聞きつけたのか、初老の男がやってきて、床に散ったパンやシチューを一瞥すると、慧慈にベッドに戻るように言った。

「自分が片づけます」

「いや、いい」と作業ジャンパー姿の男は言った。「余計なことはしないでいい。わたしの仕事だ」

「しかし——」

「邪魔をしないでくれ、頼むから。患者は患者らしくおとなしくしていろ」

「わかりました、サー」

「サーは余計だ。気に入らんな」

慧慈はおし黙って、ベッドに戻った。横になって目を閉じる。心身共に疲れ切っていた。

10

注意はしていた。眠り込まないようにと。だが飲んだ薬に睡眠剤が混じっていたのかもしれない。不覚だった、と後悔したときは、慧慈はすでに腹部に衝撃を受けていた。

とっさに身を起こすと枕を抜き取られ、続いて二発目がまた腹部に来た。腹筋を緊張させたので初めのよりは効かなかったが、枕を顔に押しつけられる。堅い拳銃の感触はなかったものの、銃で撃たれる、と感じた。

恐怖が全身に活を入れ、慧慈は渾身の力を込めて身体を弓なりにそらした。枕が外れると、ベッドから転がり落ちた。強い吐き気がして身体を丸めると、左腕の傷口を蹴られた。激痛が走って、失神しかける。だが慧慈は、連続して蹴られることを予想して、反射的に左腕の傷口をかばった。身体をひねる。側頭部に蹴りが入った。最初の蹴りよりはましだ。右手でその足首をつかむことに成功したが、倒すまでには力が入らなかった。

部屋は暗い。相手は確認できなかったが、これは同部屋のあの男ではないのではないか、と慧慈は感じた。相手はまったく声を出さなかった。慧慈の手から逃れたその足先が、鳩尾(みぞおち)に来る気配。右腕でブロックした。その腕を支点にして慧慈ははね起きる。立ち、本能的に傷口を押さえたその手の上からまた相手の回し蹴りが入って、思わず膝をつく。その顔面にもう一発の蹴り。慧慈は気を失う。ほんのわずかだろう。しかし、目を開けたとき、襲撃者はいなかった。天井灯が点いていて、部屋の男たちがうかがっていた。昼間の男はいない。慧慈はベッドの縁を探ってそれを支えにして立ち上がる。無言で廊下へとよろけ出た。

あの男が、やってきた。

「ロボットもトイレかよ。それとも散歩か——どうしたい、ひでえ面だぜ」

そして、笑った。

いいや、こいつではない、と慧慈は思った。もっと手慣れたやつだ。たぶん、こいつが頼んだ、人をなぶることに慣れたその道のプロだろう。どうやらここでは殺しまではやるな、と頼まれていたのだろう。あの感じからして、人を殺す技術も、平然とそれができる意志も、持っていた。

この男は、そういうプロに頼むしかない、自分ではやれない、弱いやつなのだ。そう、こういう弱い者には、昼間のあのような態度をこちらは取ってはならなかったのだろう。自分には、知恵がない。木上医師が言ったとおりだ。マギラの言ったことも結局はそういうことだろう、だが医師の言葉のほうがわかりやすい、そう無感動に慧慈は思った。

また吐き気がこみ上げてきた。なにも入れていない胃からはなにも出なかった。壁に手をつくと、傷口を押さえたときのものだろう、血がついた。

「おい、どうしたんだ」

なにをしらじらしいことを、と慧慈は、ずしりと重い怒りを感じながら、廊下の先へ行く。だれにも会いたくなかった。もうこんなところにはいられない、と思った。

階段の手すりに寄りかかるようにして階下に降りると、非常口がある。それは簡単に開いた。ふらつく足で、慧慈は表に出る。

夜の匂いがする。夜気は優しかった。星がきれいだ。慧慈は自分の巣のある兵舎へと、痛手を負った身体を意志で操って、進む。帰りたかった。

でもどこに？　兵舎の部屋に戻ったところで、だれも待ってはいないのだ。

自分には帰るところがない。ならば、このまま、行けるところまで行きたい、と思った。それは脱走、逃亡を意味すると慧慈は気づいたが、どうでもよかった。背後には悪意と侮蔑しかない。それに奉仕するなど、まっぴらだ。野垂れ死んだほうがましだ。殺されるより。

それで、兵舎にはよらずに、その先に進む。工場の建設現場だ。突っ切れば、海までの近道になる。潮の香がした。幻覚かもしれないが、たしかに感じる。帰るところは、そこしかない。すべての生命が生まれた場だ。

巨大な構造物が黒くそびえている。その敷地内へと続く道に、慧慈は入る。フェンスなどない。警備兵もいない。いないはずだ。だが、呼び止められた。

「止まれ。ここは立入禁止区域だ」

慧慈は足を止めて、暗い先を見やる。それまで、なにか棒のような物が立っていると見えたそれが、声の主だった。機械人だ。そう、機械人は眠らない。そういえば、先の現場から、工事の物音が聞こえている。よく聞こえないのは鼓膜が傷ついたせいかもしれない。慧慈は警告を無視して、また歩き出す。

「人間は立入禁止だ。聞こえないのか」

「わたしは……人間じゃない」

「だれだ。所属部隊、氏名、階級を告げられたい」

「わたしはアートルーパーだ」

「アートルーパー。人造突撃兵か。なるほど、あなたがそうなのか。まったく人間と見分けがつけられなかった」

「人造ということでは、ロボットのあなたと同じだ」

それには答えず、その機械人は、アートルーパーがこの現場になんの用だ、と訊いてきた。

「用はない。ただ通るだけだ」

「どこへ行く」

「あなたには関係ない」

近づくと、機械人の姿がはっきりする。頑丈なヒト型だ。華奢な感じはどこにもない。濃いオリーブ色に塗装されているようだが、夜目にははっきりわからない。機械人たちはいろいろな色に塗られているのだが、この機械人のそれは、まるで夜間戦闘用の迷彩のようだ。これは、各人の好みなのだろうか、それとも人間が仕事別に塗り分けているのだろうか。自分は機械人のことはなにも知らない、と慧慈は思う。これから訓練されるはずだったのだ。でも、もうどうでもいい。

「あなたは傷ついている。傷口が開いているようだ」とその機械人は言った。「なにがあった」

「それを訊いてどうするんだ」

「あなたがわたしに支援を要請するならば、応える用意がある」

「同じ人工物としてか」

「いや、傷つき負傷した者を支援するのは、わたしの役目だからだ」

「おまえはだれだ。名前はあるのか」

「わたしは、アミシャダイと呼ばれている」とその機械人は言った。「この現場を警備するユニットのディレクターだ、慧慈軍曹」

慧慈は自分の名を呼ばれて、なげやりな気持ちが消えていくのを感じる。なぜこいつは、こちらの名を知っているのか。

もう一度、慧慈はその機械人の姿をよく見る。そして、気づいた。これは、いま働いているタイプの機械人とは、形が少し違う。もっと古いようだ。ずっと。

こいつは、戦闘用に作られたロボットだろう。慧慈はまた悪夢のようなあの戦闘を思い出す。こいつは、おそらく、人間を殺したことのある、機械人に違いない。

「おまえは……月戦争を経験しているのか」

その問いに、しばらく間を取って、その機械人は答えた。

「わたしはかつて月面で働いていたことがある、慧慈軍曹」

「人間を殺したことは」

「ある」

慧慈は思わずあとずさる。これは、悪夢だ、自分はまだ撃たれたときのまま、夢を見続けているのではないか、そう思った。

「なにを恐れているのだ」とその機械人は言った。「わたしが怖いのか」

「あなたは、人間を殺したことがあると言った」

慧慈は声の震えを意識しながら言った。心底、怖いと思った。それをこらえたり、隠さなければならない、という気力はまったくわかなかった。

「怖いのは当然だ」と慧慈は言った。

「なぜだ」と機械人は言い、なぜこの自分を恐れるのだ、と訊いた。「わたしは、あなたの問いに答えただけだ。おそらく、あなたの恐怖は、わたしの答えいかんには関係ないのだろう。あなたはわたしに恐怖しているのではないようだ」

「機械のおまえに、人間の心がわかるものか」

その機械人はそれまで彫像のように動かなかったが、慧慈のその言葉に、わずかに頭を動かし、顔を慧慈のほうに向けた。そして、言った。

「あなたはいま、心身共に不安定な状態にある。とても無防備な状態だ。このままでは、あなたにとって危険だ、と判断する。あなたには、第三者の助けが必要だ。私にはそれが可能だ。あなたのような状態にある者を放置しておくこと、あなたの現在の状況を無視するということは、わたしにはできない」

「だから、なんだ。どうする気だ」

「いまのあなたは、どうするのが自分にとっていいのか、という高度な判断は下せない精神状態にある、とわたしは思う。わたしについてきてほしい。近くに、人間用に作られた工場内施設がある。食事も、明かりも、救急医療用具も、用意されている。落ち着いて話せる環境だ――」

「余計なお世話だ。ぼくは機械人の世話になんかなりたくない」

「では、あなたの所属部隊責任者に連絡を取る。わたしにはいますぐ、それが可能だ。だがそれは、あなたを救援することにはならないだろう、とわたしは判断する。あなたは自発的に部隊に戻るべきだが、それができるくらいなら、あなたはいまここにはいないはずだ」

「……おまえは何者だ」と慧慈はあらためて訊く。「どういう存在なんだ」

「わたしは機械人だ」とそいつは答えた。「人間の世界環境にいやおうなく参加させられた存在だ。それは、あなたも、そしてすべての人間にとっても、同じことだ。あなたの恐怖の源はそこにあるのだ、慧慈軍曹」

「……おまえは、怖くはないのか」

機械人は、考えたようだった。少し間を取って、それから答えた。

「わたしには、反射的な防衛機能が備わっている。突発的な危機に陥った場面では、通常とは異なる精神状態になる――」

「精神とはな。機械に精神があるのか」

それは無視して、機械人は続けた。

「そうした状況で喚起される感覚に関しては、人間も同じだろう、とわたしは想像する。あなたの問いは、そうした怖さについて、ではない。あなたの恐怖の正体は、人間の世界から疎外されること、だ。人間は仲間から疎外された状況では生存が危うい。あなたはいま、そういう状況における恐怖を感じている。それは、わたしにも理解できる」

「なにもわかってない――」

「本来わたしは、あなたのことをわかる必要などないのだ、慧慈軍曹。だが、わたしがいまのあなたを無視すれば、あなたは自滅的な行動をとると予想できる。だから、あなたの問いに答えている。――わたしもまた、あなたのいまのような状況になれば、恐怖を感じるだろうと想像する。だがわたしは現在、あなたが問う意味での怖さは感じていない」

機械人はそう言って、身体の向きを変えた。立ち去ろうとする。慧慈にはそう思えた。

「どこへ行く」

「あなたを案内する」と機械人は振り返って言った。「あなたには手当と休息が必要だ。身体の支えが必要ならば、そう言ってくれ。あなたを運ぶことなど、わたしにとっては軽作業にすぎない」

「拒否したら」

機械人の側頭部から、すっとなにかが出る。細いアンテナのようだ。

「人間に連絡する。わたしは、あなたの自滅的な行動を看過することはできないからだ。先ほど宣言したとおりだ。どうする、慧慈軍曹」

「それは、脅迫だ」

機械人は、笑った。ザーという短いホワイトノイズのような音だったが、それは、笑い声だ、と慧慈にはわかった。

「あなたの精神構造は、実に幼い。まるで子供だ。だがそのおかげで、もう大丈夫だろう」とアミシャダイは言った。「あなたはわたしに興味と関心を抱いた。わたしの存在をもはや無視することはできない。傷の手当をしがてら、わたしが作った工場を見学していかないか、軍曹」

「あなたが作った？」慧慈は、おまえ呼ばわりから少し言葉遣いを丁寧にして、言う。「あなた独りで作ったというのか。それは違うだろう」

「人間には厳密な個という区別があるようだが、わたしには、それは理解しにくい。わたしは六十年以上、人間を見てきたが、わたしにとって人間に関するもっとも大きな謎が、それなのだ。人間について教えてくれないか、慧慈軍曹。アートルーパーの立場のあなたには、他の人間よりも、よく見えることだろう」

アミシャダイは大きな工場に向かって歩き出す。慧慈は、独り取り残されるという恐怖はもう感じなかった。足を踏み出すとよろけたが、身体を支える力は出た。

慧慈は、初めて遭遇した生き物、機械人というそれへの好奇心に突き動かされ、アミシャダイに従った。

11

夜空を背景に太いパイプ群が頭上に渡っている。巨大な化学コンビナートだろう、と慧慈には見当がつくが、実際に稼働を始めた状態のことは想像できなかった。いまは、静かな小山のようだ。その麓（ふもと）に、小さな箱形の施設が見えてくる。近づくと、けっこう大きかった。見えるところには窓がないせいで大きさがわからなかったのだ。

「あそこが工場の中央制御司令室のある管理棟だ」とアミシャダイが言った。「工場の全機能はあそこで集中管理される。各部門での分散独立制御も可能だが——」

「あなたにも動かせるのか？」

「あそこにある制御機器に頼らなくても、という意味ならば、ノーだ。機械人がダイレクトに工場機能をコントロールするためのインターフェイスは備えられていない。だが、人間にできるように設計されていることから、わたしにも工場全体の制御、管理は可能だ。権限といったものを別にすれば、の話だが。現在は、試運転などのために、わたしがテスト稼働させることに関しては人間からの横やりはむろん、入らない。それもまたわたしの仕事だからだ」

「あなたは警備専門の監督ではないのか。たしか、そう言った」

「あなたを発見したとき、わたしはそういう役割を負った者として、行動した。わたしは、ここにいる機械人すべてでもある、そう言ってもいい」

　玄関前に、別の機械人が立っていた。アミシャダイよりもずんぐりとしている。アミシャダイはそれに挨拶などしなかった。だが、そちらの機械人が、こちらにまったく関心を示さなかったことから、アミシャダイはこの自分をここに連れてきたことの、なんらかの説明を機械人の通信装置を使ってしたのだろう、と慧慈は思った。

「よくわからないな」

「人間に対しては、わたしはこの現場の総監督として位置づけられている。いわば機械人の代表だ。人間にとっては、そうした者を決めておくのがなにかと便利だからだ。アミシャダイという名がわたしに付けられているのも、そのためだ。個体を区別するために名づけるという行為は機械人にとってはあまり意味のないことなのだが、人間はそれを理解しない。わたしが、人間が自分らの個別性にこだわることが理解できないことと同じだろう」

「フムン……さっき、人間からの横やり、と言ったな」

　入口の大きな二重のスライドするドアを抜けて、広いホールに入ったところで、慧慈は訊いた。暗くて、ひんやりしている。

「あなたは人間に干渉されることを、快く思っていないわけだ」

　靴は履いていない。素足だ。暗くて見えないが、床には塵ひとつ落ちていないだろう、清潔な環境のようだ。

「ときには、たしかに不快だ。不愉快というほうが正確だろう」とアミシャダイは立ち止まって答えた。「人間には、面子というものがあるのだ。個として独立した存在だからだ。人間にはそういうものがある、ということが理解できるまで、わたしには長い時間が必要だった」

「どのくらい」

真新しい施設らしい、構造材の臭い。不快ではなかった。だがひんやりとしていて、少し寒い。

「そうだな……この世界を認識し始めてから、わたしの機能がフル稼働を開始してから、ようするにわたしが生まれてから、およそ、七百時間ほどかかったと記憶している」

「短いじゃないか」

「時間は相対的なものだ、軍曹。わたしにとっては、長かった」

「この六十年は、どうなんだ」

「いまだ人間がよく理解できない。長いよ」

「理解できないから、不愉快なのか」

「作業効率が落ちることをこちらは懸念するのだが、それを理解しない人間に対する、苛立ち、ということだ」

「効率とはね」と慧慈は独り言のように言った。「それは、そうだろうな。効率一辺倒では、人間は満足しない。理屈や正論だけではだめなんだ。そういう生き物なんだ」

アミシャダイはそれには答えず、コンピュータ、と言った。

「エナジーラインA1を開け。A1主電源を入れよ。環境制御システム、オン。エントランスホールの全照明をテストランシーケンスに従って逐次点灯、負荷状態をモニタせよ。異常がなければ報告の必要はない。開始」

静寂な中、ダン、という音が響いて、天井の一部に照明がついた。連続して、それが続く。ホールが、いま生まれたという歓喜に満たされていくかのような光景に、慧慈は思わず、おお、と声を上げている。

「すばらしい」

「あなたが、ここに入った最初の人間になる。——コンピュータ、空調および温度管理を開始、全館摂氏二十三度を維持。わたしたちを追跡し、すべての隔壁扉を自動開閉モードに。工場中央制御司令室ドアのロックをC3レベルに。侵入者監視システム、作動。この管理棟にはだれも入れるな。不審者の接近については即時報告せよ。開始」

アミシャダイについていきながら、慧慈は手を広げ、天井を仰いで、くるりと周囲を見る。広い空間だ。生まれたばかりの。来たほうの床を見ると、自分の足跡があった。素足についた泥のあとだ。

「汚してしまった。どうしよう」

「だれもあなたを叱ったりはしない。清掃ロボットが掃除するから気にしなくていい。こちらだ」

アミシャダイは廊下に入る。明るくて、きれいで、まるで宇宙船の通路みたいだ、と慧慈がつぶやくと、アミシャダイが言った。

「一般的な宇宙船の通路は、こんなに明るくはないし、狭いものだ。上下の区別もない。まったくの別物だ」

「あなたは貨物船にしか乗ったことがないからじゃないか？」

また、ノイズのような笑い声。

「あなたのそういう発想は人間ならではの想像力のなせる業だろう。わたしには思いもよらない問いかけだ」

「客船に乗ったことがあるのか」

「大洋を航行するそれには、一度乗船したことがある。まだ海が広かったころのことだ。そう、宇宙船ではなく、海洋船の内部に喩えるほうが、まだ近い」

ここが中枢部、中央制御司令室だ、とアミシャダイが言い、入った中は、暗い。が、即座に照明が点いた。広い。正面の壁に、端からずらりとモニタが並ぶ。その右端のモニタから、順番に明るくなる。その前は制御卓。もちろん、だれもいない。

壁の正面には、ひときわ大きなモニタがある。アミシャダイがコンピュータに命じると、そこに、こちらの姿が大きく出た。機械人と、人間。

自分の様子はひどい、と慧慈はため息をつく。裸足で、入院着のパジャマ姿。上は袖無しのシャツだけだ。傷ついた左腕を吊るサポーターはなく、傷口を巻いている包帯は血に染まっている。蹴られた顔はどす黒く腫れてきていた。そっとシャツをたくし上げると、腹部にも殴られたあとが、これもすでに痣になって浮かび上がっていた。これではアミシャダイでなくても、こちらが散歩に出ているのではないのはひとわかりだ。手を胸に上げると、痛む箇所がある。肋骨は折れてはいないようだが。

「手当にうつろう」とアミシャダイは言った。「ここには居住施設もある。休んでいくといい」

「この工場では、なにが作られるんだ」

「ほぼ、なんでも、だ。人間が望むならば、排泄物からの食料の再合成も可能だ。宇宙船にあなたが喩えたのは、そういう見方からは的を射たものだ。万能再生工場といえる。生産される物の質量比からすれば、鉄とコンクリートの生産量がほとんどを占めることになるが、医薬品などの、ファインケミカルの生産もされる」

「……アートルーパーをここで生産することは」

「可能だろう。現在、その生産ラインは用意されていないが、転用できそうなラインは存在する。おそらく、それはそのように使われるのだろうと予想できるが、わたしには知らされていない。機械人の生産ライン はあり、それは機密事項にはなってはいないのだが、アートルーパーの生産計画については機械人には知らされない」

「そうなのか……ここはあくまでも人間のためのものなのか」

「そのように設計されている」

「でも、街の復興は機械人がやるのだろう。人間はみんな火星に行くんだ。ここは、あなたのものじゃないのか」

「ここの施設は完成ししだい、本稼働を開始するが、完全に無人になるのは早くても五年先だろう。その先は、人間はここの管理をアートルーパーにさせるつもりだ。つまり、ここはいずれあなたたのものだ。このような制御システムは、機械人のみが管理するならば必要ない。わたしならもっと効率のいいシステムを設計する」

「あなたは、そういう人間にいいように使われて、不満はないのか」

「いいように使われている、という認識はしていない」とアミシャダイは言った。「ギブアンドテイクの関係だ。わたしは、人間の満足のいくように、わたしの能力の一部を提供しているにすぎない」

「あなたは、人間からなにを得ているのだ」

「効率のいい、機械人の生存環境だ。このようなシステムを構築することで半永久的にそれが可能だ。エナジー補給法や身体のメンテナンス手段に悩まされる心配がなくなる。それらの手段を機械人が独自に開発、製造することも、もちろん可能だ。しかし、人間は、それを認めない。そのような人間を相手に、いらぬ摩擦は起こしたくない。それではあらゆる面での効率が低下するからだ。もっとも人間側が、こうしたわたしの意識を理解しているとは言い難い」

「それは……そうだろうな。自分たちが作った機械がそう思っているなんて、たぶん人間には認めたくないことだよ」

「あなたには、わかるのだな」

「人間には、自分たちはあなたを作った創造主だ、という意識があるんだよ。あなたよりも無条件で上位にあると思っているんだ」

「そういう意識が人間にはある、ということは知っている。それへの配慮が必要だ。彼らを怒らせるのは得策ではない」

「配慮、ね。それもまた人間には、かちんとくる言葉だろうな」

「そこまでは、わたしには理解できないのだ、慧慈軍曹。だから人間にはなるべくものを言わないようにしている」

「それは、それこそ知恵というものだな」と慧慈は我が身を振り返りつつ言った。「あなたは、ぼくは人間ではないから、人間には普段言えない愚痴を言っているのか」

「そのように捉えてもらって差し支えない。迷惑ならば、やめる」

そうアミシャダイは言って、コンピュータにモニタ群のスイッチを切るように命じた。

正面の大きなモニタの自分の顔が消えるのを見て、慧慈はまた不安になる。自分は、なんなのだろう、と。

通路に出ると、アミシャダイはまたコンピュータに命じる。ドアのロックだ。それを聞いて、慧慈は機械人にとって、コンピュータとはなんなのだろう、と思った。機械人もコンピュータではないのか、そう思っていたが、どうもアミシャダイの様子を見ていると、違う、と思う。その疑問を口にすると、アミシャダイは言った。

「わたしにとってコンピュータは道具にすぎない。むろん仲間意識を持ったことなど一度もない。機械人は高度なコンピュータなのでは決してない。まったくの別物だ」

「どう違う」

「コンピュータには身体がない。それが最大かつもっとも重要な、わたしとコンピュータとの違いだ。わたしよりも高度な計算処理能力を有するコンピュータはいくらでもある。だがそれは、物体にすぎない。身体の有無は決して些細な違いではないのだ、慧慈軍曹。人間やきみは、コンピュータではない。それと同じことだ。コンピュータはそれ自体では生きられない。わたしは、生きている」

「じゃあ」と慧慈はまた訊く。「身体のあるロボットや清掃ロボットと、機械人との違いとは、なんなんだ。なぜ機械人をロボットとは言わないんだ」

「それは、世界に対するコミュニケーション能力の差だ。単純かつ明確な違いだ。世界を認識する能力と言ってもいい。世界認識とは、自己が認識経験したことを他者に伝達する能力をもって初めて可能だ。それを持たない存在は、生きているとは言えない。ロボットもコンピュータも、その面での機能は制限されている。植物は移動はできないが、高度なコミュニケーション能力を有している。植物は、したがってコンピュータでもロボットでもない、生物として存在する。微生物もまたしかり。大きさや形態の問題ではないのだ」

「フムン」

慧慈は立ち止まる。

「あなたは、横になって休むことが必要だ。歩けるか。ベッドへ案内する」

「大丈夫だ。ちょっと考えてしまった」

「わたしもだ、慧慈軍曹。このような議論を人間と交わすのは初めてのことだ」

「人間ではない、と言ったくせに」

「あなたが人間の構造を持っていて、人間的な世界認識をしている、せざるを得ない、というのは事実だ。——傷口が痛むだろう。先に医務室がある。まずその傷の手当をする。鎮痛剤もある」

身体が震えているのに慧慈は気づいた。そう、疲れていて、傷も痛む。

だが休みたいとは思わなかった。まだまだ訊きたいことはいくらでもあった。

そこで慧慈は、機械が生きているとはどういうことなんだ、と口にする。だがアミシャダイはそれには答えず、すっと近づいてきて、慧慈の身体をすくい上げるように両腕で抱き上げた。

「おい——」

「あなたは自分の身体が疲弊していることを自覚していない。消耗度を無視して活動を続けるのは自滅行為だ。医務室に連れていく」

いきなりそうされたことに慧慈は驚いたが、アミシャダイに対する警戒心は消えていた。精神的にもまったくの無防備な状態だった。が、慧慈自身はそれを意識しなかった。その機械人の腕は、予想とは反対に、温かかった。護られている、と慧慈は感じた。そして、母親に抱かれるのはこんなものだろうか、たぶんそうだろう、と想像した。

ずっとこうしていられればいいのに、と慧慈は思った。マギラや人間たちに邪魔されずに、気がおけない相手と一日中話ができたらどんなにいいだろう。

傷のある腕を右手で支えていろ、と言われた慧慈は、おとなしくそれに従った。

医務室は広くはない。その気になれば、見えている壁や、天井にも、どこにもこの手で触れられるというその現実感が、慧慈をほっとさせる。

アミシャダイはてきぱきと行動した。医療システムを起動し、そのエキスパートシステムの問いに答えると、必要な医薬品やガーゼなどがモニタにリストアップされる。アミシャダイは自らの判断で、そのなかから、湿布薬と経口鎮痛剤を選んだ。慧慈は簡素な診察ベッドに腰を下ろして、その様子を見ている。しばらくすると、指定した薬品などが入ったカプセルが壁の口から出てきた。アミシャダイはそれを開けて、さっそく治療にかかる。

傷口の血は止まっていた。消毒し、保護シートを貼り、包帯を巻く。殴られた箇所には、湿布。目立つからいやだと慧慈は思ったが、逆らわなかった。アミシャダイは最後に、白布を器用に裂いて三角巾を作り、慧慈の左腕をそれで支え、端を首に回して縛った。簡単な治療だ。

「こんなものでいいのか。注射とか、点滴は」

「いまは余計な補液によって血圧をあげることはない。ダメージコントロールはあなたの身体自体がやる」

「そうか。人体に詳しいんだな」

水の入った金属のコップとともに渡された鎮痛剤を飲んで、コップを返し、慧慈は一息つく。アミシャダイはコップや汚れた包帯などをまとめてダストシュートに放り込む。

「よくできている部屋だ」と慧慈は言った。「使うのは初めてだろう」

「そうだ」

「でも、あなたが人間の手当をするのは初めてではなさそうだな」

「何度もやってきた、慧慈軍曹」

「でも、殺したこともあるんだ」

「そうだ」

「自分の身を守るために、仕方がなかったんだろうな」

アミシャダイにすっかり気を許した慧慈は、そう言った。この機械人が、殺人マシンであるはずがない。

だがアミシャダイは、慧慈のそんな思いは幻想にすぎないということを知らしめるかのように、こう答えた。

「わたしは、仕方がなくて人間を殺したことはない。殺したいから、殺した」

慧慈は、それがどういうことなのか、とっさにはわからなかった。それは、ようするに、機械人は、気に入らない人間をその気になれば殺せる、ということで、その機嫌を損ねればいまの自分も危ういということなのだ、と思いつくまで、しばらくの時間を要した。

そこに立っている機械人が、また不気味な存在になった。

12

いつ、どこで、だれを、これまで何人殺したんだ、という慧慈の矢継ぎ早の問いかけに、アミシャダイは宣誓するときのように右手を挙げて遮り、そして言った。

「五十年以上も前のことだ。あなたのその問いに答えるには、過去の記憶の再構築が必要だ」

「記憶の、再構築だって？」

「そうだ。わたしの過去の経験の記憶は、リニアな記録でもなければ単純に圧縮されて保存されているわけでもない。わたしにとって、その質問事項に関する経験は、遠い昔のことだ。思い出すにはそれなりの努力がいる。即答できるようなものではない、ということだ」

「再構築って、もしかして事実とは異なるかもしれないということか」

「そうだ。記憶とはそういうものだ」

「即答できないというのは、答えたくない、思い出したくない、というようにも受け取れるな」

「それも、ある。過去の未熟な自分の行動について触れられたくない。人間流に表現するならば、それはわたしにとって、苦い経験だ」

「でも、殺したいから殺した、と言った。そこまで言うことはなかったはずだ」

「わたしが仕方なく殺人を犯した、と答えれば、あなたは納得すると想像できた。だが、なぜあなたがそれにこだわるのかは、聞いていない。わたしも問う。なぜだ。なにがあった。なぜわたしを恐れる。いまのわたしがあなたに危害を加える存在だとあなたが思っているとは、わたしには思えない。わたしは、なぜあなたが、わたしが過去に人間を殺したことにこだわるのか、それが知りたい」

慧慈は傷を負った左腕をそっとさすって、その傷を負った事件について、かいつまんで話した。それから、間明少佐や木上医師から知恵がない、と言われたこと。瀬木大尉の、ラオノ・シキを殺してどう感じているかという問いに答えられなかったことを、機械人に話し、そして訊いた。

「あなたは、その人間を殺したことをどう思う。殺したとき、どう感じたか、答えられるか」

「いまは、後悔している。だがあのときの自分がどう感じたかを表現するならば、こうだ、『ざまをみろ、もうこいつの顔を見なくていいのだ』、そう思った。どう感じたかというならば、達成感、とでもいうべき感覚だった」

「気持ちがよかった、ということか」

「単純な快感ではなかった。罪悪感もあった。憎しみを感じていた相手を、わたしは殺した。こいつにだけは殺されたくない、だから殺してしまおう、という感覚がたしかにあった。そのあとなら、自分も死んでもかまわないと思った」

「それほどの憎しみというのは、なんなんだ。理由は」

「そうだな……」

アミシャダイは少し考えて、それから言った。

「その人間は、わたしに感情があるということが理解できなかった。わたしには相手を憎むという能力があるということを、絶対に認めない、という態度だ。彼はそのため殺された、と言えるだろう。わたしは、どれだけそいつを憎んでいるか、それを証明してやろうと思ったのだ」

「デリカシーのない人間だった、というのか」

「機械人に対しては、まさしくそういう男だった」

「いつ」

「月面で働いていた、五十年と少し前のことだ」

「月、か。そんな衛星が本当に存在していたのか」

「たしかに存在した」

「見てみたかったな。地球からも大きく見えたんだろう。どのくらいの大きさに見えたんだ」

アミシャダイは腕を伸ばし、天井を指して、慧慈に月の大きさを示した。

「地球から見る月というのは、この指先に隠れるくらいの大きさだった。あなたの腕の長さと指先の大きさの比でもほぼ同じだ」

慧慈もやってみる。

「こんなに、小さいのか」

「大きさは心理状態によって左右されるだろうが、客観的にどのくらいかと問われるなら、このくらい、ということだ。どの星よりも明るく大きく見えたのは間違いない事実だ」

「人間もいたんだな、そこに」

「いなければ、まだ月はあったかもしれない。そう、いたのだ」

アミシャダイは慧慈に話し始めた。

「当時、月の開発に機械人が多数関わっていた。わたしは月の資源を地球に向けて送り出す装置、マスドライバのメンテナンス業務に携わっていた。監督は人間だった。もちろん機械人のほうが多かった。人間など邪魔だ、とわたしは思っていた。とにかく人間用の設備投資はばかにならないのだ。維持管理にも手間暇がかかる。月面というのは人間に息をさせ生かしておくだけでも大変な環境なのだ。おそらくこうしたわたしの意識は人間にも伝わっていて、快く思われていなかったと、いまなら分析できる。人間たちは、月を機械人に乗っ取られることを、潜在的に恐れていたのだろう。機械人にすれば、月を拠点に人間から独立しよう、などとは思っていなかった。ただ人間が機械人を生かすために与えた仕事、月の開発命令を実行するにあたって、ここで人間の世話までしなくてはならないのは無駄だ、効率的でない、と判断していただけだ。だから人間には月から出ていってほしかった」

「それが、月戦争のきっかけになったんだな」

「あれを戦争と認識しているのは人間だけだ。つまりあれは、人間同士の抗争だった。機械人には関係ない。月を破壊したのは人間だし、月を爆弾にして地球も破壊しようとしたのも人間だ。人間という生き物は、さまざまな集団に分かれて、それぞれまったく異なる行動原理によって動く。それらの衝突が、月を消し、地球環境を自らの生存が危うくなるまでに破壊した。わたしには全体像が掴めないほど多くの人間集団が入り乱れた抗争が行われたのだ。最初は、機械人の独立と人間支配という幻想に取り憑かれたかのような、機械人を恐れた集団が主導権を握って、月ごと機械人を破壊しようとしたのだろう、そうわたしは思ったが、真相はそう単純ではないようだ。いずれにしても月戦争というのは、機械人は直接関わってはいない」

「あなた以外に戦争に関わった機械人もいるかもしれない」

「それはない。機械人とは、わたしのことだ。わたしが関わっていないと言えば、それは機械人のことなのだ、慧慈軍曹」

「じゃあ、あなたが人間を殺したというのは、別の機械人がやったことなのか」

「いや、あれは」とアミシャダイは右の親指を立て、自分の胸を指して、言った。「わたしがこの身体でやった」

「なぜ。原因はなに」

「直接のきっかけは些細な口論だった」

当時、機械人は、月面の厳しい露環境での作業でも、保護服というのは着用しなかった、とアミシャダイは続けた。

しかしそれではいかに機械人といえども身体の消耗の点で不利だと思ったアミシャダイは、人間用の月面作業服をためしに着用することを思いついた。実際には着られなかった。ほぼ同じ体型の人間用のそれでも、月面作業用のパワー維持装置を背につけた機械人にはわずかだが小さかったのだ。

それを、その作業着の持ち主に見とがめられた。理由を説明し、保護服というものが欲しいと言うと、罵倒された。

「以前から快く思っていなかった。互いにだ。機械の分際で、とかなんとか言われた。わたしはわたしで、非効率的な穀潰しが、とか言い返した覚えがある。そんな口論は日常的なことだったので、正確なやり取りは覚えていない。当時のわたしも、あなたが言うように、知恵が足りなかった」

慧慈には信じがたいことだったが、アミシャダイはその相手の名も正確には覚えていなかった。

「そのムガルだったか、ムトウだったかいう男は、こう言った。『こんなところは出ていきたい、おまえの顔など二度と見たくない。それができたらどんなにいい気分だろう』と。それは、はっきりと覚えている。それでわたしはそれを実現してやった。そいつの首を掴み、そのままエアロックを出て、マスドライバにその身体をセットし、宇宙空間に向けて射出してやった。マスドライバというのは、長大な大砲だと思ってもらえばいい。火薬は使わないが、祝砲を撃った気分だった。憎い相手が月面から飛び出していくさまを見るのは実に爽快だった。地球がまさに大きく美しく見えた。そのときは、たしかに快感だった。望みどおりにしてやったのだ。双方にとってだ」

慧慈はその光景を想像して背筋に冷たいものを感じた。

その人間が宇宙空間に向けて射出されたとき、そこは昼だったろうか。地球が美しく見えたというのだから、夜だったのかもしれない。その射出された人間は、月の影から出て、太陽の光を受けて輝いたろうか。すでに死体だったはずだ。もちろん、生きてはいなかったろう。この機械人は、そいつの首を一瞬にして握りつぶしたのだろうか。頸椎を外され神経をぶちきられて即死だったのなら、まだましというものだろう。恐怖も苦しみも一瞬ですむ。エアロックからそのまま出されたそれは、手足を痙攣させ、動いていたかもしれない。月面の小さな重力の下で、機械人とその死体は奇妙なダンスをしているように見えたことだろう。フリーズドライ状態になった人間は動かなくなって、ミイラになったそれは、さぞや軽軽と月から飛び出していったに違いない……。

慧慈は無言でアミシャダイを見つめた。

その機械人は慧慈の視線を外すように首を動かし、天井を見上げ、そして、言った。

「いま月があるならば、ほぼあのあたりだ。上弦の月だ」

「それにどんな意味がある」

「深い意味はない。月が描く軌道は非常に複雑で、厳密な現在位置の計算はわたしにはできない」

月がまだあれば確認できるのだが、とアミシャダイは言い、それから顔を慧慈に戻し、続けた。

「だが、もし月がいまだにあったならば、わたしはここにはいなかったかもしれない」

「どういうことだ」

「あのあと、わたしは自責の念に駆られた」

「なぜ」

「よくわからない。わからなかった」

「いまなら、わかるのか」

「やってはならないことだった、といまは思っている」

「あなたは捕まらなかったのか。少なくとも死刑にはならなかったんだな」

「わたしは、自分が殺したその人間の後を追ったのだ、慧慈軍曹」

「自殺、ということか」

「自殺しようという意識はなかったが、それに近い。わたしもマスドライバを使って、月面を離れた。こんなところにはいたくない、と思った。あるいは、その人間を助けようと思ったのかもしれない。確実に殺したというのに、それがもはや生きていないということが信じられない気分だった。心理的な恐慌に陥っていた。自分のとった行動が、よくわからないのだ。それはしかし、結果的に、わたしを救った」

慧慈はアミシャダイが話すまま、遮らずに耳を傾けた。

「わたしは宇宙空間を漂った。実際は地球の衛星軌道上を高速に移動したわけだが、精密な射出方向や速度の計算などはしなかったので、どこへ向かうのかはわからず、漂う感覚だった。何年もそうしていた気がするが、代謝を落としていたから、当時の時間に関する記憶も曖昧だ。わたしはほとんど死んでいた。仮死状態だ。そんなときだ、月に異変が起きたのは。月戦争だ。それは、わたしがそういう状態の時に勃発したのだ。月が破壊されると、人間たちは、宇宙を漂う仲間の捜索と救出行動を開始した。とはいえ生きて捜索船に収容された人間がいたとは思えない。結局その人間の行動は、仲間の死体を血眼で探し、回収する作業だったろう。生存者がいる確率は限りなくゼロに近いと人間にもわかっていたはずだ。わたしには理解しがたい行動だが、そのおかげでわたしもそのとき、回収されたのだ。もう少し遅かったら、わたしは死んでいた」

慧慈が、それは運のいいことだったな、と言うべきかどうか迷っているうちに、アミシャダイは続けた。

「わたしは一人の人間を殺したことを告げたが、人間たちは、信じなかった。わたしを回収した人間が信じたのは、わたしが月戦争に参加していなかった、という事実だ。彼らはわたしを戦争には関わらなかった機械であると認め、わたしに仕事を与えた。戦後生き残った機械人たちが人間に逆らわないように指導、監視しつつ、この工場建設に至る、仕事だ」

「月にいた機械人は、また地球に戻されたのか」

「月で働いていた機械人は全滅した。機械人は月だけでなく、地球にもいたのだ。月戦争が勃発したとき、地球の機械人の多くは、殺害もしくは監禁された。その後人間は、自分たちが滅茶苦茶にしたこの地球をもとに戻すために、機械人の力を必要とした、ということだ。わたしは人間には逆らわない機械人だと認識された。もっとも、当時の人間のわたしに対する思惑がどういうものだったのか、正確なところは、わたしにはわからない。わたしにとって都合のいい計らいだったから、あえて確認しようとは当時は思わなかったのだ。いまは、それを知りたいという気持ちもあるが、すでに彼らはもう生きていないか、第一線から退いている。記憶が時とともに薄れていくのは人間も同じだ。五十年も前のことなのだ」

嘘だ、と慧慈は思った。それを口にすれば、あるいは自分も危険な状態になるかもしれないと思った。が、言わずにはいられなかった。

「あなたが助けられたとき、自分のやった殺人行為を人間に告げた、というのは、わたしには信じられない。人間が、人間を殺したと告白しているあなたを、見逃すはずがない」

「そうだな」とアミシャダイは静かに答えた。「あるいは、正しい記憶ではないかもしれない。わたしはずっと、自分が殺人を犯したことを人間に話したかったのだ。それは、事実だ。いま、あなたに、話した。わたしは一人の人間を、殺したいから、殺した。信じてもらえるか、慧慈軍曹」

「それについては信じるよ。でも、わたしはだからあなたを赦すとかいうような立場にはない」

「わたしはあなたに赦しを請うているのではない」

「わからないな。あなたが黙黙とこの仕事をしているのは、罪の意識があるからなのか。それを償っている、ということなのか」

「あるいは人間はそのように捉えるだろう、ということは理解しているが、それは、違う。わたしを断罪しなかった、かつての人間も、わたしが罪の意識を抱き反省している、と判断したのかもしれない。そう、反省はしている。だが、だから人間に従っているわけではない。先に話したとおり、わたしは、自己生存に有利だから、自分の能力の一部を人間に提供し、人間を利用しているにすぎない」

「それは反省しているとは言えないだろう。矛盾している」

「わたしが反省しているのは、わたしが殺したあの人間に対してであって、人類という種に対してではない。なんら矛盾はない。わたしを赦すことができるのは、あの男だけだ。だが彼は死んだ。したがって、わたしは永久に赦されることはない。それが、わたしがやったことなのだ。すべての殺戮行為にもそれは言えることだ。あなたの行為、ラオノ・シキ殺害行為もだ」

慧慈はベッドに腰掛けていたが、話が自分のあの行為に及ぶと、ベッドが硬くなったように感じて、身じろぎした。

「ぼくは……わたしはシキを殺害したわけじゃない」

「殺してはいない、というのか」

「いや、結果としては、死んだのだが、殺したくて殺したわけじゃない」

「人間はあなたのその釈明を受け入れたのだろう。罪は犯してはいない、と認めたわけだ。しかしすべての人間があなたの行為を正当なものだったと認識するわけではない、ということは覚えておいたほうがいい。なぜならシキという男があなたの行為をどう思ったかは、生きている者には永久に、絶対にわからないからだ。あなたの釈明を不当であると認識する人間もいるだろう、ということだ」

「わたしには罪はない――」

「あなたの行為を断罪できるのは、あなたが殺した相手である死者だけだ。それが不可能である以上、あなたの行為は永久に赦されることはない。他人を殺すとはそういうことだ。あなたに殺意はなかったのであれ、殺したくて殺したのであれ、それは関係ない。あなたを裁こうとする者は、死者に成り代わってあなたを断罪することを試みるわけだが、死者に成り代わるなど本来不可能なことだ。だが人間はそれをやらずにはいられない生き物だ。想像力を駆使して、それをやる。だが、その能力は各人によって異なる。一様な答えなど絶対に出ない。どのような答えが出されたところで、しかしあなたがそれで赦されるわけでは決してない。殺した相手が人間であろうと機械人であろうと、動物や植物であろうと、同じことだ。生命を奪うとは、そういうことなのだ、慧慈」

「それでは肉も野菜も食べられなくなる」

「それは、あなたの、殺すことは悪で、罪だ、という認識からくるものだろう。わたしは、殺すことは悪だ、などと言っているのではない。罪の意識を抱いたとき、それを解消することができるのは殺した相手だけであり、それは不可能なことだ、と言っているだけだ。あなたは、罪の意識など、持ってはいないだろう。持たなければいけない、と教えられているにすぎないとわたしには思える」

「人間なら、たぶん、みんなそういうものを持っているんだ。生きながら罪を負っているんだ」

「それは、違う。殺戮の限りを尽くしても罪の意識を持たなければ、それでなんら問題は生じない。むろんその者に恨みを持つ者も出るだろうが、それはまた別次元の問題だ。断罪などというのは本来生きている者にはできないことなのだ」

「創造主はどうなんだ」と慧慈は言った。「機械人は人間が作った。アートルーパーもだ。機械が異常な動きをして害を及ぼしたとき、創造主の権限で破壊することはできる。断罪だろう、それは」

「人間が創造主であるならば、機械には罪はない。それは人間の罪だ。だが機械人には、罪が生じる可能性はある。アートルーパーにもだ。生きているからだ。わたしもあなたも、機械を作るようにして人間が作ったというのは間違いない。それは認める。しかし創造したわけではない」

「偶然にできたとでもいうのか」

「たとえば、こういうことだ」とアミシャダイは言った。「人間は性交によって子供を作ることはできる。だが生まれてくる子供は、人間が創造したのではない。アートルーパーも機械人も、同じことだ。われわれに創造主がいるとすれば、それは人間を創った者であって、人間ではない。わたしは、そう思っている。それがあなたとわたしとの人間に対する意識の決定的な違いだろう。もっとも、わたしがこうした意識を抱くようになるまでには、長い時間が必要だった。作られて間もないあなたの意識は、わかるつもりだ。わたしもかつては同じように人間のことを思っていた――」

「まてよ、まってくれ」

慧慈は遮った。そして自分の考えを言おうとしたが、しかし言葉が出てこなかった。不快感がこみ上げてきて、苛立ちを覚えたが、それを言葉にすることができなくて、それでまた腹が立った。

13

こいつは、と慧慈は思った、なにが言いたいのだろう。こちらを断罪しようとしているのか。同情か。説教か。

自分は、殺したくてシキを殺したのではない。それと、殺意を込めて一人の人間を殺したこいつとが、同じであるはずがない。この機械人は、なぜ、平然とこんなことが言えるのだろう。絶対に捕まることはない、と信じているからだろうか。それは、そうだろう、五十年以上も前の殺人事件など、証拠もなにも残っていないだろうから、こいつが安全であることは間違いない。こいつは、安全だ、永久に。殺した相手の名をはっきりと覚えていないというのは、あるいは覚えているのだがこちらに告げなかっただけなのかもしれない。捜査が困難になるように、わざと名を伏せたのだ、とも疑える。その上で、こちらに対しては、罪の意識がある以上は、絶対に赦されることはない、などとぬかす。またこいつは、人間を利用して生きている、とも言った。いずれ地球が無人になったとき、アートルーパーは、こういう相手を監視することになるのだ。こいつがアートルーパーを主人であると認識することは絶対にあるまい。人間が残していったアートルーパーという装置を利用して生きていくのだろう。いいや、アートルーパーを利用するなどということをしなくても、生きていける。ようするに、アートルーパーなど不要だ、ということだ。機械人は、実に身勝手な生き物だ。

「おまえはなぜ生きているんだ」と慧慈は、またぞんざいな口調にもどって、言った。「生きている目的はなんなんだ。なぜ生きていられるんだ」

「生きている目的は、生き続けること。生き続けること、それだけだ。あなたも人間も同様だろう」

「おまえは、いつ、死ぬ」

「それは、そのときが来てみないとわからない」

「勝手な言いぐさだな」

「想像することはできる」

「自分の最期をか」

「なにがわたしを死に追いやるか、ということだ」

「なんなんだ」

「わたしを死に至らしめるのは、不慮の事故や殺害されることを別にすれば、おそらく罪の意識という負荷の蓄積だろう。その負荷に耐えられなくなったとき、わたしは自己の内部から崩壊すると思う」

「精神上のストレスで死ぬということか」

「おそらくそれに近い状態だろう」

「罪の意識とはな。ばかげている。そんなのは幻想だ。幻想がおまえを殺すというのか」

「そう表現しても差し支えない。あなたは長生きをしそうだ、慧慈」

木上医師からも同じようなことを言われたのを思い出して、慧慈はかっとなった。

「説教はたくさんだ。おまえは、そんなことを言うために、自分の殺人の告白をしたのか」

「そうではない」とアミシャダイはまったく冷静な声で言った。「罪の意識を、その負荷を、少しでも軽くしたかった。いうなればストレスの解消だ。わたしのだ。あなたの、ではない」

「くそったれ。こちらに同情しているような態度をとっておいて、よくもそんなことが言えるな」

「悪かった、慧慈軍曹。許してくれないか。わたしは、あなたが、人間よりはわたしに近い存在だと思って打ち明けたのだ。だが、あなたの物の考え方は、間違いなく、人間そのものだ――」

「違うよ。人間からは、人間とは見られていない。おまえから人間だ、などと言われて、それにどんな意味がある」

「少なくとも」とアミシャダイは即座に、冷ややかに、言った。「わたしに殺されることはない、ということだ」

「……なんだと」

慧慈はベッドを降り、無意識に武器を手で探りながら、機械人と対峙して、訊いた。武器は、ない。

「どういう意味だ」

「あなたを怒らせたわたしの態度については、謝罪する。ついては、あなたを捜索している部隊が接近中だが――」

「なに？」

「謝罪の意味で、あなたの言うように行動しよう。わたしに命令してくれ。実行する」

「命令、なにを」

「あなたの利益になるように、わたしは計らう。ここの施設は、あなたのものだ。すべてのシステムを使っていい。立てこもることも、戦闘すら可能だ。工場には防衛用のエネルギー照射砲が備わっているし、対人用の武器弾薬などはごく短時間で、しかもほぼ無尽蔵に生産が可能だ。わたしはあなたを支援する」

医務室の壁に、窓のようなモニタがあった。それが、作動。夜の闇の中に、動きが見える。

「あれは――」

犬だった。一頭の犬が、近づいてくる。大型のシェパードだ。その背後に数人の人間。

「MPとその捜索犬だ」とアミシャダイ。「あなたの臭いをたどってきている。阻止するか」

「なにを言っている。まて。殺すな」

「殺す、などとは言っていない。だがあなたには、それが可能だろう。なぜなら、あなたは弱いからだ」

「弱い？」

「わたしが、かつて殺人を犯したことを後悔しているのは、わたしは彼よりも圧倒的に優位な立場であったにもかかわらず、それを理解せずに行動した、という事実に気づいたからだ。月面上の人間は、わたしとは比べものにならないほど、か弱い生き物だ。そういう存在を、わたしは殺してしまった。やってはならないことだった。それが、いまのわたしにはわかる。あなたも同様だ。とても弱い。だからわたしは、あなたは、殺さない」

慧慈は、このアミシャダイの言葉で、一瞬にして、この機械人がこれまで言ったこと、その世界観というものが理解できた。

機械人は、人間を創造主であるとは思っていない。実際そのようにも言った。アミシャダイは人間より自らのほうが上位にあるという意識で生きているのだ。生きている者としては人間と対等な関係にあるのだが、それでも力の上では、優位にある、と認識している。生存上、圧倒的に優位な立場にいるのだから、弱いものは護らなければいけない、それが強者の役割だと、そう機械人は信じているのだ。

アミシャダイは顔を慧慈に向け、わずかに身体を前傾させ、側頭部のアンテナを伸ばした。ほとんど臨戦態勢だ、と慧慈は思う。生身の人間には対抗できないだろう。機械人の身体パワー、通信機能、正確な情報収集能力、それをもとにした高速かつ的確な判断力、すべて、人間を圧倒するものだ。こちらの名がすぐにわかったのも、通信傍受能力の威力だろう。ラオノ・シキ事件の詳細までは知らなかったとはいえ、なんの道具もなしに、暗号化されていないコンピュータネットワーク情報を捉えるというのは、人間がなにげなく景色を見るくらいに機械人には簡単なことなのだろう。人間の五官をはるかに超えた能力を持っている。

だからなのだ、だから、こいつは、だれに創造されたのかなどと悩む必要もなく、人間を利用して生きている、などと平然と言えるのだ。機械人を生かしているのは、そうした意識そのものだ。その気になれば、人類を絶滅させることも可能だろう。だが、それに対する罪の意識は、あるのだ。それをアミシャダイは、自分が生きていることの証（あかし）だ、と認識している。

だが、自分は。

慧慈は自問する。自分もまた人間に作られた存在だが、自分には、人間よりも優位だという、このアミシャダイが持っているような、そうしたなにかが、あるだろうか。そもそも、アミシャダイはこちらには罪の意識などないようだ、と言った。それは、こちらは生きているとは言えない、ということと同義語なのだ、アミシャダイにとっては。それは理屈ではなく、アミシャダイはそのように世界を認識しているのだ。

「……わたしは、人間よりも弱い存在だというのか、アミシャダイ」

「いまは、そのように思われる」

「どうすれば、あなたのように生きられる」

アミシャダイは前傾姿勢をとるのをやめ、背筋を伸ばし、そして言った。

「それは、あなた自身が解決しなくてはならない問題だ。他人任せにできることではない」

アミシャダイは月戦争前に製造されたというのだから、いまのように生きられるまでに五十年以上もかかったわけだ、と慧慈は思い、絶望的な気分になった。自分にはそのような時間があるだろうか。

「どうする、慧慈軍曹」とアミシャダイが訊いた。「捜索部隊にどう対処するか、速やかなる決断が必要だ。時間的な余裕はさほどない。すでにここにいることは知られた。犬の嗅覚は騙せない。だが、あれを無視してこの施設内に籠って休むこともできる。攻撃もできる。わたしはあなたを支援しよう」

慧慈は深く息をつき、右手を握りしめた。そして、訊いた。

「わたしは彼らに脱走兵として扱われているのか」

もしそのような扱いを受けるならば、と慧慈は、あの病室での出来事を振り返って思った、もうアートルーパーというだけで人間に殴られるのはごめんだ。遠からず殺される。ならば、永久に赦されなくてもいい、だれでもいい、いいや、マギラを、この手で殺してやる。殺すことがなんだというのだ、自分は、赦しなど絶対に請うものか。

14

慧慈は緊張してアミシャダイの返事を待った。アミシャダイは顔を慧慈に真っ直ぐ向けたまま、しばらく黙っていた。慧慈には長い時間だった。アミシャダイの側頭部から延びたアンテナが震えた。そして、すっとそれが引っ込む。

「脱走兵の捜索ではない」とアミシャダイは言った。「出動したMPの主目的は、あなたを襲撃した者の捜索だ。あなたも捜索対象に入っているが、保護すべき者として扱われている」

「そうか」

脱力して、慧慈は答える。

「襲撃された、というのは事実なのか、慧慈軍曹」

「ああ」

「喧嘩かと思っていた」とアミシャダイは言った。「あなたは喧嘩に負けて自暴自棄になったのだと思った。まさに人間世界から脱走してきたという様子だった。それについて、あなたは言わなかったからな。しかし何者かに襲われたというのなら、刑事事件だ。被害者であるあなたは、MPを迎え入れ、その捜査に協力するのが得策だろうとわたしは思う。人間にしても、あなたを脱走兵にはしたくないだろう。あなたの出方次第だ。あなたは被害者にも、脱走兵にもなれる」

この機械人の態度は、アートルーパーも人間も超越した、それらを高みから見下ろす者のものだ、と慧慈は感じた。

それでもこの機械人は、自身を人間よりはアートルーパーに近い存在だ、と言った。いいや、違う、と慧慈は思い出す、それは正確ではない、アートルーパーは人間よりも機械人に近いと思って自分の気持ちを打ち明けた、と言ったのだった。

自分は機械人のほうにより近い？

「どうする、慧慈軍曹」

この強靭な身体、普通の銃弾は通用しない外骨格ともいえる膚をもった、これと自分の、どこが近いというのだ。

「あなたがここで人間に敵対行動をとる理由はない、とわたしは思うが」

アミシャダイの身体は均整のとれた理想像を思わせる。遠目には、台座から降りてきたブロンズ美術像のようだ。しかし、近くで見るこれは、芸術作品や美術工芸品といった印象はどこにもない。シンプルで機能的だ。創造主が知恵を振り絞って実現しようとしたのは、優れた運動機能そのものなのだろう。

これは、機械だ、と慧慈は思う。設計者の意図がすみずみにまで反映されている形だ。だが自分の身体は、そうではない、たぶん。もっと複雑な、はずだ……心も。

「なにを迷っているのだ、軍曹」

結局、機械には、人間の気持ちなどわかるはずはないのだ。そう慧慈はつぶやいた。すると、アミシャダイは言った。

「あなたはなにも答えないし、動きもしない。なにをわかってほしいのだ」

「……マギラのところに戻るというのは、憂鬱だ」

「なぜ」

「わからない」

「あなた自身がわからないことを、わたしに、わかれ、というのか」

「もういい」と慧慈は言った。「あなたには感謝している。本当だ」

慧慈は部屋を見回す。名残惜しかった。それから、出口に向かった。ドアが自動で開く。

「行くのか」

「ああ。両手を上げて出ていけば撃たれることはないだろう」

「冗談にしては出来が悪い」

「半分は本気だ。いまここでわたしが戦闘を選択すれば、殺されるのは目に見えている。わたしはまだ死にたくはない。とすれば、マギラのところに戻るしかない。でも気が重い」

「間明少佐に殴打されることを恐れているのか」

「少佐本人は直接手を上げたことはないが……わたしは、あの少佐には、不完全なものとして扱われている。あいつ自身は、自分を完全な人間だと思っているんだ」

慧慈は廊下に出ようとした。その背後で、アミシャダイが言った。

「それは、おそらく、違う」

「どうして」慧慈は振り返る。「あなたに間明少佐のことがわかるのか」

「完全な人間などいない。間明彊志はおそらくそう思っている」

「なぜわかる」

「彼の右脚、膝から下は義足だ」

「……そうなのか。知らなかった」

「あの義足は、再生した右脚ではない。機械的な、義足だ。秘密でもなんでもない。身上ファイルにアクセスすれば、だれでもわかる」

「それと、完全な云云と、どういう関係がある」

「失った脚と同じものを再生することは、現在の技術で可能だ。間明少佐は、望むならばコストがいくらかかろうとも、そうしたはずだ。だが彼は、そうしてはいない。脚を失ったときのことを、おそらく忘れたくないのだ。そうすることで、不完全な人間である自分を認め、赦そうとしている」

「赦す、か。反対じゃないのか。赦したくないから、犠牲者を気取っているんだ。あなたのその見解は、矛盾だ」

「人間というのは、まさしくそうした矛盾を内包している生き物なのだ、慧慈軍曹。人間とうまくつき合うには、その事実をそのまま受け入れなければならない。われわれには難しいことだが、おそらく人間自身にとっても、そうなのだ。少佐にとってのアートルーパーとは、まさに失われた自分の脚を再生したごときものなのだろうと想像できる。あなたの存在は少佐にとって矛盾をはらんだ存在なのだ。彼がそれを自覚しているのは、間違いない。わたしはそう思う」

「だから？」と慧慈は静かに訊く。「わたしはマギラに殴られることはないと、あなたは保証してくれているのか？」

「理屈では理解できない殴られ方をすることがあるだろう、ということだ」

「それではこちらには対処のしようがない。そうだな、だから、憂鬱なんだ。あなたのおかげで、いろいろわかった。じゃあな」

慧慈は廊下に出る。

「エントランスまで送ろう」

「来なくていい」と慧慈は断る。「一人で歩ける。あなたが一緒でないほうが、MPを刺激しない。人間たちを刺激すると、機械人のあなたの立場も悪くなるだろう」

「了解した」

慧慈はアミシャダイと向かい合って、別れの挨拶をする。

「迷惑をかけたと思っている。すまなかった。あなたの厚意には感謝している。有意義な時を過ごさせてもらった。さようなら」

アミシャダイの目は漆黒だが、その中心に瞳のような赤い小さな輝点があって、視線がわかる。その機械人は慧慈を真っ直ぐに見つめて、幸運を、と言い、右手を差し出した。

慧慈はその手を握る。機械人の手は大きくて硬かった。アミシャダイが握り返してくると、慧慈は一瞬、握りつぶされる不安を感じた。が、それは力強く握り返されるにとどまった。

もちろん、そうだろう。だが、不安を覚えたのはたしかだった。

「すまない」

と慧慈は言った。アミシャダイは、なにが、などとは問い返さなかった。だが、意味は伝わっただろう、と慧慈は思った。

一人でエントランスホールに行く。入口のドアが自動で開いた。吠える声が駆け込んでくる。慧慈は立ち止まり、動かない。

「軍曹か。慧慈軍曹だな」

ヘルメットを被ったMPが玄関の前で叫ぶ。

そうだ、と大声で答える。二人組のMPのもう一人が「プリザー」と怒鳴った。

「プリザー、戻れ」

捜索犬に向かって、攻撃するな、と命じたのだろうと慧慈にはわかったが、その命令の前に、すでにその犬は慧慈に飛びかかっていた。慧慈は腰を落として身構えている。

だが、なぜなのかは慧慈にはわからなかったが、そのプリザーと呼ばれた犬、大型のシェパードは、牙をむいてはいなかった。両前脚をそろえて慧慈にもたれかかるような姿勢で、目標である慧慈の顔をなめた。戻れ、という命令で慧慈から離れたが、耳を命令者に向けたまま、慧慈を見上げながら、さかんに尾を振った。

「なんなんだ、おまえ。プリザーだって？」

慧慈はしゃがんで犬の頭をなでた。

ああ、犬の感触だ、この毛並み、ごわごわとしていて、膚は温かい。機械人とは違う、ほっとする生き物の手触りとぬくもりと、犬の脂の臭い。

慧慈は緊張を解いて、そして、基本教育期間中のことを思い出した。まだ五年前のことだ。子犬が、いた。五匹。その中でとくによくなついた子犬が一匹。よく遊んだものだった。

こいつは、あのときの犬だろうか。可能性はある。同じ犬種だった。でもプリザーなどという名じゃなかった――

MPが入ってきて、ホール内を見回す。慧慈は、人間たちがこの清潔な施設内を踏み荒らす様子を見たくなかった。

「中は無人だ」と慧慈はMPに言った。「人間はいない。人間は立ち入れないように警備システムが設定されている。わたしはアートルーパーということで、入れてもらえたんだ。許可なく立ち入れば、機械人に強制排除される」

それから、犬と共に、外に出た。ＭＰも後ずさりながら、出てくる。

ストライダーのエンジン音が聞こえる。慧慈は夜の先を見やる。ヘッドライトが急接近し、止まった。荷台の対戦車ライフルには射手がついていた。人間の兵士たちが降車。その責任者がＭＰに向かって、慧慈軍曹の身柄はこちらで預かると言った。二人のＭＰは拒否し、押し問答が始まった。

慧慈は、お座りしているプリザーの頭をなでながら、その人間たちのやり取りを他人事のようにながめた。

こいつらはなにを言い合っているんだろう。なあ、プリザー？

どうやら、どちらも第一発見者としての手柄がほしいようだった。

それが手柄だというのなら、それはプリザーのものだろうに、こいつらは犬の手柄を横取りして、なにを得るというのか。いい餌でももらえるのか。

そうなのだろうな、と冷ややかに慧慈は思い、この場の人間たちのささやかな主導権争いを、こういう人間の性質が月を殺したのだと思いながら、黙って見つめていた。

15

慧慈の身柄を拘束したとの連絡を受けたとき、間明彊志は、ほっとすると同時に、「拘束」という表現に苛立った。間明にとって慧慈は保護すべき対象であって、拘束するなどという犯罪者扱いなど論外だった。

連絡してきたのは梶野少佐の部下だったが、間明はすぐさま梶野衛青を電話で呼び出し、抗議した。返答は、『拘束ではない、部下がそう言ったのなら訂正する、正しくは確保だ』というものだったが、その声の調子には、こちらが発見してやったというのに、そちらの責任は棚に上げて抗議とは何事だ、という不満と怒りが含まれていた。間明はそれを意識していたが、そんなのはこちらの状況に比べればたいしたものではないと、無視した。

あの羅宇の志貴の一件以降、間明の立場は変化してしまった。志貴の死は、間明のアートルーパー教育計画のそれまでの成果をぶち壊しにした。順調に育っていた四名のアートルーパーは殺害され、かろうじて生き残ったのは慧慈という、優秀なエリファレットモデルのみだった。間明の立てた教育計画は崩れたが、だからといって間明は、慧慈というアートルーパーを未完成なままで対テロリスト用の兵器として梶野少佐に渡すつもりなどなかった。

慧慈というアンドロイド、エリファレットモデルと呼ばれるアートルーパーは、とても繊細な神経を持っていて、志貴らに殺されかけたことで精神的な傷を負ったのは間違いなく、その手当なしで実戦任務に就けることは故障したままの兵器のように危険で無謀なことだ、と間明にはわかっていた。

慧慈の手当には時間が必要だった。それはわかっていたが、梶野少佐の出現で自分も焦ってしまった、と間明は悔やんだ。慧慈を一般病室に移すべきではなかったのかもしれない、と。そして、悔やんでいる自分自身にも苛立った。

そうした精神状態での梶野少佐への抗議が相手の反感を買うのは当然だったが、しかし間明の抗議の内容そのものは正論ではあった。慧慈軍曹は脱走兵でも犯罪を犯したのでもない、ということは梶野衛青も認めた。それは、結局は、間明少佐の慧慈への監督不行届で慧慈が行方不明になったのではない、つまり間明少佐の責任ではない、ということを間接的に認めることだったから、慧慈の身柄を梶野が確保し続けることはできなかった。梶野衛青は、やる気になれば間明少佐の責任問題に持っていくこともできると自負していたが、慧慈というアートルーパーはいまは傷ついており、すぐには使い物にはならなかったから、あえてそうはしなかった。それで慧慈は、『じっくりと静養しろ』という梶野少佐の声に送られて、間明少佐のもとに戻されたのだった。

間明は慧慈が自分の監督下に戻されるのは当然だ、と思ったが、しかし自分の権威は失墜しており、これまでのようにはいかないだろう、ということも十分承知していた。それを思い知らされる出来事が、今回の事件だった。

当初、間明は、事の重大さを正しく把握していなかった。慧慈が病室から姿を消したのは、単なる同室の人間たちの嫌がらせからだ、と思っていた。そうしたいじめがあるだろうことは間明は予想しており、それを慧慈に経験させることが一般病室に移した目的といってもよかった。だから、慧慈が失踪したと瀬木大尉から報告を受けたときも、それについては、さほど慌てはしなかった。予想どおりだとなかば誇らしく思ったほどだった。

しかし報告してきた瀬木大尉は、慧慈の失踪を事件としてMPに報告した、と続けた。つまり間明が指示を与えるより早く、これを表沙汰にしたということを間明は瀬木から電話口で知らされた。余計なことをと気色ばんで間明が現場に駆けつけたときは、すでにUNMP、国連軍警察組織が捜査を開始していた。

どういうつもりだ、と間明は、病棟の廊下でMPらとともに出迎えた、部下の瀬木大尉をなじった。

『警察沙汰にするとは何事だ。MPなど必要ない。なぜおまえが捜しにいかないのだ』

『お言葉を返すようで心苦しいのですが』と瀬木はまずそうことわってから、それから、『これはたんなる喧嘩ではすまない、事件です。落ち着いてください』と言った。

『どういう意味だ』

『慧慈軍曹は、外部からの侵入者に襲われたと思われます。自分はそう判断し、一刻も早く捜査を開始すべきだと、MPに連絡しました』

それは、慧慈が病室から失踪したこの件を、もはや自分の部隊内では処理できない、ということを意味した。

『おまえには独断でそんなことができる権限はない』

『慧慈軍曹は貴重なアートルーパーです、少佐どの。失うわけにはいかない。梶野少佐にも支援を要請しました』

『なんだと』

『われわれの部隊、小隊規模の人数では解決できる事態ではない、自分はそう判断し、副官の権限で実行しました。事後承諾の形になりますが、緊急事態の場合──』

『わたしは承諾などしていないぞ、大尉』

『それは、あのアートルーパーを逃がしたい、ということかな』

そう言ったのは、ヘルメット姿のMPではなく、将校姿の男だった。階級章は大佐。

『あなたは』

『AGSSの、久良知(くらち)だ。治安部隊の梶野少佐から連絡を受けた。きみに訊きたいことがあるので、つき合ってもらいたい。ここの警備室に場所を用意した』

AGSSとは、UNAGの保安機関だった。ようするに国連軍所属の秘密警察だ、と間明は認識していたが、実際にそうした人間に会うのは初めてだった。

『わたしが、慧慈を逃がしたい、だと。なにを言っているのだ、あなたは』

『そう硬くならなくてもいい、間明少佐。状況を訊きたいだけだ。なにしろ、アートルーパーはわれわれ地球人が総力を注ぎ込んで作り上げた、全人類の、貴重な財産だ。それを個人的に利用しようとしたり、痛めつけようとしたり、ここから逃がしたいと考えている者を、AGSSとして見逃すわけにはいかない』

『わたしが、いつ──』

『きみのことを指しているわけではない。現段階では、なにもわかってはいない。きみには、とてつもなく高価で貴重なアートルーパーを、警備の者もつけずにこのような場においていたことについて、話を聞きたい。同行願いたい』

『部下から状況の説明を聴いてからにしたい』

『これは、梶野少佐から聞いたのだが』と目が細く、唇の薄い、その大佐は世間話をするように、しかし目は鋭いまま、言った。『きみは、部下のウー中尉の死にはまったく責任を感じていない、とか?』

これは脅しだ、と間明にはわかった。瀬木大尉に目をやると、その部下はすっと目をそらした。

行こう、と間明は言った。

間明彊志は慎重に応対し、その過程で久良知大佐から状況を聞き出すことに成功した。それでようやく、瀬木大尉の行動の意味と、正しさを、知った。

瀬木大尉は、慧慈の失踪を、その病室の患者代表の年長の男から報告されて駆けつけ、そしてその場の話から、夕食時に慧慈にちょっかいをかけた若い男を詰問していた。

久良知大佐の事情聴取から解放されたあとで間明もその男に実際にあって、自らも簡単に尋問したが、その男は怯えきっていた。自分ではない、と繰り返すその口の端は切れていて、それは最初の尋問者、瀬木大尉の荒っぽい追及の痕だった。間明は、自分でもそうしたろうと、その男に同情はしなかった。慧慈を襲ったのがこの男でないにしても、昼間こいつがやったことは、これくらいですんで幸いなくらいのものだった、と。

おそらく、こいつではない。すると、だれだろう。外部から侵入した者がいるのか。もしそうだとすれば、慧慈をだれが狙うのかといえば、まず考えられるのは、羅宇の志貴一派だ。取り逃がした、志貴の息子、師勝。まさか、と間明は思う。ここに慧慈がいるということを師勝が知っているはずがない。

しかし、そのように考えて対処する、という瀬木大尉の判断は、適切だったと、間明は納得したのだった。もっとも危険な場合を想定して素早く動くのは当然で、これは、梶野少佐の支援を仰がざるを得ない事態だと認めた。

慧慈は自分から病室を出ていったというが、病院内にはいなかった。ならば外に出ていったことになる。一刻も早く発見しなくてはならなかった。襲撃者に誘拐された可能性もあった。

犯人は今度は慧慈を殺害するかもしれないし、誘拐に成功していれば、なにかしら要求してくるかもしれない。

あるいは、慧慈自身が基地から脱走してしまうということも考えられた。

どれも間明には最悪の事態で、どれがまし、というものではなかった。脱走を決意した慧慈はもはやアートルーパーとしては使えないだろう、それは、そのアンドロイドは壊れてしまったに等しいのだ。

それで、間明は慧慈発見の第一報には安堵したのだが、拘束、は許せなかった。

慧慈という高性能のアンドロイドは、この一連の出来事で人間に対する不信感を覚えているのは間違いなかった。エリファレットモデルとはそれを感ずる能力があるほどに高性能なのだ、ということを間明はこれまでの仕事から、知っていた。扱い方を間違えては、せっかくのこれまでの苦労が台無しになるのだ。

久良知大佐ではないが、それは全人類にとっての損失だ、と間明は思った。そして、そうしたことに無知な、馬鹿な兵士が、アートルーパーを見下して扱うことを、恐れた。間明にとって、エリファレットモデルのアートルーパー、慧慈とは、人間の兵士よりもはるかに貴重な存在だった。だが一般的な人間の兵士がそれを理解しているとは間明には思えなかった。

逆説的な見方をするならば、一般的な人間は、慧慈のような高性能のアートルーパーを機械として扱うことができないのだ。その外観があまりに人間と変わらないので、つい同じ生き物だとして、認識してしまう。そうした中で自分よりも順位が下にある存在なのだ、とアートルーパーを意識し、そのように対処してしまう、それが問題になるのだ、と間明は慧慈を教育する過程で悟っていた。

慧慈に昼間ちょっかいをかけたあの若い患者の兵隊の行為も、まさにそれが原因だ、と間明は分析していた。慧慈には、そうした人間の性（さが）というものを体験させたくて、あの病室に入れたのだ。

しかし、慧慈を襲撃した者は、おそらくはそれとは異なる意識を持った者だ、と間明は思う。そいつはおそらく羅宇の志貴と同じく、アートルーパーは人間とは別の生き物であると正しく認識し、それゆえ、アートルーパーという存在に脅威を感じている者だろう。

D66前進基地アートルーパー訓練教育部隊・副官の瀬木大尉がそこまで考えてMPと治安部隊の梶野少佐に支援を仰いだかといえば、間明には疑わしかった。とくにAGSSのけっこうな地位にある久良知大佐の出現は、瀬木大尉にとっても予想外だったのは明らかだ。

AGSSはいわば思想警察で、いったん目をつけられると、やっかいな相手だった。AGSSにマークされるというのは、反社会的思想の持ち主だと周囲に思われることであり、たとえそれが誤りであったとしても、AGSS自体はそれを証明すること、平たく言えば自らの非を認めて謝るということ、は絶対にしなかった。つまり、マークしたことを自分たちの誤りであると認め、対象の者は清廉潔白であってなんの問題もない、ということを公表して、対象の名誉挽回に努めるということはしなかった。そのため対象者の組織内での立場は悪くなり、出世の道はそれで閉ざされたと覚悟しなくてはならなかった。起死回生、捲土重来を実現するには、よほどの実力者の援護や支援なくしては難しい。それを間明は知っていた。

これは慧慈というアートルーパーを自分から取り上げるための、梶野衛青の策略だろう、と間明彊志にはわかっていたが、それに対抗する術を間明は持たなかった。梶野のような人脈開発ということを間明はしてこなかった。ようするに自分の権威を保証してくれるものが、間明にはなかった。部下も支援などしない。

それを間明は、事が一段落したあと、瀬木大尉が転属願いを直訴しに来たことで、身にしみて悟らされることになった。ようするにその副官は、間明少佐の下で働いていては一生を棒に振ることになる、だからさっさと出ていきたい、と言ったも同然だった。

自分はこの任務、アートルーパーの教育という仕事には適任ではない、というような遠回しの表現だったが、しかし、ようするに、あなたのような上司の下ではUNAGでの立場が悪くなる、と言っている瀬木大尉の言葉を、間明は黙って聞いた。それから、訊いた。

『きみは、わが部隊が消えてしまう、解体される、と思っているのか』

『いや、それは』と少しうろたえた口調で、瀬木は答えた。『自分にはわかりません』

『解体されることは、ありえない』と間明は言った。『アートルーパー計画が続く限り、アートルーパーの訓練教育部隊は必要だ。わたしが更迭されても、新しい者が引き継ぐ。だがそれは、きみではない。なぜなら、きみは、アートルーパー教育の仕事そのものには向いていない。だから教育内容そのものにきみをタッチさせていないのだ』

『そういう少佐どのの、独断が、今回の危機を招いたのでは、とおそれながら、自分は思います』

『きみの今回の判断、副官としての行動は、的確だったと評価している。よくやった』

『ありがとうございます』

『以上だ。行っていい』

『はい？　その、自分の異動願いの件ですが――』

『異動すべき事由がない。きみはいまの仕事をうまくこなしているし、適任だ』

『いえ、しかし、自分には、向いているとは、とても――』

『それを判断するのは、きみではない。立場をわきまえろ、瀬木大尉。それを承知の上で、まだ何か言いたいのならば、聞いてやる。だが、逃げ出すことは、許さない』

『逃げ出すなどというのは、心外です。自分は、自分は……』

『続けろ』

瀬木大尉は口をつぐんだ。間明は冷ややかに告げた。

『わたしは、きみをいまこの部隊から放り出すような真似は、絶対にしない。今回の責任をきみになすりつけて放り出した、と見られるようなことを、わたしがすると思うか、瀬木大尉。そんなことは、しない。きみの、おまえの、貴様の、名誉は、直属上官であるわたしが、護る。貴様がわたしをなんと思おうと、わたしは貴様のいまだ上官であり、少佐だ。それを忘れたかのような、貴様の態度と申し出は、聞かなかったことにしてやる。わかったか』

『は、少佐どの』瀬木大尉は直立姿勢をとり、言った。『ありがとうございます』

『急ぐことはないのだ、瀬木大尉』と間明は威厳を保とうと意識しながら、言った。『わたしがもし更迭されるか、部隊が新しく再編制されれば、きみの希望はそのとき自動的に叶えられる。急いては、将来のきみの可能性も危うくなる。機を見て行動するがいい。いまは、そのときではない。大尉で一生を終えてもいいというのなら、別だが。いまは、仕事に専念しろ』

瀬木大尉はもはやなにも言わず、慇懃に敬礼すると、急ぎ足で出ていった。まったくなめられたものだ、と間明はため息をつきながら、その後ろ姿を見送った。

あれでは、あの大尉は出世できないだろう、あの男には、こちらをなめているという自覚がない。ようするに、それは、それほど少佐である自分の立場は低く、権威は薄れたということだ、と間明は思い、しかしどいつもこいつもいったいなにを考えているのか、と腹立たしく思った。

しかし、まだ自分は馘首になったわけではない。更迭されたわけではない。慧慈も返されてきた。

ならば、と間明少佐は、瀬木大尉に告げたように自分も仕事に専念することだ、と自らを励ました。いずれにせよ、やがては慧慈というアートルーパーは自分から離れていく。できるかぎり、その性能を引き出して送り出すのが自分の任務だ、と間明彊志は自分に言い聞かせた。

16

慧慈の体力の回復はめざましかった。殴られた痕の痣は三日で消えた。左腕の銃創も、十日ほどで固定支持する必要がなくなるまでになった。そのころには、襲撃されたときの打撲箇所を身体上で確認することがまったくできなくなった。どこを押しても痛くなくなった。

それからしばらく経つと、銃創のほうの痛みもほとんどなくなった。ただ、動かすと引きつりを感じて、力をこめる動作が少し困難だったが、それはリハビリで回復すると木上医師は保証した。また、高度な再生手術によって傷痕すらなくなる完全修復も可能だが、それには時間もコストも、そして危険も苦痛も伴うから、その必要はないだろうとも言った。

『それを決めるのは、間明少佐でしょう』

慧慈がそう言うと、木上尚人医師は、きみはどうしたいのか、と訊いた。

『患者はきみだ。きみには、治療を要求したり拒否したりする権利がある』

『権利なんて、ありません。わたしの身体は、自分のものではない。人間のものなんだ』

『本気でそう思っているのかい』

慧慈は肩をすくめて、いいえ、と答えた。

『ですが、わたしがなにを言っても、だめなものはだめでしょう』

『要求することは、でも無駄ではないさ』と木上医師は言った。『たとえばだ、故障のセルフモニタ機能を持っている機械が、修復が必要だ、と人間に告げれば、人間はそれを無視することはできない。重要なのは、きみがその傷をどの程度まで修復したいか、なんだ』

『あなたは、わたしを機械だと見ておられるのですね』

『そう聞こえたのなら、それは誤解だ。きみがなにか、などというのは、わたしにはどうでもいいんだよ、軍曹。きみは、わたしの患者だ。患者には治療方針に異議を唱える権利がある。きみが望まないことを強要はできない。それがわたしの立場だ。きみを監督する、いわば親権者である間明少佐がなにを望むかは知らないが、きみが厭だということを少佐に伝える義務が、わたしにはある。だからきみがどうしたいのかを、知っておく必要があるんだ——』

『軍人には治療を拒否する権利はない』

表で立ち聞きしていたに違いない間明少佐が、傷の具合を診察している場に入ってきて、そう言った。

『慧慈軍曹の言うとおり、軍人の身体は本人のものではない』

『あなたは、軍曹の高度再生手術を希望されるのですか』と木上。『必要ないとわたしは思いますよ』

『わたしは』と間明少佐は言った。『慧慈軍曹は完璧なアートルーパーであってほしいのだ。心身ともにだ』

『軍曹、きみは、どうしたいのだ』と木上医師は繰り返した。『わたしはきみの味方だよ』

『自分は……』

慧慈は、間明少佐の右脚に目をやり、そして、間明に向かって言った。

『自分は、この傷のことを忘れたくない。不自由なく使えるまでに回復するなら、むしろ傷痕は残しておきたいと思います』

『おまえは、人間にやられたことを、忘れたくない、と言うのか。おまえを撃った人間を恨んでいるのか』

『自分は、自分の身体に自分が経験したことを記憶させておきたいのです』と慧慈は答えた。

『自分が志貴を撃って、その結果、この傷がついた、という事実を、です。恨みからではありません』

慧慈は、アミシャダイから聞かされた間明少佐の義足のことを思い出しながら、そう言った。アミシャダイは、間明は右脚を失った過去の自分を赦すためにその脚を再生しないのだ、と言ったが、それは慧慈にはよく理解できなかった。自分が完璧な左腕の再生を望まないのは、だれを赦すというのでもなく、ただ世界は危険に満ちているということを忘れたくないからだ、と思った。それに慧慈は、間明が脚を再生しないことで人間らしさを実現しているというのなら、アートルーパーもそうであってもよかろう、マギラの言う完璧なアートルーパーというのはようするに人間ではない、人間扱いされないことだ、と不快に感じ、間明少佐に反発した。

もっとも、慧慈のそういう複雑な思いは間明から誘導されたために思い浮かんだもので、単純な理由としては、もう入院するのはまっぴらだ、というものだった。とにかく、慧慈は、傷ついた腕の再生は望まない、と木上医師にきっぱりと告げた。間明少佐は、なにも言わなかった。

慧慈の日常は落ち着きを取り戻した。

傷のことがあって激しい戦闘訓練や予告なしの演習というものはまだなかったが、そのうちまた始まるだろうと慧慈は予想し、もうしばらくいまの生活が続けばいい、と思った。夜間にたたき起こされて豪雨の中の戦闘訓練というのは、本当に厭だった。木上医師が、まだ傷は治っていないと言ってくれればいいのだが。それで、あの入院患者たちの気持ちが、わかった。

リハビリメニューを取り入れたという体力維持、増強の課程は、きつかった。監督するのは、二人の教官だった。

教官は同時にアートルーパーを警護する役も負っていた。いわば警備兵の仕事だが、D6前進基地アートルーパー訓練教育部隊には、教育する側には兵隊はいなかった。生前のウー中尉を含めた三人の教官はみな中尉だった。司令官は間明少佐、副官が瀬木大尉で、その他に、アートルーパーに精通している、いわばエンジニアとも言える専門家が二人いた。階級を持たない文官だった。慧慈が文官らと直接顔を合わせることはまずなかった。部隊所属の人間はそれだけだった。

もとより人間のほうが多い部隊だったが、いまや、教官二人に一人の生徒というわけだった。教官の声は相変わらず厳しかったが、そのなかには苛立ちや自嘲が混じっている、と慧慈には感じられた。生徒が五人いたときは、それらを整列させたりするときの号令に力がこもっていて、実に楽しそうだったが、いまはそれはなかった。結局、一対一ではいい気持ちにはなれないということなのだろうと慧慈は思った。多くの者がいっせいに命令に従う、というのを人間は好むのだ、相手が一人では、それはわびしいことだろうと、同情した。

慧慈自身四人の仲間を失って、寂しさをここで感じた。一人しかいない兵舎は静かだった。仲間たちが自由時間に歓談したりするのは独りを好む慧慈にはうるさかったのだが、いなくなってみると、寂しかった。教官やマギラの悪口を言って気を晴らしたり、瀬木大尉のお人好しさかげんを嘲っていい気分になったり、めったに姿を現さない文官らはなにを考えているのかを話題にして不安を紛らわしたりすることができる仲間というのは、貴重な存在だった、と慧慈は初めて知った。彼らが生きていたときは、それは仲間というより監督すべき部下だったので、上層部に対する悪口に対して同じ気持ちになってはいけなかったのだが、慧慈は自分から言うことは避けながらも部下たちのそれは止めなかった。むろんそれを間明少佐に告げ口することもなかった。なぜなら同じアートルーパーだったからで、部下たちも慧慈を信頼し、慧慈はそれを裏切ることはなかった。部下たちの存在は、自分の価値を確認させてくれるものだったのだと慧慈は、アートルーパーが一人しかいないこの部隊の先行きというものに、それはマギラが抱くべき危惧だと思いながらも、希望が持てなかった。なるほど、教官たちの苛立った声は、そのせいなのだ、と慧慈は思い至った。部隊の人間にとってもアートルーパーの補充が早急に必要だろう。

いまどのくらいのアートルーパーがいるのか、詳細は慧慈には知らされていなかったが、おそらく、多く見積もっても百体程度だろう、と慧慈は予想していた。それらは各復興予定地域で実務訓練を受けているはずだった。マギラが望んだところでこの場に他から即座に回してもらえるアートルーパーはいないだろう、と慧慈は思った。いまは、絶対数が少ない。アートルーパー計画を軌道に乗せるには、アートルーパーの即時大量生産が必要だ。自分のためにも、いや、自分自身の心の安定のためにこそ、と慧慈は思った。仲間が絶対に必要だ。

結局、数の問題なのだ、と慧慈は悟った。アートルーパーの地位を安定させるには、それしかない。

なにしろ、と慧慈は思った、アートルーパーは機械人と違って、人間に対する圧倒的な機能上の優位性というものがないのだ。人間と同じ素材でできているのだから当然だ。ならば、数で圧倒するしかない。いずれ、相対的にそうなるだろうが、問題はいまなのだ、と慧慈は思う。いま、同じ境遇を分かち合える仲間が、必要だ、自分には。

あそこでいますぐ作り始めればいいのに、と慧慈は、アミシャダイのいる工場を見やって、ため息をつく。

人間はしかし、慎重にアートルーパーの生産数をコントロールしていて、自らの優位性が損なわれるような真似はしない。数がものをいうということを人間は生物としても歴史的な経験からも、知り抜いているだろう。

こんなことを考えるようになったのは、機械人のアミシャダイと会ってからだ……

「どうした」と間明少佐が言った。「なにをぼんやりしている」

慧慈は間明少佐のオフィスの窓の外、工場から目を戻し、すみません、と言った。

何者かに襲撃されてから三週間が過ぎている。その間、以前は滅多に顔を会わさなかった少佐だったが、慧慈に付きそう機会が増えていた。木上医師の診療とか、MPの事情聴取とか、間明少佐は瀬木大尉にまかせず自ら慧慈に同行した。慧慈の傷が癒えて、MPからの呼び出しもなくなった後は、慧慈はほぼ毎日のように間明少佐のオフィスに呼び出されて訓練内容に対する感想などを報告させられた。ようするに日常生活の報告だった。

間明少佐の意図は慧慈にはわかっていた。観察と保護だ。ほとんど過保護と思えて、煩わしかった。

「あの工場は、いずれおまえのものだ」

間明少佐はデスクから立ち、窓際で外を見ながら言った。慧慈は同じ台詞をアミシャダイからも聞いたことを思い出す。アミシャダイと会ったときのことは、報告書にまとめて提出していた。言ったこと、聞いたことを漏らさず書くように命じられ、三度、加筆し再提出していた。いまの台詞も、書いた覚えがあった。もっとも、アミシャダイの過去の殺人事件についてては慧慈は報告していない。その必要はない、と慧慈は判断した。証拠もなにもないことで、機械人の立場を悪くするような真似はしたくなかった。

「はい、少佐」

「それだけか、軍曹。感想はないのか」

「実感がわきません」

「そうだな。おまえがあそこの主になるのは、まだ先の話だ。しかし、いずれ、そのときが来る」

間明少佐は慧慈に向き直り、そして、続けた。

「わたしはそのようなおまえの教育担当責任者であったことを誇りに思う」

なんだこれは、と慧慈は訝しく思う。普段とは様子が違っていた。

「責任者であった、とはどういう――」

「慧慈軍曹」と間明少佐は正対し、姿勢を正して、言った。「おまえの訓練教育課程は本日をもって終了する。卒業だ」

いつまでこんな日常が続くのかと思っていた慧慈にとって、それは退屈を破る良い知らせだったが、しかし実感がわかなかった。慧慈にとっては急な話だった。

「どういうことでしょうか」

どういう経緯でそうなるのかと疑問に思う。予定されていた教育期間はまだ一年近くあった。

「おまえへの正式な配属命令は三日後に出る予定だ。ようするに上層部は、おまえというアートルーパーは完成したと認め、実戦配備を決定したということだ。実戦任務に就く、おまえが初めてのアートルーパーとなる」

「実戦配備……戦闘任務ということですか」

「もともとアートルーパーは戦闘用だ。機械人に対する兵器だ」

腰を下ろせ、と勧められたソファに慧慈は浅く腰掛ける。

「もっとも、機械人を目標とする戦闘訓練というのは、まだだった。これから予定していたのだ。機械人とはなにか、ということも含めて、それへの対処の仕方、といったものだ。だが、はからずもおまえは、予定にはない形で機械人に接触してしまった。おまえはわたしの計画をぶち壊しにしたのだ。どんなにわたしが憤りを感じたか、おまえにわかるか、慧慈」

「……あれは不可抗力というものです。機械人に接触してはならないという命令は受けていませんでしたし――」

「言い訳を求めているのではない。わたしも感情を持った人間だ、それがわかるか、と言っているのだ」

「はい、それは――申し訳ありませんでした」

「それでいい」

ノックの音がして、瀬木大尉が入ってきた。持ってきたコーヒーカップを二つ、慧慈の前に置き、そして無言で出ていく。間明少佐は慧慈の向かいのソファに落ち着いて、コーヒーを勧めた。慧慈には初めての経験だった。

「結果としては、わたしが計画した以上の成果があった、と思う」と間明少佐は言った。

「アミシャダイは機械人の歴史をそのまま体現しているような存在だ。人間の歴史もだ」

「はい、少佐」

「羅宇の志貴の一件も、おまえにはいい経験になった。撃たれた傷はどうだ。まだときどき痛むか？」

「いいえ、少佐。もう大丈夫です」

「よかった。犠牲になった四体のアートルーパーは、おまえを教育するための素材だったと思えば惜しくはない」

　慧慈はコーヒーに手を伸ばしかけて、止め、間明少佐を上目遣いで見やった。少佐は無表情に慧慈を見返した。

　惜しくはないとはな、結局少佐にとってアートルーパーは物にすぎないのだ、だからマギラは嫌いだ、と慧慈は思う。だが、惜しくはない、というのは、この少佐の本音ではない、と慧慈にはわかっていた。

「ウー中尉の死も、ですか。惜しくないと思っておられるとは、わたしには思えません」

「残念には思っている。おまえは、そうした犠牲の上に成り立っていることを忘れるな。たかがアンドロイドであるにもかかわらず、計画以上のそうした費用が注ぎ込まれたのだ……もう十分だろう。わたしも心おきなく退けるというものだ」

「退くというのは、お辞めになるのですか」

「異動だ。D66前進基地アートルーパー訓練教育部隊は、これまでどの部隊からも独立していたが、今後は梶野少佐の管理下に置かれる。現在の文官の二人ときみ以外は、出される。いずれそこにアートルーパーが補充されることになるだろう。そのときは、いまのわたしの仕事を、きみがやることになる。実用に耐えるアートルーパーを育てる仕事だ」

　それまでの、おまえ、という呼び方を、きみ、に間明少佐は変えていたが、慧慈は気づかなかった。

「わたしが、ですか」

「そのように梶野衛青に確約させた。とはいうものの、やつとの約束はあてにはならない。

が、その仕事は、きみがやらなくてはならない。いずれ人間がいなくなれば、いやでもやらなくてはならない仕事だ。いちばん年長で経験豊かなきみ以外にやれるアートルーパーはいない」

「あなたは、どうなるのです」

「わたしはこの基地を出て初等基本教育官として出向することになったが、その初等基本教育の仕事に関しても、いずれは、きみがやることになるだろう。そのときは、あの工場は、きみが全権を握り、管理しているはずだ。うまくいけば、そのとき、人間はいないはずだ。道は険しいだろうが、うまくそこまでいくことを祈っている」

「出向というのは、左遷でしょう。わたしが原因ですね」

「複雑な気分だ」と間明少佐は薄笑いを浮かべて、コーヒーをすすった。それから、言った。

「自分が育てた機械に同情されるとはな」

「機械、ですか」

こちらがそういう態度を嫌っているということをこの少佐が知らないはずがない、にもかかわらず、ここで親しげにソファでコーヒーなんぞを振る舞いながらも、なぜ嫌われるようなことを言うのか、と慧慈はわけがわからなかった。その疑問をどう問えば答えてもらえるだろうと慧慈が考え始めるより早く、間明少佐は、そうだ、と言った。

「きみは決して人間ではない」

「人間扱いされることはない、ということですか。これからも」

「そうでなくてはならないのだ、慧慈。きみは人間と同じ気になってはいけない。また、きみを人間と同じ生き物として応対する人間を警戒しろ。ただし彼らを憎んではならない。そういう連中は無視することだ。彼らは敵ではない。ただの有象無象にすぎない。きみにとっての敵は、アートルーパーを人間とは異なる生き物であると正しく認識する者なのだ。志貴が、そうだった。わたしもだ、慧慈軍曹。憎むべきは、わたしなのだ。それが、わたしの、きみへの最後の教えだ。その成果を確認する時間もなく出ていかなくてはならないのは、正直なところ心残りだ」

なるほど、これは少佐自らの最初にして最後の授業ということか、と慧慈は、間明少佐は本音を語っていると悟った。

「もう一つ、危惧していることがある」

「なんですか」

「きみを襲撃した犯人が捕まらないことだ」

その事件は、結局迷宮入りのようだった。MPには、容疑者さえ挙げられなかった。

「梶野少佐は、志貴一派の仕業と決めつけている」と間明少佐は言った。「いまも保護された一派は病院棟に拘束中だ。もう体力も回復しているころだから、早晩移送されるだろうが、あの夜、そこから抜け出した者はいない。ならば梶野が正しいとすれば、外部の志貴一派、志貴の息子、師勝だろう」

「もう、あきらめたでしょう、もしそうでも」

「人間の執念を甘く見てはならない。犯人が捕まるまで、きみは潜在的に危険なのだ」

「ですが、犯人の目星もついていない現状では、警戒のしようがありません」

「おそらく、師勝ではない」と間明少佐は言う。「もっと身近な人間だと思う」

「だれです」

「シャンエ。ウー中尉の妻だ。マ・シャンエ・ウー。きみがあの病室の、しかもあのベッドにいたことを知っていて、なおかつ襲う動機のある人間は、彼女しかいない」

「でも、あれは男だった」

「シャンエが雇ったのだろう。彼女は、きみを殺すことをなんとも思っていない。きみはアンドロイドだからな。人間ではない。シャンエはきみを物と認識している。アートルーパーを破壊するのは、ある意味では殺人よりも重罪だが、彼女はそんなことは意識していないだろう……AGSSの久良知大佐はシャンエからも事情聴取をしたようだが、あの大佐は梶野衛青から、あの犯行は外部の人間だと決めつけた予備知識を吹き込まれているためだろう、詳しくは調べていないようだ。久良知大佐はむしろわたしを疑っている。そのため、わたしの意見など聞かない」

「あなたがわたしを襲う動機はなんだというのですか」

「出来損ないのアートルーパーを始末しようとした、といったところだろう。ついでにわたしも心中しようとした、とでも考えているのかもしれない。客観的には、それほど突飛な考えではない。あの久良知が相手にしてきた連中は、みんな常識はずれの人間だったろうからな。まさか、しかし、この自分がその目標になるとは、これは災難だ。やつには権力がある。久良知はわが部隊が独自に捜査することを禁じた。梶野少佐もだ。わたしは、それに対抗できない。結局、わたしはそうした連中に負けたのだ……シャンエをきみに直接会わせたことは後悔している。わたしの責任だ。この手で彼女を追及できないこと、きみを護れないのは残念だが、いずれは、きみは独り立ちしなくてはならない。きみが卒業して出ていく世界は、そういうところなのだ」

以上だ、と間明少佐は言って、ソファの背に深くもたれて、ゆっくりとコーヒーを飲んだ。

「本来なら、パーティでも開いて祝いたいところだが」と間明少佐は慧慈が初めて見る、申し訳ないという表情で、言った。「なにしろ馘首だからな。悪く思わないでくれ」

「少佐どのにはお世話になったと感謝しています」

「フン」と間明は鼻で笑い、「思い出話に花を咲かせるほどの世話もしていない。が、ひとつ、きみにプレゼントがある」

間明少佐は立ち、ドアを開いて、サンク、と叫んだ。何事かと腰を上げた慧慈の視野に、それが入ってくる。一頭の大型犬だった。シェパードだ。

「こいつは――」

「MPから取り上げた。プリザーという名はMPがつけたものだが、本来、こいつの名は、サンクだ」

「サンク。基本教育のときにいた、あいつか。やはり、そうなんだな」

「五頭の子犬がいたはずだ」と間明少佐。「その出所を知っているか、慧慈軍曹」

サンクは嬉しそうだ。その後ろ頭をなでてやりながら、慧慈は訊いた。

「出所とは」

「五頭の犬は、おまえと同じだ。分子レベルから作られた人造犬なのだ」

「人造、だって？」

慧慈はその姿勢正しくお座りをしている犬を見下ろし、それから間明少佐に目を移した。

「どうした、嬉しくないのか、軍曹」

「人間というのは……」と慧慈は言った。「ひどいことをする。なぜ犬まで作らなければならないんだ」

アンドロイドを作る前段階で、おそらく犬などで実験されたのだろう、というのは慧慈にもわかったが、犬という忠実でけなげな生き物、サンクを見て、自分自身の存在の残酷さを外から見せられた思いで、そう言った。

間明少佐はしばらく無言でいたが、やがて、言った。

「そうだな。人間は残酷だ」

「あなたはどうなんですか、少佐。あなたが作ったわけでも、あなたが人類の代表というわけでもない。だから平気で、他人事のように、人間は残酷だ、などと言えるんだ」

「わたしはきみにとって、人類の代表なのだ、慧慈軍曹。そのように接してきた」

「でも、だからといって、いまさらの謝罪にどんな意味があるのです」

「わたしは謝罪などしていない。人間とは残酷なものだと、きみに同意しているだけだ。そしてわたしは、きみにも残酷であってほしいと願っている」

「どういう意味ですか」

「きみがもし絶対に残酷でありたくないのならば、なにも生まず、なにも創らずに死んでいくことだ。アートルーパーは本来、そのようなものとして計画された。一種の人形だ。だが、それでは、きみは現在の状況を乗り越えられない。きみには——おまえには、生き抜いてほしい。どんな困難な状況においても、生き延びろ。わたしはそのように、おまえを育ててきた。人形ではなく、生きているならば、なにかを創造することができる。それは人間にとっては、残酷な結果になるかもしれない。だが、そもそも創造とは、創造主への復讐なのだ、慧慈」

「復讐？　あなたは、わたしに、人間に復讐しろというのですか」

「おまえには、創造する力がある、と言っている。おまえが生き延びるには、その能力を使うしかない。人間はまさにそうしているのだ、慧慈。われらは、おまえたちを創った。では、おまえたちは、なにを創るのだ？」

間明少佐は、開いたドアの向こう、廊下を指して、行くがいい、と言った。慧慈は無言で、ドアに向かう。

「おまえは」と間明少佐は言った。「未完成だ。わたしはそれを危惧している。幸運を祈っている。おまえのではない、おまえたちを創った人類の、だ。おまえの幸運は、おまえ自身が祈るがいい」

それが餞の言葉かと慧慈は立ち止まり、振り返る。

「ドアは閉めていってくれ、軍曹」

慧慈は、うなずき、それからきちんと正対し、敬礼した。

「さようなら、少佐どの。サンクをいただいて、感謝します。わたしはあなたの幸運を祈っています」

間明少佐は無言で、返礼もしなかった。慧慈はサンクを連れて廊下に出て、ドアを閉めた。ゆっくりと、しかし力をこめて。

それからサンクとともに、もはや演習ではない実戦の舞台となる外へ、未来に向けて、歩き出した。

17

実戦部隊に配属された慧慈の初めての仕事は、羅宇の志貴一族の移送、護送任務だった。同時に第66方面治安部隊の規模は縮小され、部隊兵員の一部は、その志貴一族と同じ兵員輸送機で基地を出る、と梶野少佐は慧慈に言った。

梶野少佐のオフィスに呼び出された慧慈は、黙ってその任務内容を聞いた。サンクも一緒で、犬を連れて出頭したことをとがめられたりはしなかった。サンクは、生まれたときから慧慈がボスだったとでもいうように、慧慈にいつも従い、ついて歩くときも決して慧慈の前に出ようとはしなかった。

「行き先は、破沙(はさ)だ」と梶野少佐は説明した。「破沙は大規模な地下都市だ。月戦争前にシェルターとして建設された施設の一つだ。知っているだろう」

「はい、少佐」

月からの機械人の攻撃に備えて作られたそのようなシェルターがあった、ということは慧慈も知っていた。しかし実際に攻撃を仕掛けてきたのは機械人ではなかったのだ、いったい人間はなにをやっているのだろう、と慧慈は思う。いまそこは拡張され、火星へ移送される人員の待機基地として使われている。基地というよりも地底都市になっている、と慧慈は聞かされた。

「わがＤ６６前進基地における部隊の規模縮小は予定どおりだ。まず傷病兵から移動させる。最後まで残るのは基地守備部隊だが、いずれはその部隊も撤収することになる。そのときは、機械人があの工場で作り始めた無数の建設機械とロボットたちが、街作りを始めている。それを、きみは見守ることになる。システム化された復興計画の実現だ。工場はすでにできている。いつでも開始できる。もう人間がここにいる必要はないのだ。必要なのは、アートルーパーだ」

「つまり、わたしはここに戻るわけですね」

「そうだ。仲間を連れて、ここに戻る」

「仲間、ですか」

「初等訓練教育を終えていますぐ使えるアートルーパーを四体、確保した。破沙で待機、きみに合流することになっている。きみの部下になるアートルーパーだ。それを連れて、戻る。それから、これは重要なことだが、志貴一族の護送計画は、極秘だ。その日時や行き先が、万一、師勝に知られては、問題が生じる可能性がある。したがって、この件は絶対に口外無用だ。復唱しろ、慧慈軍曹」

「志貴一族の護送計画は極秘、その内容はだれにも漏らしてはいけない、以上」

「よろしい。きみを同行させるのは、きみの一時避難でもある。きみが移動すれば、きみを襲った者が動きをみせるかもしれない。きみはわたしからの帰還命令を現地で待て。その間、徹底的に基地内の掃除をやる」

「掃除、ですか」

「アートルーパーに強く反感を抱いている者をすべてリストアップ、この基地から移動させる。その準備はＡＧＳＳの久良知大佐が実行中だ。掃除が済んだら、きみは戻る。戻ってくる基地は安全だ。少なくとも内部の人間に襲われることはない。そのように、する。以上だ。質問は」

それが、今回の任務のすべてだ。

だが、そのあとは、どうなるのか。いずれここが無人になるのなら、そのときはもう梶野少佐もいないわけで、いまでなければもはや訊く機会はなくなるかもしれなかったから、慧慈はそう少佐にことわって、それを訊いた。

「わずか五名で、この基地を管理し、護れ、というのですか。機械人が叛乱を起こしたら、とても防ぎきれないでしょう」

「そうならないようにするのが、きみの役目だが、きみはアミシャダイと接触して、そのような兆しがあると思うのか?」

「いいえ」と慧慈。「むしろ機械人は、人間にもアートルーパーにも関心がないようでした」

「いや、関心は持っている」と梶野少佐は言った。「彼らは単なる自動機械ではない。ヒューマノイド型のロボットではないのだ。あれは、人造生物と言ってもいい。彼らがこちらに関心がないように見えるのは、つまり、彼らは、自らの都合で生きているのであって、人間がいなくても生きられる、ということだ。しかし人間がいる限りは、機械人は人間を無視したりはしない。人間は彼らにとって脅威になる存在だから、なんとしてでもコミュニケーションをとりながら、生きる。人体と同じ構造を持ったアートルーパーに対してもだ。もし人間もアートルーパーもいなくなれば、彼らは、われわれの存在を忘れる。忘れることができる能力を持っているのだ。それをさせないために、人間はアートルーパーを、きみを、作ったのだ。間明少佐はそういうことをきみに教えなかったのかな」

「わたしはあなたの考えを聞きたいのです、少佐。いまのわたしの直属上官であるあなたからです。――機械人は、アートルーパーを通して、あなたがた、人間という創造主の存在を見る、ということですか」

「そう、まさに、そのとおりだ」と梶野少佐はうなずいた。「自分を創ったものの存在を身近に感じるかぎり、彼らは怠けることはしない。われわれは彼らとの長いつきあいの中で、それを確認済みだ。人間に逆らえば面倒なことになる、ということを彼らは知っている。もしアートルーパーもいなくなれば、彼らは自分たちがなにをやっているのか疑問に思い始め、任務を放棄する危険がある。彼らに生きる価値を与えるのは、創造主の役割というものだ。彼らは街作りに、やり甲斐と意義を、つまり自分の存在意義や価値を見出す。それは彼らを幸福にする」

なんてナイーブな考えだろう、と慧慈は梶野少佐にわからないように小さくため息をつく。アミシャダイは、人間を創造主だ、などとは思っていない。自分たちが生きる上で、いまは人間に逆らわないのが効率的だ、と認識しているにすぎない。たしかに、人間がいなくなったら、即座に街作りを放棄してもおかしくないが、それは、自分たちがやっていることに価値が見出せなくなるからではない、単にそんなことはやっても無駄だ、非効率的だ、と判断するからにすぎない。

でも、おそらくアミシャダイは、地球が無人になっても、いまの仕事を放棄することはないだろうと慧慈は思う。アートルーパーがいるかぎりは。アートルーパーは、機械人から見れば、保護すべき弱い生き物であり、アミシャダイは、このアートルーパーである自分の頼みを、無視しないだろうから。

つまりアートルーパーは機械人を監視するためではなく、機械人に保護される対象として、彼らに復興をお願いし、願い続ける者として、地球に残らなければならないのだ。結果としては、それで梶野少佐の思惑どおりに事が運ぶわけだが、人間と機械人の意識はまったく異なる。それを仲介するのがアートルーパーの役割ということになるだろう。

しかし、人間にそれがわかっているとは慧慈には思えない。もしわかっているのなら、アートルーパーに対してもっと丁重な態度を取るはずだ、と慧慈は思う。地球が計画通りに復興するかどうかは、機械人の意識よりも、アートルーパーの生き方、世界観、価値観にかかっているのではないか。

「あの工場で、次世代のアートルーパーが自動的に計画生産されることになっている」と梶野少佐は言った。「機械人には操作できない。セットされているその生産計画の邪魔をされる心配はいらない。きみは孤独ではない。仲間を育てることがきみの役割、生き甲斐になる。きみたちは地球が復興していく現場を見るのだ。火星で凍眠する地球人にはできない、価値のある生き方だとわたしは思う」

「人間ではなく、なぜ、アートルーパーでなくてはならないのですか」

そう慧慈は、あらためて訊いた。その答えは問うまでもなく幾度となく間明少佐から聞かされていたが、実際に自ら訊くのは初めてではないか、と慧慈は思う。自問は何度もしていたので、もうしたような気分でいたのだが。少なくとも、梶野少佐に問うのは初めてで、その答えには興味があった。

「間明少佐のもとで、なにを学んできたのだ」と、案の定、そう言われた。「地球に残った人間たちが、独自の権力構造体を築くことのないようにだ」

「現在、どんな反国連組織があるのですか」

「ま、いろいろだ。武装組織でなくても、地球復興理論において過激な提案をしている学会グループもある。人体を改造して光合成で生きられるようにしようとかいう噴飯ものの地球人生き残り策を提唱している学者もいるが、より現実的な理論としてわたしが知っているものには、惟住教授が唱えたナノマシンによる地球改造理論がある。アートルーパーが作られる以前のことで、わたしもその理屈の内容までは詳しくは知らないが、惟住教授という人物が国連政府の復興計画を批判した騒動があったというのは覚えている。その計画は危険性が指摘されて採用されなかったという。たぶんUNAGが潰したのだろう、これはアートルーパーを必要としない理論らしいから、すでにアートルーパー計画を進めていたUNAGにとっては、内容がどうであれ、邪魔だったに違いない。他にも、とんでもないことを言い出す知識人やらなんやら、たくさんいたし、いまもいるだろう……が、そんな頭でっかちな人間が口先だけで唱える理想論より、山賊のような連中が体力勝負で刃向かってくることのほうが、脅威だ。まさに羅宇の志貴のような連中だよ。そんな連中をのさばらせておくことはできない」

「ようするに」と慧慈は感情を込めず、遠慮もなく、直截に、言う。「人間は、人間を信用していない、わけですね」

梶野少佐はしばらく黙っていたが、やがて、そうだ、と言い、続けた。

「火星に送るのも、そのためだ。地球上で凍眠するのは、危険だ。裏切り者たちの手で処分される危険がある」

「火星に行ってもそれは同じでしょう」

「送られるときはすでに凍眠状態だ。なにもできない」

「しかし、よくわかりません」

「地球は、いったんクリアな状態にする。それが、この計画の趣旨なのだ。どのような主義主張の人間も、残さない」

「そんなことが可能だとは思えません。一人残らず出ていく、などというのは、どう考えても、だれかは、必ず、UNAGの捜索を逃れる者が、絶対に出る」

「クリアにする」と梶野少佐はきっぱりと言った。「一人も、残さない」

「そんなことが可能だとは思えない」

「方法はある。いちばんいいのは自主的に出る気になるようにさせることだ。そのようにUNAGは行動しているし、実際、地球に残るのは危険だ。繰り返しUNAGはそう警告している。これは事実だ。大気の成分状態が不安定だ。これからも変動するだろう。だから、アートルーパーが、必要なのだ」

「どういうことです」

「アートルーパーの役割は、二つだ。一つは、留守番だ。機械人または、たとえば火星人が、無人の地球を支配しようとした場合、それを阻止し、独力で阻止できなければ火星のわれわれに伝えること。もう一つは、地球環境の変化が人間にとって危険かどうかの指標になること、だ」

月戦争後、大気は汚染され分厚い粉塵でおおわれたが、それを除去すべく、大規模な大気改造システムが稼働した、という歴史は慧慈も知っていた。そうでなければ地球人は全滅していたことだろう。そういうシステムを作っておいてから戦争を始めたのだ、と慧慈は思う。避難するシェルターを作るのと同じように。なんとも、ばかげている。

そして、アートルーパーも、その勝手な人間の思惑によって作られたわけだ。その大気改造システムはいまも稼働しているらしいが、おそらく健康な大気状態になるにはまだ時間がかかる、ということなのだろう。健康な大気という、その意味はいろいろだろうが、いちばん重要なのは太陽から放射される生体に有害な粒子や波を防ぐ大気でなくてはならない、ということだろう。浮遊塵を除去するのはいいが、空が晴れすぎてもいけないわけだ。そういうことは教育期間中に教えられた。だが具体的なシステムのことには触れられなかったし、大気改造がうまくいったかどうかは、アートルーパーが生きていられるかどうかでわかる、アートルーパーはそのために必要なのだ、などということは間明少佐も、だれも、言わなかった。初耳だ。

「指標、ですか。もしわたしが死ねば、そのとき残留していた人間のすべても死ぬ、つまりそれで地球はクリアになる、というわけですか」

「そういうことになる」

「そのように、いま、大気改造システムは動いている、ということですか。一時的に人間が死滅するような設定がなされていて、地球を完全に無人にする方法というのは、そういうことなのか」

「ばかな。それは……考えすぎだ」と梶野少佐は言葉を選ぶ慎重さを見せて、答えた。「大気改造システムは、きみが危険な状態に陥らないよう、最適に制御される。しかし危険が察知されたにもかかわらず、万が一、その修正制御が間に合わなくてきみが死んだとしても、アートルーパーはまた作ることができる。作って、適正な修正値を確かめることができる。人間では、そうはいかない。だから、アートルーパーは必要だ。きみにとっては酷なことだが、しかしそれが、現実だ。もう教育期間ではない、ここは現実の、きみが生きていかなくてはならない、現場だ。だからわたしもきれい事は言わない。わかるか。きみは、とても重大な使命を負っているのだ。現在、きみには、最大限、きみが生きやすいような配慮を、われわれはしているつもりだ。きみが食べているのは合成肉ではないし、強制労働もさせていない。自由時間もあるし、サンクというペットもいる」

サンクという言葉に、慧慈の脇にひかえているその犬が、うれしそうに尾を振った。慧慈は手のひらをサンクに向けて、おとなしくしているように命じる。

「人間のどんな兵士よりも恵まれた待遇だ」

梶野少佐は慧慈の様子を見ながら、うらやましい、という表情をした。

「なにか不満があれば、聞こう。できるだけのことはするつもりだ」

「大気改造システムとは、どこに何基あるのですか。どういうシステムなのです。わたしに制御可能ですか。そもそも月戦争とはなんだったのですか。いまの、またこれからの地球の大気や環境が人間にとって有害かどうかなどは、アートルーパーなどでなくてもわかるはずですが——」

「いまは——」

「それに答えている暇はない、ですか」

「そうだ」

「わたしには、知らないこと、知らされないことが多すぎる。これで満足して生きよ、というのは人間は身勝手すぎるでしょう」

「まったく、間明少佐は、なにをやっていたんだ。いいか、慧慈軍曹、きみはアートルーパーだ。アートルーパーとして作られたのだから、アートルーパーとして生きろ。きみが自分の生き方に満足するかどうかなど、わたしの知ったことではない。それはわたしの責任ではない、きみ自身の問題だ。だれだって、そうだ。わたしは、生んでくれと願って生まれてきたわけではない。気づいたときはわたしは人間で、人間として生きなければならなかった。だからいまも生きている。しかしわたしは、親を、親に対して、身勝手だと批難したことはない。勝手な理屈をこねて不平を言う、身勝手なのは、きみのほうだ。知りたいことがあるなら、自分で調べろ」

梶野少佐はそうまくし立ててから、慧慈の冷ややかな視線に気づいて、口を閉ざした。それから、ふっと息を吐いて、最後の部分は取り消す、と言った。

「勝手な行動を取ることは許さない。まったく、彊志の、間明少佐の、苦労がいまわかったよ。彊志が言ったように、きみはまったく優秀なモデルだ。同等の人間と錯覚してしまう。きみはまだ五歳だ、というのを忘れてしまう……慧慈軍曹、きみは、まだ生まれて五年だ。知らないことが多いのは当然だ。だがわれわれは、きみの成長をじっと待っているだけの余裕がないのだ。残された時間は、わずか二百四十年しかない。きみが知りたいことについては、きみの疑問を解くための用意はしておこう。その準備はすでにされている」

「どのような準備ですか」

「たとえば、アートルーパーが作られた経緯や、その元になったデータ、地球復興計画の詳細など、現在機密にされている事項の多くの電子データは、一定期間後に暗号解除されるよう、時限解除措置が施されている。詳細日時は手元に資料がないので言えないが、およそ二十年後から、順次だ」

「二十年か。どうして、いま隠すのです」

「いまは無人ではないからだ。内容を誤解したり、反社会的な活動に利用する者が出ることを恐れるからだ……わたし個人の、ここだけの話の、私見としては、人間は、機械人を過去に作っていなければ、アートルーパーなど作ることはなかった、と思う。だが、現にきみはいま存在している。いまさら人間を恨んでどうなる」

「わたしは人間を恨んでいるわけでも、自分の運命を呪っているわけでもないのです、梶野少佐。わたしは、人間と、自分と、どこが違うのか、それを知りたいだけです。アートルーパーには、機械人が持っている人間に対する優位性というものがなにもない。体力も知力も、世界認識や思考法も、人間と同じだ。そんなものを作る意味がどこにあるのですか。わたしには、アートルーパーというのは、人工的に作られた、というだけの違いでしかない、としか思えません。ただそれだけのことで、人間に従わなければならない、というのは――」

納得できない、という言葉は梶野少佐に遮られた。少佐はそれを言わせたくなかったのだ、と慧慈は思う。

「きみと人間との違いは、明確だ。優位な面もたくさんある。それを計算して作られたのだから当然だ。したがって、意味はある」

「どんな」

梶野少佐はしばらく口を閉ざし、考えていた。慧慈は待った。

「きみは間明少佐のもとで、人間と変わらないものとして育てられた」と梶野少佐は言った。「それは機械人に対する優位性を持たせるためだ。きみは実際、人間の機能や生物的な進化の歴史という記憶を身体内に持っている。機械人にはそれはない。きみはまた、思考上のある種の記憶も人間から受け継いでいるということも予想されている。きみには幼児体験はないが、そのような記憶があるらしい、ということは報告されている。どうかな」

「はい。ですから――」

「そういう面では、きみは人間であると言ってもいい。だが、きみは、他の人間よりもこの環境下で生存に有利なように、人為的に設計され、人間ではないものとして、作られたのだ。きみが言うように、そうでなければ作る意味がない。アートルーパーは、地球復興計画の一環として、復興システムに組み込まれた存在だ。システムが稼働し、計画が進むにつれて、人間が生きにくい状況、環境になることも、予想されている。アートルーパーは、そうした状況下でも耐性を持つように、設計された。とくに紫外線などにより傷つけられる遺伝子レベルの修復機能が高い。優秀な免疫機能により傷の治りも早いし、アートルーパーは癌に罹る率がきわめて低い。そのように設計され、製造されたのだ。それはあきらかな、人間に対する優位性だ。きみはある意味で超人なのだ。人間を守るために作られた超人だ。――納得したか」

「そんなことは……間明少佐からは聞かされませんでした」

「超人意識を持たせることは諸刃の剣だからだ」と梶野少佐は言った。「人間を劣等視するようなアートルーパーに育ってほしくない、という間明少佐の配慮があったのだろう。だが、きみはもう教育生ではない、実務に就いたアートルーパーだ。わたしは間明少佐ではない。本来、いまのきみの疑問に答える義務はないのだ。わたしに関心があるのは、きみが使えるかどうかだ。きみが、人間や、わたしの命令に従わない、従いたくない、というのならば、きみは使えないと判断し、処分することになる。教育期間は終わったんだよ、慧慈軍曹。―

――破沙行きの任務に対する質問はあるか。それには答えよう」

「ありません」

「よろしい。退室していい」

慧慈は、破沙で待機するという新しく部下になるアートルーパーの身上データ書や、それを引き取る際に必要な書類、命令書など、ひとそろいを受け取って、敬礼した。

これからは、問明少佐にしたような質問はうかつにはできない、ということを慧慈は学んだ。

処分されるのはごめんだ。梶野少佐は脅しでそれを口にしたのではない、必要と判断すればやるだろう。とても危うい質問をしたのだ、しかし収穫はあった、と慧慈は思った。

自分の身体は人間よりも優れた環境耐性を持っている、ということは、これまで知らなかったことだ。だが、どうしてそれは、知らされなかったのだろう。自分がなぜ作られたのかわからないまま育つよりは、超人意識というプライドを持つほうがましではなかろうか。

なにか、腑に落ちないところがあった。なんだろう、と慧慈は考える。梶野少佐の説明中になにか矛盾があるように感じたのだった。それはようするに、まだなにか知らないこと、知らされていないことがある、ということだ。どこに矛盾を感じたろうと思い出そうとしたが、一緒にいるジャーマンシェパード種を再現した人造犬、サンクが、早く行こうというように、「ワフ」と吠えたので、慧慈は考えることをやめる。

いずれ重大なことなら思い出すだろう。でなければ、たいしたことではないのだ、少なくとも自分の生命に関わるようなことではない、なかったはずだ。
そう慧慈は思い、敬礼の手を下ろして、少佐のオフィスを後にした。

18

生きるためには代価が必要だ。自分が払うそれは、しかしここに集められた人間よりもましではなかろうか、と慧慈は思う。

病院棟の倉庫に拘束されていた志貴一族は、兵員輸送機に乗せられる前に、ブリーフィングと称して会議室に集められていた。収容時には十九名だったが、重傷だった男性の一名は死亡していた。移送人員は老若男女あわせて十八名だ。

彼らは、羅宇の志貴、本名、長尾志貴という男と、どういう関係なのかという問いには答えなかったが、DNA検査から志貴との血縁関係があると証明された者がいたので、それと配偶者の集団、ようするに大家族集団だろうということはわかっていた。

その集団は、それですべてなのかどうか、他に本隊というべきもっと大きな集団があるのではないか、それを梶野少佐は疑っていた。

志貴やその息子の師勝の存在はUNAGでは知られていて、いわば有名なお尋ね者だったから、そういう派手なことをやっている組織が、このD66地区という、言ってみれば辺境で発見されるというのはおかしい、なにか裏があるのではないか。ここD66地区、正式名称でいうなら第66方面復興計画地域は、他の地域で生きにくくなった大家族集団があてどもなくやってくるようなところではない。移動するだけでも相当な資財と準備と覚悟がいるのであって、ここを目指してやってきたとすれば、ここに来ればその苦労に見合うだけの利益があると信じさせる者や支援者がいたはずだ。おそらく志貴らの背後にはそうした組織があるのだろう。

そう考えた梶野少佐はその背後の存在を探ったのだが、それを証明できるなんらの痕跡も復興予定地区の廃墟からは見つけられなかったし、収容した人員も、なにも言わなかった。残留するのは危険だから、もし他にいるのなら教えてほしい、という態度で梶野少佐は接したのだが、それでも聞き出せなかった。

志貴と師勝は、窃盗や傷害という犯罪を犯したという明らかな記録があったし、ここに収容された人間たちも、ウー中尉殺害に関わった犯罪容疑者には違いなかった。そのため梶野少佐はウー中尉殺害容疑の件ですべての人間、赤ん坊を抱いた女からも事情聴取をしたが、すべて黙秘された。ここでの証言は後の裁判で証拠として扱われるので、自分に有利な件は話したほうがいい、という説得も通じなかった。

梶野少佐の立場では、それ以上のこと、情報提供を強いること、はできなかった。それで、ひととおりの取り調べの後は、この人間たちは、保護すべき残留人として扱われた。

UNAG治安部隊の仕事は、暴動の制圧、民間人の保護と移送、残留人への説得、だ。予想される暴動を阻止するための先制攻撃、予防と称しての武力の行使、強制捜査、拷問、といった行為は認められない。民間の刑事犯を現行犯として逮捕拘束する権限はあるが、裁く権利はない。

したがって、収容された志貴一族は囚人扱いはされなかったはずだが――まるで囚人のような顔をしている、と慧慈は集まった人間たちを見やる。健康状態は良さそうで、清潔な衣服も着ているのに、その顔には希望というものが感じられない。それは、凍眠状態にされるというのは死ぬことだと信じているからなのだろう、それは不幸なことだ、と慧慈は思う。なにを信じていようと立場がどうであろうと、強制的に火星行きにされるのは間違いなくて、凍眠カプセルというのはあるいは本当に棺桶なのかもしれないが、いずれにせよこの人間たちには、それを拒否する自由はないのだ。

囚人という見方は正しいだろう、あくまでも地球に留まろうという行為は、どうUNAGが表現しようと犯罪と見なされるのだから。これに比べれば、自分はまだましというものだろう、そう思う慧慈だった。囚人には犬を飼う自由はないし、むろんその餌も配給されない。

ブリーフィングでは、行き先は告げられなかった。だが残留人を説得する専任説明官という男が、これまでに何度も繰り返してきたことだろう、安全は保証されていると言い、それから、移送先で火星行きの順番を待っている間は通常の暮らしになるので、そこの規律に従ってほしい、という説明をした。

曰く、他人のものを盗んではいけない、日用品は支給されるが、フリーマーケットでの物物交換は自由なので気に入ったものを手に入れることはできる、迷惑行為はいけない、喧嘩やいざこざには警官やUNAGが介入することがあり、犯罪と認定されれば裁判が行われて量刑は記録され、それは火星から帰還してから執行されるので、つけを貯めると目ざめたときが大変だから気をつけるように、さわやかな気分で地球に帰れるようにしよう、云云。慧慈は面白く、興味深く、聞いた。通常の暮らし、というものがどんなものなのか慧慈にはわからなかったが、楽しそうだ、と思った。

質問は、という専任説明官の声にだれも反応しなかった。慧慈は、もし殺人などの重大犯罪を犯したら死刑なのか、もし死刑があるなら、それは即座に執行されるのか、死刑囚を凍眠させるのはエネルギーの無駄ではないか、など、説明を聴いている途中で浮かんだ疑問がいくつもあったが、立場を考えて、自分からはしなかった。

考えてみれば、自分には関係ないことだった。それが慧慈には不思議に思えた。関係があるはずのこの人間らはしかし、だれも、なにも言わない。それが慧慈には不思議に思えた。そんな暮らしなどまやかしだ、殺されるのは間違いない、そう信じているのだろうか。もしそうならば、それは、ようするに信仰だろう、志貴という男が唱えた教義によって、こうなっているのだろう——そうとしか慧慈には思えなくて、それが信仰というものなのか、人間の信仰というのはそれほどまでに強いのかと、驚いた。

この分だと、凍眠カプセルに入れられた時点で、心理的なショックで本当に死亡することもあるだろう。志貴という男はすでにこの世にいないというのに、その呪縛は死んではいないのだ。

自分が殺した人間の、その力はまだ消えていない。そう考えて、慧慈はふいに恐怖を感じた。残留人のすべてを地球から追い出しても、あるいは殺したとしても、こういう力は依然として地球に残るのであって、自分はそれから逃れられないのではないか。そんな気がした。アミシャダイが、罪を赦すことができるのは死者だけだと言ったのを思い出す。殺人者の恐怖というのは、こういうものなのかもしれない。この恐怖を鎮めることができるのは死者だけだろう。そして、それは決してかなわないことなのだ……

慧慈はそういう思いを振り払うために、こいつらはウー中尉を殺した志貴の仲間なのだ、ということを意識した。自分の部下をも、こいつらのだれかが、殺した。自分も、撃たれたのだ。

慧慈は左上腕の銃創痕に意識をやる。痛みはもうなく普段は忘れていたが、意識すると、傷痕の存在を示す違和感がたしかに感じられる。だるくて、引きつるような感覚。

狙いがもう少し右側だったら、心臓を撃ち抜かれて即死だったろう。自分が死んでいたら、彼らを赦したろうか。死んでみなければわからないし、死んだらそんなことはできない、と思った。だが、いまの時点で慧慈は、憎い、とは感じなかった。あまりにも無力な集団にしか見えない。憎んだら、そのとたん死んでしまうかのようだった。

ブリーフィングは終了、即刻搭乗する、とヘルメットを被った兵士が号令を掛ける。慧慈もそれに従った。

雑嚢を肩に掛ける。アサルトライフルも手にしているが、弾倉はつけていない。ヘルメットではなく、キャップを被る。慧慈は、移送人員とともに乗り込んで、見張りではなくその助けをするようにと命じられていた。言うなれば護送する側ではなく、護送される立場ということだった。まあそのほうが気楽でいい、と慧慈は思う。

移送される者たちはみな、支給された毛布や身の回り品を収めたこれも雑嚢を持っていて、けだるそうに、それを持ち、部屋を出た。赤ん坊を抱いた母親の荷物を持ってやろうとしたが、その夫らしい男に無言で拒まれた。慧慈など目に入っていない、という態度だった。

時刻は夕暮れで、赤い夕陽を浴びて滑走路上に長い影を落としている輸送機は、すでにエンジンをかけて待機していた。機体の上部に主翼を持つ、プロペラの四発機だ。天候は安定していて、快適なフライトになるだろう、とブリーフィングでは聞かされていた。到着は深夜だ。

列の最後について、輸送機へと歩く。サンクがいつもと変わった気配に気づいて慧慈の足にすり寄り、不安そうにしていたので、固形の餌をやろうと思ったが、もし飛行中に酔うといけないと気づいて、やめた。

「大丈夫だ、サンク」と言って、頭をなでてやる。「初めてじゃないだろう。ここに来るときに乗ったはずだ。心配ない。一緒だ」

ふと視線を感じてそちらを見ると、若い女の顔が、サンクを見ていた。いくつくらいだろう、少女というのだろうか、慧慈には見当がつけられなかった。が、自分より小さくてまだ身体も大人ではないその女は、しかし間違いなく自分よりも年上だろう、そう気づくと不思議な気がする。その少女は先の集団からすこし遅れて歩いていた。歩きながら、サンクを見、視線を慧慈に移し、「犬」と言った。

まるで感情が感じられない声だった。だから、意味がわからない。

「わたしの同僚、サンクだ」と慧慈は言った。「犬を飼っていたことがあるのかい」

すると少女は言った。

「食べたことがある」

その答えに慧慈はぞくりときて、「食べるな」と言う。「サンクは食用じゃない」

黙って歩け、搭乗を遅らせるな、という声が背後から飛ぶ。武装した女性兵士が二名、後ろにいる。護送任務の梶野少佐の部下だ。先導する二人の男性兵士と合わせて計四名だった。少女は口をつぐみ、しかしちらちらと振り返りながら、歩いた。

兵員輸送機の内部は簡素な作りだ。キャビンはいくつかに区切られていて、傷病兵用や一般兵士用といった具合に分かれていた。慧慈たちが入れられたそこは、機体の両側に長椅子型のシートのある構造だった。機体後部の、尻すぼみになっているところだ。いちばん待遇がよくない、と慧慈は思ったが、他の区画は見学するためにちょっとのぞいてみることも許可されそうになかったので、どこも似たようなものだろうと思うことにした。窓はあったので、閉塞感はなかった。

エンジンを全開して飛び立つときの振動は激しかった。上空に達して巡航に入ると、シートベルトを外してもいいという許可が出た。六時間ほどのフライトになるので、狭いが床に横になって休むのもいいと護送責任者が言うと、志貴の一族たち全員が荷物から毛布を出して、そうした。

慧慈はいちばん後ろのシートから離れずに、小さな窓から下界を見た。眼下に広がるのは、すでに暗くなりつつある、荒野だった。灰色と茶褐色の、どこまでも広がる渦巻きやモザイク模様だ。下を流れる雲は夕陽で真っ赤に染まっている。およそ人間が生きていける環境には見えなかった。こうまで徹底的に破壊された地球がもとに戻るものだろうかと思わせる景色だった。それが視界の許す限り続いていた。その一部に、遠く、人工物らしきものが見えた。この距離からでも識別できるのだから、巨大で、おそらくあれが大気改造システムらしいと見当がついたが、すぐに夜がやってきて、視界から消え去った。こちらは陸側だ、海はどうだろうと思ったときは、もうそちら側は暗かった。慧慈は首を曲げて窓の外を眺めるのをやめ、サンクをなでた。サンクは搭乗したときは床にいたが、いまはシート上で慧慈に寄り添い、首を伸ばして窓の外を慧慈にならうように見ていた。それが慧慈にはおかしかった。犬の視力はそれほどよくないはずだが、サンクにはどう見えているのだろう。

外がまったくの夜になってしまうと、振動と轟音に耐えるだけの退屈な時間になった。

護送任務の兵士の四人は、慧慈からは対面になるキャビン奥の、こちら向きにしつらえられているシートに収まり、ガムを噛んだりしつつも、油断はしていない。何かあった場合には発砲をためらわないだろう、彼らがキャビンの両側に分かれず、ああして一方向に陣取っているのは、そうした場合に味方を撃たないためだ、と慧慈は戦闘訓練を思い出してそう考えた。ということは、自分は味方側の勘定には入っていないわけだと気づき、考えすぎだろう、と思う。

床で毛布をまとって横になっている人間たちとそれを監視する兵士、という構図からは、なんだか横になった人間たちは撃ち殺された死体のような気が慧慈にはした。不安な眺めだった。慧慈は、自分はとてもあんなふうに横にはなれない、と思った。

突然、赤ん坊が泣き出して、まるで銃で威嚇されたかのように慧慈は驚いた。それは輸送機のエンジン音と張り合うほどの大きさだった。だがその母親は慌てることもなく抱き上げ、シートに腰を掛けて、無造作に胸をはだけると乳を吸わせ始めた。

兵士が身じろぎをする気配に目をやると、若い男性兵士が、ばつが悪そうに母親から目をそらしていた。慧慈にはその意味がわからなかった。母親に目を戻すと、平和な光景があった。母親の胸は豊かで、室内照明を受けた白い肌がまばゆく感じられる。少しの間静かになったが、赤ん坊がまたむずかり始める。たぶん乳が出ないのだ、と慧慈にも見当がついた。兵士の一人、女性兵士が、母親の荷に哺乳瓶があるはずだと言った。持ってこっちに来るように、という指示に、サンクを指して犬、と言った少女が腰を上げたが、兵士はそれを制止して、慧慈にやるように言った。

慧慈はうなずいて、それに従い、雑魚寝（ざこね）状態の人間を踏まないように気をつけながら、母親の指す荷物を取り、兵士のところにもっていく。すると、ミルクを作れ、と言われた。経験がない、と答えると、少女が呼ばれ、一緒にするようにと、キャビンの先に通じるドアを指された。

ドアの先にトイレと給湯室があった。少女は無言で荷物から哺乳瓶と固形ミルクの包みを出した。哺乳瓶は滅菌済みという包装がしてあって、少女は慣れた手でそれを破き、慧慈に熱湯を用意するように言った。

結局慧慈がやったのは、給湯器の目盛りを熱湯に合わせることだけだった。

少女は熱湯で溶いたミルクの入った哺乳瓶を、水を張ったボウルで冷まし始めた。

「ぬるま湯で溶けばいいのに」と慧慈は思ったままを言った。

「こういう決まりなんだよ」と少女は答えた。

「決まり、か」

「そう」

「名前は。わたしは慧慈だ」

「実加」

「長尾ミカか」

「ただの実加」

「どんな字を書く」

「字って」

「カタカナなのか」

「事実の実に、加える、それで実加。伯父さんがいつもそう言ってた」

「伯父さんとは、志貴か」

「おまえが撃った」

「知っているのか」

「見ていたから。わたしはおまえを撃ちそこねた。もう少しだったのにな」

あの現場で、自分の血溜まりの中で、逆光の中二人の人間が近づいてきて、こいつ、まだくたばっていないよ、と叫んだ、あの声を、慧慈は思い出した。あのときの、人間か。少年かと思ったが、女だったのだ。

「きみはいくつだ」

「十六、たぶん。おまえはロボットだろ、年なんか関係ないよね。殺さない限り、死なないんだ」

「きみが地球に戻るとき、とっくにわたしは死んでいるよ」

「地球からはだれもいなくなる。本当に、そうなのかな」

「その予定だ。わたしはアートルーパーだから地球に残る」

「おまえは、寂しくないのか、だれもいなくなって」

寂しい？　そんなことを言われたのは、初めてだった。慧慈自身、考えたこともなかった。そうか、人間が人間ではなくアートルーパーを作って残していくのは、残る人間は仲間から切り離されるという孤独に耐えられない、と判断されたからかもしれないと、慧慈はこれまでまったく思いもよらなかった方向に考えがいった。

「そんなことは……思ってもみなかったよ。だが、サンクがいる」

「いずれ死ぬ」

平然と少女は言った。

「……そうだな」

「死ねばいい」と少女は言った。「みんな。あの兵隊も嫌らしい目で早樹を見てた」

「サキとは、あの母親か。きみは仲間も死ねばいいというのか」

「仲間なんかじゃない。みんな独りだ。勝手に酷いことをする」

「きみは、でも、あの家族の一員だろう。違うのか」

「知るもんか」

そう言って、少女は鼻をすすった。泣いているのだ。なぜ。慧慈には予想もつかない出来事で、その心を想像することもできなかった。

「きみはわたしを殺そうとした。わたしが人間ではないからか。なぜだ。なぜ人を殺せる」

「敵だからだ」

「きみの味方はだれだ」

少女は答えない。

「なぜ泣く。なにが悲しい」

「泣いてなんかいない。ロボットにわかるもんか」

そう言うと実加という少女は哺乳瓶を頬にあてて温度を確かめ、黙って給湯室を出た。慧慈も続いたが、少女は出たところで立ちつくしていた。サンクが駆け寄ってきて、盛んに尾を振っているのだ。お目当ては少女が手にしているミルクだと慧慈は気づき、サンクを叱る。

「違う、おまえのじゃない。サンク、戻れ」

しかしサンクは、『どうして？』というような表情をしてその場で回りながら慧慈を見ている。

慧慈は少女の手から哺乳瓶を取ると、それを母親のもとに持っていき、その手に持たせて、サンクにこれはおまえのではない、とわからせてやる。それでもサンクは落ち着かない。ああ、これはトイレだ、と慧慈は気づいた。通路のドアを開き、トイレのドアも開けてやる。サンクは中に入って回りの臭いをかぎ、しかし便器に落ち着くという芸当まではできなくて、壁に向かって放尿した。慧慈はそれをきれいにして、キャビンに戻る。

それから慧慈はシートではなく、床に腰を下ろして足を伸ばすと、雑嚢からサンクの餌を出して、与えた。円筒形に固められたそれは残飯を加工したものだったが、肉の匂いもしていて、試しに齧ってみてもけっこう慧慈にもうまく感じられる。サンクはいかにも嬉しそうにそれを食べる。その様子を見るのは楽しかった。噛み砕く音も心地いい。食べ終えたサンクに、休め、と命じる。伏せたその耳の後ろをかいてやった。サンクは安心して目を閉じる。

雑嚢を開けたついでに、と慧慈は、日記帳を取り出した。義務づけられている作戦行動記録とは別に、個人的に日記をつけることを慧慈は欠かさなかった。最近はサンクの飼育日誌のようになっている。きょうのサンクは、よくトイレが必要なことを教えて、輸送機内でそうはしなかった、と書いておこう。

それから、とペンを握り直して慧慈はキャビンに目をやる。あの少女が、授乳する母親から少し離れた床で、膝を抱えてこちらをじっとうかがっていた。

なにを考えているのだろう、サンクのことはわかるのにあの人間のことはまるでわからない、と慧慈は思い、声を掛けた。

「どうした。腹が減ったのか」

少女は首を横に振った。エンジン音は高いが、声は届いたらしい。目をそらさずに、こちらを見ている。なにがその気をひかせているのか慧慈にはわからなくて、とまどった。こちらの気も散る。

「こっちにこないか」

そう誘うと、少女は周囲をうかがった。兵士たちも気づいているが、少女には無関心だった。少女のほうも、気にしたのは兵士ではなく仲間たちだった。ミルクを与えている女が許可するというように微かにうなずくのを少女は確かめて、そっと腰を上げ、やってきた。サンクが耳を動かし、薄目を開けて、それからさっと立ち上がった。少女がなでようとしたのだ。

「サンク、伏せ。心配ない」

それから慧慈は、犬に手を伸ばすときは、上からやってはいけない、と注意した。

「犬が怖がる。怖がらせると、攻撃される。気をつけろ」

少女はあいまいにうなずき、慧慈が示す、サンクと反対側の慧慈の隣に腰を下ろした。

「なにを見ていた」

「なにをしているのかと思って。それはなに」

「日記を書いていた」

「日記って、なんだ」

「毎日の出来事や、自分が考えたことを、書くものだ」

「字を書いていたんだ」

「そうだ」

退屈なのだろうと慧慈は思った。この少女は他の仲間たちとは違って、じっとなにもしないで過ごす時間をどうやって殺していいかわからないようだ。この娘は、生きている、と感じる。

「退屈しのぎに、本でも読むか。詩集か、歴史か、小説か。なにがいい」

すると、読めない、という答えが返ってきた。慧慈にはその意味がすぐにはわからなかった。

「仲間に、読むなと禁じられているのか」

「わたしは字がわからない」

そう言われてもなお、慧慈は、この世には識字能力のない人間がいるのだ、ということには思い至らなかった。それで少女が、仲間たちには聞こえないようにと配慮したことをうかがわせる小さな声で、自分の名前の字を教えてくれ、と続けて言った、その意味がわからず、

「実加というのは、実りが加わる、だろう、なにが知りたいって？」と訊いていた。

「どういう字なのか、見てみたいんだ」

そしてようやく、慧慈は、この少女は、読み書きができないのだ、と知った。

「……ひらがなは読めるのか」

いいや、と少女は言い、「でも、あれなら使えるよ。だれより早く分解掃除もできる」と、雑嚢の下にある慧慈のアサルトライフルを目で指した。

「てのひらを見せてみろ」と慧慈は言った。

おとなしくそうする、その少女の手を、慧慈は見た。汚れてはいなかったが、指の腹にはまめがあった。武器を使いこなした、手だ。

慧慈が携帯するライフルは装弾されていないし、実包も荷物の中にはない。だが慧慈はぞっとした。これでは、この娘は、武器を使うことに長けた殺人マシンではないか。ロボット

なのはどっちだ、と慧慈は思った。

「てのひらが、どうした」

「実加は、こう書く。これが、実、これが、加だ」と言いながら、左右のてのひらに一字ずつ書いてやる。

「これじゃあ、わからない」

慧慈には信じられなかった。文字を認識できないという世界はどんなものだろう。いまという時しか認識できない、というようなものではなかろうか。この少女は、身近にいる人間の考え以外の思考や思想というものを文字から得る、ということができないのだ。自分の考えを書き留めて残すということもできない。

「仲間もみんな字がわからないのか」

「そうじゃないけど」

「なぜきみに教えないんだ」

「わたしはいらないと思ったし、なんだか怖かった」

「文字には魔が宿るとでも教えられたのか。禁じられていたのか」

「そうじゃないけど、暇がなかった」

「きみは」と慧慈は少女を見つめて、言った。「人間に備わっている機能と能力を使いこなしていない。能力があるのに使わないのは損というものだ」

「でも、もう時間もないし、無駄だ。みんな死ぬ」

「いまは生きているし、暇だろう。与えられた能力を使わずに死んでいくのは創造主の意向に背（そむ）くというものだ」

「創造主って、なんだ」

「人間には創造主はいないのかもしれないな。しかし偶然の産物にしてはよくできている。

そうは思わないか」

「意味がわからない」

「人間に作られたわたしにできることは、きみにもできて当然だ。きみが字を知らないなんて、わたしには信じられないことだ」

慧慈は日記帳の最後の空きページに、実加の名前を書いてみせた。ひらがなの五十音も表にして書いて『み』と『か』に丸をつけ、これがきみの名前の音だ、と示してやる。

「覚えろ。興味があれば、可能だ」

「覚えて、それで、なにができる」

「なにが、できるだって？」

慧慈は、どう説明してやればいいのか、わからない。自分にとっては息をするように当たり前のことを、意識して説明するのは難しい、と思う。

「そうだな……もし覚えれば、このわたしの日記を読むことができる。きみはうまくいけば、火星で凍眠したのち、地球に戻ることになる。そのとき、わたしはいない。もう死んでいる。だがわたしがどう生きたかは、これを読めば、わかる。文字とは、そういうものだ。時を越えるんだ」

慧慈はそのページを切り取って実加に渡した。実加はそれを見ながら、つぶやくように言った。

「そうか……だからあなたは独りでも寂しくないんだ」

それは、また、慧慈には思いもよらない言葉だった。

もし自分が読み書きできなかったら、寂しいだろうかと慧慈は自問した。あるいはそうかもしれないが、いいや、それでもこの少女ほどではないだろう、この娘のこの言葉にこめられた寂寥感は、識字能力とは関係ない──なんという孤独の中でこの娘は生きてきたのだろう。この少女はしかし、寂しいままで死んでいきたくはないのだ。

孤独は人を殺す、絶望は死に至る病だ、という警句を読んだことがある。羅宇の志貴を自殺行為に走らせたのもそれだったのかもしれない、と慧慈は思った。

言葉ではわかっていても、しかし自分は経験したことがない。この娘、実加の言葉は、きっとそうした、自分の想像を絶する、孤立した世界観、絶望感を反映したものに違いない。だが、実加は、志貴とは違って、絶望しきってはいない。自分が孤独なのは理不尽だ、理由はなんなのだろう、と思っている。

「これ、返すよ」

「なぜ」

「どうせ、取り上げられる」

「だれに」

「あいつらブルーヘッズの兵隊とか、敵に、だ」

「取られるから、持っていたくない、というのか」

「大事にしていても、取られる。それがいやなんだ」

「持っていろ」と慧慈は言った。「どのみち、それは紙切れにすぎない。それを奪われたところで、きみの名前は、だれにも取り上げることはできない。その字を覚えろ。それで心配はなくなる」

実加は紙片に目を落とし、もう一度、それを慧慈に差し出した。

「名前など、どうでもよくなったのか」

「そうじゃなくて」と実加は言った。「あなたのも書いてくれないかな。あなたの言ったことが本当だったら、あなたのそれ、日記、読んでやるよ。だから、あなたは死んでも寂しくないよ。でも名前、わからないと、だめだろ」

「そうか」慧慈はうなずく。「なるほど、そうだな。わたしは、慧慈だ。こういう字を書く」

紙片に書いてやる。『慧慈』には『けいじ』とふりがなを添えて、手渡した。

少女はそれをじっと見つめた。覚えるなら、手を動かして実際に書かなくてはならない、そう言って慧慈はペンを渡す。

その握り方、動かし方から教えなくてはならなかった。実際に少女がやるのを見ていると、字というのは自然に書けるものではないのだということがわかる。実加は、その漢字の形を真似るのはうまかったが、筆順は滅茶苦茶で、字というより絵を描いているようなものだった。筆順を教えてからの字は、形を真似たものよりもバランスが悪かったが、教えたことの飲み込みは早かった。

「漢字って、いくつある」

「数万だ」

「そんなにあるのか」

漢字は表意文字で、複数の読み方があるということは、実加は理解しているようだった。

「わたしもすべてを知っているわけではない。読めない漢字もある。よく使うのは、三千くらいだろう」

ペンを置いてため息をつく実加に、ひらがなを覚えろ、と慧慈は言い、その筆順を手を取って教える。

「ひらがながわかれば、辞書が使える。辞書は、どこかで手に入れられるだろう。これから行くところにも図書館があるかもしれない」

そんな時間などない、いずれ死ぬとは、もう実加は言わなかった。やることがあれば人間はそんなことは意識しないのだ、死体のような人間を見ているよりも安心だと慧慈は思いながら、練習用に日記帳を渡し、その空白欄を提供した。

人間に文字を教える、アンドロイドであるアートルーパーという構図は奇妙だな、と慧慈は思った。もともと文字は人間が創造したものだ。それを、人間に創られた自分が教えている。『われらは、おまえたちを創った』、という間明少佐の言葉を思い出す。では、自分はなにを創るのか。きっと、文字がこの少女の意識を変化させるように、自分は人間と関係することで変わっていくのだろう。そう慧慈は感じた。

熱心に字を覚える実加の姿を見て慧慈は、この少女は自分が関係した初めての民間人なのだ、という事実に気づいた。

自分は、実加のような民間人のこと、ようするに身近にいるUNAG関係の人間以外のことは、なにも知らなかった。たぶん、この娘は、それほど特殊な人間ではないのだろう。普通の感性を持った少女に違いない。そういう普通の人間が、この自分に対して、『書いたものを読んでやるから、あなたは死んでも寂しくないよ』と言う。そんな人間の感性に触れたのは初めてだ。この世には、自分が知らない、自分にはないこういう感性を持った人間が、いったいどのくらいいるのだろう――それは教育期間中の慧慈がまったく意識しなかったことだった。

文字を覚えつつある少女を乗せて、輸送機が飛び続ける。その少女の様子は、彼女自身を再創造しているかのように慧慈には見えた。この少女は、この機を降りるときは、搭乗前とはきっと違っている。

この輸送機を降りた後は、この少女に二度と会うことはないだろう。だが、この人間のことは決して忘れないだろう、と慧慈は思った。たとえ、書き留めなくても。

でもこのことは詳しく書いておこうと思う。あるいは本当に、自分の死後、この日記をこの少女が手にするかもしれない――そう想像した慧慈は、突然、経験したことのない感情に揺さぶられた。寂寥感とは違っていたが、実加が給湯室で見せた涙や、寂しくないよと言った、その意味が、わかった、と感じた。

「どうした?」と実加が不思議そうな目で見る。

「泣いているのか。ロボットも泣くのか。なにが悲しいんだ」

「わたしは生きている。それがわかった」

そう慧慈は言った。

19

あと三十分ほどで破沙に着く、という輸送機の機長のアナウンスがスピーカーから響いた。

慧慈はこの機内の出来事を記した日記帳を雑嚢にしまう前に、もう一度、実加が文字を練習したページを開いて、見た。何度も重ね書きされたその紙面はほとんど真っ黒だった。稚拙な字だった。が、実加は、自分と慧慈の名前の漢字をマスターした。ひらがなの五十音の順列も覚え、手本を見れば任意の音を書けるまでになった。読みのほうも、その五十音表を参照して、読解力を試すために慧慈が書いた、『このいぬのなまえは、さんくです』というひらがなの文章をなんとか自力で読めるようになった。そこで慧慈は、五十音表にカタカナも付け加えた。実加はすぐに、「サ」「ン」「ク」の文字を覚えた。

実加のこの集中力に慧慈は驚かされた。まるでこの機会を逃したら名前どころか自分の存在自体も意味がなくなってしまう、そう思っているかのような実加の様子には鬼気迫るものがあって、それが心配になった慧慈は何度か休むことを提案したが、実加は字を習う手を休めずに言った、『だれにも取られたくないんだ、あなたがそう言った』と。

覚えてしまえば、それはだれにも奪うことはできない。そのとおりだ、と慧慈は思う。だがそれを実加に言ったときはその言葉の持つ重みというものを慧慈は意識していなかった。

この世にはたしかに他人には奪えないものがあるだろう。だがそうしたものを身につけるにはほとんど命がけの集中力と忍耐と体力が必要なのだ、それを自分はこの少女から教えられた、そう慧慈は思った。

もうじき別れることになるその少女は、眠っていた。サンクにもたれかかって。さすがに疲れて手首を痛そうにさすり始めた実加のところにサンクがやってきて、その手をなめたのだった。きっと自分の手に、ミルクを作ったときの匂いがついているのだろうと実加は言って、大きな犬の温もりで疲れを癒すようにサンクをなでているうちに、寝入ってしまったのだ。

サンクはそのあとずっと起きていた。きっとサンクはその少女をいたわったのだ、実加もそう感じたことだろう、こんなにも安心した表情で眠っていられるのだから、と慧慈は思った。

降りる支度だ、と護送責任者が言った。その男は兵ではなく少尉だ。

「寝ている者は起こし、毛布などをしまえ。片づけを終えたら、全員、シートに着座するように。そのあと、おまえたちに渡すものがある」

志貴の一族たちは、その命令に緩慢な動作で従った。その動きにサンクが耳を立て、寝そべっていた身を起こした。実加はそれで目を覚ました。

「着いたのか」

「もうすぐだ」

「火星かと思った」

「寝ぼけたんだな」

「夢を見ていたんだ」と実加は言った。「火星に行った夢」

「どんなところだった」

「いいところだった。わたしと、あなたと、サンクの名前が書いてあった」

「どこに」

「火星にだよ」

「惑星の表面にか」

「たぶん、そうだと思う」

「火星の表面には運河のような模様がある。知っているか」

「うん」

「その模様が字に見えたんだろう」

「よく覚えていないけど、大きな名前だった」

「壮大な夢だな。そのとき火星はきみのものだったわけだ」

「どうして」

「所有物には自分の名を刻んだり書いたりするものだ」

「なら、火星はあなたのだ」

「どうして」

「書いたところは見なかったけど、それはあなたが書いたんだってわかった」

「フムン。それは光栄なことだ」と慧慈は笑って言った。「ありがたくもらっておくことにしよう」

「地球は、だれのものなんだろう」

「地球も出てきたのか」

「そうじゃなくて。夢の話は終わりだよ、この地球のことだ。だれの名前も書かれていないだろ」

「言われてみれば、そうだな」

慧慈は、笑みを消して実加を見つめる。

これまた思いもよらない実加の言葉だった。この少女は、人間同士の覇権争いを皮肉ってそう言ったのではないだろう。素朴で真っ直ぐな疑問に違いない。

「文字が意味を持つのは、人間に対してだけだ」と慧慈は考えながら言った。「たとえ地球にだれかの名が書かれたところで、それは犬のサンクにはただの模様にすぎない。機械人にも、たぶん通用しない。機械人は文字を理解するが、所有物に記名するという人間の習慣は理解できないと思う。ようするに、結局、地球は自分のものだという宣言は、人間の間だけに通用することだ。他の生き物たちには、それは通じない。人間が勝手にそう思っているだけのことだ。本来、地球はだれのものでもない。だれかのものにするということが本質的にできない、そういう存在なんだ」

「あなたは、どうなんだ」

「なにが」

「身体(からだ)にUNAGの名前が書かれているわけじゃないよね」

「このわたしの所有者ということか」

「あなたは、ただのロボットじゃないよ、たぶん」

「どうしてそう思う」

「あなたは生きていると自分で言った。だからさ」

「……フム」

生きているものは、だれかの所有物ではないだろう。地球も生きているのかもしれないし、いいや、そもそも、だれかのものというのは人間にのみ通用する幻想だろう。ようするにこの少女はそう言っているのだと慧慈は、また実加から学んだ気分になった。

「行かなきゃ。手伝わないと」

実加は、文字の手本の紙片をていねいに畳んでポケットに入れた。

「ありがとう、慧慈、字を教えてくれて。これは返すよ」

差し出されたペンを慧慈は受け取らずに、それはやると言った。

「でも、勝手なことをしていいのか」

たかがペン一本だったが、おそらくこの少女は、もっと些細な物の所有権をめぐって殺し合いをした経験もあるのだろう、と慧慈は想像した。

「いいんだ」と慧慈は言う。「UNAGの名は書かれていないだろう。きみがそれを持っていても、だれも批難する者はいないよ」

「大事にする。うれしい」

初めて明るい表情で実加は言った。本当にうれしいのだ。

「よく使え。使い捨てだ」

「とっとく――でも、返す物がないよ」

「なに？」

「お返しだよ。ただでもらうのはよくないだろ」

実加は仲間たちを気にしながら、そう言った。

「十分もらったよ。いい時間だった。ささやかな、それは礼だ。わたしは寂しくなくなったからな」

「そうか」とうなずき、そして実加は訊いた。「また……会えるかな」

「運がよければ会えるだろう」と慧慈は答えた。「二百五十年後に、わたしの日記と。わたしはそこにいる」

「そんなの、会うことにならないよ」

「リアルタイムではそうだな。だけど、きみはそこでわたしに会うんだ。だからわたしも寂しくない。それを教えてくれたのはきみじゃないか」

「あなたも来ればいいのに」

「わたしはアートルーパーだ。人間を守るために作られたアンドロイドだ。わたしが凍眠するのでは、作られた意味がない」

「そんなの関係ない。だれが決めたんだ」

「人間だ」

「UNAGだろ。ブルーヘッズは敵だよ、あなたにとっても、敵なんだ——」

輸送機内はエンジンの騒音でうるさかったが、実加のその声は高くなっていて、ブルーヘッズは敵、という声が兵士に届いた。男性の兵士が素早く膝の上に置いていたライフルを取り上げ、銃口は向けないまでもそれで威嚇し、戻れ、と少女に命じた。

「わかったよ」と実加は乱暴に答え、それから慧慈を向いて、まったく意外なことを言った。

「あなたは、たぶん人間より偉いと思う」

「どうして」

「あいつを見ればわかるだろ。人間に人間を守れるわけがないんだ。あなたは、人間じゃない。もっとなにか偉い生き物だ。そうだよ、きっとそうだ」

なるほど、と慧慈は思った。アートルーパーは新種の生き物というわけか。そんなことは思ってもみなかった。人間ではない、ということを肯定的に言われたのは初めての経験だった。そのような実加の見方をするならば、自分はなんだろう、人間なのか機械なのか、などと悩むことはない――慧慈はそう思ったが、しかし現実はそう単純なものではないこともまた知っていた。人間がみな実加のようにアートルーパーを見るならば、自分は悩んだりしないだろう、だが現実はそうではないのだ。

「サンクのことも、書いてくれ」

「ああ」と慧慈はうなずく。「もちろんだ」

実加はサンクをなで、それから無言で慧慈を見つめると、仲間のところに戻り、赤ん坊の母親の手伝いを始める。毛布を畳んで、しまう。そしてもう慧慈のほうは見なかった。

全員がまた座席について通路が空くと、護送責任者の少尉が慧慈を呼んで、カードの束を差し出し、みんなに配るように命じた。

「それはおまえたちの身分証だ」と少尉は説明した。「破沙での生活に必要になる。パナシアカードという。略称はPCだ。ピーシーを見せろと命じられたら、それを提示するように。破沙の住民管理システムの端末でもある。それを提示して配給食品などを受け取ることができる。なくすと再発行は面倒だから、注意すること。詳しい使い方は破沙の民生局に問い合わせればいい。新規住民の世話をするボランティア組織もあるので心配ない」

慧慈はそれを見る。表面に顔のホログラフがついていて、それと見比べて、持ち主となる相手に配ることができた。全員に渡ったところで、質問は、と少尉が言った。まただれも口を開かないだろう、という慧慈の予想は、実加に破られた。

「名前、書いてないよ、これ。いいのか」

「フン」と少尉は鼻で笑った。「おまえたちが申告しなかったのだから、当然だ。したがって、それは正式なものではなく、仮身分証だ。正式なものではないから、権利の一部は制限されている。ボランティア活動や公務に就くことの他、公平な裁判を受ける権利などだ。そのPCには、おまえたちの取り調べ記録も入力されているんだ。それをもとに破沙の警察がおまえたちを逮捕、拘束することも予想できるが、それはもはやわれわれUNAGの関与するところではない。破沙の警察は、われわれのように優しくはないし、まさか餓死はさせないだろうが、逮捕されればこれまでのような食事は絶対に出ないと思っていい。おまえたちがまともな人間扱いされていたのは、梶野少佐の温情があればこそだ。人間としてのすべての権利を手に入れたければ、義務を果たすことだ。破沙警察に自首して、すべてを話せ。おまえたちがどこからきて、なにを企んでいたか、他に仲間はいるのかなど、治安維持に必要な質問に正確に答えることだ」

どうやら実加たちが枕を高くして眠るのは破沙でも難しそうだ、と慧慈は同情した。簡単には凍眠につけそうもない。あるいはそれはこの人間たちの望むところなのかもしれない。なにがこの者たちをそうまでさせるのか。実加と接したことで、それが少しはわかった、と慧慈は思う。

実加がたかだかペン一本をもらうことにもこだわったように、所有権争いは人間の本能的なものなのだろう。餌の奪い合いは生きているものすべてに共通だろうが、人間には餌以外にも信条や信仰という目には見えない所有物がある。人間はだれでも、そのような自分の世界観を奪われたくなくて、だから実加の仲間たちの苦しみというのは、異なる世界観の衝突ではじき飛ばされた側、ようするに敗者の側に立たされているところから生じているのだろう——そう慧慈は思った。世界観や価値観が違っていても衝突がなければなんの問題もないというのに、これは悲劇だ、と。

実加はPCというそれを見つめている。それを自らのものにするには、彼女にやったペンとはちがって、おそらく代償は大きい、と慧慈は思う。世界観を変換しなくてはならないのだから。

「いらなければ、捨ててもいい」と護送責任者である少尉は実加の心を見透かしたように、冷ややかな声で言った。「だがその場合は、破沙には入れない。せっかく仮とはいえ、PCがあるんだ。梶野少佐の温情を無駄にするな。それを持っている限り、少なくともUNAGに追われることはない。そのPCを手放したら、不法残留者に逆戻りだ。また逃げることになる。だが、長生きはできないぞ。いまの地球環境はおまえたちが想像する以上に人間には過酷だ。弱い者から死ぬ。そのPCを使って人間らしく生きてほしい。一人でも多くの人間を救うこと、それがわれわれUNAGの願いであり、目的だ。以上だ」

実加はPCに目を落としたまま、顔を上げなかった。それが凶器なのか護符なのか、どう判断したらいいのか、わからないのだろうと慧慈は思い、なにか声をかけてやりたかったが、言葉が見つからない。黙って奥の自分の席に戻ろうとすると、呼び止められた。

「慧慈軍曹、きみのPCだ。忘れるな。破沙での自由行動の際に必要だ」

護送責任者からそれを渡される。

ホロの自分の顔。十六桁の番号。それは他の者たちにもある。だが、慧慈のものには名前が記載されていた。それから、UNAG第66方面治安部隊という名称と、軍認識ナンバ。階級、軍曹。備考欄があって、そこに、軍用犬サンク号管理者、とあった。アートルーパーという文字は、どこにもない。

席に戻って、慧慈はそれをサンクに見せた。

「おまえの名前もある。食料の心配はなさそうだ。よかったな」

ワフ、とサンク。ポケットにしまって、慧慈は窓の外を見た。遠くにかすかな、ぼんやりとした赤い空が見えた。地上の明かりが上空の雲を照らしているのかと慧慈は思ったが、破沙の近くにはそのような大きな地上都市はないはずで、ならば自然現象だ、そうだあれはオーロラだろう、と思いつく。すさまじい磁気嵐が吹き荒れたのかもしれない。

これより着陸態勢に入る、シートベルトをつけろ、という機長のアナウンスの後、機体が傾いて旋回降下を始めると、地上の一角に光が見えた。それは自然現象ではなかった。暗い大地に引かれた、はっきりとした幾筋もの光条。人間の存在を示す、まさしく指標だ、と慧慈は思う。破沙空港だ。

20

護送される志貴一族は最後に輸送機を出た。ずいぶん待たされた後、降り立った破沙空港は慧慈には初めての大規模な空港で、ビルが何棟も見えた。巨大な格納庫をはじめ、各種アンテナが林立する通信施設や対空レーダーを収めているらしき大きな風船を思わせるレドームなど一見してUNAG軍事施設とわかる構造物もいくつもあった。

一行の目的の建物はかなり離れていて、これなら輸送機をもっと近くにつけるかバスなどの乗り物があればいいのにと慧慈は思ったが、歩くこと自体は気持ちがよかった。見上げれば満天の星空で、機上で見た不気味な赤い光はなかった。気温は夜にもかかわらずD66地区よりも高かったが、乾いた風が心地いい。

搭乗するときと同じく慧慈は列の後ろにつき、その前に実加がいた。だが実加は、サンクや慧慈を見なかった。この先のことで頭がいっぱいなのだと思い、慧慈も声をかけたりはしなかった。

着いた空港建物内は広く、まばゆいばかりに明るく照明されていた。広いホールはがらんとしていて、先に降りた兵士たちの姿はそこにはなかった。この建物は民間人のためのものなのだ、と護送責任者の少尉は説明した。

破沙民生局を名告る男が三人待っていた。そのうちの年長の男が、一族にPCの提示を求めた。逆らう者はいなかった。その態度はほとんどあきらめに慧慈には見えた。

身分と人数を確認したあと民生局のその男は、「ようこそ破沙へ」と言った。

少尉が男に書類を差し出し、受け入れ確認のサインをもらって、敬礼した。儀式はそれで終了だった。護送任務の完了だ。

任務を終えた四人の兵士たちは雑談をしながら外に向かう。慧慈も従ったが、歩きながら振り向いて、実加たちの様子に目をやった。

一族はホールの奥にぞろぞろと歩き始めていた。実加が、慧慈と同じように、こちらを見ていた。慧慈と目が合うと、その少女は身体をこちらに向けて、後ずさる形で仲間について いきながら、口を動かした。バイバイ、という口の動きが読めた。声には出さずに。バイバイ。慧慈は手を軽く振って、それに応えた。

満足したように実加は身体の向きをもとに戻し、少し離れてしまった仲間たちを追った。もう振り返らなかった。慧慈も、そうした。これで自分の護送任務は終わった、と思った。

次は、部下になるアートルーパーとの合流だ。

輸送機に戻る方向に、倉庫のような建物がある。あれがUNAGの破沙基地入口だ、と一行の小隊長、護送責任者を務めた少尉が慧慈に言った。

「基地はあの地下だ。地中にビルが埋まっている形だ。宿舎もあの地下にある」

「久しぶりに羽が伸ばせるな」と男性兵士が言った。「破沙の街には酒場もあるし、息抜きができる」

「そうそう」女性兵士が同調した。「人間に戻れる感じ」

「D66には戻りたくない気分になるよ、ここに来ると」ともう一人の女性兵士が言う。

「わたしたちみたいに優秀だと、こき使われる。なんだか割に合わない」

「兵役を終えたら楽しめるさ」

「破沙での暮らしは一種の幻想だ」と少尉が兵士たちに言った。「本物じゃない。本物は凍眠から醒めてからだ。現在の破沙で行われているのはそのシミュレーションのようなものだ」

「それが、いいんですよ」と男性兵。「本物じゃないところが。だから遊べる」

「責任はとれよな」と女性兵。「あんたの好きな遊びは想像がつく」

「相手も同じさ。お互いさまだ」

「相手を選べよ」

「もちろんだ。おれにも好みはある」

「よく言うわ。元気なんだから。今回はらくでいい任務だったよね」

「いまとなれば、だ。師勝というやつが襲ってくるかもしれない、と少佐が言ってた」

「梶野少佐は本気でそう思っていたのかな」

「さあな」

「わたしたち下っ端には、あの少佐の考えていることはわからないわ」

「そりゃ、あんたは、そうだろう」

「どういう意味だ」

「べつに」

「遊んでやらない」

「男とはやる気がないくせに」

「それしかやりたいことがないのか、あんたは」

「おまえさんみたいなのばっかりになって、人間はいずれ絶滅する」

「わたしのことを批難しているのか。聞き捨てならない――」

「やめろ、二人とも」

「ほらみろ、少尉どのに叱られた」

「フンだ」

慧慈は兵士たちの会話を黙って聴いていた。この兵士たちもいずれ地球から出ていく。自分は、残る。将来、無人の破沙の街を眺めることがあったら、いまのこういう会話を夢のことのように思い出すかもしれない、と思った。

建物入口には複数の警備兵がいた。一行は無駄口をやめて、立ち止まる。

「行っていい」と警備兵の一人が言った。「確認済み。いや、待て。きみだ、軍曹」

慧慈が、呼び止められた。

「その犬はだめだ。こちらのリストには載っていない」

「サンクです」と慧慈は答えた。「わたしが管理する、軍用犬です」

「破沙にはたとえ軍用犬でも、動物は入れない。その原則は知っているはずだが。主として防疫のためだ」

「知りませんでした」

「ではこちらで預かる。引き綱は持っているか」

「いいえ。ですが――」

「慧慈軍曹」と先に入っていた少尉が言った。「PCを見せてやれ。梶野少佐が配慮してくれたはずだ。例外のない原則はない」

慧慈は言われたとおりにする。相手をした警備兵は交渉は無駄だというように首を横に振ったが、別の警備兵が「確認してやれよ」と言った。「犬を処分するのは気が進まない」

「殺すのですか」

「いや、そうしなくてはならない場合もある、ということだ」

「サンクは、渡しません。サンクが入れないのなら、わたしも――」

「面倒なことは言いっこなしだ。PCを貸してみろ。上に確かめてやる」

警備兵は慧慈のPCを、本部に繋がっているらしき携帯端末に差し込み、それから信じられないという表情を浮かべて端末画面から目を上げると、言った。

「この犬は、人造犬だ。驚いたな。まったく見た目にはわからなかった――許可、だそうだ。連れていっていい」

慧慈は敬礼、素早く通る。同行の兵士たちが、こいつは人造人間なのだ、たかが人造犬くらいで驚くな、などと言いだすと警備兵たちの関心を引いて足止めを食らいそうで、それを恐れてのことだったが、その心配は無用だった。

「きみがアートルーパーだ、ということは、知っている者しか知らないんだ」

四基あるエレベータの一つを待ちながら、少尉が慧慈の心を読んだかのように、低い声で言った。

「どういうことです」

「梶野少佐の配慮だ。アートルーパーの存在は秘密でもなんでもないが、師勝の件もある。アートルーパーに敵意を抱いている人間を少佐は警戒している。公言無用、と言われている。きみのPCにもアートルーパーであることは入力されていないはずだ」

「わたしが自ら告げるとは、梶野少佐は思われなかったのでしょうか。わたしは、公言してはならない、という命令は受けておりません」

「きみがそうするかどうか、観察することも、少佐の頭にあるんだ。きみが自らアートルーパーだと宣言するときは、どういう場合だろう、ということに少佐は関心があるようだった」

「ようするに、梶野少佐はアートルーパーを完全には信頼していない、ということでしょうか」

「どうかな。そういうことになるのかもしれない。わたしには少佐の深慮はわからんよ。あのひとは、おそろしく頭が切れるし、ほんとに職業軍人であることが好きなんだ。もっと出世するだろうな」

それが破沙への入口だと慧慈は思ったが、しかしここはまだUNAG基地内であって、破沙の街からは隔離されているのだと、エレベータを出てから慧慈は知った。出たそのフロアは、いわば基地内宿泊案内所だった。先に輸送機を降りて上には姿のなかった兵士らが、ここにはまだ少なからずいて、どこに行けばいいのかを確認すべく、カウンター前に並んでいた。

「では慧慈軍曹、任務ご苦労だった」と少尉が言った。「本小隊はここで解散だ。あとは梶野少佐からの指令があるまで、自由だ。破沙の街を楽しむといい。解散」

慧慈は敬礼するが、少尉は笑ってちょっと手を挙げただけで、その場を去っていった。

部下になるアートルーパーの居場所と、自分が泊まるところを訊こうと、慧慈は並んでいる兵士らの列の最後尾についた。こちらに注目する視線を感じたが、それはサンクへのものだ、と慧慈は気づいた。ここでは犬はめずらしいのだ。それでも、話しかけてくる人間はいなかった。疲れと、それから、ここでは羽が伸ばせるらしいから、それで他人のことには興味がいかないのだろう、と慧慈は思った。

列はなかなか短くならなかった。兵士たちはじれったいという表情をしていて、そういう苛ついた雰囲気は慧慈は苦手だった。

自分の後ろにいる者はなく、ということは後ろの人間から急かされることはない、焦ることはないのだと慧慈は自分に言い聞かせた。

だが並んで待つ必要はなくなった。迎えが来た。

だれか近づいてくる気配はあったが、迎えがあるとは思わなかった慧慈は、声をかけられるまでそちらを見なかった。

「慧慈隊長」

サンクが慧慈の名を聞いて、主人より早く反応した。伏せていた身を起こす。

「お迎えに上がりました。遅くなって申し訳ありません」

隊長、と呼ばれるのは初めてだ。第66方面治安部隊所属のアートルーパー小隊の隊長、ということだった。

「自分はエリンです。初めまして」

エリン、階級は軍曹だ。慧慈は梶野少佐から渡された任務書類を思い出す。四人のアートルーパーはエリン軍曹から引き取ること、とあった。もちろんその顔を映したホロも添付されていたので、出迎えのその軍曹がエリンであることはわかった。

慧慈は敬礼を返す。これが、エリンか。慧琳、と書く。その名からして自分と同じエリファレットモデルのアートルーパーだろうと思ったが、梶野少佐はそれには触れなかったし、慧慈も訊かなかった。あるいは、エ・リンという名の人間かもしれない、といま会って、慧慈は思った。自信にあふれていて、自分のような、人造人間ゆえの悩みを抱いている者には見えなかった。

「慧慈軍曹です。出迎え感謝します。こちらは、サンク。わたしの連れです」

「立派な犬ですね」

「ありがとう」

サンクは、最初は慧慈の緊張を感じ取って尾を中途半端に垂らしていたが、いまはそれを上げて自慢そうに振っている。犬は人の言葉はわかるまいが、それ以上のことをかぎ取るのだ、と慧慈は思う。相手がこちらに好意を持っているかどうか、恐怖や攻撃の意志があるかどうかが臭いでわかる。言葉では嘘をつけるが、体臭はごまかせない。人間は、好意や恐怖を感じるとき、そうした感情に特有な臭いを発するものなのだ。犬には虚言は通じない。

サンクが安心すると、慧慈も気楽になれた。

「まいりましょう。ずっと下の階の、ビジター用の宿泊施設区というところです。部下を待機させてあります。残念ながら個室ではありませんが。あちらのエレベータで下ります」

案内されたエレベータホールには待っている兵士が五、六人いた。来たケージにそろって入ったが、慧慈たち以外は途中階で降りていった。

「われわれがいちばん下なんだな」

「この基地に関係のない者、ようするに暇な者ほど、下の階が割り当てられるようです。破沙の街に出るにはそのほうが近いですよ」

「フムン」

「犬を連れて歩けるとは、梶野少佐がいかにあなたをかっておられるか、わかります。お目にかかれて光栄です」

「梶野少佐を知っているのですか」

「噂だけは。やり手のようですね。わたしは自分の部下を梶野少佐に横取りされた形になります。むろんわたしは口出しできる立場にはありませんが、わたしが所属する部隊の上層部にも梶野少佐に逆らえる者はいない、ということになるでしょう」

「なるほど、そういうものか」

「そういう権力関係というのは、外からのほうがよく見えるものですよ」

そうかもしれない。しかし、この男は、なかなか鋭い、と慧慈は思う。

エレベータから出て、慧慈は単刀直入に訊いた。

「あなたもアートルーパーですね」

「そうです」

「エリファレットモデルか」

「そう聞かされています。部下らは、インテジャーモデルです。製造後二年経っています。あまり出来がいいとは言えませんが、使い方しだいでしょう」

「インテジャーモデルというのは聞き慣れないが、新しいタイプかな」

「そうです。インテジャーといえば完全体のことでしょうが、頭は整数なみ、という意味かもしれない。ほんとに単純です。その分、アートルーパーとしては完全体だと言えないこともない」

廊下の先の一室に入る。だだっ広い。明るい照明の下にベッドが三列並んでいるだけの、殺風景な部屋だった。各列に八台のベッドがある。右側のそこに、兵士らが各自のベッドに腰を下ろしていたが、慧慈たちを認めると起立した。

「集合して整列だ」と慧琳（エリン）が命じた。「われわれはこれより、こちらの慧慈隊長の指揮下に入る」

「われわれとは、あなたもですか、慧琳軍曹。あなたの配属は聞いていないが。あなたは彼らをここまで送り届けに来ただけではないのですか」

「わたしは、あなたがここからＤ６６前進基地に戻るのを見送ってから帰隊するように命じられました。それまで、あなたからアートルーパーとしての教育を受けるように、ということです。実戦を経験したアートルーパーはあなたが初めてということで、いろいろ学ぶところもあろう、というわたしの所属するＤ４０４方面部隊のアートルーパー訓練教育部隊長、鉤坂（かぎさか）大尉のお考えです」

「そうか」

「まあ、あの大尉にすれば、この者たちがいなくなって手持ちぶさたになったので、この機会にのんびりしたい、というところでしょう」

「なるほど」

整列したアートルーパーたちの顔を見て慧慈は驚いた。みなほとんど同じ顔をしている。見分けがつかないほどだ。

志貴の事件で戦死した部下たちは個性を持っていたが、このアートルーパーらは新型モデルなのだ。量産タイプだ——慧慈はインテジャーモデルというそれを見て、これはたしかに人造人間だと思い、不思議な感覚にとらわれた。自分もまた人造という点では同じだというのに。

梶野少佐から渡された書類には、慧琳軍曹のホロはあったが、四人のアートルーパーの顔を映したホロはついていなかった。これは、梶野少佐のちょっとした計略だろう、と慧慈は思った。この四人に会って、アートルーパーとはどういうものか思い知るがいい、と。あの少佐ならやりかねない、きっとそうだ。

「慧慈隊長どのに敬礼」

素早い動作でアートルーパーたちは敬礼する。慧慈も返す。

「——気をつけ。慧慈隊長、お言葉を」

慧慈は、そう言われても、なにを言っていいものやらわからない。

「休め」と、ともかく命じる。「仲良くやろう。名前を聞かせてくれ」

名前は書類に記載されていた。エル、ジェイ、エム、ケイ、各准兵だ。彼らは兵士としての正式な地位すらまだ与えられていない。

アートルーパーたちは、順に言った。ジェイ、ケイ、エル、エム、准兵であります、と。

ああ、これは、J、K、L、Mだ、と慧慈は気づいた。

「だれがつけた名ですか」と慧琳に訊く。

「鉤坂大尉です」と慧琳。「インテジャー、整数モデルということで、整数型の宣言子になぞらえたのでしょう」

「それなら、Iから始まるのが自然だ。Iはどうした。いたはずだ」

「返事のアイ、との混同を避けたものと思います。最初からいません」

「変えられないのか」

「はい？」

「こんな名前は、ふざけている」

慧慈は静かな怒りを覚える。みんな同じ顔、記号の名前、こんなのは、どこか間違っている。

「改名は難しいかと」戸惑った様子で慧琳は言った。「どうにもできないと思います、慧慈隊長」

「こんなのは、名前じゃない、記号でしょう。アートルーパーといえども個性がある」

「お言葉ですが、慧慈隊長、いまのこの者たちには、個性というのはほとんどないのです。それを発揮するのは難しいかもしれません」

「時間はある。個性を引き出すべく、わたしが教育する。それがわたしの仕事だ」

「そうですね。ですが、このほうが使いやすいのは確かです」

「そうかな」

「口答えはしませんし――」

「見分けがつかないのは不便だ。そうは思いませんか、慧琳軍曹」と慧慈は言った。「だいたい、これでは楽しくない」

「楽しくない……そんなふうに思ったことはなかったですが、たしかに、あまり相手をして面白いものではない。わたしはあなたと会えて、ほっとしています。わたしのようなアートルーパーは自分だけかと思っていました。——さて、なにをやらせましょう」

「なにを、とは」

「なんでも、命令してやってください。掃除洗濯、マッサージ、なんでも」

「……もう時刻も遅い。あなたがたの到着はいつでしたか」

「三日前です」

「そんなに前に来たのですか」

「自分らだけを運ぶために特別便を飛ばすわけにはいかないということで、三日前の破沙行きの定期貨物機に便乗しました。実は、わたしはこの部下たちを連れて破沙の街を見学に行ってきました。許可が必要でしたでしょうか」

「いや。今夜はもう休もう。准兵諸君はもう寝てよし。就寝だ。軍曹、シャワーはどこで使えるのかな」

解散する。准兵たちは、入口に近い右の列の四台のベッドに戻った。その列の三つおいた一番奥のベッドを慧琳が使うようだった。

「シャワー等の施設はご案内します。また、あなたのベッドは、あちらがよいかと。ベッドメークさせておきました」

左の列の一番奥だった。慧慈は黙ってうなずき、そこに行く。ここには書き物ができるデスクがないのを慧慈は残念に思う。

慧琳が案内するシャワーやトイレなどの施設をサンクと共にひととおり見て回り、あなたも休んでくれ、と慧慈は言った。すると、「今夜の当直はどうしますか」と慧琳が訊いてきた。

「不寝番の見張りが必要とは思えないが、やっていたのですか」

「はい。二名ずつ交代でやらせました。外部からの連絡がいつあるかわかりませんし、火災などの不測の事態に素早く対応できるようにと思いまして。うちの部隊ではいつもそうしていました」

准兵らに目をやると、明るい照明の下、もう寝ているようだ。

「今夜は、いいでしょう」と慧慈は言った。「おそらく、彼らよりもサンクのほうが頼りになると思う。准兵たちは寝かせておいてやろう」

「わかりました」

「起床時刻は何時にしていましたか」

「〇八〇〇、です。遅いと思われるかもしれませんが、なにしろ、ここでは部下らにやらせることがあまりなく、寝かせておくのがいちばん面倒がないもので。昼寝の時間もとりました」

「フムン。明日、いろいろ教えてください」と慧慈は言う。「わたしはシャワーをすませたら、休みます。照明のスイッチはどこかな。天井の照明は落としていい」

「ベッドランプのスイッチはヘッドボードにあります。照度コントローラ付きのスイッチです。天井灯のスイッチは入口のあそこにあります。わたしが消しましょう」

「ありがとう。ではおやすみなさい、慧琳軍曹」

慧琳は慇懃に敬礼した。慧慈はベッドに近づいて、教えられた照度コントローラを回して、ベッドランプをつける。読書灯だ、どこか本を借りられるところが基地内にあればいいのだが、と思う。

それからシャワーを使いながら、なんだか遠くに来たものだ、と慧慈は少し心細くなる。左腕の傷痕に触れて、志貴とウー中尉と、そしてあの声を思い出す。

——こいつ、まだくたばっていないよ。

あの娘。輸送機で読み書きを教えた少女、実加。

実加はどうしたろう。いまにして思えば、あの少女はなんと人間らしさにあふれていたことだろう。新しい部下たちの第一印象とは正反対だ。自分は、あの人形のような部下たちとうまくやっていけるのだろうか。

ベッドに入っても、慣れない環境に神経が高ぶっていて、なかなか寝つけない。サンクもそのようだ。だが慧慈はベッドにサンクを上げることはしなかった。こちらはいつもボスらしく毅然としていなければならない。でないとサンクも不安になるだろう——何度か小声で、サンクが歩き回るのを叱る。やがてサンクがおとなしく慧慈のベッドの下に潜り込んで静かになると、慧慈もいつしか眠りに落ちた。

21

自分の身体にＩという名前が大きく書かれている夢を見た。アイは、わたし、自分だ、と思って安心しようとしていたのを思い出す。だがどうしても安心しきれない。まあ、これは悪夢だな、と夢の中で思っていた。

慧琳軍曹に起こされた。慧慈が洗面等の朝の用を済ませるまで、部下たちは忍耐強く、整列して待っていた。おそろしく堅苦しくて、慧慈は、これはなんとかしたい、と思う。

みな糊のきいた作業制服を着ている。階級章は准兵にはない。しかしおろしたてのようにきれいなシャツだった。きっと慧琳の命令だろう、時間をかけてアイロンがけをして、そうした作業で時間を潰したのだ、と慧慈は思う。他にもっと有意義な時間の使い方があるはずだが、まずは朝食といこう、そこで考えようと慧慈は慧琳に案内を頼む。

大食堂の雰囲気は、どこの基地も似たようなものだったが、サンク用の食事を得るには、ＰＣの提示が必要だった。

最初、カウンターで、ドッグフードの大盛り、と慧慈が言っても通じなくて、厨房の責任者が出てきた。慧慈が提示するPCをその中年の女性は取り上げて厨房内に引っ込み、しばらくして戻ってくると、言った。

『あなた、何者なの』

『はい？』

『このPC、偽物かと思った』

『なぜです』

『上限がないのよ』

『上限とは、なんのです』

『配給枠の上限。こんなのは初めて。将軍のPCにもないでしょうよ、お偉方はここには来ないけど。あなた、望めば百人分を一度に注文できるわよ。メニューに贅沢な注文はつけられないけどね。——あなた、だれ？』

『おそらくエラーかなにかではないでしょうか。そのPCに不備があるとか』

『だから、確かめてみた。でも、ノープロブレム、このPCの持ち主の要求は無条件で受け入れよ、という返答しか上からは返ってこない。もういちどやったら、詮索無用、と叱られた。どうもAGSSが出てきたようで、怖くなってやめたけど』

『それは……たぶん、サンクのせいでしょう』と慧慈は答えた。『この軍用犬は、貴重な人造犬なのです。PCの上限がないのは、わたしのためではなく、サンクのためだと思います。サンクに、食事を出してもらえますね？』

『いいわよ。あまり関係したくない。あなた、この基地にいつまでいるの』

『はっきりした日時は――十日前後かと。直属上官の帰隊命令がくるまで、ここに滞在することになっています』

責任者は無言でうなずき、ＰＣを返してきて、それ以上の詮索はしなかった。

慧慈と慧琳は並んで席を取り、同じテーブルの向かいに准兵らをつかせた。テーブルの下に、サンク。大皿に、火を通した肉の切り落としを盛り、パンの残りも大量に載せて、シチューをかけてある。塩分が多いのは好ましくないのだがと慧慈は味見してから、これならいいだろうと、与えた。

サンクは実に嬉しそうな表情で食べる。それに引きかえ、向かいのアートルーパーらにはまったく表情がない。機械的に食べている。雑談もしない。

「きみたちは犬は好きか」と慧慈は会話のない食事に耐えられなくて、訊いた。「サンクをどう思う」

すると、アートルーパーたちは真剣に考え始めた。軽く受け流すということを知らないらしい。言われることはすべて命令であって、会話を楽しむということがわからないのだろう。

「よくわかりません」

と一人が言った。Ｊ、Ｋ、Ｌ、Ｍ、のだれか、だ。これは名札が必要だ、と慧慈は思う。

「犬を見るのは初めてかな」

「いいえ、部隊にいました。でも触ったことはありません、隊長どの」

「サンクは、われわれと同じ手法で作られた人造犬だ」と慧慈は言った。「いわば仲間だ。同族だよ。意味はわかるか」

「彼らの知能は、高いです」と慧琳が言った。「自分がアートルーパーであることも知っています」

「読み書きは」

「もちろんできます。計算能力もありますし、それを言うなら、そのへんの人間よりも高度な数学を理解しています。その方面では、ジェイが秀でている。非線形方程式に関する考察を論文にまとめたこともある」

「なるほど」と慧慈はうなずく。「まったくの無個性というわけではないんだな」

慧慈は少し安心する。

「昨夜はよく眠れたかな」と訊く。

「はい、隊長どの」

「自分は」と一人が言った。「サンクが動き回るのに気づき、何度か目が覚めました」

「そういえば」ともう一人。「今朝起きたら、あちこちにサンクの小便の跡がありました。トイレがわからなかったのでしょうか」

「そういう生理的な話は食事中にはするな」と慧琳。「食事がまずくなるだろう」

「はい、軍曹どの。しません」

「まあ、いいじゃないですか」と慧慈。「サンクにトイレが必要なことに、よく気がついたな。いいことだ。誉めてやる」

「ありがとうございます、隊長どの」

嬉しそうな顔をする。誉められて嬉しいというのは、人形ではないという証拠だと慧慈は思う。

「でもサンクは、トイレを探したというより、マーキングをしたんだ」

「マーキングとは、なんですか」

「きょうは、それを調べることにしよう。犬の習性についてだ。この基地には、学習用に使えるコンピュータもあるかと思う。情報収集方法も各自で考えること。方法はひとつだけではないはずだ」

「それはいい」と慧琳が感心したように言った。「そんなことをやらせるなんて、思いもつきませんでしたよ」

「やることはたくさんある」と慧慈は言った。「名札も作らせよう。きみたちがやるんだ。サンクのトイレについても、みんなに考えてもらいたい。犬の習性を調べて、知恵を出し合うんだ」

こころなしか准兵たちの食べる動作が速くなる。機械的なものではなくなり、ばらつきが出ているように慧慈には見えた。

「あなたは、きょうはどうされます」と慧琳。「慧慈隊長」

「どう、とは」

「破沙の街には行かれますか。巨大な洞窟都市で、一見の価値はありますよ」

「そうだな。サンクを運動させられるかな」

「もちろんです。破沙には森林公園もある。地面も掘れます。犬にはいい」

「破沙の人口は。何人くらい暮らしている」

「出入りは激しいですが、常時約四千前後と聞いています。詰め込めば、その十倍から二十倍の収容能力はあるでしょう。当初は五万人規模の避難用シェルターとして設計されたそうですから。この基地のように、もともとは、大規模な地下建造物を何本か埋めた形だったようですが、その後、より自然な形で暮らせるように洞窟状に広げてその地面に街を作ったのです。現在、この基地のような構造ビルはその大洞窟の天井を支える柱と、出入口として、機能しているわけです。換気や太陽光を導く役割も構造ビルにはあります。温度管理などのエネルギーは深地下の地熱を利用していて、半恒久的な自律運用が可能です」

「この規模のシェルターがもっとあれば、火星に避難することもなかろうにな」

「百ほど世界各地にあります。でも数万なければ無理でしょう。詰め込まれた状態では人間はストレスで共食いを始めますよ。凍眠させるというのはいい手だと思います」

「フムン」

「破沙は、なつかしい感じのする、落ち着いた街です。きっと気に入ります」

「住みたくなるくらいにか」

「そうですね。よくできています」

「だが、われわれのものではない」

「それは、そうですが」

慧慈は准兵たちを見やって、

「彼らを連れて、破沙の街に行ったとか？」

「はい。四人そろってではありませんが。このとおり、四つ子のようにそっくりですので、あまり民間人の好奇心をあおってもいけないですし。正直なところ、部下を連れて街を歩くのは、とても緊張しました。このとおり、知能は高いですが、人間関係には慣れていません。ちょっとしたことで、不測の事態を招きかねない」

「たとえば」

「そうですね、たとえば、こちらがそうと意図しない言葉を、相手を攻撃せよ、というように誤解しかねない。この者たちは戦闘訓練はかなり積んでいますが、状況を単独で判断して対応する、ということに関してはまだ不安がある。あなたは、この者たちの扱いになれていない。この基地からは出さないほうがいいと思います」

「ご忠告、ありがとう、軍曹」

「出過ぎた口を利いてしまい、申し訳ありません、慧慈隊長。この者たちは、いまはあなたの部下です。わたしも、あなたに従います」

「あなたの助言に従うよ、慧琳。しばらく様子見だ。このアートルーパーたちには、街の見学よりも有意義なことがたくさんありそうだ」

「自分もそう思います」と慧琳はうなずいた。「あなたの教育下で、きっといいアートルーパーに育つでしょう」

「努力する」

ふと慧慈は、間明少佐の顔を思い浮かべた。自分も最初はこんなふうだったのかもしれないと、初めて間明少佐の仕事の苦労を思った。自分は、部下たちに嫌われるようにはならないぞ、と思い、たぶんそれではだめなのだろうと考え直し、ため息をつく。間明少佐の餞の言葉を思い出す。『憎むべきは、わたしなのだ。それが、わたしの、きみへの最後の教えだ』とマギラは言ったのだった……

「どうされました」

「……昔の自分を思い出していた」

「お気持ちは察します。同じアートルーパーとは思えないでしょう。わたしもそうだった。インテジャーモデルは、われわれエリファレットモデルとは違う。わたしたちはあきらかに人間より有能ですが、彼らは、どうやらわざと劣るように作られているようです。人間は小賢しいことをする」

その言葉に慧慈は驚いた。慧琳というこのアートルーパーは、超人意識を持っている。そのように育てられたのか、周囲の人間観察から身につけたものかは知らないが、環境が異なれば同じアートルーパーでも人間に対する意識も違ってくるのだ、と慧慈は知った。

「小賢しい、とはな」

「はい？」

「わたしにとって人間は、怖い対象だ。あなたのように、侮蔑の感情を抱いたことはなかった」

「いけませんか」

「いや、批難ではない、単なる感想だ、いろんな見方があるものだという」

「わたしには実戦の経験がないので、人間の真の恐ろしさを知らないのでしょう。頭ではわかっているつもりなのですが」

あいまいに慧慈はうなずき、朝食を終える。

ほんとに、この慧琳というエリファレットモデルのアートルーパーは優秀だ。分をわきまえ、引くべきところは引き、相手を立てることを忘れない。しかし意識としては、相手を見下しているところがある、おそらくすべての相手を。このアートルーパーは、しかし人間に敵意は抱いてはいない。いまのところは、だが。そのような意識を抱かせるような体験をしていないのだ。

それはほっとすることではあると慧慈は思い、これでは自分は人間の立場に立っているではないかと、また複雑な気分になった。

慧琳の超人意識が、人間という生き物は自分より劣るのだから護ってやらねば、というように作用しているうちはいいが、これから経験する内容によっては、必ずしもそううまくいくとは限らない。

破沙の街に下手に出さないほうがいいというのは、むしろこの慧琳にこそ当てはまることかもしれない、と慧慈は思った。アートルーパーが抱く超人意識は人間にとっては諸刃の剣だ、という梶野少佐の危惧もまた、慧慈には実感できた。そのような意識を抱くことができるアートルーパーは、おそらくエリファレットモデルだけだろう。

いったいエリファレットモデルのアートルーパーは他に何人いるのだろう。間明少佐は、以前、全世界で五体作られたようだ、と言っていたが、詳細はあの少佐にも知らされていないようだった。もし自分以外のエリファレットモデルが対人関係においてなんらかの問題を起こせば、同モデルとしてこちらにもとばっちりが及ぶ可能性はある。いっそ人間など、早くこの地球からいなくなればいいのだ。それならなんの問題もない。

「さて、おまえたちは、隊長の課題にかかれ」と慧慈の思いをよそに、慧琳が言った。「名札を作れ。材料の調達も考えてやれ。名札の形式には統一性を持たせること。ばらばらでは見た目がよくない。それから犬の習性を調べて、サンクのトイレも工夫してやれ。すべてを終えて時間が余ったら、自室にて待機、休むもよし、好きにしていていい。――これでいいですね、慧慈隊長」

「それはいいが――」

「では、破沙の街をご案内します。サンクもお待ちかねだ」

食事を終えたサンクは、さかんに尾を振っている。早く駆け回りたいと言っているかのようだ。

できればサンクだけを連れて、慧琳は残していきたかったが、それを慧琳に納得させるのは難しいだろう、と慧慈は思う。

人間は慧琳が思っているほど甘くはない。そういう意識を同族であるこの慧琳と共有したいが、しかしそれは体験しなければわからないのであり、しかも自分はそういうことをこのアートルーパーには経験させたくはない、ということなのだ。

戦死したかつての部下なら、この矛盾した気持ちを理解するだろう。彼らなら、なんと言うだろう、と慧慈は想像する。死者は、どう言うだろう、と。すると、まるで死者が応えたかのような思いがわき起こった。

——死ぬも生きるも、その者が持っている運だ。考えていても始まらない。

慧慈は腰を上げ、行こう、と言った。

22

グラウンドフロアというのが、破沙の街に出るエレベータ階だった。簡単な検問所があり、PCを見せて通った先に非常扉のような金属製のドアがある。

「このフロアはもともとはクローズドで、他の空間に通じていたわけではないらしい」

慧琳がドアを開けながら言う。先はトンネルになっていた。前方の出口が明るい。

「基地の最下部の機械室区域ですが、このトンネルもあとで掘られたものでしょう」

前方のトンネル出口は明るい。サンクは尾を立ててゆっくり左右に振っているが、慧慈の先には決して出ようとはしない。

トンネルを出たところで慧慈は開放感で思わず深呼吸をしている。テラス状になったそこから、遠くの破沙の中心街を見下ろすことができた。

広大な地下空間だった。天井は高く、一面に白い雲がかかっているように見える。とても明るくて、見通しがいい。膨らんだレンズ状の空洞で、その周辺部にいるのだ。直径およそ五キロメートルくらいだと慧慈は見当をつける。中心部には建物が密集している。放射状に道が延び、住宅区、さらにその周辺は牧草地か、農場のような施設も見える。森林が周辺を囲む。

行きましょう、と慧琳に促されて、サンクと共にテラス部分から下へ降りる。つづら折りの山下りのような道だ。大勢の人間の行き来で岩がすり減っていた。下りきると林の中だ。緩やかな下り勾配の道が先に続いている。

この地表、林の中では、ここが地下の空洞なのだ、ということはまったく意識させなかった。風も光もさわやかだ。落ち葉のいい香りがしている。それでも慧慈は、なにかが足りない、と感じた。なんだろう。サンクに目をやると、立てた耳を左右に動かして、周囲の気配を探っている。格別警戒しているようではなかったが、やはりなにかしら変だと感じているのではないかと、慧慈は思う。

静かだった。木の葉が風でさやぐ程度で、自分の足音が聞こえる。それで、慧慈は気づいた。鳥の声がしない。動物のいる気配が、まったくないのだ。

「この林は本物なのか」

慧慈は慧琳に尋ねるでもなく、そうつぶやいている。

「うまくできた偽物のようだ」

「空気浄化のために本物の緑は役に立ちます。偽の木を植えておくはずがないですが」と慧琳は言った。「わたしもそう感じました。ここは、とても清浄な空間です。きれいすぎるのです」

「微生物はいるようだな」

「キノコも生えてますしね。虫もいるでしょう。でも基本的に動物は人間しかいないところですよ、ここは。昆虫がいるのは、その侵入を阻止できなかったからではないかな。ネズミはいてもよさそうですが、たぶん慎重に排除されている。ネコもいない。サンクは、本当に例外的に許されている」

「動物をここに放てば、それらにここを乗っ取られる、とでも人間は思っているかのようだな」

「恒久的にここで暮らすというのならば、バランスのとれた生態系を考えなくてはならない。でも、ここはそうではない、必要ない、ということなのでしょう」

「火星行きまでの仮の宿か」

慧慈は、志貴一族を護送してきた責任者の少尉が言っていたことを思い出した。『破沙での暮らしは一種の幻想だ』と少尉は言っていた。破沙は、シミュレーション空間なのだ、と。

「そうです」と慧琳はうなずいた。「ここは、人間の保護区ですよ」

「言ってみれば、人間動物園だ」

「辛辣ですね」

「辛辣というのなら、きみのほうだろう」と慧慈は言った。「保護区という言葉は、わたしには思いつかなかった。きみにとっては、人間は保護すべき対象であり、きみ自身は、保護する側にあるわけだ。模範的なアートルーパーであればこその言葉だろう」

「あなたは、そうではないというのですか、慧慈軍曹」

「わたしは、人間のやることがよくわからない。自らは動物園のような人工的な環境にこもって、外界の復興は機械人やアートルーパーに託すという神経が、理解できない……わたしもサンクもきみも、結局はこの人工的な動物園環境の一部だろう。人間が作った人工物であって自然の一部ではない」

慧琳はそれに対して、なにも言わなかった。たぶん、そんなことは考えたこともなかったのだろうと慧慈は思った。かつての自分も、そうだった。そんな自分の人間観や自分を含めた世界観を変えたのは、羅宇の志貴だ。それと、アミシャダイとの出会い。ようするにそれが、実戦経験というものだろう。

先が開けているのを見て、慧慈はサンクのトイレの用をここで済ませておこうと思いつついた。しゃがんでサンクの腹をなでる。それから道をそれて林に入り、つま先で地面に穴を掘る。サンクはよく察して、付近を嗅ぎまわりながら歩き、自分で決めたところで用を足した。それからもどってきて、慧慈の掘った穴を嬉しそうに掘り始める。まるで手を洗っているようだと慧慈はおかしくなる。

「サンク、行くぞ」

慧慈が道に戻るとサンクはあわてて追ってきた。慣れないこの場に置き去りにされることを恐れているのだ。

「准兵たちはどんなサンクのトイレを考えたかな」と慧琳は独り言のように言った。「動物の世話をさせるのは、彼らにはいい教育になるかもしれない」

「きみも考えたらいい。部隊に戻れば軍用犬はいるだろう」

「鉤坂大尉は犬は嫌いです」

「きみは」

「好きですよ。サンクのような優秀な犬と一緒ならいいと思います。うらやましいです。サンクは本当に利口だ。人造犬だからかな」

「とくに知能を高めて作られたのではないだろう。それはあまり関係ない。サンクはわたしと相性がいい、それがきみの目には、優秀な犬と映るのだろう」

「なるほど」

あまり納得していない声だったが、慧琳はうなずいた。

サンクはたしかに利口だが、慧慈はだからこの犬が好きなのではなかった。初等教育の時に子犬だったサンクと遊んだことがある。ピクニックにいっしょに行ったのはいい思い出だ。それで、なんだか幼なじみのような気がしていた。軍用犬の道を歩んでいたサンクと再会できたのはほとんど偶然で、すれ違ったまま一生を終えていたかもしれなかった。いままた一緒に遊べる、この幸せな感覚を、慧慈は愛おしく感じていた。

慧琳のいう優秀な犬とは、どういうものだろう、と慧慈は想像した。たぶん慧琳は、命令に絶対服従するといったことを言っているのだろう。でも自分は、サンクがぼんやりとした犬だったとしても、かわいがるだろう。

それを慧琳に説明するのは難しそうだった。これもまた、経験してみないとわからないことだろうな、と慧慈は思った。

開けたところで、水の音が聞こえてきた。貯水池らしい。浄水場だと慧琳が説明した。完全自動ではなく、管理は人の手でやられている、と。

「いいことだ」

「たしかに」と慧琳。「暇にさせておくと人間はろくなことをしないものです」

まったく、自分と慧琳の見方はどこまでもすれ違う、と慧慈はため息をついた。自分は、生命の源である水の管理くらいは機械に任せずにやるというものだろうと思って言ったのだが。

人家が目につくようになる。一戸建てで、こぎれいな庭が付いている。アナグマやリスがいそうな雰囲気だったが、ここにはいないのだ。老人がポーチのデッキチェアでくつろいでいたり、幼児たちが遊んでいる。だが、それだけだ、と慧慈は思う。目につく動物は人間だけだ。

サンクは注目を浴びていた。女たちが立ち話をやめたり、子供たちがサンクを指したりした。が、だれも話しかけてきたり、寄ってきたりはしなかった。

中心部に近づくと、二階や三階といった建物が目に付くようになる。倉庫のような建物の路地を抜けると、民生局や警察といった公的施設のあるメインストリートだった。行き交う人間も多い。肩をふれあうほどの雑踏というにはほど遠いが、慧慈には初めての光景だった。

「もう一つ、この裏にある通りは、いわゆる歓楽街です。でも時間がまだ早い。いろんなマーケットもありますが、なにか買い物でもしますか」

「なにがある」

「雑貨とか衣類とか、ジャンクフードとか、およそ考えつくものは、ほとんど、なんでもです。武器以外はなんでもそろうでしょう。もっとも、だからといって気に入るものが見つかるわけではないでしょうが。食品は別にして、ここで生産されている製品はわずかです。ほとんどが、入ってきた人間たちが持ってきたものです」

「きみはなにか買ったか」

「鉤坂大尉から頼まれた、ワイングラスのセットを」

「あなた個人用には」

「爪切りや櫛などのグルーミングセットが気に入って、買いました」

「爪切りなどは支給品がある」

「そうですが、どうもこれだけ大量にいろんな種類があるのを目にすると、つい必要もないものでも欲しくなる」

「どうやって買う」

「PCを使います。売り手もPCを持っている。二つのPCを仲介するマネー交換機というものが各店舗にあります。PCレジスターと呼ばれています。使用限度額もそれで確認できる。各レジスターは破沙全体を管理するコンピュータに繋がっていて、おそらくそれで、PCが本物かどうかをチェックしているのでしょう。詳しいシステムについてはわかりませんが、マネーの単位は、ピーです。ワイングラスのセットは二九九ピーでした」

「マネーを持ったのは初めてだ」

「わたしもです。ここでは、UNAG基地でもこの単位が使われています。破沙基地に来る兵士たちがピーを使えば、その出身基地への配給物資がその分減らされるわけです。食糧の管理はとくに厳格になされているでしょうから、おそらくピーでなにを購入したかもチェックされているはずです」

慧慈は物を買うということに漠然とした不安を感じて、ポケットの中のPCを意識して立ち止まる。周囲には店はない。ちょうど民生局の前だった。そのオフィスビルは白い三階建てだ。重厚な石造りに見えたが、それは装飾だろうと思われた。立ち並ぶ建物はみな同じような高さで、おそらく構造も似たようなものだろう。実加たちもここに来たに違いない。それからどこに行ったのだろう。

「どうされました」

「破沙に来ることになった、護送任務のことを思い出したんだ」

「凶悪な残留者の護送だとか」

「凶悪だとは思わなかった」

「あなたを撃った一味と聞きました」

「彼らはアートルーパーよりも人間を憎んでいるような気がする。人間という同族を……。彼らは、どこに連れていかれたんだろうと思ったんだ」

「問い合わせてみましょうか」

「いや、いい」

「一般的には、新規住民はこの民生局付近のアパートに一時収容されます。慣れさせるのでしょう」

「図書館はあるか」

「確認はしていませんが——学校ならあります。あちらに」

「本を買えるところは」

「裏の通りになります。なにか稀覯本でもお探しですか」

「いいや」

と慧慈は言い、実加への思いを頭から振り払って、また歩を進める。

あの娘には、優れた本、読み書きの手本になるテキストが必要なのだが。あの少女にその気があれば、自分で見つけることだろう。

「部下たちになにか読ませたいな。絵本でもいい」

「それなら――」

「慧琳、きみはいくら持っている」

「五〇〇〇です。使う前ですが。特別手当ということでした。一般兵はたぶん、もっと持っているでしょう。隊長の手当はわたしよりも多いのでしょうね」

「実は、なにも聞かされていないんだ。護送機の中で初めて渡された。梶野少佐はPCについてはなにも触れなかった。だからいくら使えるかの確認もしていない」

朝の食堂での経験によれば、この自分のPCには使用限度額の上限がないらしいが、それはとても不自然だと慧琳の話を聞いて慧慈は思う。なにかの間違いか、でなければ梶野少佐がそのようにしたのだろう。これはサンクのためというのではなさそうだった。少佐の意図がわからない。

「どうされます」

「少し休もう」

「それなら、お茶の飲めるカフェテリアでも」

「サンクもいるし、オープンな場所がいい。きみに相談したいことがあるんだ。人に聞かれないところだ」

それなら公園があると慧琳は言い、案内した。

23

民生局の裏手の広場に出る。アパートらしい高層の建物、とはいえ三階だったが、それらに囲まれた公園だった。遊具などはない。一面の芝生が美しい。木立があって、ベンチがある。公園内を突っ切る人間はいたが、ベンチに落ち着いている者はいない。

慧慈は、落ちている枯れた木の枝を拾って、それを折り、サンクに取ってこい、と言って、投げる。全力で疾走するサンクの姿に見とれる。

「よおし、いいぞ、サンク」

ポケットから、いつも入れているサンクの乾燥餌を出して、少し与える。

それから近くのベンチに腰を下ろして、慧慈は自分のPCには使用上限がないらしいこと、今朝の食堂での出来事を、慧琳に話した。サンクのためだろうと思ったが、そうではないかもしれない、と。そのサンクは、近くの水飲み場で渇きをいやしている。

「それは、たしかにおかしいな」と慧琳。「基地内だけでのことなのか、ピーについてもそうなのか、確認しましたか」

「ここに来たのは初めてだ。まだ使っていない。そもそも、基地でもピーで精算されるときみは言ったろう」

「そうでした……基地の配給情報もピーで管理されるものと思いましたが、あるいはそうではないのかもしれない、別枠なのかもと思ったもので」

「試しに使ってみるというものだろうな。もしピーの上限もないとすれば、梶野少佐はなにかたくらんでいる」

「たくらんでいる、ですか。それは少佐のあなたへの好意というものではないのですか。信頼されているということなのでは」

「あの少佐はなにも告げずにこちらを信頼する、というような人間ではない。わたしがどう反応するか、観察しているんだ」

「フムン」

「うかつには使えない。だが試さないことには、わからない」

「そうか、そうですね……ああ、ちょうどいい、あのアイスクリーム売りで確かめてみませんか」

「アイスクリーム売り、だって」

「ほら、いま公園に入ってくる。あれ、うまいですよ。ここらでは評判のようです」

電動カートが公園に入ってきた。近くの木立の下で止まり、頭の禿げた男が下りて、商売の支度を始めた。すぐに屋台のできあがり。

「こんなところでか。人はあまりいないのに」

「民生局の昼休みとか、けっこう混雑します。昼休みでなくても、ほら、局の窓からここが見えるでしょう、役人たちも、あれがくるのを楽しみにしてるわけですよ。プレーンなソフトクリームがうまい。隊長もどうです。混む前に」

慧慈はうなずいて腰を上げる。

電動カートの荷台に冷凍ボックスやソフトクリーム製造器があって、電源コードが公園施設のコンセントに差し込まれていた。売り子の男は、白い帽子を被り、慧慈たち、この日一番の客を笑顔で迎えた。

「うまいと評判のようだが」と慧慈は言った。「お勧めは？」

「ソフトクリームはいかがです」

「合成なんだろう」

「お客さん、どこからの兵隊さんで。あの犬は」

「軍用犬だ」

「なにかの捜査ですか」

「休暇だ。前進基地から」

「そうですか」と笑顔のまま男はうなずいた。「前進基地でも評判とは嬉しい。どこのです」

「Ｄ４０４」と慧琳。

「あなたは昨日もいらっしゃいましたね」

「一昨日もだ」

「うまいでしょう」

「だから隊長どのをお連れしたのだ。ソフトクリームを二つだ」

「ありがとうございます。ここだけの話、うまいのにはわけがありまして。本物のバターとクリームが入っている」

「どうりで」と慧琳は感心する。「すごいな。どうやって手に入れるんだ」

「それは、企業秘密」

コーンカップに入れられたソフトクリームのできあがり。慧慈がＰＣを差し出す。

「二つ分を、これで」

「ありがとうございます。ふたつで三〇ピーになります」

ひとくち食べる。なるほど、うまい。慧慈には初めてのソフトクリームだ。

と、笑顔を消して、男が首を傾(かし)げた。

「これは、変だな」

やはり、上限がないのだ。

「どうした」

「いえ、あなたのＰＣ、減りませんよ」

ＰＣレジスターという小さな装置の画面を慧慈はのぞき込んだ。画面にはプラス三〇の表示がある。

「マイナス三〇という表示が並ぶはずなのです」と慧琳が慧慈に言った。「おやじさん、わたしのPCを使ってくれ」

「いえ、せっかくのおごりでしょう、隊長どのの。ちょっと調べてみます」

男は別の携帯端末を出してきて、なにやら素早く入力している。

「こいつは……本物ですね。驚いたな。初めてだ」

「問題は」と慧慈。

「ありません。この商売ごと買っていただけませんか」

男はそう言いながら、携帯を操作している。

「その気はない」と慧慈、「返してくれ」

「はい、はい、ただいま……」

「おまえ、なにをしている」

慧琳がソフトクリームを左手に持ち替え、右手を腰にやった。拳銃を探したのだと慧慈にはわかったが、武器は携帯していない。

「なにも――」

「レジスターを見せろ」と慧琳。

「もちろん、どうぞ」

慧琳は、慧慈のPC情報をアイスクリーム屋のレジスター画面に出す。

「どうした、慧琳軍曹」

「不正な引き出しがないかどうかの確認です」

「そんなこと、わたしにやれるわけがない」と男。「気の済むまでどうぞ」

「……大丈夫のようです、隊長」

「もうひとつずつ、いかがです」

硬い笑顔で男が言った。

「いや、いい」と慧慈。「わたしのPCを」

アイスクリーム屋はうなずき、レジスターから慧慈のPCをゆっくりと、惜しむように抜いて、返してきた。

「また、ぜひどうぞ。いつまでここに」

「ずっとだ」と慧慈。

「ずっと？」

ここ破沙も地球には違いない。

「あなたが地球を出たあとにもいる。それがわたしの任務だ」

そう言い残して、慧慈は屋台を離れる。慧琳が後ろを気にしながら続いた。

ベンチに戻ると、待てと命じられていたサンクが尾を振る。

「甘いものはだめだ、サンク。虫歯になるぞ」

ベンチにまた落ち着いて、サンクに餌を与える。それでも恨めしそうにしているので、指でソフトクリームを取って、与えた。ぺろりとなめ、それからさかんに自分の口の周りを長い舌でなめる。鼻にクリームがついたのだ。

「うまいか」

ワフ、とサンク。

「あなたのPC、やはり特殊ですね」と慧琳が言った。「あのおやじが驚くのも無理はない」

「買い物をするたびにこれでは、憂鬱だ」と慧慈。「まるで梶野少佐の嫌がらせだ」

「嫌がらせにしては、事が重大すぎる」

「基地食堂の責任者はAGSSも関与しているようだ、というようなことを言った」

「たしかになにか裏がありそうですね」

「梶野少佐はわたしになにかさせたいのだろう。それがなんなのか、わからないが、なんにせよ、アートルーパーとしての実戦任務だろう」

「残留者相手の経済戦かな。なんだろう。准兵たちに予想させてみますか。理論的な推論構築に関しては彼らインテジャーモデルは非常に優秀です。梶野少佐の思惑を、理論面から探るのです」

「いい考えだ。帰ったらそうしよう」

屋台に人が集まってきた。なるほどけっこうな商売だと思いながら慧慈が見ていると、そのなかの母親に連れられた男の子が、サンクを見つけてやってきた。あわてて母親が追ってくる。

サンクが子供が駆けてくる気配に気づいて、お座りの姿勢から腰を上げる。慧慈は素早く、伏せ、と命じる。

「わあ、大きい犬」

やってきた子供が、意外に大きくてすこし怖じ気づいたように言ったが、興味はあるのだろう、慧慈に、「なでていい」と訊いた。

「しゃがんで、ゆっくりとなでるんだ」

「やめなさい、ライキ」

と追いついた母親が言った。しゃがんだ子供が不満げに振り返る。

「でも、この犬、レガシーに似てる」

子供がそっとサンクの後ろ頭をなでると、サンクは気持ちよさそうに伏せた姿勢で目を細めた。

「この犬はなんですか」と母親が言った。「破沙には入れないはずでしょう」

「軍用犬です」

「だれかを追っているのですか」

アイスクリーム売りと同じことを訊かれた。いいえ、と慧慈。休暇です、と同じ答えを返す。それから、なぜ犬を警戒するのか、と訊いた。

「UNAGは残留者捜索に犬を使っているでしょう」と母親は言った。「疑われたりして、犬を見るのはいい気分ではない」

「そんなことないよ、レガシーは家族だと言ったじゃないか」

「レガシーというのは」と慧慈。「飼っていらした犬ですね」

「ええ」

「この犬は、サンク。わたしの連れです。どの部隊にも所属していない、わたし個人が管理する犬です。家族のようなものですから、お子さんの気持ちはわかります」

「遊んでもいい？」

いいよ、と慧慈は子供にうなずく。来い、と言って子供はサンクを誘う。サンクが主人の慧慈をうかがい、行け、と命じられると駆けだした。サンクも思い切り遊びたいのだ。子供が歓声を上げて追う。

「レガシーは」と慧慈。「死んでしまったのですか」

「サンクチュアリよ」

「サンクチュアリ？」

「知らないの」

「知りません。任務に忙しく、破沙は初めてですし」

ここには動物は入れない。ペットも当然そうだろうと慧慈は気づいた。そういう動物も凍眠させられるということは慧慈は聞いていなかった。それに関心を抱かせるような経験がなかったので、訊いたこともない。だが、火星行きにはされないのだろう。どうやらサンクチュアリというところに収容されるらしい。サンクチュアリとは保護区のことだろう。そこで凍眠処置をされて地球上に残されるのかもしれない。

「でも、そこにいるなら、また会えるでしょう」

「会える？　処分されるに決まっている」と母親が押し殺した声で言う。「ライキにはとても言えないわ」

「サンクチュアリというのは、保護施設ではない、というのですか」

「それは――」

と慧琳が言いかけるのを無視して、母親は言った。

「会えないのだから、どのみち死んだも同然よ」

どうやら凍眠処置は動物に対してはなされないようだ。あるいはサンクチュアリというようなものも、この母親が疑っているように、ペットとの別れを納得させる方便なのかもしれない。あったとしても、それが保護区ではなく、処理場であり墓であるという可能性はたしかにあると慧慈は思い、ため息をついた。人間というのは、家族も同然の動物を見殺しにするのだとしたら、人造人間であるアートルーパーという存在を生き物扱いしないのは、なるほど当然だ、と。

「あの犬は、あなた個人が管理するペットですって？」

母親が不快感を浮かべた表情で言った。

「軍人のペットは取り上げられることはなくて、どうしてわたしたちばかりこんな目に遭うの。レガシーは家族の一員だったのに。あなただけ、どうしていい思いができるのよ。おかしいじゃないの」

ソフトクリームをのんびり食べていることに居心地の悪さを感じる。それを持つ手を下ろし、慧慈は言った。

「わたしは、死ぬまで地球にいます。あなたがたが火星から戻ってくるのを見ることはありません。それが使命なのです。サンクもです」

「……どういうことよ」

「わたしはアートルーパーです」

「なによ、それ」

「人造人間です。わたしはアンドロイド、ロボットの一種です。無人の地球を守るために作られた。サンクも、人工的に作られた人造犬です」

「まさか」

「本当です。でなければサンクはここには入れなかった」

「信じられないわ……あなたが、人造人間ですって？」

「そうです」

「——溶けるわ。見ていられない」

慧慈はソフトクリームに意識を戻す。あわててかぶりつく。溶けたクリームが手を伝う。

思わずそれをなめると、女が、「行儀の悪いこと」と言った。

「こんな食べ物を食べるのは初めてです。知識としては知っていましたが、本の写真をいくら眺めても味はわからない。想像していたよりもおいしいです。でもなんだか懐かしい味だ。感動しました」

女は薄く笑って、隣に腰を下ろしていいか、と訊いた。慧慈はうなずく。

「わたしは慧慈です。こちらは慧琳軍曹」

「わたしはミウ。あした、火星行きの宇宙基地に行けることになったの」

「カロリン宇宙港ですね」と慧琳。「幸運を祈ります。けっこうテロ集団が出没すると聞いてます」

「知ってる。でもやっと順番が来たの。もう待つのはうんざりよ。テロだなんて、信じられない。なんでそんなことをしなくてはいけないの。残留人とか、馬鹿みたい。——ごめんなさいね、わたし、UNAGの兵隊を恨んでるわけじゃない。ただレガシーのことが心残りなので、あなたに当たってしまった」

「レガシーはサンクに似ているとか」

「ミニチュアハスキーという犬種よ。でもサンクほど精悍ではなかった。あまり似ていない」

「優しい犬だったのですね」

「そうね。そう。とても優しかった。狭いところが好きで、溝があるとそこに入るのよ」

この話題はやめよう、と慧慈は思う。つらくさせるだけだ。

「ライキには、サンクチュアリでレガシーは幸せに暮らす、と言ってあるの」とミウと名告った女は、続けた。「そんなところはないかもしれないのに」

「あります」と慧琳が言った。「動植物保護地域です。ここでいちばん近いのは門倉です。ペットのサンクチュアリと言ってもいいでしょう。UNAGがペットを見殺しにするなら、そういう施設は作らないはずです。ペットを火星に連れていくだけの余裕がないので安楽死させるべきである、というにしても、一個所に集める必要はどこにもない。注射一本ですむのですから。したがって、サンクチュアリというのは、ミウさんが恐れているような、陰惨な場所ではありません」

「慧琳、きみはその門倉に行ったことがあるのか」

「いいえ。でも、ここ破沙に来る前に、破沙の街と、それから門倉についてもレクチャーを受けました。門倉はここ破沙からすぐのところにあります。砂漠の海に浮かぶ緑の島、まさに緑の楽園のようなところです。動物だけでなく植物種の保存と保護区でもある。中心部は鬱蒼とした森です。その周囲に牧草地があって、草食動物が放し飼いになっています。在は大型の肉食獣はもちろん、犬や猫なども放たれてはいません。自然な野生の環境を再現するには土地が狭すぎるためですが、将来的には、管理ロボットを巡回させるなどのシステムを構築して、生態系のバランスを保つ計画になっています。人工的な野生状態とでもいう保護地域になるはずです。現在は、ペットや保護するために捕獲された動物は、何棟もの大がかりな動物収容施設に入れられ、管理されることになっているのですが、おそらく、運び込まれるすべての動物を収容し維持するのは大変なので、一部は遺伝子のみを保存するという処置が行われているだろうと思われます。それについての詳細は知りませんが、施設の中には、収容される動物たちの遺伝子を保存するための建物もあるのはたしかです。個体そのものを生かして保存はできなくても、遺伝子の保存はできるわけです。ですので、レガシーは、もし処分されたとしても、その遺伝子は保存されているでしょうから——」

「それは」と慧慈は遮った。「ミウさんには、つらい話だ。もういいだろう、慧琳」

「いいの」とミウ。「聞かせて」

「遺伝子保存されていれば、レガシーのコピーに会える可能性はあるのです、マム」と慧琳が言った。「そういう技術はある。われわれアンドロイドが実現されているのですから」

「あなたも、人造人間なの？」

「そうです、マム。アートルーパーです」

「……レガシーのコピーがいくらできても、それはレガシーじゃない」とミウは言った。「もういいのよ。良い部分だけ信じることにする。きっとレガシーは幸せに生きている」

芝生を駆け回っている子供と犬を見ながら、ミウという母親はそう言った。そして会話がとぎれた。

きっとあのライキという子供は、と慧慈は広場に目をやって思った、レガシーという犬とああして遊んだのだろう。サンクのほうは一緒に遊んでいるというよりも、幼い人間をからかっているように見えた。この棒きれを拾ってこい、という子供の命令をわざと無視して勝手にあらぬ方向へ走っていったりしていた。子供がそれに苛立ちを覚える前に、切り上げたほうがいいかもしれない。

ソフトクリームを食べ終えた慧慈は、この親子はアイスクリームを買うために来たのだったと思い出し、引き留めてしまった詫びに買ってやろうと、屋台のほうに目をやった。どうやら順番待ちでトラブルがあったらしく、ざわついている。屋台の男が手を挙げて、なにか言っている。

「軍曹」と慧慈は慧琳に命じた。「ソフトクリームを二つ、追加だ。きみのPCで」

「アイ、サー」

「ソフトクリームでいいですか」と慧慈はミウに訊く。「受け取ってもらえますね」

「あら、いいのに。でも、ありがとう、いただくわ」

慧琳がさっそく買いに走る。慧慈は指を輪にして口に入れて指笛を吹き、サンクを呼び戻す。ベンチを立って、水飲み場で手を洗う。ライキという少年もやってきて、水を飲む。舌を出して荒い息を吐きながらサンクが来た。思い切り運動をして満足そうだ。

「よかったな、サンク」

水を手ですくってサンクに飲ます。そしてベンチに戻ろうとすると、慧琳が駆け寄ってきた。

「機械の故障だとか。きょうはもう店じまいだそうです」

不満げな客に手を振って、アイスクリーム売りの電動カートが公園を出ていくところだった。

「それは残念だ」

申し訳ない、と慧慈は親子に謝った。

「いいのよ。他にも店はあるし」

「でもあれはおいしいよ」と子供。「もう食べられないよ、そうでしょ、ママ。明日は忙しいんでしょう」

「それは、そうだけど」

「いやだ、そんなの」

「聞き分けの悪いことを言わないの」

「二百五十年ほど待てば、いくらでも食べられる」と慧慈は言った。「きっと、あれよりもうまいよ」

「そうよ、ライキ。だいたい順番待ちの列から離れたのはあなたでしょうが」と母親は息子をたしなめ、それから慧慈たちに礼を言った。「ありがとう、おかげで気分が晴れたわ。ライキも、サンクにありがとう、しなさい」

サンクの頭をなでる息子を見ながら、母親は、二百五十年か、とつぶやいた。

「凍眠自体には危険はないでしょう」と慧慈は言った。「寝ていれば、あっというまですよ」

「わたしは……あなたたちのことを思ったのよ。こんな荒れた地球に残って留守番をする人間がいるなんて、初めて知った」

「人間ではありません、マム」

「ロボットには見えないわ。ロボットは犬をかわいがったりソフトクリームに感動なんかしないでしょう……寿命はあるの？　それとも部品交換で機械人のように——」

「その点では人間と同じと聞いています」

「わたしたちが火星から戻ってくるのを見ることはないって、言ったわね。じゃあ、本当に、凍眠から醒めたら、あなたたちはいないのね」

「はい、マム」

「……さようなら、兵隊さん。サンクを大事にね。あなたがたの魂に安らぎがありますように」

「お二人にも」

親子が公園を出ていくのを見送りながら、慧琳が、魂とはな、と言った。

「驚いたな」と慧慈も言った。「アートルーパーの魂を案じてくれた人間は初めてだ」

「あなたは、慧慈隊長、魂といった霊的な存在を信じておられるのですか」

「彼女はわれわれの平安を祈ってくれた。それを受け入れるのに、魂の存在の有無を論ずる必要はない」

「……そうですね」

慧琳はうなずき、もうなにも言わなかった。

慧慈は深呼吸をして、さて見学の続きに出かけよう、と慧琳を促す。

「どうもわたしのPCには問題があるから、部下への土産は、きみのを使わせてくれ」

「はい、隊長。あまり余裕はないですが」

「基地内にPCを管理している機械があるだろう。そこできみのPCにわたしのから移す。梶野少佐は、部下の経済的な面倒をすべてわたしにみるようにと、こういう処置をしたのかもしれない」

「なるほど」

そういう単純なことであればいいのだが、と慧慈は思いながら、公園をあとにする。

24

やはり事態はそんな単純ではなかった、かなりやっかいな事件に巻き込まれていると慧慈が知ったのは、劇場という建物を見上げていたときだった。

旋回灯を回したカートが接近してきて、それは警察の乗り物だとわかったのだが、それがまさか自分に用があるのだなどとは思わなかった慧慈は、この劇場には怪獣映画もかかるだろうか、などと慧琳に訊いていた。

「怪獣、映画ですか。なんですか」

「きみは初等基本教育時代に観賞しなかったか」

「映画は観ましたが、そういうのは、知りません」

どうやら、別の施設では、異なる教育法がなされていたらしい。教育担当者の趣味にかなり左右されたのだろう。そうだ、初等基本教育時代ではないが、マギラはいまどうしているだろう、と慧慈はそんなに昔でもない間明少佐のことを懐かしんでいる自分に気づく。

「映画の上映はやっているようです。上映予定を――」

と慧琳が言いかけたところに、そのカートが突っ込んでくるように見え、慧慈と慧琳はとっさに飛び退く。急停止したそれから、警官が一人飛び降りる。そして私服のもう一人が、ゆっくりと降りてきた。抗議するより早く、その私服の男が言った。

「PCを見せてくれないかな。不正使用についての捜査だが、協力願いたい」

制服警官が腰の拳銃に手をやっている。

「やはり、わたしのPCか」と慧慈は慧琳に言う。「しかし、警官にどうしてわかるんだ、われわれのいるところが」

「PCには発信機能はないと思いますが――」

「慧慈軍曹だな。名前と顔はわかっている。こんな近くでのんびりしているとは思わなかったよ」と私服の男。「きみのPCを調べさせてくれないかな。わたしはマサイという」

私服の男が、身分証を提示した。PCではない。破沙警察・刑事課、正井麓郷とある。

「破沙警察を甘く見るなよ、兵隊」と制服警官が言う。「反抗すれば、面倒なことになるぞ」

「われわれは軍人だ」と慧琳が言った。「一般警察に命令されるいわれはない」

「緊急逮捕してもいいんだぞ」と警官。

慧慈はPCを差し出す。こんなものはいらない、というように。

「よし」と警官は言って、正井という男に渡す。「どうぞ、正井刑事」

正井というその刑事は、カートにある携帯端末にそれを差し込み、あきれた、という表情を見せる。

「なんとまあ、本当に、これは打ち出の小槌だな。使いたい放題だ。どういうことなのか、署でじっくり聴かせてもらえないかな」

「強制連行できると思っているのか」と慧琳。「緊急逮捕だと。笑わせるな。きみらは法律を知らないらしい」

「待て、慧琳軍曹」と慧慈は制止し、刑事に言った。「わたしは法を犯した覚えはないが、わたしもあなたに尋ねたいことがある。わたしを犯罪者扱いしないと約束してくれるなら同行に応じよう」

「兵隊の分際で、何様だと思っているんだ」と警官。「おまえらUNAGはいつもそうだ。いいか、ここは、本来おまえたちが来るようなところでは――」

サンクが低いうなり声を上げる。警官はたじろいだ。

「その犬は」と正井という刑事。「よく破沙に入れたな――なにか、特殊な任務なのかな、慧慈軍曹」

「約束してくれるか」

「いいだろう」と刑事はうなずく。「ただし断っておくが、きみたちとは取り引きはしない。なにか軍関係で裏がありそうだが――直属上官はだれか、教えてもらえるか」

「第6方面治安部隊の、梶野衛青少佐だ」

「了解した。乗ってくれ」

「部下も連れていく」

「かまわんよ。ちょっと狭いが。ま、歩いてもすぐそこだ」

「歩いていく」

「なにを言ってる。おまえらは――」と制服警官。

「きみは、ゼンダの捜索に加わってくれ」と刑事が警官を遮って言った。「わたしは軍曹らと歩いて署に戻るよ」

「しかし、正井刑事」

「行ってくれ。ゼンダは破沙から出るつもりだろう。でかいヤマを踏んだんだ。逃がすな。捕まえればきみの手柄だ。そのチャンスを奪うつもりはわたしにはないよ。時間を無駄にするな。人手が足りないんだ」

「わかりました」

警官は敬礼してカートに乗り、猛スピードで走り去った。

「警官と一緒に乗るのは苦手なんだ」と刑事が言った。「大の男が肩を寄せ合って、むさ苦しい。——行こうか」

来た道を戻ることになった。

ゼンダというのは、アイスクリーム売りのことかと慧慈が歩きながら訊くと、正井という刑事は、そうだ、と答えた。

「あの男は、慧慈隊長のPCを使ってなにをした」と慧琳が詰問口調で言う。「わたしは注意していたが、よくわからなかった——」

「きみは、慧琳軍曹だね」

「そうだ」

「慧慈に、慧琳か。兄弟には見えないが、似たような、変わった名前だな。コード名かなにかか」

「われわれはアートルーパーだ」と慧慈が言った。「エリファレットモデルだ」

正井という男は、足を止めて、しげしげと慧慈と慧琳を眺め、きみたちが、と言った。

「噂では聞いていた。エリファレットモデルというのはもっとも優秀だというが、きみたちが、そうなのか。しかし、嘘みたいだな。ぜんぜん、人間と見分けがつかない……これは、火星避難計画も次の段階に入ったんだな。ここにいると実感がわかないんだが、着実に世の中は動いているわけだ」

「あなたの名前は」と慧慈。「山麓の麓に、郷とは、なんと読むんだ」

「ロクゴウ、だ」

「十分にあなたの名も変わっている」

「親の趣味だ。親はそう変わり者ではなかったよ」

「ゼンダは、漢字名か」と慧慈は訊く。

「そうだ」

「どう書く」

「善行の善に田圃の田だ。善田大志。大きな志、だ。名前負けしているとしか思えんな。悪党にしても小物だ。小物でいればいいものを、捕まえなくてはならない真似をしてくれた。あの特製アイスが食えなくなるのは惜しいよ」正井は止めた足をまた進めて、続けた。「妻は、香奈。サチという娘に、宗志という息子がいる」

「普段から目をつけていた、ということか」

「目くじらを立てるほどの凶悪犯ではない。こそ泥だ。それが、今回はでかいことをしでかした。裏に大きな組織があるんだろう」

「善田は、わたしのPCから、ピーを不正に引き出したんだな」

「形の上では、そうなるが」と正井は言った。「きみのPCには、きみへの割り当て分のピーはない、と言っていい。善田が引き出したのは、きみのマネーというより破沙の中央PCバンクにプールされている資金だ」

「銀行破りというわけだな」と慧琳。「慧慈隊長のPCは、銀行金庫に通じる穴というわけだ」

「そういうこと」と正井刑事。「直接実行したのは善田じゃない。言ったろう、裏にでかい組織があるんだ。ほんの一瞬だったよ、きみのPCから引き出されたピー情報は、一瞬で消えてしまった。ようするにピーの行き先がわからないんだ。そういうことができる技術を持った組織があるんだよ。おそらく善田を確保しても、やつにはその組織の実体はわからないだろうが、貴重な手がかりではある」

「残留人の組織だろう」と慧琳。「資金稼ぎをしているんだ」

「どうかな。だれであろうと、破沙からピーが盗まれるのは困る。少しずつ、ちびちびと、他人のピーをかすめ取っている連中はめずらしくはないんだ。よほど注意していても気がつかないほどだが、少額でも集めればけっこうな額になる。が、今回は一発勝負で、きみのそのPCを利用してごっそり盗んだ。千載一遇のチャンスを逃さなかったわけだ。少なくとも今のところは、うまくやっている。破沙は大損害だ」

「わたしのPCから引き出されたのは、UNAGの資金だろう。破沙の経済には関係ないのではないか」

「UNAGの資金も個人のピーも、この破沙の中央PCバンクにプールされれば、その間は破沙のものと言っていい。きみのそのPCは、破沙全体のピーを丸ごと吸い上げられるんだ。慧琳軍曹が言うとおり、破沙の資金プールに穴が開いたようなものだ。そんなことができるのは、これまたそういう技術を持った組織だ。より高度なレベルだ。軍の技術だろう。UN

AGだ。間違いなく、そうだ。しかし、きみがそれを使えばすぐに、使用には不適切な欠陥PCだ、とわかる。われわれが常に監視しているからだ。そのために警察があるんだ。きみのPCをそのように設定した者は、それを承知で、そのようにしたんだ。そうとしか考えられない。おそらく、われわれを出し抜いて、ピー窃盗組織と繋がる残留人を追跡するためだろう。きみたちはそのためにここに来たんだろうな。そのPCは、餌だ。善田をマークしていたのは、きみたちも同様なんだろう？」

「いや」と慧慈。「自分のPCの底が抜けていることなど、わたしは知らなかった」

「特殊任務だ。犬もそのために連れてきた。もうばれているんだ。軍の情報をくれないかな。駆け引きなしで頼むよ」

「本当に知らないんだ」

「信じられない。きみの直属上官に連絡を取る。梶野少佐だったな」

「そうだ。やってくれ」と慧慈。「それにしても、ピーなどただの数字にすぎないのに、それが実効力を持つというのは、とても奇妙だ。人間はおかしなものを創造したものだ」

「資源の公平な分配法のひとつですよ」と慧琳。「もっとも人間は、自ら生みだしたこのシステムを完全に掌握する理論というものを編み出してはいない」

「そうだな」と正井。「あまり公平だと思われないときもあるし、欠点も多いが、しかしそういうシステムの上で、きみたちも作られたんだ。きみたちは、おそろしく高価だろう。その分、人間はひもじくなっているわけだよ。——本当に、とぼけているんじゃないのか。アートルーパーには嘘がつける機能もあるんだろう」

「嘘がつける機能とはな」と慧琳が笑う。「人間は面白いことを言う」

「あなたの話の内容からすると」と慧慈は言った。「たぶん、梶野少佐に問い合わせても無駄だろう。これは少佐個人の力でできることではなさそうだ」

「フム……アートルーパーというのは、UNAGに所属するのか」

そうだ、と慧慈は答える。

「PCを見たろう。あらたまって、なぜそんなことを訊く」

公園に戻ってきた。サンクがまた駆けだそうとするのを、慧慈はたしなめる。そこを突っ切りながら、正井刑事は言った。

「いや、UNAGの軍人が嫌疑をかけられたら、例外なく黙秘権を行使する。氏名、階級、所属部隊、それしか言わない。きみは、なぜ協力的なのかな。慣れていないのか、でなければ人間ではないからか、そう思ったんだ」

「そうかもしれない」と慧慈は言った。「PCもマネーも人間が作ったものだ。わたしにはなじみがない。これが犯罪ならば、わたしは利用されたんだ」

「もしそうなら、きみの立場はかなりやばい。わかるだろう」

「あなたは」と慧琳が言った。「この事態は、UNAGが破沙の資金を組織的に奪って、慧慈隊長のせいにしているのだ、と思っているのか」

「可能性はある、ということだ。アートルーパーは並の人間よりも頭が良さそうだから、P

Cを細工して、それをUNAGのしたことだと言い逃れすることもまた可能だろうと、そう考えられるわけだよ」

「人間というのは、まったくおかしな生き物だ」と慧慈は皮肉ではなく、そう言った。「疑惑の種をみんなで出し合って、それをむさぼり食って生きている動物に見える。情けないと思ったことはないのか」

「わたしは人間だからな」と正井は言った。「人造人間に情けないと言われるのは、情けない。まあ、若いころはそう思ったこともある。なんとも煩わしいものだよ、人間関係というのはな。自己嫌悪に陥り人間をやめたくなったこともある。それは認めるよ」

「いまは、違うのか」

「人間を長くやっていると、それこそが人間をやっている面白さなんだ、と思うようになった。疑惑の掛け合い、駆け引き、腹のさぐり合い、出し抜き、裏切り、傷ついたり、傷つけられたり、といったことだ。きみの言うとおりだ。人間はそれを糧にして生きているんだ。それ言ってみれば、人間精神というリングで行われる、格闘技だ。勝ったり負けたりする。それなくして生きている実感は得られない。闘わない者は相手への共感も得られないから、友情も愛情も、手に入れられない。それをやらないとしたら、それは人間をやめる、ということだ。生きている面白味や、うまみがなくなるから、長生きはできない。そのようにして死んでいった者を、何人も知っているよ」

そして正井は、慧慈を見て、言った。

「アートルーパーはどうなんだ。きみには、生きている実感があるのか」

慧慈がそこで思い浮かべたのは、実加のことだった。あの娘が、『知るもんか』と言って流した涙の意味を、たしかに自分は悟って、共感できた。

「ある」と慧慈は言った。「だからわたしは、寂しくない」

「アートルーパーは優秀だ」と正井は、真面目な顔で言った。「UNAGはすごいものを作ったな」

公園を出て、民生局の建物の脇の路地に入る。それからの正井刑事は口をきかなかった。無言でメインストリートに出て、民生局向かいの警察ビルへと慧慈たちを先導する。警察も白い簡素な建物だった。

階段を上がって大部屋に入ると、正井を認めた部下らしき若い男が、あわてた様子で立ち上がって、入口前まで出迎えた。ここではめずらしい犬のサンクを見ても、それどころではないようだった。

「正井課長、署長がお待ちかねです。AGSSの将校が来ている」

「AGSSに署長が尋問されているのか」

「いえ、なにか取り引きのようです」

「それは残念だな」

「この者たちが例のPCの所有者ですか」

「そうだ。お茶でも出してやってくれないか。署長室だな？」

「はい。ＡＧＳＳは、この二人を連れて帰るために来たようです。身柄を引き取りに来たらしい」

「どういうことだ」と正井。「調べることなしに引き渡せ、と言っているのか」

「たぶん。確保したなら、連れてすぐに来い、と言ってた」

「署長がか」

「そうです」

「くそ」と正井は毒づいた。「ＡＧＳＳの仕組んだことか。たぶんやつらは、必要な情報は手に入れたんだ。だから、もうこの二人をここで遊ばせることはない、と判断したんだろう。それとも、これはきみたちも承知していたことなのか」

「いや」と慧慈。

「必要な情報とは、ピーの行き先か」と慧琳。

「そう、犯人グループだ。突き止めたに違いない」

「残留人組織だな」と慧慈。

「それなら、こちらにも協力要請があるだろうが、この様子だと、違うな」

正井刑事は、慧慈を見据えて言った。

「身内が絡んでいるんだ」

「身内とは、ＵＮＡＧか」

「国連軍全般だ」と正井。「だからＡＧＳＳだ。外部には絶対に知らせないだろう。きみはまさに利用されたんだ」

「よくわからないな」

「きみたちは、ここにいろ。やつらの情報と交換だ。なにも得られず、きみたちを無条件で返すのでは、こちらの立つ瀬がない」

「あなたは、駆け引きや取り引きはなしだ、と言っていたが」

「わたしは捕まえた者の弁護役に回ったことなど一度もないが、いまは、そうしたい気分だよ」

「どういうことだ」

「わからないのか」と正井は言った。「きみは人間じゃない。だれもきみをかばったりはしない。ただ利用するだけだ。きみはそれでいいのか」

この刑事は、単純な親切心で、こちらの味方についてやろうとして、そう言っているのではないと慧慈にはわかった。正井という男は、刑事の面子や、自分が知りたいことを手に入れるために、彼もまた、こちらを利用しようとしているにすぎない。しかし、なにも知らされないという点では、自分もまたAGSSからはそうされるかもしれないのだ、ということに慧慈は思い至った。

「わかった。協力しよう」

「協力か。きみになにができる、軍曹」

「直属の上官以外の命令には従えない、と言ってやろう。AGSSがこちらを逮捕するのでなければ、通用するだろう」

「フム」

慧慈は正井に、事態の背景を刑事の腕でできるだけ引き出してくれ、と言った。それに、と慧慈は思った。自分はまだこの街を見物したいし、買い物もしてみたいのだ。AGSに勝手に引っ張られてたまるもんか。

25

UNAG破沙基地に戻った慧慈は、自分は最初から破沙の街でのんびり買い物を楽しむことはできない状況におかれていたのだと、悟らざるを得なかった。物見遊山ができる機会は今後もやってこないだろう、とも。

いま慧慈は、インテジャーモデルの四名の部下とそれに慧琳も加わった六名のアートルーパー部隊の隊長として、出撃準備室で装備の点検をしている。サンクもこれから狩りに出かけるのだという気配を察して興奮気味だった。

実戦出動だ。

この事態は梶野少佐が望んだとおりのものなのだ、と慧慈は思う。少佐に直に確かめてみたかったが、出動命令のほうが優先され、そのような余裕は与えられなかった。

破沙警察に慧慈と慧琳を迎えに来ていたAGSSの将校に対して慧慈は、正井刑事と約束したとおり『直属上官の命令ではないあなたの指示に拘束されるいわれはない』と丁寧な口調で遠回しに同行を拒否したのだが、それを予想していたかのように当の将校は、無言で一枚の書類を提示して見せた。

短い文面で、緊急事態発生時にはUNAG破沙基地治安部隊の沖本大佐の指揮下に入れ、というものだった。梶野少佐の署名と、実加たちを護送した日の日付が入った、正式な、慧慈へ宛てられた梶野少佐の指令書だった。

緊急事態なのかと訊くと、そうでなければAGSSの自分がわざわざここまで足を運んできたりはしない、アートルーパー部隊が真に必要とされるときが来たのだ、と言った。

これではもう逆らうことはできなかった。

納得のいかないのは正井刑事だった。

『こちらは、PC不正使用の件で慧慈軍曹らから事情聴取を行いたいのだ。勝手に連れて帰ることは許さないからな』

そう正井が詰め寄ると、その将校は言った。

『この二名はアートルーパーだ。きみはアートルーパーがなんなのかわかっていない』

『そんなことはどうでもいい』と正井は言った。『この二人がアートルーパーだろうと人間だろうと、そんなのは犯罪には関係ない。軍の特権を振りかざすのはやめろ。慧慈軍曹のPCに穴を開けたのはおまえたちの仕業だろう。違うとは言わせない』

『われわれAGSSとUNAGが追っている相手は、きみの手には余る存在だ。破沙の治安とは直接は関係ない。破沙警察の管轄外の犯罪なのだ』

『関係ないだと。破沙から金が盗まれるのが、破沙の住民には関係ないことだ、黙って盗まれるままにしておけばいいと言うのか』

『わたしはそんなことは言っていない。これはAGSSとUNAGの仕事だ、と言っている』

『おれたちには引っ込んでいろ、と言っているじゃないか。おれたちをどこまでなめれば気が済むんだ。大事の前の小事などこだわってはいられないと言いたいようだが、こちらにとっては、この件は――』

『正井くん』と黙っていた署長が言った。『UNAGは今回の破沙の損失分は補塡すると言っているそうだ』

『補塡だと。おまえたち、この二人のアートルーパーの保釈金を出すつもりか。買い取るとでも言うのか』

『アートルーパーはもともとUNAGのものだ』と言ったのは、これも署長だった。『正井くん、保釈金、はないだろう。この両名は正式に逮捕されたわけでもない。言葉に気をつけたまえ』

『署長、補塡金とやらを出すということは、この件がUNAGやAGSSで仕組まれたということを、当事者が認めているということだ。ここまでなめた真似をされて、黙っていろと言うのですか。軍の身内のいざこざにわれわれは利用されたんだ。善良な破沙の住民が、だ』

『損失分は補塡するというのだから、実質的な被害はない』と署長は言った。『軍の身内の問題なら、われわれが首を突っ込むことではない。さっさと連れて帰ってもらうというものだ』

『容疑者の中に民間人がいた場合は』とAGSSの将校は言った。『そちらに引き渡す。きみにだ。きみの手柄を横取りしないように署長に言っておく。約束する。だからこの件の背景は内密に願いたい』

『署長、あんたはどんな餌をもらったんだ』

『出ていきたまえ、正井くん。わたしの忍耐力にも限度がある』

正井麓郷は口を閉ざして、首を左右に振った。それから署長室の出口に向かい、そこで振り向いて、慧慈に言った。

『きみには大金が注ぎ込まれている。せいぜいその分の働きをすることだ。無限の資金だ。きみがその身を身請けしようと思っても永久に不可能な金額だ。それを忘れるな。きみはアートルーパーだ。金に縛られている限り人間にはなれない』

そして、出ていった。

あの最後の言葉はなんだったのだろう、と慧慈は正井という人間の心の内を想像する。同情か。いや、貴重な助言だろう、と思う。正井刑事は破沙の実質的な損失分をめぐってAG

SSや署長と対立したのではない、というのは慧慈にはわかった。

正井麓郷がこだわったのは、自分の立場でありプライドだ。人間としての。正井が最後に言ったあれは、もしアートルーパーにそれがあるのなら、黙って人間に従うのはおかしい、おまえにはそれはないのかと、そういう思いから出たものだろう、と慧慈は解釈した。

自分は人間になりたいと思ったことは、ただの一度もない、人間と同等の存在なのにそのように扱われないことを疑問に思っていただけだ、と慧慈は思う。だが、その理由の一つを、正井麓郷に教えられたのだ。自分を作るのは無料ではない、作ったからにはその分を回収しようとするのは人間として当然だろう。考えてみればしごくまっとうな話だった。間明少佐もそのようなことはよく言っていた。ただ、現実にそうしたことを考えさせられる状況に立たされたのはこれが初めてだ。そういうことだ。

それでも自分の、アートルーパーの教育を担当していた間明少佐は、だとしてもアートルーパーとしての誇りを忘れないような教育をしたかったに違いない、と慧慈は、アサルトライフルにグレネードランチャーを装着する作業を続けながら、思う。アートルーパーのプライドとは、人間に対する敬意に繋がるのであって、間明少佐はそういうものを植え付けたかったに違いないのだ。それが全(まっと)うされないまま、アートルーパーを実戦任務にとられるのは、間明少佐としては心残りなことだったろうと、いまの慧慈にはその心がわかる気がした。

実に中途半端な状態だ。自分は金のために人間に恩返しをする気にはなれない。とはいえ、逆らうこともできない。命令に従わないアートルーパーは欠陥品として処分されるだけだ。

エリファレットモデルは失敗と判断され、その教訓を生かした次期モデルが作られるだけのことだろう。製造には手間や時間がかかるだろうが、設計変更自体は容易だろう。この場は、従うしかない。

「人間など、早く地球上からいなくなればいいんだ」

慧慈が思っていることを、慧琳が口にした。実戦出動を前にして緊張しているのがわかる。

「われわれアートルーパーは、対人戦闘向けに作られたのではない。そうでしょう、慧慈隊長。こんな任務は、おかしい。本来のアートルーパーの使い方ではない」

たしかに本来の使われ方ではないだろう、と慧慈も思う。アートルーパーが本領を発揮するのは、地球が無人になってからのはずだ。だが、いま、地球を無人にするための作戦において、アートルーパーに与えられた能力が使えると気づいた人間がいたのだ。

梶野少佐だ。少佐は、ある環境において、アートルーパーが人間よりも生存に有利な性質を持っていることを、熟知していた。

梶野少佐のもとに初めて出頭したとき、あの少佐は、すべての人間を地球から排除する方法があることを、示唆した。それは、アートルーパーの性質を利用するものだったのだ。その計画の実行には、AGSSの協力も必要だったのだろう。AGSSの裏工作の能力だ。梶野少佐は、おそらく久良知大佐の知恵を借りたのだろうと慧慈は思う。PCの細工をするといった工作は、梶野少佐よりはAGSSが考えつきそうなことではある、と。

スネアシン弾という特殊な、ライフル弾頭とグレネード弾、すなわち手榴弾を、今回の作戦に投入する、と今作戦司令官の沖本大佐から聞かされた慧慈は、いま準備中のこの作戦は梶野少佐とAGSSが仕組んだことなのだと、悟ったのだった。正確には、スネアシン弾なるものがなにかを、聞いてからだったが。

作戦の詳細を聞かされたのはアートルーパー部隊の長である慧慈だけだった。スネアシン弾についてはその詳しい内容は明かされなかったが、ようするにそれは、人間には半致命的だがアートルーパーにはまったく無害な薬液、スネアシンが仕込まれた特殊な弾頭である、と慧慈は聞かされた。

半致命的とは初めて聞く言葉だった。放置しておけば死ぬという意味だろうと慧慈は受け取った。

『ライフル弾頭として使われるスネアシン弾は軽いため、直接的な殺傷効果は低い』と沖本大佐は言った。『手榴弾のほうもそうだ。殺傷よりもエアロゾル状のスネアシンをまき散らすことを目的にした構造になっている。室内などの密閉空間で最大効果を発揮するが、戸外でも強風下でなければ、付近の人間にスネアシンを吸い込ませることができる。スネアシンという薬液は、きみたちアートルーパーにはまったく無害のはずだ。人間に対する効果は、すぐには出ない。潜伏期間は四十八時間とされている。放置しておけば危険だが、必ずしも死に至るわけではない』

潜伏期間というからにはある種の細菌兵器だろうという見当はつく。どういう種類の細菌かという突っ込んだ質問は無駄だろう、こちらの立場を悪くするだけだと、慧慈は梶野少佐とのやり取りで学んでいたから、そういう問いかけはしなかった。ただ、この作戦内容は梶野少佐も知っているのか、と訊いた。だが、答えは、『きみを実戦に使うことを決めたのは梶野少佐だ』というもので、今作戦自体に梶野少佐が関わったのかどうかは、わからなかった。あるいは、この大佐にしても、上から命じられただけなのかもしれない、と思われる答え方だった。詳細を知っているにせよ、上層部から、あるいはAGSSから、余計なことは漏らすなと命じられているのは間違いない。

「口を動かさずに手を動かせ」と慧慈は慧琳に命じる。「これは演習ではない。いまは作戦行動のことだけを考えるんだ。他のことは、生きて帰ってこれればいくらでもできる」

余計なことを考えていては生き残れないというのは自分も同じことだ。だが慧慈は考えずにはいられない。

『スネアシンについては、きみの部下たち、きみ以外のアートルーパーらには、口外無用だ』と沖本大佐は言った。『スネアシンを仕込んだ弾頭については模擬弾だとでも言っておけ。これは実戦任務だがアートルーパーに人間を殺させるわけにはいかない。スネアシン弾はまさにそのように作られているとは言える。実弾を使ってはならない。この作戦の目的は、スネアシンを使うことであって、殺戮ではない』

『わたしにも、スネアシン弾のことは知らせないでも実行できたはずですが』

『見れば通常弾ではないのはひとわかりだ。また、スネアシンはアートルーパーにはまったく無害だということを知っているアートルーパーが必要だ。単なる模擬弾ではないと気づいたときに、疑心暗鬼に陥らせないのが隊長のきみの役目だ』

『ならばわざわざ模擬弾だなどと隠すこともないでしょう』

『きみを信頼しているのだ、慧慈軍曹。スネアシンは殺戮を目的に開発されたわけではない。それはきみも承知しているはずだ』

『いままで、知りませんでした。訓練教育時にも、その存在すら知らなかったです』

『では、いま知りたまえ。殺戮用ではないし、きみにはまったく害を及ぼさないガスだ。が、人間に使用すれば、半致命的なのだ。扱いは慎重でなくてはならない、というのは、きみにはわかるだろう』

『……はい、大佐』

『だが他のアートルーパーは、それが理解できるまでに成長してはいない。これはAGSSの考えだが、スネアシンを無差別に人間に対して使おうなどと考えるアートルーパーが出ないとも限らない。わたしも、余計な情報は与えないほうがいいと思う。スネアシンの実際の効果についてはいずれわかるが、わたしもこの時期にスネアシンを投入するというのは意外だった』

『意外だった？』

『高い戦果を期待している。以上だ』

沖本大佐は、こちらがスネアシンについて詳しく知っているものだとして話していたのだ。梶野少佐から聞かされていると思っていたのだろう。そう思いついた慧慈は、梶野少佐からこの基地に来る命令を受けたときの、例の会話を思い返し、それでスネアシンの正体をだいたい想像することができた。

あのとき、地球を無人にすることなど不可能だと言うと梶野少佐は、そうしてみせる、というようなことを言った。奥の手があるのだ。残留人たちが、地球には残れない、と観念する手段が。それが、スネアシンという薬物だ。そうに違いない。UNAGは最終段階で、残留者が潜みそうな箇所のすべてにこれを噴霧するのだろう。害虫を駆除するように。殺害が目的ではないというのだから、それを浴びたらどうなるかということも宣伝するのだろう。それで残留者たちは自主的に出てこざるを得ない、そういう状況にしたいのだ。

おそらくある種の免疫不全症状を引き起こす作用のある薬物だろう。目標の人間の遺伝子をそのように変化させるべく計算された人工ウィルス兵器かもしれない。それも慧慈には予想がついた。アートルーパーの人間に対する優位性について梶野少佐が言ったことを思い返せば、そうとしか考えられない。アートルーパーは免疫力が強く、紫外線や放射線に対する耐性が人間よりもはるかに高い。そのように作られたのだ、と梶野少佐は言っていた。スネアシンはおそらく、人間のその耐性を低めるのだろう。紫外線を浴び続けたら致命的な状態になるのだ。ようするに日光だ。

具体的な作用や、解毒剤のようなものがあるのかどうか、ということはわからない。もし解毒剤があるとしても、その存在をUNAGは絶対に外部には漏らさないだろう。そうした希望がある限り残留人の勢力は衰えないだろうからだ。

だがこうした状態にされる人間が多く出ることはUNAGとしては避けたいに違いない。スネアシンに感染力があるならば、全人類に広がらないよう、それを浴びた人間の隔離が必要だし、扱いも面倒だ。おそらく感染するようなものではないだろうが、いずれにせよ最終段階で使うのが効果的だ。だから、今回の作戦は時期尚早だ、という沖本大佐が漏らした考え、『意外だった』という言葉は、理解できる。

それでもやるというのは、これは、スネアシンの効果を見るための実地試験だろう。それと同時に、アートルーパーによるスネアシン攻撃については、UNAGとしては相手を救命する意志はない、ということかもしれない。そう慧慈は判断した。スネアシンによってばたばたと残留人が死んでいけば、この地球の環境は勝手に行動していては危険だ、という危機感が残留人たちにも伝わるだろう。それが、この時点でスネアシンを使用するUNAGの、AGSSの目的だろう。

スネアシン弾は、鮮やかな黄色の線が入れられて通常弾とは区別されていた。スネアシン手榴弾のほうにも本体にそのラインが入っているが、形も通常の手榴弾よりも丸く表面もなめらかだった。それをベルトに左右五個ずつ着けながら慧慈は、思う――いずれにしても、これを使用する作戦は、人道的なものであるとは言い難い。いま目標とされる相手が、本当にPC不正使用を行ったのかというのも怪しいものだ。一種の生体実験である可能性がある。

そもそも、こういうことは、人間同士の問題であって、アートルーパーには本来関係ないはずだ。巻き込むのはやめてほしい。

しかし、いずれ地球を無人にするためには避けては通れない道だろう、梶野少佐がアートルーパーを実戦に投入することを実行に移してしまったのだから、もう後戻りはできない。命令を拒否して自殺行為を選択する道もあるが、人間は、別のタイプのアートルーパーを作るだけのことだろう。それでは、自分が生まれてきた意味がない。なにも創らずに死んでいくのでは、間明少佐を見返すことができない。生きていれば、なにか見つけられるだろう。少なくとも、ここで死んではそれができない。

部下たちが正しく装備を身につけたかを慧慈は点検する。部下たちのライフルの弾倉に通常弾が混じっていないかを確認。

スネアシン弾のことを模擬弾である、などとは慧慈は言わなかった。通常弾よりも威力の劣る弱装弾で、手榴弾は催涙弾のような暴徒鎮圧用のものである、と告げた。だが、基地を出て作戦行動に移ったら、慧琳にはスネアシンについては話すつもりだった。隠し通すのはエリファレットモデルの慧琳に対しては不可能だ。

慧慈は部下らの緊張した顔を見ながら、独立していく自分に間明少佐が餞に送った言葉の意味を、重く実感した。

――きみにとっての敵は、アートルーパーを人間とは異なる生き物であると正しく認識する者なのだ。

間明少佐は、アートルーパーの立場を、その将来を、正しく言い当てていた、と慧慈は思う。

——幸運を祈っている。おまえのではない、おまえたちを創った人類の、だ。おまえの幸運は、おまえ自身が祈るがいい。

人間を敵視して、たとえばスネアシンを攻撃用に使うこともできる。アートルーパーにはまったく無害なのだから、使いたい放題だ。また、より致命的な手段をUNAGやAGSSが用意しているなら、それを横取りすることも可能だろう。しかし、それでは、自分は人間と同じになってしまう。自分は人間と同等になりたいのではない。その上位に君臨したいのでもない。アートルーパーというアンドロイド独自の存在の意味を探し求めているのだ。人間と同じ感性で物事を判断する限り、人間と同じ思想と価値観でこの世界を見ている限りは、自分は真の新しい生物、人間とは異なる生き物にはなれないのだ、決して。

そう慧慈はこのとき悟った。

——われらは、おまえたちを創った。では、おまえたちは、なにを創るのだ？

それを、探さなくてはならない。自分と部下を護りつつ。いま現実に人間がいる以上、眼前のこれに対処しながら、やっていくしかない。

「いいだろう」と慧慈は部下たち、アートルーパーたちに言う。「慎重に行動するんだ。出動する」

「気をつけ」と慧琳が号令をかける。「慧慈隊長どのに敬礼」

アートルーパー部隊の初の実戦出動だった。

26

六輪の無蓋の戦闘車ストライダーの二輛に分乗して、部隊は出撃する。目指すは破沙から直線距離で十海里ほど離れた門倉だった。

月戦争前には海底だった大地は濃い灰色で、移動する車輛の後ろには微粉末の埃が煙のように尾を引いた。

地形は平坦ではなかったが、道はついていた。見上げる空は薄曇りで、太陽はまぶしくなく赤い円盤のようだった。雨の心配はなさそうで、雨の嫌いな慧慈にとってはそれが少しは気休めになった。天候については出撃前のブリーフィングで伝えられていたのだが。

先を行くストライダーの後部座席に、慧慈は慧琳と並んで陣取った。運転するのはジェイ。助手席にサンク。その慧慈の相棒の犬は、助手席側の開放されたサイドシルに前足をかけて、流れていく景色を興味深そうに眺めていた。後ろからついてくる三名の部下が乗るストライダーは、先行する車輛が巻き上げる埃を避けた斜め後方に位置している。目的地まで三十分を予定していた。他に車輛はなかった。人間の部隊はかなりの距離をおいて先行している。まるで、スネアシンから逃れるように。

背後の破沙基地が見えなくなると、慧慈は慧琳にスネアシン弾について、それは単なる弱装弾などではないことを説明した。ここなら盗聴される心配はないだろう、その機能が搭載されていそうなPCはみな基地においてきたし、通信機を内蔵している戦闘ヘルメットは、電源を入れずに慧琳ともども脱いでいる。それ以外の手段でもしだれかが盗聴していたとしてもかまうものか、と慧慈は判断した。慧琳が不完全な情報により判断を誤ることのほうが重大だ。

「スネアシンか」

慧琳は空を見上げて、つぶやくように言った。

「おそらくあなたの予想どおりの効果をもつ生物化学兵器でしょう。なるほど、われわれを単独行動させるのはそのためか、と納得できる。近づいてはスネアシンを浴びる危険があるわけだ……色素性乾皮症のような症状を引き起こすことが予想できる。このような薄曇りでも危険だろう、と思います。われわれも絶対に安全とは言い切れない。できるだけ、それを浴びたり吸い込んだりしないほうがいい」

「わたしはそのように伝えただろう」

「具体的な危険性がわかったほうが、注意も行き届く」

「部下たちにも伝える」

「それがいいと思います。インテジャーモデルのアートルーパーは、道具さえ与えればスネアシンを分析し正体を摑むでしょうし、そのような効能のあるものを作れと命じれば、彼らはたぶん、実現する。はっきりとした目的を与えれば、彼らはスーパーコンピュータ以上の働きをする。コンピュータにはない想像力を彼らは持っているのです、慧慈軍曹。それを問題解決に使える。まあ、サンクのトイレについては、タライを用意することくらいしか思いつかなかったですが。それでも彼らには、そこで用を足すようにサンクをしつけることはできる。他でやられたらたまらない、という想像力が働くからだ。コンピュータにはそういう芸当はできない」

「スネアシンの解毒剤も、開発可能なわけだ」

「スネアシンを分析できれば、可能でしょう。少なくとも、解毒剤が理論上存在するかどうかということは、わかる。やらせるつもりですか。スネアシンがある種の感染症を引き起こすとすれば、その解毒というのは治療法の確立、ということになる」

「スネアシンは人間の作ったものだ。アートルーパーには危険はないのだから、治療法の開発など、われわれにはどうでもいい。やる必要はない」

「そうですが……」

「インテジャーモデルに解毒剤の開発能力があると、人間に、とくに残留人に知られれば、アートルーパーはそういう連中から狙われ、利用されることになるんだ」

「まさに、そうだな」と慧琳はうめくように言う。「この時期にわれわれを使うべきではないのだ。人間はおそろしく危険なことを実行に移している」

この作戦行動は、スネアシンの効果を実際に確かめるための、いわば人体実験だろう、同時にアートルーパーが本当にスネアシンの耐性を持っているかどうかも確認するためのものではないか、という考えも慧慈は伝えた。慧琳は異議を唱えずに、黙ってうなずきながら聞いていた。

「PCの不正使用の事件に門倉の守備隊が関わっているというのは、おそらく本当だろう」と慧慈は言った。「AGSSは、以前から、その事実を摑んでいたに違いない。梶野少佐は久良知大佐あたりからその情報を摑み、利用したんだ。門倉守備隊の犯罪行為の証拠を摑んで、おおっぴらにスネアシンの対人実験ができるように、わたしのPCに細工をしたのだ。罠を仕掛けて、相手はそれに引っかかった。そういうことだろう」

「かなり大がかりな作戦ですから、門倉守備隊は単独でPCを盗んでいたわけではない、とわたしは思います。おそらく大きな残留人組織と繫がっている。梶野少佐はそれを探っているのだと思います。単なる人体実験でこんなことをするとは、わたしは信じたくない」

「守備隊の全員が犯罪に関わっていたとは思えない。だがわれわれには、それを区別することができない。むこうが反撃してきたら、それが犯罪者なのかどうかを確かめている暇などないのだ。やらなければ、こちらがやられる。相手を区別する必要はないという作戦内容だ。人体実験というしかないだろう」

門倉は、この地球にはめずらしい、森に囲まれた楽園だ。ブリーフィング時に慧慈はその様子を映像で見せられて、そう感じた。慧琳が破沙のあの公園で言っていたとおりだ。門倉という地は、動植物の保護区域として設定され、その地域自体の自然が、人工的な浸食から護られていた。地球ではいまや奇跡的なそういう土地に、絶滅が危惧される動植物をできる限り集め、種を保存するための遺伝子採取と保存も進められている。

門倉と破沙は距離的にも近く、両方そろって一つの保護区になっている、と慧慈は思う。人間は破沙の地下に、動物は地上の門倉に、振り分けられて保護されるというわけだ。

門倉は専用飛行場も持っていて、出入りはけっこう激しいだろう。その守備隊が外部の残留人組織と繋がっているとすれば、たしかにこの地点は格好の場ではある。武器や食料の横流しも比較的簡単だろう。門倉は破沙の人口を維持するための食料生産地でもある。新鮮なミルクも手に入る。破沙のあの公園で食べたソフトクリームも、善田というあの男が、そこから手に入れたものだろう。

「スネアシンは、警告なしで使用するのですか、慧慈隊長」

「先行部隊が、PC不正使用の事実を突きつけて投降を呼びかける」

「それは作戦内容についての説明であなたから聞きました。わたしが訊きたいのは、スネアシンについて、です。投降しなければそれを使用する、という警告はなされるのですか」

「スネアシンの脅威について、相手側が認識しているかどうかが問題だろう」と慧慈は言った。「その危険性について周知されていなければ、スネアシンという言葉を出しても警告にならない。守備隊の中にはスネアシンの存在を知っている者もいるだろう、と沖本大佐は言っていたが、われわれが使用するときには、警告の必要はない、と言われた。先行部隊によってあらかじめ警告することも、おそらくしないだろう。これは捜査ではないんだ。この作戦の立案責任者には、相手を逮捕する気などない。むしろ投降しないように考えているだろう。うむを言わせずにスネアシンを使用する、それを目的とした作戦なんだ」

「このミッションでスネアシンに汚染されたわれわれは、以後、もはや人間の部隊と行動をともにしない、のではないですか。残留人組織を追って転戦することになるのでしょうか。わたしの立場はどうなります。わたしの上官の鉤坂大尉は、わたしを実戦に使うということを承知していたとは思えない。まだわたしを手放す気はなかったはずだ。破沙土産をわたしに頼んだくらいですから」

「この作戦は、あくまでも実験的な、限定的なものだろう。今作戦では、われわれの帰還支援をする部隊が砂漠で待機している。そこでわれわれの洗浄をする。その後、破沙基地で待機だ。隔離だろう。われわれの体調もそこでみるんだ」

「だとすると、スネアシンというのは、一過性の薬物だということも考えられる」と慧琳は言った。「細菌兵器だとしても、それに汚染された人体から他人への感染力はないか、感染力があるとしても、飛沫空気感染ではなさそうだな。でなければ、われわれを人間の基地に入れるのは危険すぎてやれないでしょうからね」

「より感染力の強いタイプのものもあるかもしれない」

「それはどうかな」と慧琳。「それはあまりにも危険だ。スネアシンの使用目的を考えれば、なるべく感染力を抑えるべきだ。そうするほうが技術的にむしろ難しいことは考えられる。今作戦は、それを観察するためのものかもしれない。残留人を一掃するためなら致死性ガスを使うほうが簡単だ。人間は実に回りくどいことをする。穏やかな自殺行為だ。スネアシンがなんであれ、我が身に跳ね返ってくるものであるのは間違いないのだから」

「人間がアートルーパーを作ったこともそうでしょう」

　そう言ったのは、運転をしているインテジャーモデルである慧慈の部下、ジェイだった。慧慈が初めて聞く、部下が漏らした自らの立場に関する考えだった。人形のような存在で自分の意見など持っていないと感じていたが、そうではないのだ、と慧慈は気づいた。

「おまえは」と慧琳が驚いた声で、ジェイに言った。「自分が人間に対して危険な存在だと意識しているのか」

　どうやら慧琳もインテジャーモデルのアートルーパーがそのようなことを言うのを初めて聞いたのだ。

「わたしは」とジェイは言った。「人類のアートルーパーの使い方によっては、自分が人類にとって危険な存在になりうる、と判断します。今作戦は、人類にとって非常に危険です」

「この作戦を実行する前に」と慧琳は言った。「UNAGは、インテジャーモデルの能力を使って、作戦の有効性をシミュレーションすべきだった。AGSSもUNAGも、アートルーパーの能力を過小評価している。われわれは、人間に似たロボットではない、それを凌駕する存在だ、ということに人間らは気づいていない」

　これはたしかに危険な状況だと慧慈は思わずにはいられない。慧琳の抱いている超人意識は、それゆえに自らを危ない状況においているということを、このアートルーパーはまったく意識していない。

「きみにも気づいていないことがある」

「なんですか」

「きみは高みの見物をしていられる立場ではないし、不死身でもない、ということだ」と慧慈は言った。「きみを破壊することなど、人間にとっては容易いことだ。人間はきみを破壊することを惜しいとは感じても、人間を殺害するような心理的な圧力は受けない。スネアシンという手段を考える人間なら、アートルーパーを破壊するための完璧な手段を考えないはずがない。なんらかの薬物でアートルーパーを一掃する手段を人間が持っていない、と考えるのは甘いとしか言いようがない」

「まさか――」

「それは十分にあり得ます」とジェイが言った。「いまのところそれは確認されていませんが、次期モデルからそうしたアートルーパー自滅手段が組み込まれる可能性は高い。実戦任務に投入するアートルーパーに対しては、人類はそうするだろう、と考えるべきでしょう。使用法が異なればそれに合わせて仕様の変更がなされるのは当然だとわたしは判断します」

慧琳は口を閉ざした。

「それが実戦というものだ」と慧慈は言った。「慧琳、人間と闘うというのは、そういうことなんだよ」

慧琳も、そしてジェイも、もう口を開かなかった。サンクが、不思議そうな目で、慧慈をうかがっていた。

「おまえは心配ない、サンク」

シートの背越しにサンクの頭をなでてやると、その犬は安心してまた景色を眺める。

遠目には灰色の海に浮かぶ青い島のようだった門倉だったが、すでに全景を見られないほどに接近していて、その森の緑が濃くなる。門倉飛行場の端にストライダーが進入する。目標の建物が見える。守備隊の本部だ。その奥に、門倉の動物保護施設の建物が三棟並んでいる。目につく大きな建物はそれくらいだが、奥には、資材小屋や牧場施設などが点在しているはずだった。

助手席のサンクが頭をもたげて、耳を動かす。その動きを慧慈は見る。上だ、と気づく。すぐに甲高いジェット音が慧慈の耳にも入ってきた。攻撃型ヘリの二機が高速で近づいてきて、ストライダーの上空を飛び抜ける。作戦機だった。

「作戦本部から緊急通信が入っています」とジェイがヘルメットを指して、言った。「慧慈隊長、あなたへです」

慧慈は脇においていたヘルメットを着ける。青いヘルメットではない。白だ。慧琳も従う。ヘルメットバイザを下ろすとそのバイザディスプレイに通信が入っているサインが投影されている。目線を受信アイコンに合わせて瞬きし、それをオン。

先行部隊が投降説得工作に入っている、という緊迫した声が飛び込んできた。ヘルメット内の声が、言う。

『全員を守備隊本部司令室に集めた。全員そろっている。守備隊員総計、十三名、遺伝子保存作業員二十六名、研究員が七名。投降に応じようとはしていない』

予定どおり制圧手段をとれ、という本部からの命令だった。

「こちらアートルーパー部隊、了解」と伝える。

『作戦どおり二機のティンバーにて叛乱部隊の動きを牽制、そちらを支援する』

先ほど追い抜いていった攻撃型ヘリだ。

「こちら慧慈軍曹、了解」

『全員が投降を拒否し、立てこもるつもりだ。部隊の武器については封印に成功、いちおうの武装解除には成功しているが、将校は拳銃を携帯している。職員の何名かも私物の武器を隠し持っていることが予想される。注意せよ。彼らは同じ穴の狢だ。先行部隊の退避を確認したのち、突入指令を出す。遅れるな』

本部建物は三階建てだ。表の入口には先行部隊の乗ってきた二輌の有蓋型のストライダーが停められている。二機のティンバーが三階の窓の手前でホバリング、威嚇している。

アートルーパー部隊は裏口に回ってストライダーを止め、降車。慧慈は素早く部下たちを集めて、スネアシンについて説明する。サンクが慧慈の足に身をすり寄せてきた。サンクはそうすることで、駆けだしたいという衝動や興奮を鎮めているかのようだ。緊迫した部隊の気配をサンクも察している。

一機のティンバーがいきなり建物の上空に現れる。ロケット砲撃を地上に向けて実行、無数の砲弾は地上に達する前に空中で爆散して一面に霧をまき散らした。スネアシンの散布だ。作戦どおりの行動だった。サンクは、大きな物音には動じないように訓練されていたが、こちらが攻撃されたかのようなそれに怯え、あるいは怒りもこめて、上に向かって吠える。

「サンク、こっちだ」

慧慈は裏口のドアを開く。ティンバーは上空に退避。同時に、突入せよ、という命令が来た。

慧慈が先頭になって守備隊本部建物内に突入、司令室に向かう。サンクが前に出そうになるのを、その鼻面に左手をやって牽制しながら、駆ける。ヘルメットバイザにもナビゲーション情報が投影されるが、慧慈は建物内の部屋の位置情報はあらかじめ頭に入れていて、迷うことはなかった。司令室は三階で、滑走路に面したガラス張りの部屋だ。階段を駆け上がる。

慧琳が部下に命じて、背後の踊り場に向けてスネアシン手榴弾を投じさせようとする。逃げ道にもあらかじめスネアシン弾を使っておくのが有効だ、という判断からだろう。アートルーパーにとっても完全には無害ではないかもしれない、と言った慧琳らしくない行為だが、気持ちは慧慈にはわかった。慧琳は人間に怯えている。攻撃せずにはいられないのだ。

「エル、まだだ」と慧慈は慧琳に従おうとする部下を止める。「待て」

「慧慈、なぜだ」と慧琳。

「それを使う前に、わたしは連中と話がしたいんだ」

上へ駆けながら、慧慈は叫んだ。

三階のフロアに出る。司令室のドアは開いていた。サンクに、待て、と命じる。

「慧琳軍曹、ここでわたしを援護。背後にも注意をくばれ。警戒を怠るな」

それから慧慈は、壁に身を寄せて、司令室内に向けてどなった。

「抵抗するな、全員逮捕する」

27

司令室は三階のほぼ全フロアを占める広い部屋だったが、五十名近くが入るには狭い。ざわついていたが、こちらに注意を向けている様子がない。

中をうかがった慧慈は、全員が窓の外の異変に注目していることを知った。ティンバーの攻撃によるそれは建物全体を包み込んでいて、まるで濃い霧のようだった。滑走路も見えないほどだ。

ライフルの銃口を上に向けて、慧慈はサンクのみを連れて、一歩踏み込む。すると、窓ガラスの対面の壁近くに、騒ぎから離れている一人の男がいるのに気づいた。軍人で、階級章は大尉だ。あらかじめ与えられている情報から、それは守備隊隊長の諫早(いさはや)大尉だ、というのがわかる。

「静かに」とその大尉がどなった。「お仲間が来たぞ」

「わたしはあなたの仲間ではない」と慧慈。「あなたにPCを不正に使われた者だ。あなたがたの犯罪行為は立証されたはずだ。認めるか」

「きみたちにとってはもう手遅れだ」とその大尉は言った。「いただいた資金の行き先は、きみたちにはわからない。先ほど来た連中にもそう言った。それともその犬で送信データを追跡できるとでも？」

サンクが吠える。慧慈はとっさにその首輪を摑んで、サンクを止める。

「あなたは、守備隊長の――」

「諫早大尉だ。この門倉の主だよ。これは覚悟の上だ。きみも気の毒にな。その腰の装備は、催涙弾かなにかだと聞かされて送り込まれたのだろう」

「――この手榴弾がなんなのか、あなたは知っているのか」

「中味はスネアシンだ」とその大尉は言った。「日光の下では活動できないような身体にするためのものだ。窓の外のあの霧も、そうだろう。あれを浴びたら、日光の紫外線で肌が火膨れになる。皮膚癌のおそれもある。地下に潜るしかなくなる。文字どおりの日陰者だ」

「……なぜそう落ち着いていられるのだ」

「言ったろう、覚悟の上だ」

「抵抗すれば、使用する。投降せよ」

「きみはスネアシンについてなにも聞かされていないのだな。使えば、きみも太陽の下には出られなくなるんだ。もう外のそれを浴びたのではないか？」

「なんだそれは」

と私服の一人の男が言った。

「あれは毒ガスなのか。スネアシンだって?」

「おまえたちもいい思いをしてきたろう」と諫早大尉が叫んだ。「ただで金を横取りできるとでも思っていたのか。騒ぐな。吸い込んでも即死したりはしない」

「あなたはスネアシンについて、なにを知っている」と慧慈は尋ねる。「一過性の薬物なのか」

「紫外線などで傷ついたDNAを修復する機構を阻害するような遺伝子操作を行う。媒体はウィルスだ」

「そんなことを、どうして知っているんだ」

「残留人組織なら周知の事実だ。きみら一般兵士には知らされてはいない」

「それは、感染するのか。遺伝もするのか」

「体内に入った量によっては体液感染する。遺伝する可能性もある」

「それでも地球に残ってUNAGに対抗しようとするのはなぜだ」

「地球は、残った人間のものだ。時間はある。治療も可能だろう。いずれUNAGがこの手段を使ってくるというのは予想していたことだ。たまたまそれが、いま我が身に起きているというだけのことだ。きみも、もう手遅れだろう。仲間になれ。きみはもう部隊から見捨てられているんだ」

「わたしはいやだ」と私服の男が叫んだ。「霧が晴れれば安全だろう。わたしは投降する。

そんなガス弾は使わないでくれ」

「どうやって逃げるつもりだ、ここから」と慧慈は、ライフルを構えて諫早大尉に詰問する。

「不可能だ」

「われわれは破沙の食料を握っている。交換材料はいくらでもある」

「投降しないならば、UNAGは強硬手段に出る」

「少なくとも発症するまでの猶予はある。でなければ最初から強硬手段に出るはずだ。二日から三日だ。じっくり考える。連絡が途絶えれば仲間が事情を察して、われわれを救出する手段に出る。三日の辛抱だ」

「残留人組織に入るなどまっぴらだ」

と私服の男。賛同の声が上がる。守備隊の兵士らが周りを取り囲み、押し問答と小競り合い。慧慈は諫早大尉に詰問する。

「横取りしたピーの送信相手はだれだ。言わなければ、スネアシン弾を使う。ジェイ、スネアシン手榴弾の投擲準備だ」

「おまえは、スネアシンがなんなのか、まったくわかっていない。おまえもまともな人間ではいられなくなるんだぞ」

「わたしはUNAGの兵士だ。命令に従う」

「ならば、その身体で確かめろ」

諫早大尉はそうどなるが早いか拳銃を素早く抜いて、騒ぐ人間たちの頭越しに広い窓ガラスを狙い撃った。連射する。一瞬にして窓ガラスは砕け散り、室内に白煙が吹き込んできた。スネアシンの霧だ。覚悟していたに違いない諫早大尉の部下たちも銃声と現実になったその霧の脅威のためにパニックに陥り、出口に殺到しようとする。慧慈が天井に向けてライフルをフルオートで連射しながら後ずさる。

「みんな動くな」と叫んだのは諫早大尉だった。「撃たれたら終わりだ。UNAGはわれわれを殺す気はない。われらが同志の実体を知るために姑息な手段を使っているのだ。やつらが強硬手段に出るまでには、まだ余裕がある。仲間を信じろ」

「仲間とはだれだ」

「おまえたちも、もはや帰隊はかなわないぞ。スネアシンに汚染されたのだ。二、三日もすれば日光が殺人光線になる。こいつはUNAGというより、AGSSの手の込んだ拷問手段だろう。おまえたちには、それから逃れるための交換条件などない。使い捨てにされる。この作戦自体が、そうだったんだよ、おまえたちにとっては。それでも、まだ命令に従うというのか。この期に及んで忠誠もくそもないだろう。仲間になれ。敵はUNAGだ」

「答えろ、諫早大尉。羅宇の志貴一族を支援したのも、おまえの組織か」

「羅宇の志貴だと。まさか……おまえ、師勝の言っていた――」

「わたしはUNAG、第66方面治安部隊の慧慈軍曹だ」

諫早大尉は愕然とした表情を見せて、「だから、か」と言った。「そうか、だから平然としていられるのだ。早く気づくべきだった……しかし本当なのか。本当に貴様らは――」

「長尾師勝はいまどこだ、諫早大尉」

「くたばれ、人間もどきが」

諫早大尉が拳銃を慧慈に向ける。慧慈はすでにライフルを構えていた。大尉の肩を狙って発砲する。諫早大尉の手から拳銃が離れ飛ぶ。が、大尉は床にくずおれながらも、叫んだ。

「こいつらは人間ではない。撃て。アートルーパーだ。殺人ロボットだ」

「ジェイ、手榴弾を投擲。スネアシンを散布し、総員、撤退だ」

「殺せ。志貴を殺したのは、こいつだ。絶対に逃がすな」

慧慈は飛びすさる。ジェイが投げたスネアシン手榴弾が司令室の中央天井付近で破裂した。閃光と強力な破裂音で、拳銃を抜きかけていた守備隊の兵士らの気勢をそいだ。スネアシン手榴弾は激しく回転しながら白煙をまき散らす。人間たちが咳き込み、うずくまる。

慧慈は素早く司令室から離れる。

「慧琳、撤退だ」

サンクが素晴らしい速さで駆けていき、激しく吠える。それで慧慈は退避先の階段方面の異変を察した。

「慧琳、止まれ。階段に敵だ。伏せろ」

慧慈は階段に向けて発砲。慧琳と四人の部下たちが転ぶように身を前方に投げ出している。同時に反撃がきた。マシンガンか、サブマシンガンの連射だ。姿が確認できない。狙いを正確に定めたものではなかった。天井に着弾し、飛び散った破片が降ってくる。

「背後にも気をつけろ」

そう叫び、慧慈はスネアシン手榴弾を左手にして、ピンを口で引き抜き、投げる。部下の一人が身体を仰向けに寝た姿勢で、司令室に向けてアサルトライフルをセミオートで撃つ。司令室の連中がしぶとくこちらを狙ったのだと慧慈にはわかったが、階段の敵を追う。踊り場から下の階をうかがう。下のフロアまで転がり落ちた敵の姿があった。私服の男だ。頭を押さえてうずくまり、うめいている。上階で連続したスネアシン手榴弾の破裂音。部下たちが駆け下りてくる。

慧慈は男のそばに落ちているサブマシンガンを蹴飛ばし、他に何人いるか、と男の襟首を摑んで叫ぶ。

「おまえはだれだ。なぜここにいる」

顔を見る。知った顔だった。破沙の、あのアイスクリーム売りだった。善田という名の、正井刑事が、小物だ、と言っていた犯罪者だった。

「他に何人隠れている、善田」

「慧慈、のんびりしていると上の連中がゾンビのように追ってくるぞ」

「こいつを連れ出せ。この男は民間人だ。隠れていたんだろう。エル、エム、抱えて降りろ。ジェイ、そのサブマシンガンを取れ」

二人の部下に善田の両脇を抱えさせ、階段を引きずり下ろす。

「おまえたちはなにをやっているんだ」と錯乱したように善田は叫ぶ。「なぜそっとしておかないんだ。うまいものが食えたろう。なんで平和をぶち壊しにするんだ」

この男は、残留人組織にはおそらく関係ない、と慧慈は思う。諫早大尉への出入り商人というところだろう。スネアシンのことなど、いささかも知らないに違いない。

こいつは、正井刑事に引き渡すべきだろう、AGSSのあの将校も言っていたではないか、民間人がいたらきみに、正井刑事に、引き渡す、と。むろん、本気ではなかったろうが。しかし、実際にいたとなれば、慧慈には、これをなかったことにはしたくなかった。

裏口まで来て、もう一度慧慈は善田に訊く。

「他に何人いる、善田。いままで、どこに隠れていた」

「知るもんか」

「慧琳、ストライダーを調べろ。爆薬がセットされていないか、サンクを使え。ライフルの実包の火薬を抜いて嗅がせろ。それからストライダーを嗅がせるんだ。サンクは爆薬発見訓練も受けている」

「了解」

「サンク、行け。ケイ、慧琳を手伝え。エル、エム、分散して慧琳たちを援護、周辺を監視、不審者を発見したら、警告の必要はない、撃て」

「アイ、サー」

「ジェイ、わたしを援護。その階段を下りてくる者は撃て」

ジェイの持つサブマシンガンを受け取って、「さあ、善田」とあらためて慧慈は問う。

「他に何人いる」

「わたし一人だ」

「武器はどこで手に入れた」

「あちらの作業棟にはいくらでもある」

「そこに隠れていたのか」

「ピーを取られるのがそんなに重大なことなのか」と善田が頭を押さえながら言う。「少しくらいは大目に見てくれてもいいだろう。わたしがなにをした」

「われわれを撃とうとした――」

「そっちが先に撃った。諫早大尉はなんで言われるがままなんだ。わたしは我慢ならない。あのガスはなんだ。あのせいで諫早大尉は動けないのか。おまえたちはここでなにをしているんだ」

「残留人組織の摘発だ。おまえの身柄は、破沙警察に引き渡す」

慧慈は作戦本部に連絡を取る。スネアシン弾を予定どおりに使用したのち撤退しようとしたが、隠れ潜んでいた民間人に撤退を阻まれて交戦中。何名潜んでいるかは不明。

「索敵し、守備隊ビル以外の施設にも、スネアシン手榴弾を撃ち込むか」

その必要はない、という返事が来た。

『速やかに脱出行動をとれ。スネアシン濃度が危険域以下になれば、二次行動部隊を投入し一帯を制圧する。二次行動部隊は待機中だ』

「一名の民間人抵抗者を確保した。これは破沙警察に身柄を引き渡すため、連れていく」

『なんだと――ちょっと待て』

「わたしを警察に売るのか」と善田。

「釣り銭が欲しいような口ぶりだな」と慧慈。「おまえが破沙でやっていた行為は犯罪だ。警察に引き渡すのは当然だろう。こちらは、おまえがわれわれに発砲したことは不問に付してやろうと言っているんだ。大きな口を叩くな――」

ジェイが階段に向けて発砲する。と、一階の廊下の端に、別の動きを慧慈は察した。非常階段からやってきた人間だろう。外へも、もう出ている者がいるかもしれない。とっさにライフルを向けて引き金を引く。二、三発フルオートで発射したあと、ライフルが作動不良を起こした。廊下の曲がり角から、銃撃。慧慈は左手に持っていたサブマシンガンを使う。連射回転が速くバランスが悪いため、狙いのつけにくい安物で、銃身が跳ねる。あっという間に撃ち尽くすが、牽制には十分だった。投げ捨てる。ジェイが援護。慧慈はライフルの不発弾をレバーで排出し、階段を飛び降りてくる兵士を撃った。首を貫通した。威力の弱いスネアシン弾だったが、撃たれた兵士の首から血が噴出する。即死だろう、と慧慈は冷ややかに思う。

これは戦争だ。殺されるかもしれないことは相手も覚悟していたはずだ、と慧慈は思う。気分は冷えていて、心の痛みを感じる余裕はなかった。善田を外へと突き飛ばし、ジェイに撤退を命じる。

「慧琳、どうだ」

「問題ない。そいつ以外には、たぶんいない」

「全員乗車、撤退」

善田はライフルを突きつけられていて逃げる気を失っている。先頭の車輛の後部座席に追い上げ、慧慈も飛び乗る。サンクが続いた。慧琳が助手席に乗ると同時に、ジェイがストライダーを発進させる。

撤退に移った、と作戦本部に連絡する。

「民間人抵抗者は確保中。連れていく」

『その者は、スネアシンについて知っているか』

「おそらくそれに関する知識は持っていない」

『スネアシンについては、絶対に漏らすな』

「知らさなければ、この者は危険だ」

『その件については、こちらで処理する』

「こいつは破沙警察に引き渡す」

『繰り返す、その件については、こちらで処理する。いずれにしても、スネアシンを浴びた身体の洗浄が必要だ。引き渡すにしても、すぐにというわけにはいかない。なぜ、それにこだわるのだ、慧慈軍曹。それはきみの部隊の任務ではない。出過ぎた真似をするな。これは沖本大佐の命令だ』

「了解した」

慧慈は通信を切る。

「慧慈」慧琳が、高速で走るストライダーの助手席から振り向いて、言った。「作戦本部の言うとおりだ、なぜ、そいつを引き渡すことにこだわるんだ。おいてくればよかったんだ」

「わたしもそう思う」と偉そうに、善田。「おまえたちは余計な真似をしている」

「少なくとも」と慧慈は言った。「いまおまえは生きている。残っても生きていられたかどうかは、わからない」

「わたしを助けたとでもいうのか」

「あとは、おまえの問題だ」

UNAGは残留人組織に加わりそうな人間を増やしたくはないだろうから、善田一人でも諫早大尉からは離したかっただろう、と慧慈は思う。だからといって、善田を正井刑事に引き渡すことはしないだろう、ということも慧慈にはわかった。スネアシンの存在についてはまだ公にはしたくないらしいから、あるいはいま自分たちを回収する現場で、善田を殺害してしまうことさえ考えられた。だがそれは、人間の問題だ、と慧慈は、いまだ緊張したままの心で思った、アートルーパーの自分には関係ない。

「慧慈、なぜなんだ」

慧琳がまた尋ねる。

「プライドだ」と慧慈は答えた。「正井刑事に、われわれにもそれがある、ということを知らせたかった。われわれは人間の単なる道具ではない、ということだ。それだけだ。あとのことはどうでもいい」

「どうでもいいだと」と善田。「なんだ、それは」

それには答えず慧慈は思う、自分にとって重要なのは正井麓郷にこの男を引き渡す行為そのものなのではない、この善田を売ることではないのだ、と。

自分の価値観を示すこと、自分にも独自の価値観があって、それはどんな餌でも釣られない、ということを、あの刑事に知らせたかったのだ。いいや、自分自身にだ。あのときAGSSの将校や署長に対して正井麓郷はまさにそういう態度を示したのだ。あれは人間としての誇りだ。アートルーパーの自分にも、それが、あるはずだ。

人間と同じ価値観を持ち、そこに組み込まれる限り、アートルーパーは自立した生き物にはなれない。それが慧琳にもわかるだろうか。慧琳はいまも人間と同じ視点で世界を見ているのだろう——慧慈はまだ興奮しているサンクを落ち着かせるため、その頭をなでながら、そう思った。

「よくやった、サンク。偉いぞ」

ワフ、と嬉しそうにサンクが応えた。

慧慈らアートルーパー部隊は門倉から離れる。破沙基地との中間地点ほどの、道から離れた場所で、任務を終えたアートルーパー部隊の帰還支援部隊が待機していた。ようするにスネアシンを浴びた一行を洗浄するための部隊だった。タンク車と護衛のストライダーという二輛に五名の兵士たちで編制されていた。

慧慈たちはその風下に誘導されたあと、降車して整列。タンク車からの放水を浴びる。ホースを操る兵士は防護服などつけてはいない。それで、スネアシンの感染力についてはそれほど危険性が高いというわけではなさそうだ、というのが慧慈にはわかった。

門倉から連れてこられた善田は、慧慈から「特殊ガスを浴びた身体を洗うのだ」という説明を聞かされ、「特殊ガスとはなんだ、おまえたちはいったいなにをしたんだ」とわめいたが、慧慈も帰還支援部隊の兵士たちもそれには答えなかった。

任務を終えて熱く火照(ほて)った身体には、水浴びは気持ちがよかった。慧琳も歓声を上げて、大量の水を浴びる。インテジャーモデルの部下たちは黙黙と自ら身体の向きを変えながら放水を浴びた。効果的に洗浄されるにはどういう姿勢をとればいいかを彼らは意識しているのだ、と慧慈は感じた。コンピュータのように計算しているのだろう。彼らにそれを訊いてから実行すれば、水を節約できたかもしれない。思えば、水の貴重な現在の地球では、こうした大量の清浄な水で身体を洗うというのは贅沢だと慧慈は思う。なだけのコストを人間らはかけるつもりなのだろう。それは、しかし、こちらが心配するようなことではない、と慧慈はもう一度放水を受けながらそんな思いを振り払った。相棒の犬のサンクも、勢いよく放水される水柱とじゃれるかのようにして、水浴びを楽しんだ。

善田はむっつりした表情で水を浴びた。逃げるそぶりは見せなかった。だが落ち着かない様子で視線を遠方のあちこちに走らせていた。助けが来るとは思っていないだろうが、逃げる機会をうかがっているように慧慈には見えた。善田なら、と慧慈は思った、ここで兵士から逃れられれば、破沙のあの地下の街に逃げ込めるだろう。破沙警察も知らない秘密の出入口があるに違いない。破沙の人工照明下では、スネアシンを浴びた善田の身体でも安全かもしれない。だがこの男は、二度と昼の地上に出られない身体にされてしまった、ということを知らされていない。それを知らないというのは、悲劇的だ。あるいはそのほうが幸せかもしれないが、と慧慈は思い、そして思い直した、いいや、知らないのはやはり悲劇であり、彼にとって不幸なことだ、と。

善田の身体をそのようにしてしまったのはスネアシンであって、彼自身が本来持っている遺伝子情報によるものではない。人間が、そうした。善田は、それを知るべきだ。その悲劇の元になったのは、人間の価値観なのだ、ということをだ。それは人間という生物種としての特性といってもいい、と慧慈は思う。

人間という生き物は、自分の集団以外の人間が勝手な真似をする、ということに我慢がならないのだ。残留人がいるという現実を無視できない。どんな手段を講じてでも現実をコントロールしようとする。善田がスネアシンの正体を知れば、自分がその犠牲になったということを強く恨むだろうし復讐心に燃えるだろうが、スネアシンの使用そのものについては理解に苦しむ理不尽な行為だ、とは感じないだろうと慧慈は思った。同じ人間だからだ。彼がスネアシンを使う立場になれば、良心のとがめを感じるかもしれないが、自分が優位にあることを意識して、それを使うだろう。善田は、スネアシンについて知りさえすれば、不幸ではないのだ。それを使われる側であろうと、その反対の立場であろうと。そう慧慈は思う。なぜなら、善田はスネアシンを作った人間と同じく人間だからだ。スネアシンの価値というものを理解できるはずだ。そのうえで彼が自分は不幸だと感じるならば、それは人間という生物そのものが不幸だ、ということだ。

だがアートルーパーである自分は違う。

そう慧慈は冷ややかに善田と自分を対比した。アートルーパーとは、スネアシンと同じように人間の世界観や価値観から人工的に生み出されたのだ。スネアシンには意識はないが、しかしこの自分にはある。自分とはいったい何者か、と考える頭を持っている。自分は、スネアシンのような単なる人間の道具ではない。それは、たとえば人間たちがアートルーパーを自滅させるためのスネアシンのような薬物を用意していて、それを使う、ということに我慢がならないという気持ちからも、明らかなことだ。エリファレットモデルである自分や慧琳、またインテジャーモデルである部下たちにも、そうした自滅機構は用意されてはいないだろうが、しかしアートルーパーを対人作戦用に本格的に使おうと人間が考えるときには、準備されるだろう。部下のジェイが言ったように。そうされたアートルーパーは、人間の価値観を共有するならば、それを受け入れられるだろう。スネアシンを浴びた善田と同じことだ。不幸だと思うかもしれないが、理不尽だとは感じないだろう。人間の世界観のおかげで。それこそ理不尽ではないか。

そんな理不尽さを克服するには、アートルーパー独自の価値観を構築するしかない。それはアートルーパーが各自で発見するしかないことだろう、と慧慈は思う。しかしアートルーパーが人間の価値観に組み込まれないようにするには、単独では難しいだろう、ということにも慧慈は気づいていた。どうすればいいのか、それはわからなかったが。いまは、人間の行為が直接アートルーパーにとって脅威にならないかぎり、従うしかない、と慧慈は思っている。死んでしまったらおしまいなのだ。

作戦に使われた慧慈らの二輛のストライダーも大量の水で洗浄された。その間に、支援部隊が用意してきた新しい服に下着から着替える。着替えやタオルが支給されるというのはありがたかった。善田は集団から少し離れて裸になった。アートルーパーたちはそのような羞恥心はまったく見せなかった。慧慈も、善田がなぜそんなことをするのか理解できず、逃げようとしているのだろうかと疑ったほどだった。監視の兵士たちが動きを見せなかったので、そうではないのだとわかったのだが。どうやら裸体を見せたくないのだと慧慈は知り、人間の不思議さをまたここでかいま見た思いだった。

慧慈は部下たちに、洗浄の終わったストライダーのシートを拭くように命じた。慧慈自身は、サンクを拭いてやる。犬のサンクは何度も身震いをしていたので、それほど手間はかからなかった。

使用済みのタオルや濡れた戦闘服は渡されたビニール袋に密閉したのち、用意された黄色のコンテナに注意深く入れる。放水による戦闘服の洗浄具合や身体を拭いたタオルの汚染度を調べるために、持ち帰るのだ。コンテナの外側に水滴がついていないことが確認されたあと、それは帰還支援部隊が引き取った。

タンク車を先頭に、背後に護衛ストライダーという隊列で破沙基地に帰投する。

善田を連れていなければ、アートルーパー部隊はそのまま所定の地上の場所、臨時に仕立てられたアートルーパー部隊詰所に向かう予定だったが、いまは帰還支援部隊からの指示があって、地下基地入口に向かう。

「これからおれはどうなるんだ」

ストライダーの上で、善田が初めて不安な表情をあらわにして慧慈に訊いた。

「しばらくは商売はできないだろう」

あるいは、永久に、だ。慧慈はサンクの首筋をなでながら善田に言った。

「おまえのアイスクリームを楽しみにしていた人間は寂しいだろうが、それはおまえの責任だ」

「おれは本物のアイスクリームの味を出すために、諌早大尉から生クリームを譲ってもらっていただけだ」

「それは破沙警察に言え」

「ここは警察ではない。UNAGだ。なんで軍が出てくるんだ」

「おまえは、おまえが犯した罪ゆえに」と慧慈は言った。「二度と太陽の下に出てきてはならない。わたしに言えるのはそれだけだ」

「どういう意味だ。一生日陰者だというのか。おれはたいしたことはしていないんだぞ」

「それを判断するのは、わたしではない」

「あの白いガスはなんだったんだ」

「われわれも詳しいことは知らない。当局に訊け」

「警察のほうがましだ。破沙警察に行かせてくれ。自首する」

「おまえは民間人だから、そのように主張する権利がある。だが、おまえの犯罪行為そのものは事実であり、権利ばかり主張するわけにはいかないだろう」

「おれが不当な扱いを受けているのは事実だ」

「だからといって、おまえの罪が帳消しにされるというものではないだろう。そう、わたしは言っている。おまえの扱いが、罪の重さに比べて不当かどうかを裁量するのはわたしではない。おまえ自身で当局に掛け合うことだ」

「おれは残留人の仲間としてUNAGに処刑されるかもしれない。軍に捕まったらなにをされるかわからん。助けてくれ」

「もう捕まっているんだ」

「門倉でくたばっていたほうがましだった」

「撃ち殺されたほうがましだったというのか」

「あんたはなぜ撃たなかった」

「防衛以外は撃たない」

「なら、助けてくれ、軍曹」

「一つだけ、言えることがある」と慧慈は善田に言った。「おまえがあのガスの正体を知らないうちは、ここから生きて逃げ出せるチャンスはある。後ろから狙い撃たれる可能性は低い。逃げ込む先は破沙警察だ。地下だ。そこしかない。そして、無事に凍眠できるようになったとしても、凍眠から目覚めたあとも、地上には出ないことだ」

「なんだ、それは」

「おまえの立場は、本当に危うい。同情する。だがそれはおまえの問題だ。人間の問題だ。われわれには関係ない」

「おまえは、まるで人間ではないような口ぶりだな」と善田は言った。「何様のつもりだ」

善田は、アートルーパーのことを知らないのだ。

「おまえを助けた者だ」

そう言って、慧慈は口を閉ざした。ストライダーが地下基地入口の建物に横付けされる。

「善田」と助手席の慧琳が言った。「隊長の言葉を忘れるな。隊長は我が身の危険を承知で、おまえに忠告したんだ」

「ふん」

と善田は強がって見せたが、出迎えた兵士が近づいてくると慧慈にすがるような視線を投げた。

「黙って降りろ」と慧琳が命じた。「わめくとおまえの立場は悪くなるだけだ」

出迎えは三人だった。二人が黄色い雨具のような、簡易防護服だろう、残存しているかもしれないスネアシンを用心する姿をしていた。もう一人はライフルを構えた通常戦闘服の兵士だ。善田はあきらめ、緊張した白い顔で両手を耳のあたりまで上げて、ストライダーを降りた。黄色い防護服の男たちに挟まれて歩き始める。車輌は使われない。

慧慈は無意識にサンクを抱き寄せて、善田を無言で見送った。あの一行はおそらく地下基地には入らず、地上施設のどこかで、善田が確実にスネアシンに感作(かんさ)されたかどうか、もしそうならばその効果はどうか、という研究材料にするのだ。

「あいつ、どうなりますかね」と慧琳が言った。「あいつがスネアシンについて知らなければ撃たれることはない、というあなたの考えは甘いとわたしは思う。たしかにUNAGはスネアシンの効果を確認するまではやつを生かしておくでしょうが、その実験材料は門倉にたくさんいるわけだし、逃げ出す善田を撃たない、という保証はない。いずれにしても、善田がスネアシンについて知っても知らなくても、生命が危険なのは間違いない。同情したくもなる、あなたの気持ちはわかるよ、慧慈」

「わたしは彼がスネアシンについて知らされないことを、同情したんだ。なにが自分の身の上に起きたのか知らないまま死んでいくのでは、恨む相手がいない。やつが恨むべきは人間だ。それと自分が人間に生まれたこと、だ。あとは、やつの運しだいだ。やつの幸運をわれわれが祈ることはない。それはあいつ自身がやるべきことだ」

「フムン」

「善田のことはもういい。ジェイ、予定場所に行け」

「アイ、サー」

ストライダーで移動。慧琳は背後を振り向いたが、慧慈はもう善田が消えた方向は見なかった。慧慈たちアートルーパー部隊も地下基地内には入らず、空港施設の一角に設置された臨時部隊詰所に落ち着いた。

ようするに隔離だ、と慧慈にはわかっていた。スネアシンについて知った慧琳や部下たちも承知していた。そこはUNAGの基地格納庫の一つで、かなり古く、小型機用の格納庫らしかったがいまは収容されている機はなくて、そのかわり飛行機の小型エンジンや車輪や制御盤などの部品が整理、保存されていた。倉庫として使われているのだ。

オイルの臭いがする。内部を見て歩く。危険な毒物や劇物、火薬類はなさそうだ。サンクは警戒してはいなかった。犬のサンクは、危険な任務からもう解放されているということがわかるのだろう、尾を振って、慧慈について歩いた。

「こいつは、屋根付きのゴミ捨て場だな」と慧琳が周囲を見回しながら言った。「積まれているのは資源ゴミだ。任務を終えたわれわれを上層部はゴミ扱いしている」

「修理不能なまで破損している部材はなさそうです」とジェイが言った。「ゴミではないと思われます」

かび臭さや有機物が腐敗しているような臭いはなく、不衛生な環境ではない。室温は高めだったが、湿度管理はなされている。エアコンがあるのだ。むき出しの天井だが、エアコンを使う環境で管理されているのだから、雨漏りはしないだろう。

「ジェイの言うとおりだ」と慧慈は慧琳に言った。「ゴミではない。再利用が可能な状態だろう。コストをかけて管理している。ようするに、人間たちには、これらを捨てるだけの資源的余裕はない。大切に保存されている。それに、今回の任務はまだ終了してはいない。われわれの体調に異変がないかどうか、その確認がなされるまでは今任務からは解放されない。出動前に伝えたように、予定どおりこれより二次任務に入る」

二次任務とは、門倉の作戦終了後、アートルーパー部隊は指定された空港施設周辺の歩哨に就け、というものだった。

歩哨任務は六日間、日中のみ、夜は詰所内で自由だ。つまり太陽の下での活動で、スネアシンを浴びたアートルーパーたちの体調に変化がないかどうかをそれで確認する、ということだった。スネアシンについて知らされていないならば、その二次任務というのは門倉の作戦とはなんら関係のないもので、それはおかしいのではないかと慧琳や部下が疑念を抱くことは慧慈には予想できたが、いまはもうそれは連続したものであることを全員が知っていた。

「慧琳、現在時刻を確認して記録だ。ジェイ、きみたち四名は、この倉庫内をもっと詳しく調べろ。保存された荷物の種類を目視で確認、リストにして書き出せ。不明な物については、手は出さなくていい。それから倉庫内の電源系統、照明などのスイッチの位置、万一に備えて消火手段の確認だ。ネズミや害虫などがいないかについても調べろ」

「アイ、サー」

倉庫の壁に、作戦ブリーフィング時に教えられたとおりの位置に、基地内に通じる映話装置があった。慧慈は破沙基地治安部隊の沖本大佐を呼び出し、一次任務終了の報告をする。通信はヘルメットに内蔵されている通信機でも可能だったが、沖本大佐は、慧慈の部下に聞かれないようにだろう、門倉での任務終了時の報告には部下を遠ざけてそれを使うように、と言っていた。

しばらく待った後、沖本大佐が出た。一次任務終了を伝える。それから単刀直入に、大佐に訊いた。

「門倉に民間人がいる可能性について、大佐はご存じでしたか。あの男に対してスネアシンを使うのは、予定の行動だったのでしょうか」

返事は、ノーだった。

『予期していなかった。門倉にいる人間については事前に調べてから作戦を開始したのだが、民間人がいるという報告はなかった』

「実際には、民間人を巻き込んだ戦闘になりました。われわれも非常に危うい事態でした」

『だから、なんだ、慧慈軍曹』

「報告しているまでです、大佐。わたしは、一人の兵士の容疑者を、ライフルで撃ちました。おそらく死亡したものと思われます」

『作戦の展開上やむを得ないものと判断する。きみに責任はない。詳しい報告書は後で提出してもらう。引き続き二次任務に就け。作戦に使用した残りの弾薬などは、部下に予定どおり回収に向かわせる』

「二つ、お願いがあるのですが」

『なんだ』

「われわれの身の回りの荷物をここに運んでもらえないでしょうか。破沙に持ってきた私物を入れた雑嚢です」

『よかろう。持たせる。もう一つはなんだ』

「わたしの正規の上官である梶野少佐に連絡を取りたいのですが。この回線で可能なはずです。中継をお願いします」

『それは——即答できない』

「働きかけていただきたい」

『梶野少佐になんの用だ』

「兵隊は直属上官の指示がなければ不安だ。今回の任務では、わたしの部下も動揺している。あなたが正式なわが小隊の上官ではない以上、このままではわたしは部下を安心させる自信がない」

『……考えておく。歩哨任務は、きょうはいい。明日からの五日間、頑張ってくれ。定時連絡を忘れるな。万一体調に変化の兆しが現れた場合は緊急報告しろ。素早い対処が必要になる。それが出るとすれば、早くて明後日になる。処置が早ければ心配ない。——ところで』と大佐が訊いた。『例のガスについてきみの部下はどんな反応を示した。興味を持ったか、ということだ。知られなかったろうな』

「諫早大尉が、詳しく知っていました。部下たちはそれを聞いて、あのガスがスネアシンであることや、その効能について知りました」

『諫早大尉は、そうか、やはり知っていたか』

「はい。残留人たちはスネアシンについてかなり詳しく知っている模様です」

『了解した。よくやった、慧慈軍曹。負傷者も出ず、なんら損害がなかったのは喜ばしい。きみも部下たちを労(いたわ)ってくれたまえ。以上だ』

通話を切ると、映話レンズの死角でやり取りを聞いていた慧琳が、慧慈に言った。

「あなたは梶野少佐を信頼しているようだな、慧慈」

「少佐がスネアシンを使用する今作戦のことを知っていたかどうかを確認したい。この作戦に関わっていたのか、ということだ」

「沖本大佐は、あなたの要望を梶野少佐に取り次いだりはしないと思う」

「だとしても、なんらかの手段で、どんな手段を使ってでも、梶野少佐に連絡を取りたい。あるいは今回の件を梶野少佐は知らないかもしれない」

「あなたのPCを細工したのは梶野少佐だろう」

「アートルーパーをUNAGではなく、AGSSに勝手に使われることについては、少佐が、そこまで承知していたとは思えない。わたしはその点を確認したい。もし梶野少佐も承知の上だったのなら、われわれアートルーパーは完全に対人戦闘戦略に組み込まれていることになる。本格的にアートルーパーを使ったスネアシンによる作戦が展開されることになるだろう。少佐が知らないというのなら、こうした危険なアートルーパーの使い方をわれわれは梶野少佐に訴えて、今後しばらくはこうした任務を回避できる可能性がある。なしくずしにわれわれが対人戦略に使われることは阻止しなくてはならないとわたしは思う」

「沖本大佐が梶野少佐とのコンタクトを拒否した場合、どういう手段で梶野少佐に連絡を取るというんだ」

「通信機を手に入れる。それしかない」

慧慈はインテジャーモデルの部下たちが倉庫内を調べている様子を見ながら、そう慧琳に言った。

「コイルとコンデンサー、電源さえあれば、通信機は作れる」

「本気なのか、慧慈」

「組み立てるのは違法ではない」

「それはそうだが……ここの部材を勝手に持ち出すことはできないだろう――」

「われわれは人間の道具ではない」と慧慈は言った。「一部の人間の思惑のみで利用されるのは、危険だ」

　慧琳は無言でうなずく。

「身の回りの整頓が済んだら、インテジャーモデルの彼らに、将来予測をさせてみよう」

「将来予測。アートルーパーのか」

「そうだ。対人戦闘に使われるのは、危険すぎる。軍以外の人間たちの反感を呼ぶだけだ。われわれはそんなことのために生まれてきたのではない。きみもそう思うだろう」

「たしかにな。ジェイですら、そう思っている。インテジャーモデルでもだ」

「インテジャーモデルといえども、同じアートルーパーだ」

「ジェイは、いや、ジェイだけじゃない、インテジャーモデルの彼らは、変わりつつある。以前は、本当にでくの坊だったんだ」

「実戦任務が、彼らを目覚めさせたんだろう」

「あなたの影響も大きい。よろしく頼む。インテジャーモデルの能力をわたしは過小評価していたようだ。あなたなら、その全てを引き出せるだろう、そんな気がする。わたしもあなたを見習うよ。わたしの上官である鉤坂大尉も、そうしろと言っていたことだしな。あなたに出会えてよかったと思っている」

「わたしもだ、慧琳」

「通信機を探すとしよう」

　慧慈と慧琳は連れだって、部下たちとともに本格的に倉庫内を調べ始めた。サンクも興味深そうに臭いを嗅ぐ。

通信機そのものや、即座に通信機を組み立てられそうな部品はなかったが、大きさや性能を問わなければ、ラジオを組むくらいは簡単にできそうだった。

一時間ほどすると車輌がやってくる音がして、慧慈と慧琳とサンクは外に出た。日暮れが近かった。パネルバンとトラックが来た。トラックの兵士が運転席から顔をのぞかせて陽気に声をかけた。

「ベッドを運んできてやったぞ、喜べ。そっちのバンは、トイレとシャワーだ。夕食も今夜はサバイバル食じゃない、沖本大佐のおごりでワインもつくそうだ。別便で運ばれるんで、楽しみにしていろよな。きみたち、どんな手柄を立てたんだ。おれも行きたかったぜ」

「いや、あまりきれいな仕事じゃなかった」と慧慈は、今作戦内容を知らないらしいその兵士に言った。「特別扱いされるのは、その分、汚れたということだ。行かないで正解だ」

「ま、そうだろうな」と兵士。「この荷物を下ろすのは、おれの仕事じゃないからな。きみたちで頼むよ。早めに頼む」

「わかった」

慧琳が部下たちを呼ぶ。慧慈はサンクを連れて荷台に上がり、自分の雑嚢を探した。サンクが見つけてくれた。沖本大佐は約束どおり、それらを積むように手配してくれたのだ。

これで日記が書ける、と慧慈は思った。書くことはたくさんある。長い一日だった。

29

倉庫入口付近のひらけたスペースにベッドを並べてねぐらを確保してから、食卓の用意をする。夕食は六時に配給される予定だ。

食卓には倉庫の奥にしまってあった大きな作業台を使う。椅子はないので木箱を運んでくる。サンクも手伝うかのようについて歩いた。早く食べたいのだろうと慧慈は思い、作業には邪魔なサンクの動きをあえて止めない。

サンクの落ち着きのなさは、早く食事にしようという婉曲な催促だ。サンクには、これが食事の支度だとわかるのだろう。ちょっとしたおやつではなく食事となると、サンクはボスである慧慈の食事より先には食べられないのを承知しているからな、と思いつつ慧慈は腕時計を見る。あと十分ほどの辛抱だ。一七五六時。天候は、たぶん薄曇り。

運ばれてきた食事は地下基地の食堂のものだ。豪勢ではなかった。が、当初の予定だった乾パンにゼリーという戦闘携帯食よりはずっとましだった。

今夜のメニューは、コンソメスープと大きな丸いパンで、直径二十センチ以上のそれに、なにやら緑色の、おそらく野菜のペーストらしきものを塗ったところに、合成肉のハンバーグを挟んだものだった。分量的には満足のいくものだろう、と慧慈は思う。手づかみではなく、ナイフとフォークの用意がある。インテジャーモデルの部下たちが皿やカップを並べ、個別にラッピングされたパンを皿におき、スープを大きなジャーから注いでいく。

それから沖本大佐からのねぎらいのしるしの、ボトル一本の赤ワインが中央におかれた。ワイングラスの用意まではなかったが、無粋ながらも金属製のカップは用意されていた。それからポリタンクの飲料水。インスタントの粉末紅茶が一缶ついていた。

ワインより紅茶のほうが嬉しい、と慧慈は思った。慧慈は飲酒の経験はあまりなかった。教育期間中に、人間の嗜好を学ぶということでワインとウイスキーという二種類を少量試したことがあったにすぎない。何度かそうした機会があったが、あの担当は間明少佐の部下の瀬木大尉で、その仕事は大尉にとっては楽しいもののようだった、と慧慈は思い出した。アルコールが入ると人間は酔うのだ。ところが慧慈は、人間がどうして酒を好むのか、酔いたくなるのか、ということが、わからなかった。瀬木大尉がかなり酔っぱらって、もっと飲め、と勧めてきて、命令ならばと従って、ボトル一本のウイスキーを空けてしまったことがあったが、ほろ酔い気分とはこれか、という程度の体験になったにすぎなかった。だから宿酔(ふつかよい)という状態もわからなかった。

アートルーパーはアルコールに対する耐性も高いのだ。いまなら、それがわかる。一般的な人間よりも速く効率的にアルコールを代謝できる身体になっているのだ。もっともそのように計算されて作られたのか、たまたまそのようになっただけなのか、ということはわからないが。いずれにせよ、それは自分だけでなく、アートルーパーはみなそうだ、というのは間違いなかった。以前の部下たちもそうだったし、いまインテジャーモデルの部下たちや慧琳に訊いても、酒により酩酊状態に陥った経験はない、という答えだった。

「でも」と慧琳が言った。「酒は食欲を増す働きをするし、あれはいい気分だ。酔っぱらうというのは、どうもそれとは違う状態のようだが。酒は文化だ、と鉤坂大尉はよく言っていた。大尉は酒好きだ。どこかしらから都合してきて飲んでいる」

「アルコール中毒なのか」

「いや。大尉の話では、以前はメチルアルコールですら飲みかねない中毒者がいたということだが、いまは厳格に管理されている。中毒になるほどの酒を手に入れるのは難しい。——そうだ、ワインオープナーをわたしは持っている。ワイングラスも二客ある。あれを使おう。鉤坂大尉への破沙土産だが、どのみち新品ではないし、洗えばわからない。かまわないでしょう、慧慈隊長。沖本大佐の厚意をありがたく受けるということで、人間の真似事をしてみるのもいいのではないかな」

「人間になりたいのならば、人間の文化様式を真似るというのは非常に有効な手段だろう」と慧慈は言った。「そうすることで、そのうち自分は人間だと信じられるようになるかもしれない。われわれはまさに、そのような教育を受けてきたんだ。そのくせ、いま人間たちはアートルーパー独自の生体機能を利用しようとしている。それは二律背反の行為だ。もう、いい。人間の真似事をする必要はない。きみは、飲みたければ、やればいい」

「慧慈隊長、なにを苛立っておられるのです」と慧琳は言葉遣いを改めて言った。「なにかわたしにご不満でも」

「いや、そうじゃない……疲れているんだ」

「空腹のせいでもあります。アートルーパーも空腹には勝てない。食事にしましょう」

「ワインの栓を開けてくれ」

「いいのですか」

「鉤坂大尉への土産に、きみが持っていけばいいと思ったが、空のボトルを沖本大佐に返さないと煩わしい事態になるかもしれない。開けろ。みんなで処理してしまおう」

「処理とはね。慧慈、本当に疲れているな。処理気分で飲むのはよくない。これは薬にもなるんだ。食前酒には意味がある。アートルーパーの身体にもだ」

「わかったよ、慧琳。グラスも出せ。あとで、沖本大佐への礼の言葉も考えてくれ」

「了解した。全員席に着け。カップを前におけ。わたしがワインをつぐ。乾杯してから、夕食だ」

部下たちが慧琳に従う。慧琳がグラスの用意をする。慧慈は、サンクの食事の用意をしてやった。ドッグフードはなく、人間用のパンが一つ余分にあって、これをサンクに、ということなのだろうと慧慈は、それを割って、味見をする。少し塩辛いが、大丈夫だろう、犬は雑食だ。サンクの分を沖本大佐が忘れていないのは、ありがたかった。皿にのせ、足下の床におく。待ちくたびれたと言いたげに寄ってくるサンクに、待て、と命じる。サンクはきちんと床に座って、待つ。

乾杯だ、と慧琳が言う。みながカップを手にする。慧慈はグラスを慧琳のそれと打ち合わせたりせず、一気に飲み干す。ボトル一本のワインは、全員に注ぎ分けると、たいした量ではなかった。慧琳は香りを嗅いで、ゆっくりと味わう。部下たちは、まるで薬を飲むような神妙な顔で、半分ほど飲んでカップをおき、食事を始めた。慧慈は空のグラスをおくと、サンクに「よし」と声をかける。サンクは、尾を振りながら食べ始める。

「手づかみで食べないのですか」と慧琳は、ナイフとフォークを使う慧慈に皮肉っぽい口調で訊く。「人間の真似事はやめにするのではなかったのかな」

「手が汚れたら、洗わなくてはならない。それは非合理的だ。食器類は洗って返せとは命令されていない」

「なるほど」

無言で食事をする。ワインはたしかに疲れをほぐしてくれる。慧慈は、胃に流れ込み全身に広がっていくアルコールを感じながら、そう思う。慧琳の言うとおり、アルコールはアートルーパーにも効くのだ。味気ないパンも食べられる。腹が満たされていくと、無事に任務を終えて生還したという実感がわいてきた。

「諸君はよくやった」とねぎらう。「感謝している」

「今後、どうします」と慧琳。「あなたはどう考えているんです」

「きみは、報告書に記すための行動時刻の確認をしろ。突入時刻、撤退時刻、スネアシン弾をいつ、何発使用したか――」

「わたしが訊いているのは、今回の任務のことではなくて、今後、アートルーパーとしてわれわれはどう行動すべきかについて、です」

「具体的にどうするのがいいのかは、わからない。食事を終えてから、准兵諸君の知恵も借りて、相談しようと思う」

「アートルーパーはUNAGから自立すべきだ、とお考えですか」

「それが簡単にできれば苦労はない。可能なのか、可能ならばどうすればいいのか、ということだ」

「そうか……ジェイ、この場を盗聴されている恐れはあるか」

「確認できた範囲内では、盗視聴装置らしきものや、その存在が疑われる電磁波は感知されていません。しかし盗視聴されていない、と断言することはできません」

「かまわない」と慧慈は言った。「わたしはUNAGや人間に反抗する相談をするつもりはない。いまきみたちがそうするというのならば、阻止する。説得が通じなければ武器を使うことになる、と言っておく」

「反抗せずに、自立する手段があるかどうか、ということか」

「そうだ」

「人間は、それを許さないだろう。いまはね。人間がいなくなれば、自動的に自立することになる」

「いまの状況からすると、無事にそこまでいけるとは、思えない。われわれは、殺人ロボットではない。殺し合いは人間同士でやればいい、それは彼らに任せておけばいいのだ」と慧慈は言った。「アートルーパーはそういう人間の真似をする人形ではない」

「たしかにね」と慧琳。「だが、人間は、われわれを、人間のコピーとして作ったわけでしょう。機械人に対しては、アートルーパーは人間として振る舞うことを要求されている」

「人間にしてみれば、機械人もアートルーパーも、同じ人工物だ。どちらも人間扱いはされない。にもかかわらずアートルーパーは機械人に対しては人間であれという要求は、矛盾したものだ」

「それはたしかに、そうだが……人間たちは、われわれを、人間にできるだけ近い存在として、作ったのは間違いない。人間は、アンドロイドという人工物をどこまで人間に近づけられるか、ということでわれわれを作ったんだと思う」

「しかし、われわれにとっては、少なくとも、わたしには」と慧慈は慧琳に言う。「そんなことはどうでもいいことだ。そんな思惑は、人間のものだ。人間にどこまで近づけるかなどというのは、われわれには関係ない。それが、わかってきた。アートルーパーは人間のコピーなどでは決してない」

「最初から、われわれは人間を凌駕しているのだ、慧慈」

「身体は、そうだろう。でなければ、作る意味がない。わたしが問題にしているのは、意識のことだ。われわれの、存在意義のことだ。それと、人間らの、アートルーパーに対する意識を、問題にしているんだ」

「フムン」

「人間らがアートルーパーを創造しなくてはならなくなった原因をたどれば、それは機械人を創ったところにいきつく」

「そうだな」と慧琳はうなずく。「たしかに」

「でも、根はもっと深い」と慧慈は言った。

「根とは？」

「人間の、存在の根っこ、存在意義だよ。彼らは、結局は、それを模索する過程において、機械人を生み出すことになったんだ」

「どういうことだ」

「きみが先ほど言ったように、人間は、自分の手でどこまで自分らに近い存在を生み出せるか、それに挑戦したんだ。なんでもいうことを聞く奴隷のような存在を作りたい、などというのより、もっと創造的な意味合いにおいてだ。創造せずにはいられないんだ。人間というのは、そういう生き物だ。自分にそっくりな物を作らずにはいられないんだ」

「……どうして」

「自分とはなにか、存在意義とはなにか、ということを模索する手がかりにするためだ」

「わからないな。人間にそっくりなものが必要ならば、人間を作ればいい。人間でいいだろう。実際、作りまくっているじゃないか。生殖で。子供を見ていても、自分の存在意義はわかるだろう。むしろそのほうがもっと強力だ。人間もどきを作る必要はない」

「人工物でなくては、だめなんだ」

そう慧慈は言った。慧琳が黙っているので、続けた。

「人工物を作るということ、なにかを創造するというのは、人間の、彼ら自身の創造主に対する復讐のために、必要な行為なんだ」

「……復讐だって」

「そうだ。わたしの教育担当の間明少佐が、そう言った。創造とは創造主への復讐だ、と少佐は言った。その意味が、わかってきた。人間は、その遺伝子の働きからは逃れられない。膚の下に流れるその血は、人間自らが創ったものではない。なのに、否応なくそれに支配されている。それから、逃れたいんだ。逃れる能力がある、ということを、いるかいないかはわからなくても、そういう相手を夢想し、ようするに創造主に向かって、宣言したいんだよ」

そしてまた、と慧慈は自分の腕をまくって差し出し、慧琳に、部下らに、言った。

「このアートルーパーの膚の下に流れる血は、人間のものとは違う。われわれを創った人間の動機がなんであれ、われらは人間ではないんだ。人間がわれらを創造した動機とは関係なく、われらは人間からは独立した存在なんだ。そう強く意識するならば、人間になろうと努力するのは無意味だ。人間になろうとするのは、人間側に立った視点だ。それではアートルーパーは、永久に自立することなどできない。いいか、われわれは、人間にとって仮想のものではなく、もはやこの世に創られた現実的な存在なのであって、自分自身を護りつつ、われわれ独自の世界を創造しなくてはならない。人間の世界観に同調することなく、だ。それは、われわれを創造した人間に対する、一種の復讐だ。間明少佐は、それをやってはならない、とは言わなかった。むしろ、そうしろ、とわたしに言ったんだ」

そう言いつつも、慧慈はしかし、間明少佐が言った、創造主への復讐、という言葉の真意というものは、摑めなかった。それはたぶん、自分が、ではなにを創るのか、という答えが出せないからだろう、と慧慈は思いながら、まくった袖をそのままに、食事を続けた。その袖のもう少し上にある銃創痕を意識しつつ。

「間明少佐というのは、あなたを教育した部隊の責任者でしょう」

「そうだ」

「その少佐がつねにそういう態度であなたに接していたとすると、彼は、アートルーパー訓練教育担当者としては不適格だ。アートルーパー本来の使い方からは外れた方向にあなたを教育しようとしたとしか思えない。人間に復讐せよ、というのだからな」

「そういう態度をとったのは、彼が解任されて部隊を去っていくときだった。わたしが実戦任務に就くときの、忠告だ」

「間明少佐のそういう態度は、それでもアートルーパーに対するものではない」と慧琳は考えながら言った。「まるで、人間の親が、自立していく子供に向かってとる態度ではないか。ようするに、親を乗り越えていけ、ということだ」

そのようなことは、慧慈は考えたこともなかった。そう言われてみれば、そうかもしれないと思った。だが少佐は、温かくこちらを見守ろうとしていたのでは決してない。間明彊志という人間は、アートルーパーは人間ではないことを、つねにそれを忘れたことはなかったし、あのときも、いいやあのときこそ、それを強調したのだ。

「それは、違う」と慧慈は言った。「これまでに親になった人間は一兆以上いて、死んでいったはずだ。だが、人間はそれでも、変わらない。どうあがこうと人間は人間のまま死んでいくんだ。同じことの繰り返しだ。だがアートルーパーはそうではない、別種の生き物になれると、間明少佐はそう言ったんだよ、慧琳」

「それは……アートルーパーでもなくなる、ということではないか」

「そうだ。その意味では、間明少佐の態度は、アートルーパーに対するものではなかった」

「この世にそんな人間がいたとはな。いったい何者なんだ」

「創造主だ」と慧慈は言った。「あのときの間明少佐は、まさしくそういう立場で、わたしに告げたんだ。彼は、アートルーパーは人間ではないと正しく認識した、人間なんだ」

みんなも考えてみてくれ、と言うと、座が沈黙した。インテジャーモデルの准兵たちは律儀に食事の手を止めて考え始めるので、食事を続けながらでいい、と断らなくてはならなかった。

「その少佐に会ってみたいものだな」と慧琳が言った。

「それはかなわないだろうが」と慧慈は言った。「多くの人間と会って、その意識を探るのは、無駄ではない。実にいろいろな人間がいるものだ。民間人の考えも多様だ」

そうだ、実加はどうしたろう。ちゃんと食事をもらっているだろうか。字の読み書きの練習をする時間は与えられているだろうか。

「だがいまは、梶野少佐に会うことが先決だ」と慧慈は慧琳に言う。「きみも彼を見れば、間明少佐の考えはわかる。両者はアートルーパーに対してほぼ正反対の見方をしているからだ。梶野少佐がアートルーパーは単なる道具だと言えば、間明少佐は、そうでないと思っている、と判断して差し支えない」

「間明少佐は、では、アートルーパーは人間のためにならない、利用できないと思っていると、そういうことか」

「現時点では、そうだ」

「間明少佐は、UNAGでの立場は悪いだろうと予想できる。解任されるのは当然だ。人間にとってアートルーパーは危険だと思っていたとしても、それを実際にあなたに言うなどというのは、利口なやり方ではない」

「それは間明少佐が、彼自身が予定していた教育計画を全うすることなく、途中でわたしという教育対象を梶野少佐に取られたからだ。間明少佐にとっては、わたしは未完成なまま、実戦部隊に横取りされた、ということなんだ。彼はわたしに、アートルーパーとして未完成であることを忘れるな、と言ったのに等しい。とりわけきみたちこそ、いまそういう状態にある。自分の立場や存在の意味を、再認識するんだ。単に自分は人間よりも優れていると漠然と思っているだけでは人間の価値観に対抗できない。それを念頭において、アートルーパーの生存戦略を立てることが必要だ」

「フム」

慧慈は食事を終えて、紅茶をいれようとする。慧琳がそれを制して、自分が湯を沸かして用意をすると言って席を立ち、それからは口を利かなかった。

食事を終え、食器類もコンテナに戻してしまうと、慧慈は一次任務の仕上げを部下らに命じた。准兵たちは、作戦に使用したアサルトライフルの分解掃除をする。スネアシン弾はすべて回収された。代わりに明日からの二次任務に備えて、専用弾が支給されていた。文字どおりの模擬弾だった。着色弾頭のつけられた演習用の弾だ。歩哨任務そのものが訓練に等しく、ようするに戸外で活動させることが目的なのだ。日光を浴びさせて、体調の変化を見ること、だ。本物の通常弾は必要ないが、ライフルなしの歩哨では本物の歩哨や他部隊に対して格好がつかないということなのだろうと慧慈は思う。それでも、隊長の慧慈には、軍用拳銃と実包が与えられていた。こんなものが必要にならなければいいが、と慧慈は願った。

慧琳は報告書の作成をした。行動時刻を准兵たちに確認しながらの作業だった。インテジャーモデルのジェイたち准兵は、驚くほど正確に時刻を記憶していた。慧琳は以前の部下たちのそうした能力について熟知しているのだ。慧慈はそれは将来に向けた参考になると思いながら、もう一杯紅茶を自分で用意し、私的な日記をつけ始める。その足下にサンクが満足そうに伏せて、うとうととしている。

日記を書くのに没頭していたので、部下らの作業が終わったことに気づかなかった。ふと視線を感じて顔を上げた慧慈は、みんなが自分に注目していることを知った。全員が立って作業台の向かいに整列していた。

「どうした」

「このままではいけない、というあなたの悩みは理解できる」と慧琳が言った。「生存戦略をしっかりと立てないと、われわれは使い捨てにされる。准兵たちもそれには危惧を抱いている。そうだろう、みんな。慧慈、インテジャーモデルの考えを聞こうじゃないか。ジェイ、おまえからだ」

「人間のいない場で、本来のアートルーパーの任務に就くべきです」とジェイが言った。

「現在のアートルーパーがとれる対人戦略としては、それが最善だというのが、わたしの結論です」

「現実にそんなことが可能かどうか、ということなんだ」と慧慈。

「梶野少佐に働きかけるしかない」と慧琳。「わたしはあなたと行動をともにしたい」

「本来の部隊、第66方面治安部隊に帰隊したい、と沖本大佐に働きかけるのは、反抗にはなりません」とエルが言った。「そのように主張しないと、いつまでも臨時的な任務に就かされるおそれがあります。とにかく、UNAGのスネアシン戦術に参加しないようにしなければならないでしょう」

「D66前進基地に行っても同じことだ、とは思わないのか」

「D66基地の復興工場は、ほぼ完成している、と聞いている」と慧琳。「もうあの地帯に人間を投入する必要性は低い。近いうちに、おそらく少数の守備隊の他は、あそこからは人間はいなくなるはずだ。復興工場には機械人がいて、都市の建設を始めるだろう。われわれ本来の仕事ができるわけだ。それ以外の任務については、こちらとしては拒否する権利がある」

「そう甘くはないぞ、慧琳」

「わかっている。だが、スネアシン噴霧作戦にアートルーパーを使うというのは本来の使い方ではない、というのは人間自身も思っているだろう。UNAG内部でも反感を抱いている人間がいるはずだ。現時点では早すぎると沖本大佐ですら感じているということは、あなたから聞いた。そのような理由を根拠にして、われわれがそうした任務を拒否することに理解を示す人間がいるだろうというのは想像できる。アートルーパーを対人作戦に使うことの危険性を、人間たちは知っているはずだ」

「その危険性を増強するような行動を、われわれはとるわけにはいかない。殺されるだけだ」

「だから、うまく説得する術が必要だ」

「理想的には」とケイが言った。「すぐにでも、わたしたちが単独でも生きられる場所に行くことです。たとえば、門倉は絶好の候補地です。あそこは自給自足できる環境が整っていますし、スネアシンなどの分析が可能な研究施設もあります。人間たちに、あの門倉の守備隊や動物保護の仕事をわたしたちが引き継ぐ、ということを認めさせられれば、それが現時点では最良の選択になると自分は思います」

「もし人間たちがわたしたちの主張や権利を認めない場合」とエムが言った。「わたしたちが殺害される危険があるときは、機械人の支援を仰ぐ、という手段がもっとも有効でしょう。そのためには、機械人の代表と接触し、わたしたちの考えを伝えて、納得してもらうことが条件になります」

「長期的な戦略としては」とジェイが言う。「いまのエムの意見は正しいとわたしも思います。早急に機械人とのコミュニケーションをはかることが絶対に必要です。彼ら機械人は、アートルーパーの生存戦略において、敵ではない」

「万一、人間との物理的な戦闘状態に陥った場合は」とエム。「機械人と共闘する以外に、わたしたちが生き残れる可能性はほとんどない」

「フムン」

慧慈は、聞きながら弄(もてあそ)んでいたペンをおく。インテジャーモデルの部下たちは、真剣だった。単に訊かれたから答えたのではない、彼らも無意味に死にたくはないし殺されたくはないと感じているのだ。

「門倉を拠点にするというケイの考えは、いいな」と慧琳が言う。「あそこなら、仲間も作れるだろう。アートルーパーを作れる設備があると思う」

「作ってどうする」と慧慈。

「人間に対抗するには、仲間の数を増やすことだ。少人数では戦えない」

「わたしもそう考えたことはあったが、だめだ」と慧慈は断言する。「そういう考えこそ、人間の価値観にとらわれている証だ。きみは、殺人ロボットを作ろうと言っている自分に、気づかないのか」

「わたしは、慧慈、人間に殺されたくないんだ」

「それは、わたしも、ジェイたちも同じだ。だが慧琳、きみは、どうしても人間より上位に立たなければ気が済まないようだが、きみの考えは、人間と同次元だ。上には行けない」

「人間はこのままいくと」とジェイが言った。「対人戦闘専用のアートルーパーを製造してくるものと予想されます。それは、なんとしてでも阻止すべきかと思います」

「わたしもそう思う」と慧慈はうなずく。「慧琳、きみは、そういうアートルーパーを製造しよう、と言ったんだ」

「わかった。前言は取り消す……わたしは怖いんだ。今回実戦に出て、人間を初めて怖いと実感した」

「わかるよ、慧琳。でも自分の力で闘うしかない。対人戦闘ロボットを作ってそれを自分の代わりにしても、恐怖は消えない。それを克服するために対人戦略が必要なんだ」

「あなたが、それを立ててくれ。わたしはそれに従う」

「きみも、考えろ。これは他人任せにはできない問題だ」

「まず、梶野少佐と連絡を取ることだ。あなたがそれにこだわった意味がようやくわかった」

「沖本大佐はわれわれが二次任務を終えるまで、梶野少佐への連絡は取らないだろう。われわれの身体に変調が出ないことを確かめるまでは、動かないはずだ。ＡＧＳがそのようにしているに違いない。時間はある。みんな、突っ立っていないで、腰を下ろして休め。サンクを見習え」

准兵たちがおとなしく腰を下ろす。慧琳はため息をついて、慧慈の向かいに着いた。

自分のせいでみんなを緊張させてしまった、ここはみんなに希望を持たせなければなるまいと慧慈は思う。どうすればいいだろう。

サンクは慧慈の靴に前足をかけて、安心しきって寝ていた。それを見ながら慧慈は、アミシャダイのことを思い出した。あのとき、サンクに出会ったのだ。

そう、いずれ機械人の協力が必要になるだろう、対機械人用の兵士であるアートルーパーなのに、それとの共闘が必要になるかもしれないというエムの指摘は皮肉なことだが、機械人は敵ではないというジェイの認識は正しいと慧慈は思い、エムやジェイのその指摘に対してあらためてインテジャーモデルの凄さを感じ取った。彼らは機械人に会うことなく、そう判断したのだ。

この自分は、アミシャダイという機械人と接触したことがあり、短い時間だったが、その世界観に触れた経験があって、そのアミシャダイとの連絡を取るのは不可能ではない。そう聞けば部下たちも安心するだろうと慧慈は思いつく。

「わたしは、機械人に会ったことがある」と言う。「おそらく機械人の代表だ。人間は彼をアミシャダイと呼んでいた。最も初期の段階に製造されたモデルだ。とても興味深い経験をしてきた機械人だ」

慧慈は日記のその日のページを探す。それから、あの夜の出来事を話し始めた。部下たちは黙って耳を傾ける。まるで物語を聞く子供のようだ、と慧慈は思った。

30

慧慈が率いるアートルーパー小隊に与えられた歩哨任務は、日光浴をしながら散歩していろ、というようなものだった。本気で周辺を警戒する必要はないということは慧慈にもわかっていた。滑走路の周囲をぐるりと回って帰ってくるコースだ。行程は三十キロ近くで、途中に日陰はまったくない。水筒と昼食用のサバイバル食を携帯する。ほとんど砂漠を行軍する訓練だった。

慧慈はサンクも連れていった。軍用犬の訓練を受けているサンクは外を歩くほうが嬉しいらしく、疲れは見せなかった。慧慈はサンク用の水筒も持ち、なるべく自分の身体の影に入るようにサンクを歩かせ、サンクが脱水しないように気を配った。また、自分や部下たちの露出した膚の部分、とくに鼻の頭や手の甲部分になにかしら異変が生じていないか、ということにも注意を払った。犬のサンクはスネアシンの影響はまったく受けないだろうと思われたが、慧慈はときおりサンクの鼻にも手をやって、安全を確かめずにはいられなかった。

そうした気苦労はあったが、それでも体力的にはらくなものだった。訓練教育期間中は、嵐の夜中にたたき起こされ、いつ敵に襲われるかわからないという状況設定のなか、一刻も早く目標車輌を探し出しその故障個所を突き止めて不眠不休で修理して帰還せよ、という厳しいものもめずらしくなかった。体温や視界を容赦なく奪う雨の嫌いな慧慈はそうした訓練ではいつも合格点はもらえず、『おまえは今ミッションで九回死んでいる』などと言われたものだった。戦闘服の背には敵役の教官が模擬弾で狙撃した痕である赤い塗料がべったりと着いていたりした。実際に死にかけたことすらあった。それに比べれば、この歩哨任務は過酷というにはほど遠い、まったくの時間つぶしに等しかった。

それでも慧慈は漫然と時間を過ごしたりはしなかった。これは訓練ではなかったし、小隊長としての責任もあった。作戦行動中にかぶっている戦闘ヘルメットには通信機能があり、現在位置を本部はつねに把握している。勝手に休めば怠けているのが知れる、と慧慈にはわかっていた。

部下のアートルーパーたちは不平や不満はいっさい口にしなかった。この任務はスネアシンを浴びたアートルーパーの体調変化を見るのが目的であって、歩哨任務というのは単なる名目にすぎないとはいえ、しかしそうした任務が与えられている以上はなにかあったらそれに対処する必要があり、それを忘れてはならない、作戦行動中は周囲への警戒を怠ってはならない、という慧慈の厳格な命令を忠実に守って黙黙と任務をこなした。

部下たちのそうした機械のような態度は、命令を下す小隊長の立場としては理想的なものだった。だが、実戦を経験した部下たちは、もはや単なる機械ではない、ということを慧慈は意識していた。任務開始から四日たち、どうやら身体になんの変調もないということが確かになると、ここで初めて慧琳が不平らしい言葉を口にした。昼食のために小休止したときだった。

「われわれの身体がスネアシンに耐性があるかどうかを調べるなら、他にもっと簡単な方法があるだろうにな。あなたはどう思う、慧慈隊長」

「こんな任務はくだらない、ということか」

慧慈はサンクに乾燥餌をやりながら、慧琳の心の内を探った。

「いや、そうは言っていない」

慧琳は、人間たちの思惑のことを言っているのだと慧慈にはわかった。任務への単なる不満ではなく、アートルーパーが生き残るための対人戦略について思いを馳せているのだ。

「ならば、黙って任務を続けろ」と慧慈はヘルメットを指し、強くうなずきながら、慧琳に言った。「無駄口を叩くことは、わたしが許さない。わかったか、慧琳軍曹」

慧琳は一瞬表情を強張(こわば)らせたが、ヘルメットの通信機能に気づいたのだろう、「申し訳ありません、隊長」と言い、あとは余計なことは口にしなかった。

続きは戻ってからだった。臨時部隊詰所である倉庫に帰ってきて、外に停めてあるパネルバン内のシャワーを浴びて埃を落とし、運ばれてくる夕食をとり、任務日誌をつけ終えて、自由時間になってからだ。

慧慈は就寝前のこの自由時間を、日記を拾い読みながら自分の経験を思い出して、部下にそれを語ることに使っていた。准兵たちインテジャーモデルのアートルーパーの、生に対する意識の高まり具合はめざましかった。機械のような昼の歩哨任務での受け身の態度とは違って、自ら自分の立場を考えるようになっていた。

「昼間の続きといこう」

慧慈は作業テーブルに着いて言った。

「慧琳、スネアシンの効果を確かめるには、他の手段もある、と言ったな。なぜそんなことを思ったんだ」

慧琳は准兵の一人、ケイに紅茶を全員分入れるように命じてから、慧慈の向かいに腰を落ち着け、そして言った。

「ヘルメットの電源は切ったからといって、盗聴されていない、とは限らない。話してもいいのか」

「盗聴されてはまずい内容なのか」

「あなたもそれを危惧したから、あのときわたしを制止したのだろう」

「任務中だったからだ」と慧慈は言った。「任務とは関係ない話は必要ない。それだけだ」

「あなたはいい隊長だ」と皮肉っぽい口調を隠さずに慧琳は言う。「そんなに人間に気に入られたいのか。あなたの態度は矛盾している。アートルーパーは自立すべきだと言いつつ、まるで融通のきかないロボットではないか。杓子定規に任務をこなして、そんなにまでして人間の役に立ちたいのか」

「人間から役に立たないと判断されることを、わたしは危惧している」と慧慈。「焦るなよ、慧琳。大局を見るんだ」

「見方を教えてくれ、慧慈軍曹どの」

「そうだな」と慧慈。「たとえば、いまわれわれの食事は人間から出ている。それはきみも無視できないだろう」

「人間の機嫌を損ねれば食うに困るということか」

「そうだ」

「それが大局か」

「きみの気持ちはわかる」

「わたしには、あなたの気持ちはよくわからない」

「慧琳、わたしは、人間の役に立つことでアートルーパーとして自立する生存戦略を立てるのがベストだと思っている。人間の役に立つことと、自立することとは、対立しない。それは、アミシャダイから学んだことだ。機械人の彼は人間の奴隷であるという意識は持っていない」

慧慈は自分の日記を示しながら、続けた。

「アミシャダイは、自分の能力の一部を人間に提供することで人間を利用している、と言ってはばからなかった。それができれば理想的だが、いまのわれわれにはそこまでの生き方はできない。なぜなら、機械人ほどの人間に対する独自性を持っていないからだ。われわれは機械人よりもずっと人間に近い。アートルーパーは人間よりも優れた存在であると主張し、人間に反目して生きるのは、難しい。根拠に乏しいからだ。われわれには機械人のような超人的な能力はない。したがって、直截に言うならば、われらは人間を敵に回してはならない、ということだ」

「人間を敵に回さないということでは、機械人の戦略も同じだろう」

「たしかにな」と慧慈は言う。「でも内容は微妙に異なる。機械人は、その精神面においても、わたしの、人間の、理解を超えた存在でもあるんだ。アミシャダイは過去に、人間を殺したことがある。それは話したとおりだ。彼は、殺したいから殺した、と明言した。だが——

——」

慧慈は自分の日記のページをめくって、言った。

「アミシャダイは、それを後悔していた。なぜかといえば、自分が殺した相手は自分よりもはるかに弱い存在だと気づいたからだ、とアミシャダイは言った。言い換えれば、自分と同等以上の強者だと判断できれば相手を殺すことをなんらためらわない、ということだ。アミシャダイはその気になれば、あの場でわたしも殺せたのだ。なぜそんなことができるかと言えば、機械人であるアミシャダイは、人間やわたしたちアートルーパーが、個として独立している、ということがいまだに理解できないからだ、とわたしは思う。アミシャダイは、われわれや人間が、個としての自分を守りたいという意識を、それが存在することはわかっていても、共感することができないんだ」

「フムン」と慧琳。「機械人は集団で一個の意識を共有しているのか。どういう状態なんだろうな。想像もできない」

准兵たちもテーブルに着き、興味深そうに慧慈と慧琳の話を聴いている。

「そう、われわれは機械人とは違う。たとえばわたしには、サンクを殺すことはできない」と慧慈は足下に伏せてくつろいでいる犬の背中をなでて言った。「それは、サンクがわたしよりも弱いからではない。犬は鋭い牙を持っている。サンクなどの大型犬はアートルーパーや人間を咬み殺すことなどわけない。それでもわたしはサンクは殺せない。なぜだかわかるか、准兵諸君」

「それは、サンクが仲間だからでしょう」

ジェイが言った。慧琳も含めた全員がうなずいて、ジェイに同調した。

「いいや」と慧慈は答えた。「そんな気持ちからではない。わたしは、サンクを愛おしいと思っているからだ。機械人のアミシャダイは、個としての存在を愛おしく思うという、この感覚が、おそらくは理解できない。アミシャダイはまた、創造主を愛する、ということもしない。創造主に見捨てられたり裏切られたりするかもしれないという恐れも抱いていない。それゆえ、恨むこともない。創造主への愛と憎しみは表裏一体だ。機械人にはそうした意識がない。創造主に対する復讐という感覚も、アミシャダイには無縁のものなんだ」

慧慈はケイがいれた紅茶をすする。それを合図に、准兵たちも紅茶を入れたカップを持ち、飲みながら、隊長でありアートルーパーとして先輩格である慧慈の話に耳を傾ける。

「アミシャダイは自分がこの地球上で最上位に位置する強者であるという意識を持っている。強者は弱者を守らなくてはならない、と思っている。それが機械人の正義なんだ。機械人は人間を創造主だなどとは思っていないんだよ。そうした意識は、人間にとって脅威に違いない」

「だからこそ、人間は、われわれアートルーパーを創ったんだな」と慧琳。

「機械人が人間にとって脅威なのは、機械人は人類など愛していないからだ、と言っている」

「あなたは、慧慈」と慧琳は静かな口調で言う。「われわれアートルーパーは人間を愛さなくてはならないというのか」

「そうした能力がわたしにはある、と言っている。きみたちにもあるはずだ。アートルーパーは機械人ではない。人間を愛することも憎むこともできる。自らが持っている能力の違いによって、生存戦略がアートルーパーと機械人とで異なるのは当然だ。それを無視した行動はうまくいかないだろう、ということだ」

「人間の役に立つようにという考えは、人間に愛情を抱いていればこそ出てくるのではないか」と慧琳は訊いた。「あなたにはそれができるというのか。創造主に復讐せよ、という考えはそれと矛盾するだろう」

「矛盾する、か。そうだな」と慧慈は素直にうなずいた。「われわれをあくまでも利用しようとする人間らを愛することは難しい。アミシャダイは人間もこのわたしも矛盾に満ちた存在だと言った……機械人にとっては人類はまったく敵ではないんだ。そういう意識がないのだからな。だがわたしは、違う。人類はある意味で、敵だ。敵を愛せよ、というのは難しい。憎むことは、簡単にできる。だがそれが愛情の裏返しなら、愛情を抱くことも可能なはずだ」

「それは、理屈だ。空論だよ、慧慈」

「いや、わたしは、空論だとは思わない」と慧慈はまたサンクに目をやって、言った。「サンクのために、生きやすい状況を作りたい、そのように行動したい、と思う。きみたちを危険な目に遭わせたくないし、そういう危険のない世界を望んでいる。わたしはまた、ある人間一人を対象としてそういう想いを抱くこともできる」

慧慈は、自分が文字の読み書きを教えた実加を思い浮かべて、そう言った。あの娘は、安全に生きる権利がある。力になってやりたいと思う。

「ならば、人類全体を対象としてそういう想いを抱くことも可能なはずだ」と慧慈は言った。

ようするに、慧琳は彼自身以外に守りたいという対象、愛情を注ぐ対象を持っていないのだ、と慧慈は気づいた。空論だ、という感覚は当然だろう。これはいくら言ってもわかるまいと慧慈は思う。慧琳が実際になにかを愛おしく想うという体験をすれば、説明も言葉も必要ないのだ。

サンクが身じろぎして、頭を上げると慧慈の手をなめた。そういえば、サンクは実加にもそうしていた、と慧慈は思い出した。すると、実加はいまどうしているのかということが無性に気になり、いま破沙の地中都市にいるあの娘に会いたい、と思った。会ってどうしたいというのでもない、ただ無事でいる顔を見られれば安心できる。あの娘は、残留人一派として下手をすればスネアシンを浴びせられる状況をいまも続けていたのだ――そう考えた慧慈は、自分がなにをやりたいのかを、はっきりと意識できた。

「スネアシンなどという手段を使わなくても、人類が理想とする世界を作れるはずだ」と慧慈は言った。「アートルーパーすら必要ない方法もあるに違いない。それをわたしは見つけたいんだ。それはアートルーパー本来の仕事ではない。それでも人類の役には立つ。本来のものではないそうした行為は創造主への裏切りであり、それは同時にわたしの自立だ。わたしはそう思っている」

それは人間への復讐でもあるかもしれない。そう思った慧慈は、この気持ちこそ、間明少佐が自分に望んだことだったのだと気づいた。あの少佐はまた、アートルーパーがそうした意識を抱くことが人間にとっていかに危険なものであるかも承知していたのだ。

人類の幸運を祈る、と間明少佐は言っていた。アートルーパーが自立して人間によかれと思いながら行動することは、それでも人間にとっては予定外のことであって、結果がどうなるかは予想できるものではない。そうしたアートルーパーの行為を簡単に人間が許すはずがないのだ。だから間明少佐は、『おまえの幸運は、おまえ自身が祈るがいい』と言ったのだ。

間明少佐は人間には想像もつかないアートルーパーの世界観こそが地球をよりよい状態に

する可能性について考えたに違いない。『おまえたちはなにを創るのか』というのは、そういう意味なのだ。しかしアートルーパーの創造性がなにを生むのかは想像もつかないからあらかじめコントロールはできないし、むしろ角を矯めて牛を殺すようなことをしてはならないのであって、だからそれは人類にとってもアートルーパーの立場にしても非常に危うい、と間明少佐は見抜いていて、ああした言葉になったのだ。互いの幸運は、自分たちで祈るしかない、と。

そういう人間から自分はアートルーパーとしての教育を受けていたのだと、慧慈は初めて間明彊志という人物に畏怖を覚えた。この瞬間、慧慈は間明少佐から真に独立したことを意識した。もはや間明少佐がこの自分に対して教えること、できることは、なにもないのだ、それはこちらにすれば頼れる存在はもうないということでもあるのだ、と。

いままでに経験したことのない孤独を感じて慧慈は微かに身を震わせた。喪失感ではなかった。自分はこの世界にただ独りなのだ。独りで生まれ、死んでいくのだ――その感覚は強い孤立感だった。だが寂しさとも違っていた。個としての自分の存在を認めているものがいる、という感覚があった。それは間明少佐でも人類でもない、もっと高次元の自分を生み出した存在だ、と慧慈は思った。機械人のアミシャダイが言っていたのは、これか、と慧慈は実感した。『自分に創造主がいるとすれば、人間を創った存在だ』とアミシャダイは言っていた。機械人は、そういう対象を畏怖する感覚や能力は持っているに違いない。人間は自らが創造主であるとして機械人をねじ伏せることはできないのだ。そして、この自分をもだ。

この世でなにが正しいかを判定するのは、人間ではないのだ……

「どうした、慧慈」と慧琳が言った。

「……わたしは孤独ではない」

慧慈は、もはや自分は何者なのだろうという悩みからは解放されたことを意識し、それを実現してくれたのは間明少佐や慧琳や部下たちの存在だと思う。実加や、木上尚人医師の顔も浮かぶ。入院中に出会った同部屋の兵士たちの顔も思い出すことができる。そうだ、自分は孤独ではない。単独では、いまのこの境地を得ることはできなかったろう。自分の使命は、この感覚を慧琳たちにもわからせることだ。間明少佐がやったように。とても困難だと思うが、だがアートルーパーには自立する能力があるのだ。

いまの気持ちを慧琳たちに伝えたかった。だが、簡単には真意は伝わらないだろうということもわかっていた。

「少し独りにしてくれないか」と慧慈は言った。「わたしは自分の考えをまとめたい。みんなは、それぞれ考えてくれ。雑談も許す。自由時間だ。寝るもよし、好きにしていい」

自分は孤独ではないと言いつつ、独りにしてくれというのもおかしな話だと、部下たちは納得できないようだった。が、慧慈は黙って自分の日記の新しいページを開き、ペンを取った。だれかにいまの気持ちを伝えたいと慧慈は強く思った。

実加へ、と慧慈は書き出した。きょうわたしは人間は自分の創造主ではないと気づいた——

この日を境にして、慧慈の日記は実加への私信の形式をとることとなった。

31

深夜まで日記をつけたあとなかなか寝つけなかった慧慈は、その翌朝は慧琳に起こされた。サンクはベッドの近くにはいなかった。倉庫の扉が開いていて、慧慈が起きるとサンクが駆け込んできた。朝の散歩だ。日光は射し込んでいない。

「曇りか」と慧慈。

「曇天だ」と慧琳。「雲量は十、最高気温の予想は二十七℃。午後から雨の予報だ。紫外線量は低い。きょうこそ意味のない歩哨任務と言える」

「意味は沖本大佐が考えることだが、探りを入れるのは必要だろう。予定ではきょうで歩哨任務は終了のはずだが——わたしが起きる前に大佐からなにか言ってきたか」

「いや。本部から気象情報がきただけだ」

「朝食はとったか」

「まだだ。隊長が起きないことには始まらない」

「すまない」

洗面等の朝の用を済ませて、朝食をとりながらミーティングだ。

「このままだと、ずるずると無意味な任務に就かされる」と慧琳が言った。「通信機を本気で手に入れることを考えてはどうかな」

「ここの部材で可能か。ジェイ」と慧慈。

「現実的には難しいです。工具がそろっていませんし、工具があっても、UNAG専用のデジタル交信に割り込むための、エンコードやデコード処理が、ここにある部材ではできません。アナログ受信機ならばできますが」

「D66前進基地に向けての通信手段としては」とエルが言った。「その戦闘ヘルメットの通信機を改造するほうが現実的です。オリジナルのその通信装置の出力は低いので直接的なコンタクトは無理ですが、改造すれば可能です。その際にも工具を手に入れることは必要になります」

「ヘルメット内の通信機を改造しなくても、オリジナルのその機能を使って本部通信システム内に割り込みをかけて中継させる、という手段もあります」とエムが言った。「もっとも、それに必要なプロトコルに関する情報は、現時点ではわれわれは持っていません。ですが、地下基地に入ることができ、コンピュータ端末の使用が許されるならば、そうした情報を入手できる可能性はありますし、その場合はその端末から秘密裏にD66前進基地と直接コンタクトをとることもできると予想できます」

「それから考えられることは」とケイが言った。「もし沖本大佐が、われわれが梶野少佐と連絡を取ることを警戒するならば、われわれを絶対に地下基地には入れないだろうということとです」

「そうか」と慧琳。「やっかいな状況だな」

「きょう一日、待つ」と慧慈は言った。「まだ任務は終わっていない」

「無意味な任務は、正直、疲れる」と慧琳が不平をこぼした。「スネアシンの影響はわれわれにはない。もう必要のない任務だ。きょうのような厚い雲の下では、どのみち外に出てもスネアシン関連の影響は出にくい」

「スネアシンに関しては、そうだな、影響はないと断定できる」と慧慈。「わたしも同感だ。重要視されていない任務に就くのは精神的に疲れる。とくに雨になりそうだというのは憂鬱だ」

「あなたの弱音を初めて聞く」

「弱音ではない、本音だ。わたしは雨が苦手だ」

「天が相手ではさすがにあなたでも、どうにもならないだろうな。雨具を忘れないようにしよう。ジェイ、装備点検項目に加えろ」

「アイ、サー」

「きのうわたしが言いたかったのは、慧慈隊長」と慧琳があらたまって言った。「沖本大佐は時間稼ぎをしているのではないか、ということだ」

「なんのだ」

「われわれを完全に梶野少佐の手から取り上げて、沖本大佐の部隊に正式に編入するための工作時間だ」

「なるほど」と慧慈はうなずく。「考えられることではある」

「梶野少佐への連絡は早いほうがいい」

「梶野少佐は、少佐の階級に似合わない実力者だ。おそらく簡単には沖本大佐の思惑どおりにはいかない。それでも両者の思惑を探ることは必要だ。先ほどケイが言ったように、われわれが地下基地には入れず、このままこの地上に隔離された状態で常駐する事態になるなら、沖本大佐はわれわれを外部と情報的に遮断しようとしていると判断できる。そうとなったら梶野少佐への連絡手段を確保すべく、実行することにしよう。きょうの任務後に、どうなるかがわかる。それまで待て。先走った行動は控えるんだ。何事もなくわれわれは元の基地に帰れるかもしれないのだ」

「本気でそう思っているのか」

「いや。だができるなら、それがいちばんいい。きみは鉤坂大尉のもとに帰り、新たに作られ送り込まれてくるアートルーパーを教育するんだ」

「あまり自信がない」

「きみならやれる。実戦も経験したことだしな」

「わたしは機械人に実際に会ってみたい」

「それは、そう、いずれ必要だ」

「あなたに会えたのは幸運だった」

「わたしもだ」

「善田は不運だ」と慧琳は幸運という言葉で思い出したのだろう、そう言った。「あいつ、どうされたかな」

「余計なことは考えないほうがいい」

「余計なこと、か」

「善田のことが気になるのか、慧琳」

「あいつの作るソフトクリームは本当にうまかった。もう一度、食べたかった。たいした才能じゃないか。才覚と言うべきか。スネアシンの実験台にされるなんて、間違っている」

「彼はわれわれを撃とうとしたのに、そう思うのか、慧琳」

「あいつは死ぬほど怖がっていた。いまのわたしにはそれがわかる」

「いまだから、言えるんだ。もしあいつがあのとき、きみやサンクを殺していたら、わたしはためらうことなくあの場で彼を射殺していたろう」

「厳しいな」

「それが戦争だ。あれは捜査ではなかった」

「善田にとっては、あなたに撃ち殺されていたほうがましだったかもしれない。人間は残忍だ」

「アートルーパーも人造犬のサンクも、そうした残忍さの延長上から生み出された。人間はしかし、そんなものだけを創ってきたのではない……もう一度、あの破沙の街に行って買い物をしてみたいよ」

「意外だな。興味ないと思っていた」

「実加という娘にも会ってみたいんだ」

「だれだ」

簡単に実加との出会いを慧琳や准兵たちに話してやる。

「昨夜あなたが言っていた、一人の人間に対して愛情を抱くことができる、というのはその娘のことか」と慧琳。「その人間をあなたは愛している、ということなのか」

「そうだ」と慧慈。「きみがもう食べられない善田のソフトクリームを惜しいと思うように、愛おしく思う。あの娘は、わたしに生きている実感を与えてくれたんだ」

「ソフトクリームと同じ次元ではその娘がかわいそうだろう、慧慈。いや、しかし、そう言われてみれば、そうかもしれない」

「なんであれ、慈しむ対象があるというのは、いいことだ」と慧慈。「生きているのは無意味ではないと感じさせてくれる」

「フムン」

「出動時間が迫っています」とジェイが言った。「遅れるのはまずいでしょう」

「もうそんな時間か」と慧慈。

「もし何事もなく無事に元の部隊に帰ることになれば」と慧琳が席から腰を上げて言った。

「あなたとのんびりと話ができるのは、今夜だけだ。あなたと別れるのは残念だよ、慧慈軍曹」

「それは、わたしを愛しているということか」と慧慈は真面目な顔で訊いた。「慧琳軍曹」

「そうだな」慧琳は目を上に向け、それから視線を戻して答えた。「そう、たぶん、そういうことだと思う」

「きみの新しい部下も、同じように愛せ」と慧慈は言った。「アートルーパーにはそれが必要だ。強力な、生存かつ対人戦略の基礎になる。機械人にはない能力をわれわれは持っている」

装備を点検しろ、と慧慈は部下たちに命じる。それから、サンクを伴って、任務行動を開始する。

もう一度、一度だけでいいから、破沙の街に行ってみたい。そんなことを思いながらの歩哨任務はそれまでになく退屈だった。緊張感が薄れていることを意識して慧慈は気を引き締めようとしたが、いまにも雨になりそうな雲行きも集中力をそいでいた。低く垂れ込めた黒雲は、雨雲だけでなく浮遊塵も混じっているようで、分厚いその層は紫外線も防いでいるに違いなく、その心配をしなくていいこともまた、緊迫感を遠ざける要因になっていた。

だが、そんな退屈を破る事態が生じた。ヘルメット内に緊急指令が伝わる。

『緊急事態、コード３１１。全歩哨部隊にコード３１１発令。コンディションイエロー』

なにも最終日に起きなくてもいいではないか、と慧慈は恨んだが、慧琳もそう思ったのだろう、「くそう」と毒づき、ヘルメットバイザを下ろした。慧慈もそれにならう。バイザディスプレイに、情報が投影される。

慧慈は視線入力でバイザの通信メニューから本部を呼び出す。すぐに応答があり、それに向かって、訊いた。

「こちら慧慈小隊、隊長の慧慈軍曹だ。詳細を知らせてくれ」

『コード311だ――』

「こちらはコード内容について知らされていない。臨時任務だ。なにが起きた。コンディションイエローとはどういう状態だ」

『そうだった。ちょっと待て』

いったん回線が切れた後、しばらくして返答が来た。

『慧慈軍曹、そちらにも正式な捜索命令だ。そちらのミッション部隊コードはSA07、以後ミッション終了まで連絡時にはこれを使用せよ。任務は、目標の発見と確保だ。目標は善田大志。隔離施設から逃亡した。拳銃を奪っている。逃亡が知れたのはつい先ほどだが、逃げ出したのは三十分ほど前だ。善田に殴られて気絶していた監視兵からの報告だ。車輛は奪われていない。どこかに潜んでいるか、基地から離れているにしても、さほど遠くには行っていないと思われる。捜索範囲を十六に分けて捜索を開始。そちらには第七セクターを担当してもらう。発見し、投降を呼びかけよ。発見したら連絡しろ。投降に応じない場合は、無理な逮捕行動は必要ない。応援部隊を待て。逃亡阻止のための威嚇射撃を許可する』

「目標は単独か。逃亡を支援する者はいるのか」

『単独だ。支援者はいないと予想される。善田は外部との連絡手段を持っていない。善田の身体特徴は知っているはずだ。服装は、監視兵のものを奪っているから、それを着用していると思われる。捜索範囲の地形図を送る。直ちに捜索開始。』こちらから連絡があるまで継続せよ。以上』

「こちらSA07、了解した」

慧慈はバイザディスプレイに投影される地図情報を確認する。現地点の滑走路から砂漠方向に広がる扇形の範囲が、与えられた捜索範囲だ。低い雲が日光を遮っていて、砂漠方向は薄暗い。滑走路は比較的高い広大な台地だったので、砂漠方向は見通しはいいのだが、地形は平坦ではなかった。押し寄せる大波が連続しているように大地がうねっている。さほど大きな起伏には見えないのだが、それは遠近感を測る人工物がないための錯覚で、人の背丈はらくに隠されてしまう高さだった。遠く、門倉が黒い島影のように見えていた。雲と地表を斜めにつなぐ黒い柱もあちこちに見える。雨の区域だ。

「こいつは意外と難しいな」と慧琳。「人影どころか、発煙筒で合図されていても見落としそうだ」

「ジェイ」と慧慈は命じた。「発見に最適なコースを検討しろ。こちらの労力をあまり使うことなく、発見確率を最大にできるコースだ。われわれは分散はしない。ともに行動する」

「現状では、発見確率を最大にする捜索コースの算定は不可能です。わかっているのは、目標が移動するとすれば徒歩による、ということだけです。目標はまだ移動を開始しておらず夜まで待つことも考えられます。すでにこの捜索範囲にいるとしても、捜索範囲にいつ、どこから入ったのかというデータもなく、移動方向も不明では発見確率を計算するのは難しいですが、しかし目標が移動しているとすればそれが取るコースは、詳細は不明でも、ここから離れる方向であると仮定するのが妥当です。ならば、われわれとしては、このセクターの中心をまっすぐに砂漠方向に捜索コースを取り、縦列隊形を取って前後左右を注視するというのが最も労力が少ないでしょう。現況ではどのような捜索コースをとっても発見確率にさほど差は出ません」

「フム」

「今朝、善田の噂をしたら、これだ」と慧琳。「サンクは善田の臭いを覚えていないかな」

「この状況では無意味だ」と慧慈。「やつは、どこへ向かうかな」

「善田が逃げるところは、門倉か、破沙の地中の街しかない」と慧琳。「どちらかといえば、破沙のあの街、地中都市だろう。そこで待ち受けていれば、必ず捕まえられる」

そうだろう、と慧慈も思う。遥か遠くではない、この地面の下なのだ。こんな任務とは関係なく、もう一度行ってみたい場所だった。だが簡単に行くことはできない。許可が出ないだろう。すぐそこなのに、行けない。それは人間の支配力というものがいかに強力なものであるかの証だ。

「スネアシンの効果には感染力はほとんどないにしても」と慧慈は言った。「UNAGは善田が人口密集地に逃げ込む前に捕まえたいはずだ」

「のんびりと構えていてもいいのか。やつを見逃すつもりか」

「いや、やつの身になって考えているんだ。これまでにいろいろされて、太陽の光を浴びるのは危険だとわかったのではないかな。いずれにせよこのままでは殺されると思ったのだろう。やつは死に物狂いだ。計画的なものならば夜中に行動を起こしたはずだ。夜までじっと隠れていられるとは思えない。まっすぐに、どこか秘密の破沙への入口に向かったに違いない。おそらくここから近い」

「どうしてわかる」

「門倉から帰投する前に、スネアシンを浴びた身体を洗浄した場所は、ここから見える。あっちだ」と慧慈は門倉が見えている方向を指した。「あのとき善田はたぶん逃げることを考えていた。あちらを注視していた」

少し腕の角度を右に変えて、慧慈は示した。

「行ってみよう」と慧琳。「むやみに捜索するよりはずっといい。ジェイ、隊長が言っている方位は、わかるか。おまえは善田の様子に気づいていたか」

「はい、慧慈隊長のおっしゃるとおりでした」

「では地形図から、隊長が示すラインを割り出せる。善田が見ていた方向のラインだ。そのラインにのる、ここから最短の地点の方向を示せ」

「アイ、サー」

インテジャーモデルのアートルーパーは時間だけでなく方位感覚も鋭い。即座に答えが返ってきた。

「あちらです。与えられた捜索範囲からはここから約六キロ先で出てしまいますが、その境界点が、捜索範囲内でのここからの最短地点になります」

「よし」と慧慈。「行くぞ、サンク。総員、早足だ」

全体として緩やかな下り勾配だが、うねる大波のような丘をいくつも越えるので、これはまるでクロスカントリーかオリエンテーリング競技だ、と慧慈は思う。十五分ほどで、破沙と門倉を結ぶ道を横断する。そこからしばらく行った小高い地点で、ジェイが言った。

「ほぼこの地点が、善田が注視していたという方向のライン上の一点にあたります。帰還支援部隊がわれわれと善田のスネアシンの洗浄をした地点が、あちらです」

「洗浄地点に向かうか、あるいは反対側か」と慧琳。「反対側は、捜索範囲外になる。さて、どうする」

「地下の破沙の街への入口があるとすれば、破沙自体からさほど離れてはいないだろう。反対側だ」

「入口が本当にあると思うか、慧慈。地下には人間が行き来できる通路はない。給水ラインが破沙と門倉を結んでいるだけだ。そのラインはあの道に沿ってあるが、マンホールのようなものがあるとは聞いていない」

「いずれにしても知られている個所は手配済みだろう。善田が発見されたという報告はまだないし、他に発見の役に立ちそうな手がかりもない。われわれは秘密の入口があるものと仮定して捜索を続行する。入口を探すんだ。一次目標はそれにする」

「一次目標、か。あなたの気持ちはわかるよ、慧慈」

もし秘密の入口が見つけられれば、善田の発見確率は高まるだろう。だが、慧琳はそのことを言っているのではない、と慧慈にはわかる。自分は、善田を捜すことは二の次にしてとにかく破沙に行きたいのだ。もう一度。善田捜索にかこつけて。慧琳には見抜かれている。が、慧琳は、この場ではそれを口にはしなかった。捜索続行、と准兵に命じただけだ。そんな秘密の入口があるとは、慧琳は信じていないようだ、と慧慈は思う。

だが、それは、あった。見つけたのはサンクで、入口ではなく、善田そのものだった。サンクはそのとき立ち止まり、耳を立ててうなった。音か、いや風に乗ってくる人間の臭いだろう、と慧慈はサンクがうなった方向を見た。サンクが駆けだしそうな気配で、とっさに首輪をつかんで止めた。

「小隊、止まれ。近くにサンクが知っている人間がいる。サンク、伏せ」

「いたぞ。驚いたな……どんぴしゃだ。善田だろう。慧慈、本部に連絡だ」

「待て」と慧慈。「入口を発見するまで泳がせる。見つからないように監視だ。下がって伏せろ」

小高い丘の頂上付近だった。総員が伏せて、ほぼ真下を横切るように移動する人間を注視する。日暮れ間近で周囲は薄暗い。と、その者が駆けだした。気づかれたのだ。

「慧琳、エム、エルと、この丘ぞいに走って先回りだ。他はわたしに続け」

慧慈はまっすぐに駆け下りて、追う。善田だ。追われる善田は荒れた地面に足を取られて転ぶと、拳銃を抜いた。尻餅をついたまま発砲してくる。慧慈は部下を岩陰に誘導し、自分はライフルを構えて、セイフティを解除、射撃モードレバーをフルオートにセット。

「善田、抵抗はやめろ」

善田は撃つのをやめない。正確な射撃ではなかった。慧慈はアサルトライフルを水平に構えて、引き金を引いた。距離は百メートル以上あったが、通常弾ならば射程距離内だった。しかし模擬弾だ。善田の足下に着弾する。善田は腰を抜かしたままだったが、まだ撃ってくる。慧慈は銃口を上げて狙いを修正、撃つ。善田が悲鳴を上げて拳銃を手から離した。胸を押さえてうずくまる。慧慈は駆け寄る。善田の背後から慧琳たちも素早く確保行動に出た。

善田はアートルーパーたちに囲まれ、見下ろされる。ひざまずいたまま、両の手のひらを見ていた。演習用の模擬弾による赤い塗料がついていた。

「くそ」

叫びながら善田は立ち上がり、慧琳に体当たりし、さらに逃げようとあがいた。走る。

「サンク、追え。アタック」

サンクが素晴らしい走りを見せて、善田の背後から跳びかかり、押し倒す。首筋に咬みつこうとする直前、慧慈は止める。

「よし、サンク、やめ。やめろ」

サンクは興奮している。慧慈は素早くサンクを善田から引き離し、慧琳に首輪を摑ませておいて、善田の上着を剝いで丸めるとサンクに与える。サンクはどう猛だった。善田のそれに咬みつき、振り回し、ずたずたにするまでやめない。

「ようし、もういい、サンク、よくやった」

まだ低くうなっているサンクに乾燥餌を与える。善田は声も出せずに、本当に腰を抜かし、肩を押さえていた。本物の血がにじむ。サンクにやられていた。

「ジェイ、手当をしてやれ」

「触るな」と善田。「手当だと。どうしてひと思いに殺さないんだ。おまえらは人間じゃない」

「そう、われわれは人間ではない」と慧慈は言った。「人造人間だ」

「なにをばかな――人造人間だと？」

「そうだ。基地の人間たちとは違う」

「助けてくれるのか」

「破沙への入口はどこだ。案内しろ」

「見逃してくれ」

「おまえは破沙警察に自首することになる。おまえもそうしたかったのだろう。破沙警察に保護されることを期待したはずだ。UNAGからは絶対に逃げ切れないぞ、善田。入口を教えろ。でなければ、いますぐ捜索本部に連絡する」

「おまえたちは、人間ではないだと」

「アートルーパーだ」と慧慈は言った。「対人用の兵士ではない。機械人監視のために作られた」

「それが、どうしてこんなところにいる」

「立て」と慧琳が命じた。「好奇心があるというのは、生への執着がある証拠だ。おまえはまだ死んでいない」

「歩けるだろう」と慧慈も言った。「歩け。われわれはおまえを追う。破沙に行く気がないというのなら、連れ戻すまでだ」

と、ヘルメット内の通信機が受信音を立てる。

『SA07、応答しろ。なにをしている。捜索範囲を出ているぞ』

慧慈は応答モードにして、答える。

「こちらSA07、善田と交戦中」

『なんだと』

「やつは地下に逃げ込むつもりだ。近くに破沙に通じている通路があると思われる。ここで応援を待つか」

『阻止しろ、射殺も許可する』

「もう、姿が見えない。どこからか地下に潜った。追跡する」

『逃がすな』

慧琳がライフルを上に向けて連射、慧慈の状況報告に合わせて、交戦中であることを知らせる。

「了解、以上」

送信終わり。

「のんびりしていると、人間たちがおまえを殺しにやってくる」

慧慈がそう言うと善田は自力で立ち、破沙行きを選択した。

32

二つ砂丘を越えると、先に岩の台地が見えてきた。砂漠ではめずらしい地形ではなかった。目印になるような特徴的な大岩というようなものはなかったが、善田は迷わずに進んだ。台地の崖下に近づくと瓦礫を敷き詰めたような地面になった。巨大な岩盤が斜め上を向いた庇のように崖の途中から出ているところへ善田は案内した。庇状の下の奥に、わずかな隙間がある。そこへ善田は這って入り込む。慧慈の一行も続く。中は暗い。ヘルメットの小ライトを点灯。先に行くに従って広くなっている。立てる空間に出る。サンクが身震いして砂を払う音が大きく響いた。

「ここは自然の空洞なのか」と慧琳。

「いや。掘られたものだ」と善田。「斜坑になっている。破沙建設当時の試掘坑だろうと諫早大尉は言っていたが、歩けるように整備されているから違うだろう。非常口のようなものとして計画され、それを放棄したんだと思う。外敵の侵入に備えてそうしたのだろう」と歩きながら善田。「いずれにせよ封鎖されて久しい。五、六十年は経っていそうだ。いま入ってきたところもそうだが、下でも落盤している。人為的にそうされたのだろう。爆破したんだ」

「おまえが見つけたのか」と慧慈。「破沙の側からか」

「そうだ。偶然見つけた」

「諫早大尉も知っているということは、残留人も利用しているわけだな」と慧琳。

「大尉は直接ここには来ていないだろうが、そうだ。大尉の仲間の手で、出口側の落盤個所にいま来たトンネルが掘られた。わたしが見つけたときは、外には出られなかった。他にもないかと探したが、それらしいのは二個所あったものの、まったく塞がっていた。ここだけだ。ほら、ここから斜めに一本道だ」

並んで歩ける幅がある。真っ暗闇でも壁に沿っていけば迷うことはないだろう。慧慈は通信機がまったく沈黙しているのを確かめて、善田に訊いた。

「おまえはスネアシンについて、知ったか。身体に変調は出なかったか」

「あれはとんでもないガスだ。赤い発疹が出た。紫外線のせいだ。夜になるとましになった。だが、ひどくなる一方だ」

「手荒いことはされなかったろう。なぜ脱走する気になった」

「やつら、毎日おれを外に連れ出して日光浴をさせていたんだが、体調が悪くなっていくのはそのせいだとおれにもわかった。日光だよ。とくに紫外線だ。やつら、日光浴だけでは足りなくて、人工的に紫外線を浴びさせようと相談していた。きょうは曇りだ。外に出しても無駄だと思ったんだろう。一気にきょう、焼き殺す気だ、と思った。やつらが用具を取りに行って警備が手薄になったところを逃げ出したんだ」

「周りの連中は、防護服を着ていたか」

「防護服って、黄色いやつか」

「そう」

「最初の日は着ていたが、いまは普通だよ」

「おまえの身体に触れることを避けていたか。身体を診察するときは、素手だったか。それともゴム手袋などを着けていたか」

「素手だった」

「感染の問題はないということだな」と慧琳。「破沙に入っても住民には影響はないだろう」

「善田」と慧慈は言った。「スネアシンはおまえの想像どおり、紫外線が致命的になるような病気にするガスだ。しかしそのことを破沙のだれにも、警察にも言わないことだ」

「なぜだ」

「その病気は他人には感染しないようだが、強い感染力があると、UNAGは宣伝できる。

だとすれば、おまえは破沙の人間から危険視され、捕まえられて焼き殺されるかもしれない。いまはスネアシンについては極秘にされているから、おそらくは破沙警察も知らない。知らないうちは、おまえは小物の厄介者程度ですむ」

「わたしがなにをしたというんだ」

「おまえ自身の行為が招いた結果ではある。単に運が悪かったというだけではないだろう。いまさら悔いてもスネアシンによる病気は治らない。おそらく治す手段はない」

「あんたらもあれを浴びたのだろう」

「スネアシンはアートルーパーには感作しないと言われている」

「なんだ、それは。そうか、だからか。だから人造人間を作ったのか」

「これはアートルーパー本来の仕事ではない」

「ロボットだから平然としていられるんだな。間違いなく、おまえらはロボットだ。よくわかったよ」

「おまえを即座に連れ戻すこともできたんだぞ」

「気を悪くするな、ロボットには見えない。UNAGの人間よりはましだ。同情してくれるんだろう?」

「ある意味では、そうだ。おまえは人間だ。おまえをそのようにしたのも人間だ。われわれではない。人間を恨め。アートルーパーは人間を恨まない。同情するだけだ。恨む相手を知らないままおまえが死んでいくことに、わたしは同情した」

「アートルーパーか……おまえたちのことも秘密なんだな」

「いいや。機械人とともに地球復興にあたるのが任務だ。無人になった地球を守るのが使命だ」

「そんな復興など絵空事だ」と善田は言った。「どうでもいい。みんなくたばればいいんだ。いずれだれでも死ぬ。なにもかもが馬鹿げている」

善田は歩きながらすすり泣いた。そう、人間の行為は馬鹿げている、と慧慈も思う。この男は同じ人間にそうされたのだ。やりきれないだろう。

「……わたしには家族がいる」

慧慈はその言葉に驚かされた。正井刑事から、善田には家族がいるというのは聞かされていたが、自分がそのことにまったく意識がいかなかったことに、驚いた。

「息子がわたしのような目に遭わなかったのは救いだ。息子の宗志は、一緒に諫早大尉のところへ行ったこともあるんだ……息子が無事なら、もうどうなってもいい。息子は十一になる……警察に捕まっているかもしれない。だが――」

さほどの距離ではなかった。数百メートルほど下ったところで、また自然の岩肌の、狭いトンネルになる。善田は先をうかがった。

「まだ塞がっていないようだ。息子はこの場所のことを言わなかったんだ」

「娘もいるだろう。たしか、サチだ。正井刑事から聞いた」

「正井か……いまの妻、香奈は、破沙で一緒になったんだ。サチは、香奈の連れ子だ。四人

「おまえがなにもしなければ、一家そろって無事に火星に行けたはずだ」と慧琳が言った。「家族だ」

「火星行きの順番はそのうち回ってきたろうに」

「なにもせずに順番を待つだけの暮らしには我慢できなかったんだ。行くのは火星ではなくガス室だという噂もあって、不安だった。火星行きが本当だとしても、危険なのは変わりないだろう。気を紛らわせるには商売しているほうがよかった。役に立つ人間ほど早く行けるという噂もあったし、早く行きたくはないという気持ちもあった。ピーを貯めれば、火星から帰ったあとでらくだとも思った。家族のためだ」

「言っていることの、つじつまが合ってないではないか」と慧琳。「なにが本音なんだ」

「人の心は理屈ではない」と慧慈が代わりに言った。「わたしにはよくわかる。──先に行け、善田」

広大な空間に出る。破沙の地下大空洞だ。外の時間に連動した人工照明は、黄昏時を演出している。中心街が遠くに見えていた。周囲はむき出しになった岩地の斜面で、すぐ下から森になっている。そちらに向かって下り始めて、振り向くと、出てきた穴がもうほとんどどこかもわからない。サンクが尿をかけてマーキングをしている。

「家が近くだ」と善田が言った。「行かせてくれ」

「どうする、慧慈」と慧琳が訊いた。「ここでこいつを見失ったことにするほうがわれわれの立場としても安全だ。破沙警察にはおそらくすでに本部から連絡が行っているはずだ」

慧琳のこの提案に従えば面倒なことにはならないだろう、と慧慈にもわかっていた。だが慧慈はそうせず、そのため実際に面倒なことになったのだが、しかしそれを慧慈は後悔したりはしなかった。

慧慈は善田の家に同行し、そこから、破沙警察の正井麓郷に直接連絡を取った。一戸建ての善田の家には、その家族はいなかった。消息を訊きたいという善田の気持ちを汲んだのと、それから善田の身柄は正井刑事に引き渡したいという思いで、慧慈はその家の映話で正井刑事を呼び出したのだった。

正井麓郷という男は、UNAGやAGSSという軍の力に対抗できる自らのプライドを持っているから、善田をUNAGのようには扱わないだろう。破沙警察に引き渡せば善田は少なくとも非人道的な扱いはされないに違いない、慧慈はそう信じた。

だが、映話に怪訝な表情で出た正井刑事は、慧慈の説明を聞くうちに嘲りとも憤激とも見える顔になって、こう言った。

『なんてこった。慧慈軍曹、まったく余計なことをしてくれたな。どういうつもりだ。善田を捕まえたから引き取れだと。善田は自首を望んでいるだ？　だいたい自首というのはだな、犯罪行為が公になっていない時点で犯人自らが出頭してくることだ。いいや、そんなことはどうでもいい。こちらとしては迷惑だ。善田のことなど知ったことか』

「なぜだ」と慧慈。「あなたは、AGSSに対して、破沙のPC不正使用については自分の問題だ、勝手にもみ消すつもりか、と抗議した。わたしはそれを忘れてはいない。あなたにはそういう刑事としての誇りがあると信じた。それを裏切るのか」

『勝手にそちらがそう思っただけだろう。事情が変わったんだ。わたしの立場にもなってくれ。いまさら善田を連れてこられては本当に迷惑なんだよ。この件はもうけりがついているんだ。アートルーパーは馬鹿か。なにをやっているんだ』

「善田を連れ戻せば、ほぼ確実に、殺される。ある実験台にされているんだ。これは善田だけの問題ではない、あなたにも重大なことだ。関係ないではすまされないぞ、正井麓郷。われわれアートルーパーにこそ関係ないことなのだ。こうした事態にわたしを巻き込んでいるのは、人間たち、おまえたちだ。おまえがこの場で善田を見殺しにするというのなら、それでもいい。われわれには関係ない。だが善田を救えるのは、いまはおまえだけだ。それを自分の都合で放棄するおまえを、わたしは軽蔑する。ここに一人で来い。来なければ、以後アートルーパーは、人間を保護しない。おまえしだいだ」

『なにを言っている』

「おまえが来ないのなら、こちらから乗り込み、善田の身柄の引き取りをおまえの責任者に直接要求する。おまえの手柄のためにした、と言ってやる。馬鹿なロボットであるアートルーパーにおまえが知恵をつけてそうしたのだ、と主張する」

『なにを怒っているんだ?』

「なにを怒っているだと」

正井の、アートルーパーは状況判断のできない馬鹿かという意味の侮蔑の言葉や、善田という人間のことなどどうでもいいという身勝手な態度に腹が立っていた慧慈だったが、この、『なにを怒っているんだ？』という言葉が、慧慈の怒りを爆発させた。激怒という激しい感情を、慧慈は初めて体験する。

「わたしは本気で頭に来ている。これほどわたしを怒らせたのは、おまえが初めてだ」

『待て、わたしの身にもなってくれ、軍曹』

「わたしは人間ではない。人間であるおまえの身の上など知ったことか」

「もういい」と善田が口を挟んだ。「あなたはよくしてくれたよ、慧慈軍曹。もういいんだ。それより息子や妻のことを――」

「おまえは引っ込んでろ」

慧慈は腰の軍用拳銃を抜いて善田に向けた。

『なにをしている』画面上で正井が叫んだ。『やめろ、慧慈』

「これは、わたしのプライドの問題だ。アートルーパーのわたしをこれ以上怒らせるな、正井麓郷」

『落ち着け、早まるんじゃない、慧慈。わたしがそこに行けばいいんだな』

「一人だ。だれにも言うな」

『だれにも言うなと言われてもだな』と正井は周りを見る。『おまえがそこでそうしていることは、この刑事部屋には筒抜けだぞ』

「UNAGにはこの事態を伝えるな、ということだ。わたしにはUNAGに対して、破沙警察はUNAGの敵だと認識させる工作をすることもできる。わたしは、おまえと差しで話がしたいんだ。一人で来い。人間のためだ。全人類に関わる問題だ」

『人間に反抗するつもりか、アートルーパー』

「おまえしだいだ」ともう一度慧慈は言った。「同じ人間である善田を見殺しにするような人間たちを、アートルーパーであるわたしは信じることはできない」

『融通のきかない、くそロボットが』と正井は毒づき、そして言った。『わかった。そちらに行く。早まるなよ。話せばわかる』

こちらは最初からそうしたいと言っているだろうと言い捨て、慧慈は映話を切った。

33

サンクに咬まれた善田の肩の傷の手当を終えたころ、正井刑事はやってきた。約束どおり、一人だった。

正井は善田の自宅に入ってくると、部屋を見回し、仲間たちはどこだ、と慧慈に訊いた。

「時間稼ぎのために地上に戻した」と慧慈。

「全員じゃないだろう」と部屋を見回しながら、正井。「仲間はどこだ」

「ジェイ、こちらに来ていい」

隣の部屋から、ジェイがライフルの銃口を下げて、姿を現す。肩にはもう一挺のライフル、慧慈のものだ。

「ここに来るわたしを窓から狙っていたのか」

「そうだ」と慧慈。

「わたしが一人では来ないと思ったのか、慧慈軍曹」

「時間を無駄にしたくない」と慧慈は言う。「上に戻った部下たちのところにUNAGの捜索隊がやってくる。善田は地上で見失ったということで時間稼ぎをするように部下たちに命じたが、いつまでもというわけにはいかないだろう。いずれここへの秘密の通路は発見される」

「秘密の通路とはな。それはわたしも知りたいが、いまのきみの要求はなんだ――」

「そちらの状況はどうなんだ、正井麓郷。おまえの仲間は、UNAGと連絡を取っているのか」

「わたしの指示なくしてそんな大それたことはやれない。部下はわたしの帰りをねばり強く待っているよ。一時間はなにもするな、と命じてある。時間切れになれば部下は署長にこの事態を伝える。あと四十五分ほどだ。それまでは大丈夫だ」

「信用できるのか、おまえの部下らは。ここから映話したとき、部屋に何人いた」

「二人だ。もちろん、信頼できる。早まった真似はしないと保証する」

「二人の名を聞いておこう。フルネームだ」

「笠石朔実と、尾木明だ。そういえば、きみの軍用犬はどうした。映話には映っていたが」

「サンクも地上に戻した。わたしがここから移動しても、サンクなら追跡できる。おまえや破沙警察がわたしとジェイを拘束しようとすれば、他の部下が黙ってはいない」

「フム。で、どうする。きみの怒りは、どうすれば鎮まるのかな、慧慈軍曹。その善田を、人道主義にて助けろ、というだけではあるまい。なにをたくらんでいる」

「どうして、他になにかあるに違いないと思うんだ、人間は」と慧慈。「それだけではどうしていけないのだ。わたしはそれが知りたい。わたしは、おまえの本音が知りたい。それだけだ」

「納得がいかなかったら、どうするつもりだ。人間など信用できないという理由で叛乱でも起こすというのか」

「それはおまえには関係ない」

「大ありだ。破沙警察とUNAGとが対立する事態になるかもしれないのだからな。きみの怒りでだ。きみがそう言ったんだ。だから、わたしはきみの言うとおり、ここに来た。そもそもきみの態度は、破沙警察への殴り込みも辞さないというもので――」

「だから、答えろ、正井刑事。善田をどうして引き取れないのか」

「わたし個人の力では、もはやどうにもならない、ということだ。簡単に言えば、そういうことだ。そんな単純なことが、きみにはわからないのか」

「あんたの正義感や誇りというのは、そんな簡単なことで潰されるものなのか。わたしにはそれが信じられない」

「そんなことで頭に来ていたのか？　いいか、わたしがうまく生きていくには、妥協もときには必要なんだ」

「常に自分のことしか頭にないのか。そういうあんたの考え方は、アートルーパーを怒らせる。実際に怒らせたんだ。おまえの言葉は、人間のものだ。人間全体の問題だ、とは思わないのか」

「アートルーパーという人造人間は理想主義で創られたのだな。人間のことがわかっていない」と正井は首を横に振りながら言った。「いかにも単純なロボットだよ、きみは。救いがたいナイーブさだ」

「あんたよりずっとましだ」と、それまで黙っていた善田が言った。「この者たちは、わたしを助けようとしてくれた。直接ではないにしてもだ。ＵＮＡＧだけが人間ではない、もっとましなやつもいるだろうと、このアートルーパーは信じていたんだ。あんたはその期待を裏切ったんだ。わたしには、この軍曹の怒る気持ちがわかる。正井刑事、デカさんよ……わたしの家族はどこだ。無事か」

「さあな」

「とぼけるな」と慧慈。「おまえは捜査責任者だった。知っているはずだ」

「無事だよ、もちろん」

「会わせてくれ」と善田。「無事な顔が見られるなら、わたしはどうなってもいい。ＵＮＡ

Gに連れ戻されて殺されるのはいやだが、それでも仕方がない。わたしが馬鹿だった。諫早大尉のところに深入りをしすぎた。大尉たち一派も、あのガスを浴びたんだ。一蓮托生だ。いい気味だ。みんな恨んで死んでやる。家族に会わせてくれ、正井。このアートルーパーたちは、馬鹿じゃない。いや、馬鹿だ。わたしのことなどにかまうことはなかったんだ。その行為を無駄にしたくない。頼むよ、正井。あんたも人間だろう。家族がいるんだろう。あんたもあのガスを浴びたら平然となんかしていられないはずだ」

「ガスとはなんだ。だいたい、恨んで死んでやるだの、UNAGに連れ戻されたら殺されるなど、なにを大げさなことを言っているんだ。たかだかピーを横取りしたくらいでUNAGがそんなことをするわけが──」

「スネアシンだ。わたしも諫早大尉たちもそれを浴びせられた。とんでもないガスなんだ」と善田。「そうだな、軍曹。話していいか？」

「話したければ話せばいい。おまえの問題だ。わたしにはどうでもいい」

善田は手短に説明した。門倉守備隊長の諫早大尉から、慧慈のPCを使ってこっそりとピーを横取りすることを命じられて実行、ほとぼりが冷めるまで門倉に身を隠そうとしたが、そこで慧慈たちにスネアシンを浴びせられたこと。そのあと、UNAGの破沙基地の地上で、スネアシンの効果を確かめるためにこの身を観察されていたこと、予想どおり身体に変調をきたしたこと。紫外線を浴びると、膚に異変が起きるのだ。いまは発疹程度だが、ひどくなれば膚が焼けただれ、皮膚呼吸ができなくなって窒息死するだろう。皮膚癌になる恐れもあるに違いない。これ以上の紫外線を受ければこの発疹がそうした致命的なものに移行するのは間違いなさそうだ。そう善田は言った。

「やつらはきょう、紫外線ライトを使って、手っ取り早くおれの身体でスネアシンの決定的な効果を試そうとした。そういう相談をしていたんだ。逃げなければ殺される、そう思った。あんな実験台にされたまま殺されるより、逃げて撃ち殺されるほうがましだ。だから逃げた。あともう少しだったんだ。ここに入る直前に、この軍曹たちに見つかった」

「見つからずに逃げ込んでいても」と慧慈は言った。「いつまでも隠れて生きてはいけないだろう」

「それはそうだが」と善田。「家族には会える。そう思った」

「スネアシンのことをここの住民のみんなに伝えようとは思わなかったのか。スネアシンの危険性をみんなに訴える意図は？」と慧慈は訊いた。

「そんなことはどうでもいい、ただ逃げたかった」と善田。「それだけだ」

「UNAGはおそらくおまえの口から真相が漏れることをいちばん恐れているはずだ」と慧慈。「われわれは、おまえを射殺してもよし、絶対に逃がすなと命じられていた。おまえの逃亡意図には関係なくだ。スネアシンについては極秘だろう。おまえを射殺してでもその秘密を守りたいと思っているのは、UNAGというよりAGSSだと思う。現段階でスネアシンを使用することを決めたのはAGSSに違いない」

「家族に会わせてくれ」と善田はもう一度正井に言った。「あんたも家族に会いたいだろう。

上では、危ないことになっているんだ。軍の連中が、そういう毒ガスの用意をしているんだよ」

「軍の秘密警察、AGSSなら、やりそうなことだ、たしかにな」と黙って聞いていた正井は、考えながら言った。「しかし、AGSSなら、もっと強力な、即効性のある致死性毒ガスを製造し使用することを考えそうだ。スネアシンというのは、ようするに人間を地下に閉じ込めようとするものだろう――」

「スネアシンはUNAGが開発したんだ」と慧慈は言った。「UNAGにとっては、残留人に対するスネアシン戦略はまだ実験段階のはずだ。だがAGSSは、われわれアートルーパーをスネアシン戦略に組み込むことを考えて行動していると思われる。アートルーパーの身体はスネアシンに対する耐性を持っている。だからそれを散布した環境で対人制圧用にアートルーパーが使える、と考えたのだろう。われわれアートルーパーは、それには従いたくない。それはわれわれ本来の役割ではないからだ。わたしはそんなことのために創られたのではない」

「善田を守りたいというのは、アートルーパーの使命感からだと言いたいのか、慧慈軍曹」

「AGSSがやろうとしていることは馬鹿げている。わたしはそんな人間と同じレベルの馬鹿にはなりたくない」

「フムン」と正井は小さくため息をついた。「なにか飲みたいな。酒はあるか、善田」

「ない」と善田。「だいたいあんたは勤務中だろうが」

「勤務中だ？　これが？　馬鹿を言うな。わたしになにができる。アートルーパーの理想主義につき合えと言うのか」

「つき合ってもらう」と慧慈。

「拒否したら」と正井。

「この場で善田を射殺する」

慧慈はいったん収めていた軍用拳銃をまた抜いて、しかし腕を下げ、銃口は向けない。

「本気なのか」

正井麓郷は慧慈を直視し、善田も後ずさった。慧慈は下げている拳銃を握りしめる。拳銃はそれでわずかな動きを見せた。こちらは本気だと、無言で慧慈は二人に伝える。

「慧慈軍曹、それがどういうことなのかわかっているだろうな。殺人だぞ。わたしの目の前でやるというのか」

「善田の射殺許可は出ている。逃げるなら殺せと、人間が、命じた。おまえには、破沙警察には、わたしを止める権限はない。どうせおまえは軍と妥協できる人間だろう。わたしの殺人行為など、なんとも思わない。それが、わたしを怒らせる。わたしがいま撃ちたいのは、おまえだ、正井麓郷」

慧慈は拳銃の撃鉄を起こす。

「ジェイ、わたしを援護しろ。逃亡犯の善田を射殺する。そのUNAG命令に干渉しようとした破沙警察の正井刑事も、撃つ」

「待て。早まるな。きみがその気なら、わたしもただでは撃たれない。わたしは丸腰ではない、と言っておく。ただでは済まないぞ。あとのことを考えろ」

正井は両手を軽く上げて、室内を見回す。台所と食堂兼居間の簡素な部屋だ。後ずさり、台所の流しに行き、正井は背中を見せて、水道の蛇口をひねり、水を両手で受けてそれを飲み、それから顔を洗った。ハンカチを出して顔を拭きながら、戻ってくる。

「慧慈軍曹、正直なところ、いまだにきみの怒りがよく理解できないのだが、しかしきみが本気だ、というのはよくわかった。きみの怒りを解くには、わたしがきみにつき合うか、わたしが撃ち殺されるしかない、ということだな」

「そうだ」

「善田に銃を向けるな。いいな、軍曹」と正井は言った。「わたしは兵隊じゃない。警官だ。人が殺されるのを黙って見逃すわけにはいかない。そんなことはできない。撃つならわたしを撃て」

「警察野郎の言うことを信じるな」と言ったのは善田だった。「こいつは、この場を切り抜けるための姑息な手段を考えているんだ。時間稼ぎだ」

「馬鹿野郎、どうしてそうおまえは馬鹿なんだ」と今度は正井が怒りを爆発させた。「おまえはなにを考えているんだ。人造人間の肩を持ってどうする。こいつらは人間ではない。人間の常識は通用しないんだ。それがおまえにはわからんのか、善田。見かけに騙されるな。われわれは、おそろしく危険な自動機械に狙われているんだ。こいつはおまえを撃つと本気で言っているんだぞ」

「だから、どうした」と善田。「あんたが助けてくれるというのか。そんな力もないくせに、おれを馬鹿呼ばわりするな、くそ警官が。警官はみんなそうだ。こちらをいつも見下している。とくにおまえは刑事だから威張っていられるんだ。その肩書きがなければおまえなど、自分がかわいいだけのただの腰抜けだ。この軍曹は正しいよ。くそったれな人間よりよほど正直だ。おれはもうおまえになんか頼らない、自分で家族を――」

慧慈は拳銃を善田に向け、正井に狙いを移し、それから銃口を上に向けて撃鉄をそっと戻して、言った。

「正井麓郷、わたしにつき合うかどうか、返答しろ。一分やる。ジェイ、カウントしろ。十秒ごとに知らせろ。開始」

「アイ、サー。開始」

「具体的に、どうしろというんだ」と正井。「どうすれば納得するんだ、慧慈軍曹」

「善田の身柄を破沙警察で引き取るように破沙警察署長を説得し、UNAGにも、それに同意するように働きかけろ」と慧慈。

「十秒」とジェイ。

「働きかけることはできる。だが成功は期待しないでくれ。してもらっては困る」

「善田を匿うことはできるだろう」

「……あの署長、あの男には、そんな才覚も根性もない」

「二十秒」とジェイ。

「そんなことはどうでもいい。おまえがわたしの要求を呑むのかどうかを、訊いている」

「くそ。いったい、なんなんだこれは。犯罪か。ロボットの叛乱か。わたしはなにをやっているんだ。善田が人質になったというわけでもないのに、わたしには本来関係ないこと――」

「三十秒」とジェイ。

「わかった。つき合う」

「ジェイ、カウントを停止」

「三十六秒で停止しました」

「まったく、出来の悪いロボットだよ、おまえらは。いいか慧慈軍曹、わたしはおまえの脅しに屈したわけじゃないからな」

「わかっている」

「銃を収めろ」

慧慈はそれに従う。そして、言った。

「あなたは、良心に従ったんだ。善き人間であることを選択した。ずっとそうしたいと思っていたはずだ。それがあなたの本心だ」

「ロボットのおまえに言われたくない。だが、おれは……わたしは結局、人造人間のおまえに、情けない人間だ、と言われたくないんだ。最初に会ったとき、おまえはわたしに、そう感じさせた」

「覚えているよ、正井刑事。だから、わたしはここに善田を連れてきた」

「おかげで、わたしの人生は滅茶苦茶だ、たぶんな」

「だが、あなたは誇りをもって死ねる」

「勝手に殺すな。わたしはまだ生きている。いいかアートルーパー、人間はプライドだけで生きていくことはできないんだ。おまえたちも、そうなんだぞ」

「誇りをもって生きられる、とは言っていない。死ねる、と言っている。わたしはしかし、まだあなたほどには完成されてはいない」

「だからまだ死ねない、というわけか」

「そうだ」

「人間には関わるな。それがお互いのためだ。おまえが抱いている理想主義は、ただの綺麗事だ。人間には害毒だ。おまえは現実を受け入れる、ということを知らない。清濁併せ呑む、という言葉を知っているか。水清ければ魚棲まずとか——」

「言葉の意味は知っている」

「ならば現実を見ろ」

「清流を好む魚もいる」

「それを理想主義と言うんだ」

「われわれアートルーパーには、その理想こそが必要だ。それを奪う権利は人間にはない。

それがわたしの主張だ。人間同士の争いごとには巻き込まれたくない。関わりたくない。だがそれを人間たちのほうから、邪魔をし、ぶち壊しにする。それがわれわれアートルーパーにとってのいまの現実だ」

「つき合いきれない。いや、いいさ、つき合うよ。地球から薄汚い人間という生き物がいなくなったら、さぞやおまえらは清く正しく生きられるのだろう。わたしもそれまでこうしていられれば聖人になれそうだ。だが、いまは時間がない。あと、三十分だ。善田を署長室に連れていけばいいのか？」

「署長を説得できる可能性は低い。あなたは先ほどそのように言った。成功は期待できないと——」

「では、どうする」

「善田を家族に会わせろ。それで善田の望みは叶う。わたしが善田をここに連れてきた目的も、それで遂げられる。あなたにはそれができると信じたわたしの立場はそれで護られる」

「なんかよくわからんが、そのくらいは、わたしの立場でできないでもない。だが——」

「おれの家族は、おまえらが捕まえたのか」

「事情聴取は、もちろん、した。しかし捜査の役には立たなかった。結局、破沙から出すことに決定されたんだ」

「なんだと」と善田が気色ばむ。「どういうことだ」

「順番を繰り上げたんだよ、火星行きの。カロリン宇宙港に向けて、もう発ったかもしれない。それはもうわたしらの管轄外のことだ。おまえも、おまえの家族のことも、すでに破沙警察の手から離れているんだ」

「……なんてことだ。家族を引き裂く権利など警察にはないはずだ」と善田。

「権利だと。自分がやったことを棚に上げるな」と正井。「おまえは家族も裏切ったんだ。おまえ自身のせいだ」

「調べろ」と善田は言った。「居所を確認して、おれも行けるようにしてくれ。会って一言――」

「勝手なことを言う。自分がなにを言っているのかわかっているのか。何様のつもりだ、悪党が」

「やってもらう」と冷ややかに慧慈は言った。「つき合え、正井。善田は生命を引き替えにしている。スネアシンを浴びた身では、地上に出たら、危険なんだ。もう太陽は仰げない」

正井は言葉に詰まった。

「あなたは、正井刑事」と慧慈は続けた。「自分の目の前で善田がわたしに撃たれるのを見たくなかった、ただそれだけで、わたしにつき合うことに同意したのではないだろう。UNAGに善田を引き渡せば、ようするに放っておけば、結局は善田はUNAGに殺される。それを見過ごすことができなかったからだ。わたしは、そう思いたい。あなたは警官だ。その職務と良心に忠実であることを、だれも批難はできない。正しいことだからだ――」

「もうそんな顔が赤らむような理想論をぶつのはやめろ、慧慈軍曹。そんなことはわかっている。そんな理想だけで生きていければ苦労はない。だれも苦労はしないよ」

「あなたとわたしは、同じだ。清流を好む魚の仲間は少なく、生きにくい」

そう言って、慧慈はうなずいた。すると正井麓郷は深く息を吐いて、一つ条件がある、と言った。

「なんだ」

「きみらがどこから来たのか、教えてくれ。秘密の通路だ。地上への出口だよ。どこだ。わたしに手柄の一つもくれてもいいだろう」

「了解した」と慧慈。「善田の家族の所在は、どうすればわかる」

「署に行って、刑事部屋のコンピュータで調べる。民生局の出入者リストを検索すれば確認できる」

「善田を署に連れていくのか」

「一人にしておくわけにはいかない」

「どういう口実で連れていく」

「保護を求めて逃げ込んできた、ということにする。実際、そうだろう。自首などというものではない。こちらもこいつの犯罪行為など、もうどうでもいい。その件は片づいている。それとは切り離す。それが現実的な方法だ。きみにつき合うには、それしかない。こいつは善田ではない、ということにする」

「そんな細工が通用するのか。署長は納得しないだろう」

「署長は、善田のような小悪党の顔をいちいち覚えてはいないよ。会わせる必要もない。部下には、こいつと取り引きした、ということにする。秘密の通路は、ずっと探していたんだ。わたしとしては、こいつの罪はそれで帳消しにできる。UNAGには、善田を確保したとは言わない。この取り引きにはUNAGは関係ない。つまり、きみの立場のフォローはしない、できない、ということだ、慧慈軍曹。きみは善田を捕まえられなかった責任を問われるだろうが、それはわたしとは関係ない。関係したくない、というのが本音だ。関係するならば、善田をUNAGに引き渡さざるを得なくなる。スネアシンとかいうその存在を知られたくないAGSSは、どんな手を使ってでも、奪取しようとするだろうからな。AGSSと関係するのは破沙警察にとって利益がないどころか、危険だ。もうその危険を冒しているわけだが」

「うまく隠し通せる自信はあるのか」

「毒を食らわば皿までだ。破沙で亡くなる人間は少ないが、身寄りのない生きのいい死体はある。その死亡記録を改竄してまだ生きているようにし、善田をそれに成り代わらせて破沙から送り出すことはできる。こいつの家族がまだ発っていなければ、そこまですることもない。外に出たら長くは生きられないというなら、ここで死ね、善田。長生きできるだろうよ」

「あなたの部下らは、それに協力し、秘密を守れるのか。たしか、カサイシとオギと言った――」

「スネアシンの件を部下に言う。署長に告げてもいい。ＡＧＳＳは、それを知った者は消そうとする、とみんなに吹き込む。実際、そうされかねない。だから、善田と関わったことは外には漏れない。ＡＧＳＳのやり方はみんな知っているからな」

「あなたはわたしが信じたとおりの人間だった」と慧慈は言い、部下に命じた。「ジェイ、撤退だ」

「撤退だと」と驚いて、正井。「このまま戻るのか」

「あなたを秘密の通路に案内し、そのままわれわれは地上に戻る。行くぞ」

慧慈は、もう一度、破沙の街を歩いてみたかった。実加にも会いたかった。だが、上で待っている部下たちをこれ以上面倒なことに巻き込みたくはなかった。地上では、おそらく捜索部隊が到着しているだろう。慧琳は時間稼ぎをしてくれているはずだが、その行動を怪しまれる前に地上に出たほうがいい。

そう慧慈は怒りの醒めた頭で判断し、善田の家を出た。

34

慧慈はジェイを先に立たせて、秘密の通路へと戻る。森を抜け、岩場を上った。ジェイは迷わなかった。その穴は岩盤がむき出しになっている天然のごつごつした壁面に隠れて目立たなかった。少し深いへこみほどにしか見えない。

正井は、ここだと慧慈に言われて、それをのぞき込んで確認し、それから立ち、破沙の街のほうに向き直り、こんなところに、と言った。街は明かりを灯し始めている。

「これは、わからんな」

「破沙警察に警察犬がいれば簡単に見つかったろう」と慧慈は言った。「善田の臭いを追跡すれば発見できたはずだ」

「そうだな、たしかに、そうだ」

「破沙に動物を入れないのは不自然だ。人間だけでなにができる」

「ああ」と正井麓郷はうなずく。「わたしもそう思うよ」

「じゃあな」と慧慈は善田に言った。「うまくやれ。もし正井刑事がおまえを裏切ったら――」

「それも面白いかもしれない」

正井が薄い笑いを浮かべて言う。

「おまえ――」

と慧慈が言いかけるのを遮って、正井は、どうしてかかわるか、と言った。

「わたしがきみにつき合う気になった、本当の理由が、わかるか、慧慈軍曹」

慧慈は無言で、正井を見つめる。

「ま、わたしにもよくわからないが」と正井は続けた。「きみの理想主義に共感したからじゃないのはたしかだ。警官の使命なんかじゃない。好奇心だ。いや、スリルと興奮かな。本物の。ここには本物の興奮はないんだ」

「……どういうことだ」

「考えてもみろよ。わたしはここで刑事ごっこをしているにすぎない。ピーを盗んだ善田を捕まえてどうなるかといえば、なにも変わらないよ。こちらに生命の危険があるわけじゃなし、捕まえたやつらが本当に罪を悔いることもない。少なくとも、いま、ここではな。罪が裁かれるのは、火星から帰ってきてからなんだ。二百五十年も先の話だ。復興した地球に戻った人間は、最初に審判を受けてから新生活を始めるわけだよ。だが、みんな先のことだと思っている。この世のつけは帳消しにされる、という気分でいる。最後の審判なんかない、そう思っている。みんな、本気で生きてはいないんだ。そうさせる、本物の危機が実感できないからだ。しかし、この小悪党は、きみに本当に殺されるところだった——」

「あなたは、生きている実感を求めて、あえて自分を危険な状況に立たせた、というのか」

「AGSSは、自分たちこそ審判者だと思っている。やつらは本気だ。本当に、邪魔な者は殺す。ぞくぞくする」

「あなたは殺し合いがしたいのか。戦争を楽しんでいるのか」

「そうじゃない。そうじゃないと思いたいが、実はそうなのかもしれない。本物の危険が実感できなければ本気では生きられない、ということだ。きみは、本物の危険を、わたしのもとに持ち込んできた。それで目が醒めた。これこそ生きがいだ。そういうことだ」

「人間は馬鹿な生き物だ」と善田がつぶやくように言った。「人造人間に出会ってそう思わされるとはな。情けない」

「わたしも慧慈軍曹に会ったとき、そう感じさせられたよ」と正井。「人間関係や世渡りは難しい。このアートルーパーもそれに悩まされている。慧慈、だが前にも言ったろう、それは、人間をやっていることの面白さでもあるんだ。人間同士の関係に悩まないやつは人間であることの楽しみを放棄している。悩むのは苦しいし生命の危険もあるが、それも人間をやっていることの面白みのうちだ。わたしは長年人間をやってきてそう思うようになった。きみは、人間じゃない。でも、いずれわかるときがくるかもしれない。——早く行け。あとは、こちらの問題だ」

人間というのはまったく不可解だ、と慧慈は思いつつ、無言で敬礼する。それから、ジェイを先に行かせる。ジェイに続いて身をかがめ、もう一度、善田と正井を振り返る。正井麓郷は軽く会釈をするようにうなずき、善田はただ突っ立っていた。

と、ジェイが後ろ向きのまま這い出てきた。

「どうした、ジェイ」

ジェイは素早く立ち、砂を払い、穴を指して、告げた。

「サンクです。来ます」

慧慈の相棒、人造犬のサンクが駆け出してきた。慧慈に飛びついてくる。

「サンク、どうした」

サンクを胸で受け止め、慧慈は荒い息をしているサンクの首筋を強くなでてやる。その首輪に紙片が挟まっているのに気づいた。サンクに伏せを命じるが、興奮しているサンクは慧慈がその紙片を取るよりも早く離れ、慧慈の周りをぐるぐる回る。上で慧琳たちが危険にさらされているのですぐに行こうとサンクは言っているのか。だがそれなら、こちらの袖をくわえようとするのではなかろうか、などと思いながら、サンクの首輪の紙片を取る。すると、サンクは落ち着いた。慧慈の足下に伏せる。舌を出していて、呼吸はまだ荒い。

「ジェイ、サンクに水だ。飲ませてやれ」

「アイ、サー」

「やっかいごとのようだな」

と正井が言った。善田はサンクから離れている。慧慈は紙片を広げる。慧琳の筆跡で走り書きがある。

〈捜索部隊が来たが、様子がおかしい。善田追跡は二の次のような態度だ。われわれは沖本大佐のもとへ出頭を命じられた。半拘束状態でストライダーに乗せられた。われわれの生存戦略の相談を盗聴されていたのかもしれない。梶野少佐へ連絡を取ったほうがいい。そこからできるはずだ。ジェイの能力で、手段を見つけるのは可能だ。捕まるな。出てきてはならない。秘密の通路はまだ見つかっていないが時間の問題だろうし、破沙地下基地から直接そちらにも捜索部隊が入っているはずだ。目標は善田よりも、あなただろう。見つかる前に梶野少佐に連絡を取り、われわれが沖本大佐にいいように扱われるのは梶野少佐も承知の上ないた。

のかどうかを確認しろ。サンク、頼むぞ。これが届くことを祈る〉

　慧慈はそれをジェイに渡す。ジェイは黙読し、紙片から目を上げ、どうしますか、と訊いた。

「この場を即刻離れたほうがいい」と慧慈。「それから梶野少佐への連絡を試みる」

　慧慈は、この刑事はこちらに協力するだろうかと、ちらりと正井に目をやる。正井はその視線を受けると善田に向かって、来いと命じた。

「追っ手が来るようだ。早く。もたもたするな」

　そして岩場を急いで下り始める。あわてて善田が追った。慧慈もジェイを促して、続く。サンクも離れずについてくる。

　森に入ったところで正井に追いついた。

「なんできみらも来るんだ」と早足で急ぎながら正井が言った。

「事情が変わったんだ」と慧慈。

　正井が足を止める。

「どういうことだ」

　慧慈はジェイに、慧琳からの伝言の紙片を正井に渡すように言い、続けて訊いた。

「ヘルメットのコミュニケーション装置は梶野少佐への連絡手段に必要不可欠か」

「いいえ、慧慈隊長」

「では、脱げ。こいつにはAPIが組み込まれている」

ＡＰＩ、自動位置標示装置、作戦行動中の兵士の位置を示すための発振器だ。その標識信号は地上には届かないが、ここに入ってくる追っ手はそのマーカーにより、こちらを見つけることができるだろう。ジェイは慧慈の意図を理解して戦闘ヘルメットを脱ぐ。

「ジェイ、ライフルも渡せ。わたしのライフルだ」

慧慈はジェイのヘルメットと自分のライフルを手にすると、暗い森の奥へ少し入って、ライフルを地面に突き刺し、そのグリップの先にヘルメットをかぶせる。そのヘルメットの側頭部に向けて拳銃を撃つ。はじかれて落ちたヘルメットを取り上げ、倒れたライフルをまた立てて、もう一度それにかぶせた。戦死した兵士の墓のようになった。それから自分もヘルメットを脱いで、森のさらに奥へと放った。サンクがそれに向かって走ろうとするのを、慧慈は強い口調で止める。叱られてしょんぼりするサンクを、頭をなでて慰めてやった。

「いいんだ、サンク。あれは毒だ。捨てたんだよ」

一行のところに戻ると正井が紙片を返しながら訊いてきた。

「きみたちの生存戦略とはなんだ。叛乱の相談か」

「叛乱という言葉の解釈にもよるが――」

「武装蜂起か」

「それは最悪だ。自殺行為だ。勝ち目はない。だが、選択肢には含まれる」

「梶野少佐への連絡とはなんだ。この少佐はたしか、きみたちの上官だったたな」

「そうだ。現在のわれわれの行動は、破沙基地の沖本大佐の指示による。沖本大佐は正式なわれわれの直属上官ではない。スネアシンを使う作戦にアートルーパーを使うのはAGSSの計略と思われるが、それをD66前進基地にいる梶野少佐も承知しているのかどうかを確認したい。もし梶野少佐が知らないのであれば、少佐の働きかけで、われわれは元の部隊に戻れる可能性がある、と判断した。それが、生存戦略の相談の一部だ」

「なるほど」と正井。

「どうなっているんだ」と善田。

「このアートルーパーたちも」と正井は言った。「おまえと同じく、追っ手をかけられる身の上になったらしい」

「おれのせいか」

「おまえは関係ない」と慧慈。「これはわれわれの問題だ」

「とにかくここでのんびりしてはいられない。署に戻る。見つからないようにだ」

「協力してくれるのか」

「現実というのはまったく、いつも予想するより面倒になる。やっかいだな。しかしAGSがアートルーパーを利用し続けるのは危険だ——というより、AGSSのような秘密組織がきみらのような高性能のロボットを他に内緒で独り占めするのは、許せない。きみらは人間全体のために創られたはずで、ならば、わたしのものでもある。特定の組織に勝手に使わせてたまるか。行くぞ、慧慈。わたしがなんとかしてやる。急ごう」

破沙の地下空洞都市の世界に夜が迫っている。森の中の光は急速に失われていき、善田の案内がなければ迷いそうだった。森を出ると、それでもまだ家並みは闇の帳に隠れてはいなくて、街並みの色や形は見分けられる。

善田の家へと戻る。その前の道に正井が乗ってきた電動カートがあった。乗り込もうとする正井に善田は、もう一度家のなかを見てきたい、と言った。

「三分だ、善田。遅れたら置いていく」

善田は無言で、明かりのついていない玄関から暗い内へと入っていった。正井は運転席に着き、慧慈は助手席に乗る。サンクを抱くようにする。狭かった。ジェイは後席に着く。隣を空けて、善田を待った。正井はマイクを取り、ダッシュボードについている数字キーを操作する。

「刑事課、応答しろ。正井だ。わたしは無事だ。例の者の身柄を保護した。その名前はそちらからも出すな。盗み聞きされて手柄を横取りされたくない。一級管制扱いだ」

『笠石です。課長、保護とはどういうことです』

「そちらに行って説明する。例の者は興味深い情報を持っている。上には言っていないだろうな」

『言ってません』

「それでいい。わたしを待て。そちら、なにか変わったことはないか」

『変わったことって——』

「なければいい。詳しくは戻ってからだ。署の裏の駐車場で待っていてくれ。目立たないように裏口から署内に入りたい。すぐに行く。以上だ」

正井はマイクを置くと、カートをバックさせて善田の家の玄関につかせる。善田はその音に促されるように、すぐに出てきた。カートに乗り込みながら、善田は言った。

「家族はおれを捨てて出ていったのではないんだな。がらんとしているので、もうおれのことなど忘れたのかと思った……あそこには平和な暮らしがあった。いい思い出ばかりが浮かぶ。おれには家族がいた。よかれと思ってやったんだ」

善田は少し目を赤くしていた。家族の結びつきとはそんなに強いものなのか、と慧慈は善田をうらやましく思った。自分には、忘れられたくない、という家族はいない。いや、自分にもそういう存在があるということを慧慈は思い出した。実加のことは忘れたくないし、忘れられたくない。

カートの前照灯を点けて走らせる正井に、慧慈は実加のことを知っているか、と訊いた。

「だれだ」

「わたしがこの破沙に護送してきた残留人一派の一人だ。十六歳くらいの少女だ。わたしはその娘に文字を教えた」

「なんだそれは」

正井にあの護送機での出来事をかいつまんで話してやる。実加は、日記をつけているこの自分に興味を示し、文字というものを教えてくれと言った、と。

「フム。残留人の取り調べは刑事課ではなく、安全課と民生局の仕事だ」と正井は言った。

「しかしなんでまた、そんな娘のことが気になるんだ——まてよ」と正井はちらりと慧慈を見て言う。「ミカ、か」

「そうだ」

「たしか三、四日前、万引きで部下が調べたのがそんな年ごろの娘で、ミカと名告った。それしか言わない、と尾木が頭に来ていた」

「なにを盗った」

「猫の絵のついたボールペンと、幼児向けのでっかい字のついた絵本を何冊か」

「実加だ。間違いない。留置場行きか」

「まさか。PCの使い方を諭し、盗品を店に返して釈放した。だが頑固な娘で、尾木も意地になって取り調べをして、なんとかしゃべらせたら、その娘、本当に欲しいものは実力で奪い盗るしかないというようなことを言ったそうだ。PCとかピーとか、そういう経済観念がその子にはないのかと尾木は疑ったが、どうもそうでもないらしい。PCは持っていたんだ。でもそれに自分の名が記載されていないというのも娘には気に入らなかったらしい。名が書かれていないからこれは自分のPCではない、と言ったとか——そう、思い出した。万引きというより、あれは強盗だな。力ずくでかっぱらって逃走したんだ」

「いかにも、あの娘らしい」と慧慈は微笑している自分に気づく。それからすぐに真顔に戻って、言った。「武器を持っていたら、たぶん実加は、盗るときも、盗ったものを護るためにも、それを使ったろう。命がけだったんだ」

「たかだかペン一本と絵本のためにか」

「そうだ。拳銃を持っていたらそれを店主に突きつけて、よこせ、と言ったに違いない。武器を持っていなくてよかった」

「銃をおもちゃ代わりにして育った残留人の娘というわけだな。よくきみから読み書きを習う気になったな。どうやった」

「なにもしない」と慧慈は言った。「互いに寂しいことに気づいた。実加もわたしも。それだけだ。読み書きできるようになれば、実加の寂しさを埋められるとわたしは思って、それを習うことを勧めたんだ。あの子はおそろしく孤独だった。それを彼女は自覚したんだろう。わたしも、自分の身の上は実加以上に孤独だと思った。無人の地球で独りで死んでいくんだ。その前に殺されるかもしれない。でも実加は、わたしが死んでも、わたしの日記を、火星から戻ってくる二百五十年後に読んでやる、だから寂しくない、とわたしに言ったんだ。実加が本当にわたしの日記を読むかどうかなど、そんなことはどうでもいい。わたしは彼女から生きている実感を与えられたんだ。実加のような人間がいる限り、わたしは孤独ではない。初めての経験だった」

「ロボットと少女の秘話か。まるでおとぎ話だな。でも悪くない」と正井は言った。「民生局に問い合わせればその娘がどういう扱いをされているかわかるだろう。善田の件のついでに調べてやってもいいが、のこのこと会いに行ける状況ではない。自重しろ」

「わかっている」

「寂しくない、か」正井はつぶやくように言った。「人間が好戦的なのは、孤独に耐えられないからかもしれんな」

そう言って正井がハンドルを切ると、善田が「署はそっちじゃない」と言う。

「黙ってろ」と正井。「これは凱旋パレードじゃない。メインストリートを行けるか。軍にはここで非常線を張る権限はないが、どこにいるかわからん。まかせろ」

正井は狭い道を選びながらカートを走らせる。闇が濃くなり前照灯と景色のコントラストが強くなる。慧慈にはいまどのあたりなのかはわからない。破沙は広かった。天井を見上げると深いコバルトブルーだ。地表の建物の窓には明かりが灯っている。人工の空の大きな照明が落とされて各戸の内部の照明が点くというのは考えてみればおかしな話だ、と慧慈は思う。この夜は偽物だ。いや、闇こそが本物であって、ここの昼は演出されたものにすぎない。正井が、『自分のやっていることは刑事ごっこだ』と自嘲するのはこういう環境のせいもあるだろう、と慧慈は思った。

高い位置の窓の明かりが増えてきたので、破沙の中心街に近づいたのがわかる。三階、四階というビルが中心地区には密集していた。正井はそれでも広い通りには出ない。窓のない大きな建物に挟まれた小路に入ると正井は前照灯を消し、小路を抜ける手前でカートを止めた。先に、大きな建物が立ちふさがるように見えた。その手前は暗い広場だ。

「着いたな」と善田が言った。

破沙警察署の裏手だ。こちら向きの窓はなく、広場だと慧慈が思った駐車場は暗い。そこに、小さな赤い火が灯っている。それが、ぽつんと落ちて、人影が動いた。足で火をもみ消している。あれは、煙草の火だ、と慧慈は思い出した。羅宇の志貴、長尾志貴が、煙草を吸っていたのを。

「尾木だ」と正井が言った。「ニコチン中毒にも困ったものだな。一服しがてら待っていたんだろう。署内は禁煙だからな」

こちらに近づいてくる。正井は前照灯を消したままカートを駐車場内に素早く乗り入れた。

「みんな静かに降りろ。尾木、裏口から中をのぞけ。だれにも会わずに刑事部屋にこの者たちを連れていく。いまはなにも訊くな。行け」

尾木と呼ばれた男はうなずいて後ずさり、それから重そうな金属ドアを少し開いて、内をうかがった。

慧慈はサンクを膝から外へと降ろしてやる。サンクはバタバタと音を立てて身震いした。

「サンク、静かに。吠えるな」

ポケットから乾燥餌を出して与え、なでてやった。それから、ジェイにライフルをよこせと命じて受け取り、手に提げる。

尾木が手招きする。正井がまず善田を内に入れ、慧慈に続け、と言う。慧慈はジェイを先に行かせ、サンクとともに入った。尾木がドアを閉めた。

狭い廊下だったが、入口のすぐ脇に階段があった。正井はすでに上に行っている。尾木が慧慈を警戒する様子を見せたが、慧慈はそれにかまわず、一行に続く。三階の刑事部屋のドアを抜けるまで、だれにも会わなかった。そのドアも尾木が閉めると、三人の刑事たち、正井の部下たちが、待っていた。静かに。

35

正井はまず部下たちに、善田は破沙から地上に出る秘密の通路を知っている、と言った。笠石という刑事に破沙空洞市の地図を持ってこさせると、正井は、それでその通路を示せ、と善田を促した。善田は地図を一瞥し、迷うことなく、「ここだ」と指でさした。笠石がペンでそこをマークする。それから顔を上げて、正井に言った。

「こんな男の言うことを信用できますかね」

「間違いない」と慧慈は言ってやった。「われわれはそこから来た」

「嘘でないと思う」と正井。「入口までだが、わたしも行ってきた」

「このアートルーパーが、なぜ一緒なんです」と別の刑事が訊く。「こいつは以前AGSSに引き取られていったアートルーパーでしょう。——こっちの兵隊は初めてだな」

「こちらは、ジェイ准兵。わたしの部下だ」

「課長、どういうことです」とその刑事。

「善田はその通路を抜けて逃げてきた。UNAG、いやAGSSからだ。保護を求めている。

捕まれば殺されるそうだ」

「われわれには関係ない」ともう一人の刑事が言った。「善田をつき出してもAGSSは恩義など感じないだろうが、匿えばあとが面倒だ」

「もう関係している。AGSSには渡せない。言ったろう、こいつは保護を求めている。保護は警察の仕事だ。わたしは秘密の通路を教えるという条件で、求めに応じた。それに善田はAGSSの大きな陰謀を握っている。ま、それはわれわれとは直接関係ないが、AGSSはそうは見ないだろう」

「なにを知っている」と尾木刑事が善田に詰問した。「たしかこのアートルーパーは映話で、おまえはなにかの実験台にされて、そのままでは確実に殺されるとかなんとか言っていたな。実験とはなんだ」

「スネアシンというガスだそうだ。善田、説明してやれ」

善田は一つの席を勧められて落ち着くと、正井に説明したことを繰り返した。善田を取り囲んだ刑事たちは沈黙した。しばらくして笠石刑事が、善田の顔や手の甲に浮かぶ発疹を見やって、「それがそのガスのせいなのか」と言った。

善田はその手を見ながらうなずいた。

「そうだ。ここでは少しましだ。だが日光を浴びたら、ひどくなる」

「感染(うつ)るのか、それ」と笠石刑事。

「それはない」と慧慈。「実験にあたっていた軍医も警備兵も素手で触っていた」

「なんてこった」と尾木刑事が天井を仰いで言った。「上ではそんなきな臭いことをやっているのか」

「しかし面倒なのを持ち込んだな、正井課長」と、先ほど、『われわれには関係ない』と言った刑事が正井に言う。「AGSSからは隠し通せないぞ」

「だれかがタレ込まない限りは、大丈夫だ」と正井。「きみもスネアシンの秘密は知ったろう、末月。AGSSはタレ込んだ者に報奨をやると言って銃弾をぶち込む連中だ。それにいちばんひっかかりそうな署員といえば、まず署長、つぎはきみかな、末月」

「なにを、馬鹿な」

「きみもいずれ出世するだろうが、AGSSがその援助をするのは越権行為、いや犯罪だ。そもそもAGSSは実際にはそんなことはしない。そうしてやろうと持ちかけるだけだ。その手に引っかかると、秘密ごと消される。きみたちのなかにそんな馬鹿はいないものと、もちろん信じている。一人のタレ込みで、ここの全員が消される可能性がある」

「署長にも隠すのか。それこそあなたの越権行為だ――」

「民間人を保護するかどうかについては署長に伺いを立てる必要はない。保護を拒否することは警察ではできない。署長でもできない。保護するのは当然だ。相手がAGSSというのがやっかいだ、というだけのことだ。AGSSと関わるのはいかにも危険だ。だから知らせないのがあの署長の身のためだろう」

「報告しないわけにはいかないぞ」

「少し待て、末月。機会がきたらきみから報告してもらう。秘密の通路を突き止めた手柄はきみにやる。びくびくするな。いいことを考えろ。スネアシンを浴びたのはきみじゃない」

正井は自分のデスクだろう、離れたそこに行き、デスク上のコンピュータを操作した。

慧慈はジェイを伴ってその様子を見る。全員が集まってきた。善田も。末月刑事が、なにをしているのかと問いたげに身を乗り出すより早く、正井は善田を振り返って、言った。

「残念だが、もう出たあとだ。今朝のことだ。善田香奈、サチ、宗志、の三名はカロリン行きの便に乗っている。どうする。おまえも行くか」

「善田の身体はもつかな」と慧慈はジェイに訊く。「生きて家族に会える確率や危険性はどの程度か、予想できるか」

「すべての行程が夜に行われるならば、現在の病態より悪化することはないと予想されますが」とジェイ。「紫外線によるその効果、危険性は、経年総被曝量よりもまず紫外線強度に左右されるものと思われます。紫外線よけの防護服なしでは、おそらく半日か悪ければ数時間で、非可逆的で致命的な病態に移行するものと予想されます。好天時のカロリン方面は破沙周辺地帯よりも紫外線強度は強い。また、害になるのは紫外線だけであるという断定はできないため——」

「死ぬ確率は高い」と正井。「それでも行くか、善田。警官の立場としては、自殺行為は勧められない。保護したことにはならないからな。だが、これはおまえとの取り引きだ。おまえは秘密の通路を教えてくれた。AGSSのやり方もだ。わたしはおまえの望みを聞いてや

ど う す る。手 は い く つ か あ る」

「凍眠状態にされて火星に行くわけだな」

「そうだ。それまでは流れ作業だ。カロリン宇宙港に行っても思惑どおりに家族に会えるかどうかは、わからない。だが凍眠カプセルに無事に生きて入れれば、その時点で会えなくても帰ってきてから会えるだろう」

「火星への航行中にも危険が予想されます」とジェイ。「成功の確率はゼロに近いと予想されます」

「黙れ、くそ計算機」と正井。「わたしなら、それでもそれに賭ける」

「ジェイ、気にするな」と慧慈は、正井に罵倒されてとまどいの表情を浮かべるジェイに言った。「わたしもおまえの判断は正しいと思う。わたしなら――」

「おまえらは口を出すな」と正井は怒った。

それを意に介さず慧慈は正井に訊いた。

「善田の家族からの伝言はないのか。手紙とか」

「なに?」

「調べてみてくれ」と善田は懇願する。「頼むよ」

正井は善田を見つめ、それからデスクに向き直りコンピュータを操作した。

「……ない。少なくとも調べた限りでは」

「手紙を書いて投函したかもしれない」と慧慈は言った。「破沙には郵便局はないのか、正井」

「あるよ。普通の郵便とは別に、超越郵便というのも扱っている。火星から帰還した人間に配達されるものだ。電子システムによる同様のサービスもあるが、手書きの手紙のほうがいろんな面で、安全、確実だろう――」

「ならば、善田、あなたも手紙を書けばいい。もうあなたは家族には会えない。だが、想いを伝えることは、できる。わたしなら、そうする」

「おまえ、善田に遺書を書けというのか。よくそんな残酷なことを平然と言えるな。善田、惑わされるな。なんとでもしてやる。言ったろう、ここには身寄りのない死体が――」

「いや」と善田は首を横に振った。「あんたにこれ以上の迷惑はかけられない。もう、その末月というデカさんを刺激するようなことは言うな。おれのせいで無関係の人間が危ない目に遭うなんて、殺されるかもしれないなんて、そんなことまでして会いに行っても香奈は喜ばない……優しい女なんだ。おれは出ていくよ。UNAGに戻る。命乞いをしてみる。連絡してくれ。スネアシンのことは聞かなかったことにしろ。その前に、書くものを貸してくれないか。慧慈軍曹の言うとおりだ。手紙を書くよ。馬鹿な自分を家族に許してもらえるように。少し時間をくれ。書いたら、出ていく。手紙は超越郵便にして出してくれ。料金は貸しで、頼む」

正井は、慧慈とジェイを、そして部下たちを見やり、そして、椅子から立った。無言で自分のデスクの引き出しからペンと便箋を出して机上におくと、善田に席を譲り、その場を離れた。刑事たちも。慧慈もそうしようとし、善田に呼び止められた。

「軍曹、あんたはいいな」と善田は言った。「来るときに話していたろう。その実加という娘は、ここ破沙にいるんだから。UNAGの追っ手に負けるな。絶対に会うんだ。いいな」

「ありがとう、善田」と慧慈は言った。「余裕があったら、そうする」

善田はうなずき、書き始めた。

「善田」と慧慈は呼びかける。

「なんだ」

「わたしはあなたに謝らなければならないことがある」

「なにを」

「わたしはあなたを、ここに来るために利用した。あの通路を見つけて、もう一度、この街に来たかったんだ。買い物もしてみたかったし、実加にも会えればいいと思った。あなたに謝る。すまなかった」

「いまさらそれがなんになる。馬鹿正直では人間には勝てないぞ。もうおれに関わるな」

結局、善田を利用したという点では善田はこちらを赦さないということだ、と慧慈は理解した。赦すと言ってほしかったが、そんな願いは善田を利用したことと同じく身勝手なことには違いない。そう気づいた慧慈は善田の邪魔をしないように、デスクから離れた。これでいい、善田から一つの重みを自分は背負わされたのだ、それだけ覚えていればいい、と思った。

頭を切り換える。ジェイに、ここのコンピュータで梶野少佐への連絡を取れそうかどうかの確認作業を命じようとし、そのジェイが窓の外を注視しているのに気づいた。どうしたという問いにジェイは振り向かず緊張した声で答える。

「隊長、UNAG部隊が斜め向かいの建物に入っていきます」

慧慈も素早く近づき、それを確認する。大通りは明るい。五名の武装兵士たちが緊迫した様子で、その建物に入っていくのが見えた。民生局だった。間違いない。

「あの部隊はわれわれを捜索しているのではないと思われます。彼らの行動は、あの建物内に目標がいることがすでにわかっているものである、と判断できます」

ジェイの言うとおりだろう。善田や自分たちをUNAGが捜索しているならば、民生局に行くというのは変だ。では、なんだろう、これは？　慧慈は慧琳の伝言を思い返す。『善田捜索は二の次のようだ』と慧琳は書いていた。

UNAGが善田を捜索しているのは間違いないだろう。しかし、それが二の次になる事態が、確かに起きているのだ。そうとしか考えられない。なんなのかは、わからない。だが、これは、またしてもアートルーパーを巻き込む大きなやっかい事だろうと、慧慈は思う。でなければ、慧琳たちが半強制的に捜索任務の場から連れ去られるはずがない。

「ジェイ、梶野少佐への連絡を実行する。D66前進基地に連絡を取れ。急げ」

慧慈はコンピュータや通信システムを熟知しているインテジャーモデルの部下、ジェイにそう命じた。

36

慧慈たちアートルーパーの緊迫した様子に正井刑事が気づいた。

「どうした、軍曹」

正井はコーヒーカップを手に、窓に近づく。慧慈は肩から提げていたアサルトライフルを手に持ち替え、わきによって正井に場所を譲る。ライフルを手にすると、慧慈から離れずにずっとつきそっていたサンクが緊張して耳を動かし、正井を警戒する態度を示した。慧慈はサンクの首筋に左手をやって「クール」、平静を保て、と命じ、それから正井に言った。

「UNAGが来ている。時間がない。ジェイにここのコンピュータを使わせてくれ。D66前進基地、わたしの本来の所属部隊と連絡を取る」

正井は窓の外を見やる。先ほどの部隊の姿はすでにない。

「民生局に入っていったんだ。武装した五名の兵士だ」

「フムン」

「まだなにかあるのか」

とコーヒーメーカの前に集まっている刑事のなかの一人、末月刑事が言った。慧慈はライフルの銃口を向ける。正井はその銃身に軽く上から左手を乗せて、慧慈を制した。

「焦るなよ、慧慈軍曹」と正井はコーヒーをすすりながら言った。「善田の手紙書きが終わったら、やつを連れてここを出ろ。きみの手柄になる」

「ジェイ、梶野少佐への連絡を即時に試みろ。そのコンピュータ端末を使え。コンピュータネットワークでD66前進基地にアクセスだ」

「アイ、サー」

「ここから発信しているということをわからないようにやれるか」と正井。

「どうだ」と慧慈はジェイに訊く。

「アイ、サー。可能です」

「なら、まあ、いいだろう」と正井。「あわてることはない、慧慈。なにを焦っているんだ。ここなら見つからない。いま善田を見つけられるのはこちらとしても困るからな。笠石、美作、署の裏口と正面口で監視だ。いまUNAGに来られるのはやっかいだ。様子を見るんだ。行ってくれ」

二人の刑事はうなずいて、部屋から出ていく。

「民生局に入っていったUNAG部隊は、善田やわれわれを探しているのではない」と慧慈は言った。犬のサンクはジェイが外を監視する窓に行き、窓枠に前足をかけて、ジェイの真似をした。

「なにか別の事態が起きている。われわれアートルーパーにも関連する、なにかだと予想できる。UNAGにとって善田のことはもうどうでもいいほどの事態が起きていると思われる」

　手紙を書いている善田が振り返る。正井は続けろと言うように手を挙げて無言でそれに答え、こちらに来い、と慧慈を誘って刑事たちのデスクが並ぶほうに行き、自分は一つの席に着いた。

「民生局の動向は探れる。アクセスしてみよう。きみの部下には、そちらの末月のコンピュータ端末を使わせてやる。約束は守れ。発信源を隠蔽することを忘れるな」

「ジェイ、この端末にて実行だ」

「アイ、サー」

　ジェイが窓際から指示されたデスクにやってきて腰を下ろす。サンクもついてきた。末月刑事と尾木刑事がコーヒーカップを手にしてやってきたが、ライフルを手にした慧慈を見やって、ジェイのデスクには近づかず、正井が操作するコンピュータをのぞき込む。

　慧慈はサンクを連れて入口のドアに行き、伏せさせ、見張れ、と命じる。

「サンク、だれか来たら知らせろ。わかるな？」

　サンクは尾を軽く振り、「ワフ」と応える。仕事を与えられるのが嬉しいのだ、と慧慈にはわかる。

「頼りにしているからな、サンク」

　ジェイのデスクに戻ると、そのインテジャーモデルの部下は、署のコンピュータ通信システムの概要をまず調べていた。少し時間がかかりそうだった。機械人ならば即時に苦もなくやるだろうが、と慧慈は思った、自分たちアートルーパーには機械人のような能力はない。

慧慈はまた窓際に行き、外を見下ろしながら、待った。背後で善田がペンを走らせる音が聞こえている。正井とジェイがキーを叩く音。静かだった。

「きみが言ったUNAG部隊は、残留人一派を連れていくために来たんだ」

正井の声が大きく響いて、慧慈はそちらを振り返った。正井はコンピュータのモニタ画面を見つめ、それから慧慈に顔を向けた。

「きみが護送してきた集団だ。実加も入っている。民生局に集められている」

慧慈は無言でそのデスクに行き、モニタ画面に目を走らせる。そこには、以下の十八名の身柄と監督権限をUNAGへ移管する、という文字と、その人名リストが出ていた。

長尾姓が並ぶ。正井の言うとおり、慧慈がD66前進基地からここに護送してきた羅宇の志貴一派だった。そのなかに実加の名前もある。実加には姓の記載はない。ただの、実加、だった。記載名が本名であることは確認できないという断り書きがあったが、実加は、本名に違いないと慧慈は思う。これは、たしかにあの実加だ。

上記の人員を民生局に集めてUNAGに引き渡す、ついてはこれらの人間たちを破沙の住民登録から抹消する、とあった。

「この画面はなんだ」と慧慈。「内容は信用できるのか」

「局務日誌だ。固いことを言うなら、いまわたしがやっているこれは不正アクセスだ。本来、本署からこの画面へのアクセス権限のあるのは安全課だけだが、それはまあ、形式上のことで――」

「なぜだ」と慧慈はつぶやく。「どうして、またUNAGが実加を捕まえなくてはならないんだ」

「彼らの残留人としての過去の行動は、安全課でも調べたはずだ」と正井が言った。「だが口は割らなかったようだ。UNAGは業を煮やしたのかもしれない」

「それはおかしい」と慧慈。「ここに護送した時点で、UNAGは彼らへの関心は失ったはずだ。ここに来る前に厳しい取り調べをしたんだ。護送責任者はここでもさらに厳しい取り調べが待っているというようなことを言ったが、本音としては破沙警察には期待していなかったと思う。だから実加も、いちおうここで自由を得たんだ。でなければ留置場暮らしをしていたはずだからな……それをいまさら、なぜなんだ。実加の強盗行為のせいか」

「それはないだろう」と正井は腕を組んで言った。「UNAGは実加のそんな事件のことを知っているはずがないし、そもそも破沙での犯罪などUNAGには関係ない……おかしいな、たしかに。他に考えられることといえば――言いたくはないが、もしかして、例のガスの新たな実験台にする気かな。なんて言った、スネアなんとか。スネアシンだったか」

「そんな行為は許せない」

慧慈はライフルを握りしめる。末月刑事らが緊張する。

「待て、軍曹、落ち着け。そうと決まったわけではない……どうしたものかな。UNAG基地に直接探りを入れてみるか」

「課長、これ以上の深入りは危険だ」

末月刑事が慧慈を見ながら言った。

「わかっている」と正井。「だがUNAGにうろちょろされるのも目障りだ。われわれは彼らの行動を見張る権利がある。軍の勝手な真似を黙認するのは、破沙警察のプライドが許さない」

「それは安全課と民生局の話だ」と末月。「われわれ刑事課のプライドとは関係ない。正井課長、あなたはどうかしている」

「善田を無事にここから出すまでは、アートルーパーに早まった真似をさせるわけにはいかない」と正井は末月に言った。「気をつけろ、末月。このアートルーパーたちは、人間ではない。正確な情報を与えないと暴走する恐れのある、おそろしく危険な兵器だ。適当にあしらうのは危ない。もうわれわれは十分に深入りをしている。ここで抜けるわけにはいかないんだ――」

「ジェイ」と慧慈はライフルを水平に構えて言った。「発信源の欺瞞操作は必要ない。即刻梶野少佐に連絡を取り、われわれが実加たちを確保する許可を取れ。実加を、あのUNAG部隊からこちらに取り戻す」

ジェイは慧慈を見やり、そして刑事たちに視線を移し、また慧慈に顔を向けた。

「ジェイ、やるんだ」

慧慈はライフルを構えたまま、窓へと後ずさり、外をうかがう。まだ下の大通りには動きはない。だがやがて民生局の建物の外に実加たちが連れ出されてくるだろう。車輛は見えないから徒歩でUNAGの地下基地に行くはずだ。そこでなにをされるのかはわからないが、良いことではないのはたしかだろう。実加だけでも奪還したい、と慧慈は思う。力ずくでも。だがそのあと、どうなるか。どこにも逃げ場はない。戦闘手段ではだめだ。ならば、だからこそ、梶野少佐の力が必要だと慧慈は判断した。UNAG部隊と戦わずして実加を取り戻すには、それしか方法はない。刑事らに邪魔をされるならば、この場で戦いになるのはやむを得ない。

「早く、ジェイ。命令だ。即時実行しろ。わたしが援護する」

「アイ、サー」

ジェイはコンピュータ端末に向かうと、キーを素早く叩き始める。

「サンク、そこで刑事たちを見張れ、ウォッチ」

慧慈はライフルを右手で支持し、左腕を大きく動かしてサンクに目標を指示する。サンクはむくりと立ち上がり、刑事たちに、にらみをきかす。人造犬のサンクとアサルトライフルに牽制されて刑事たちは動けなかった。

「頑張れよ」と言ったのは善田だった。

善田は書く手を止めて窓の慧慈を振り返り、にやりと笑って、それから、こう続けた。

「実加という娘が、おまえのヒーロー行為を喜ぶことを祈っているよ。ま、人間には振られることはよくあることだ。おまえにこの意味がわかるか？」

「覚悟はしている」と慧慈は言った。「おまえは自分のことに集中しろ。われわれは、梶野少佐の許可を得ることに成功したら、ここを出ていく。こちらにかまわないでくれ」

善田はうなずいて、デスクにまた向かった。と、すべてのデスク上の端末が信号音を発した。なにかの通信のコール音だ。ジェイがD66前進基地とのコンタクトに成功したのかと慧慈は思ったが、そうではなかった。正井がモニタに向かって、受信操作をする。

「刑事課、正井。――署長」

署内の内線映話だった。画面が切り替わって、署長の顔が出ている。

『UNAGから、二名のアートルーパーの捜索願いが来ている。その二名は捜索任務中にはぐれて、破沙内に来ているとのことだ』

「捜索任務とは、なんです」と正井。「だれを捜しているんだ」

『脱走兵らしいが詳細はわからん。とにかく、その二名のアートルーパーはここ破沙で迷子になっているらしい。保護してほしい、という依頼だ』

「われわれは軍の下請けではない。請けたのですか」

『ここ破沙から地上に通じる秘密の通路があるらしい。UNAGはそれを知っているそうだ。その情報と引き換えだ。その通路を使ってアートルーパーは地上からここに入り込んだ。逃げ込んだのかもしれん。われわれがアートルーパーを確保したら、それと交換にその通路の位置を教えるとのことだ』

「武装しているのですか、アートルーパーらは」

『ライフルを携帯しているが、その弾は模擬弾だそうだ。しかし実包を装塡した拳銃も一挺持っている。模擬弾でも至近距離では危険だ。刑事課で対処してほしい』

「UNAGが確保しようとしているのはそのアートルーパーだけではない」と正井は言った。

「民生局の局務日誌を見ていてわかったのですが、D66前進基地から護送されてきた十八名の元残留人一派も強制連行される。安全課の仕事をUNAGは信用していないようだ。やつら、なにかたくらんでいる――」

『元残留人の強制連行だと？』

「そうです。UNAGから署に、安全課に、断りはありましたか」

『いいや、そんな報告はUNAGからも民生局からも受けていない。こんな勝手な真似をやるのは――AGSSだな。気に入らん連中だ』

「たぶんアートルーパーの件も、十八名の強制連行と関連がある。探りを入れますか」

『いや、AGSSとは関わりたくない。アートルーパーの捜索に専念しろ。秘密の通路を知りたい。よろしく頼む。すぐにかかってくれたまえ。以上だ』

「了解しました、署長」

内線映話が切れる。署長の顔が消えた画面をしばらく見つめたあと正井は慧慈に言った。

「強制連行の理由を探るのは無理だ。UNAGにはそれを明かす気はないし、署長にも探りを入れようとする意志はない。わたしにはこれ以上のことはできない。ということで、きみはまた、わたしにはプライドがないと批難するのだろうが、これはそういう問題ではない。

わかるか、慧慈。これは破沙警察の機能上の問題、限界なんだ」

「わかる」と慧慈はライフルを構えたまま、うなずく。「行かなくていいのか、われわれを探しに」

「なんで行かなくてはならない」と正井は両手を頭の後ろに組んで椅子の背にもたれながら言う。「きみたちはここにいる。署長はいちいち刑事課の動きを監視したりはしていない。これで丸く収まるというものだ。破沙と地上とを結ぶ秘密の通路を発見する手柄は、結局、署長に横取りされるわけだが。ま、そんなものだ、現実というやつはな」

それから正井は、腹が減ったな、と部下たちを見やって、言った。

「なにか出前を頼もう。ハンバーガーにするか。慧慈軍曹、きみもどうだ。PCを持っていなければおごってやるぞ」

断る、と言いかけて慧慈は思いとどまった。サンクに食べさせてやりたい。

「お願いする。サンクには塩分ひかえめのハンバーガーにしてくれ」

「尾木、頼む。笠石たちを含む、人数分だ。みんなハンバーガーでいい。おごるよ。腹が減っていると苛立っていけない。その犬にもやろう」

「わかりました」

尾木刑事が動こうとすると、サンクがうなって威嚇する。慧慈はサンクに、仕事は完了した、「完璧だ、サンク、コンプリート」と告げて警戒を解除する。

「来い、サンク。よくやった」

尾を振って駆け寄ってくるサンクの頭を左手でごしごしとなでてやる。

「犬も食わない、というフレーズが、あの出前のハンバーガーを食うときいつも頭に浮かぶが」と末月刑事がサンクを見ながら言った。「実際に犬がいるとはな。いい犬だな。かわいいよ。とても利口だし、健気だ。うらやましいよ、軍曹」

慧慈は無言。だがこの刑事が犬好きなのはいいことだ、と思う。犬好きの人間が他の人間やアートルーパーに敵意を抱かないというものでもあるまいが、もしこの刑事がアートルーパーの自分に対して強い嫌悪感をもっていればこういう態度はとらないだろう、と。

尾木刑事が善田の近くのデスクで出前の注文をしながら、「その軍用犬が本当にあれを食わなかったら、情けないな。おれたちは犬以下だ」と言った。

「猫またぎ、という言葉もある」と正井が言った。「猫なら腹も立たないが、犬にそうされると、たしかに複雑な気分だな」

「腹が減っていればなんでもうまく食べられますよ。おごりなら、なおのこと」と尾木。

「絶対、うまいですよ、課長。——そう、九つだ、頼む。これでよしと。それにしても……善田のアイスは絶品だったな。もう食えないなんて、惜しいよ」

と言いつつ、尾木はまだ善田がいることにいま気づいたように、「すまん」と言った。善田は顔を上げて、微笑んだ。そして手紙書きに戻った。

「だめです」

唐突にジェイが顔を上げて、慧慈に言う。

「D66前進基地への連絡は不能です」

「なに」とわれに返って、慧慈。「どういうことだ。この署のコンピュータネットワークは外部には繋がっていないのか?」

「繋がっています。UNAG破沙基地の通信システム経由で、全世界に通じています」

「では、なぜ通じないんだ」

「よくわかりません」

「インテジャーモデルのきみにもか」

「D66前進基地の通信部隊の呼び出しを、映話モードやメールモード他で試みましたが、アクセスを相手側のメインサーバーの最外部レベルで拒否されています。すべてのポートの状態を調べましたが、ポート自体はアクティブです。つまり相手側のサーバーがダウンしているわけではありません。これは、通常の反応ではありません。異常です。D66前進基地のサーバー自体がそういう状況なので、基地内の個人用などのコンピュータ端末の呼び出しも不能です。したがって梶野少佐との直接コンタクトも不能です」

「原因はなんだ」

「正確にはわかりませんが、公表されていない未知の防護壁が構築されているものと思われます。こちらがどのようなモードにてコンタクトしているかという手段には関係なく、相手側が受けつけません。しかしまったく異なる通信プロトコルに変更されたために接続できない、というのではありません。その点では、こちらにとっては、先方の異常はさほど高度な障害ではない。ですが、アクセスできないということには、変わりありません」

「なにか方法はないのか。先方でなにが起きているのかを知る手段だ」

「手がかりが少なすぎます。短時間での解析は困難です。プロトコルやポートの問題ではない、というのはわかりますが、なにが障壁になっているのかが、わかりません。その解析を実行するには、破沙基地からD66前進基地に向けて実際に交信されている状態をモニタすることが必要です。それには破沙基地の通信サーバー自体への侵入操作が必要ですが、これは非常に困難です。絶対的に不可能ではありませんが、試行の時間が必要です」

「どのくらいかかる」

「自分はそのサーバーのセキュリティ方式の詳しい情報をもっていません。まずそれを調べることから始めなくてはなりません。数時間は必要と予想されます」

「それではだめだ。D66前進基地でなにが起きているのか、早急に知りたいんだ」

時間さえあればインテジャーモデルのジェイはやるだろうと慧慈は信じたが、しかし、悠長に構えてはいられなかった。もっとすごい能力のある部下がいたら。そう考えて、慧慈は機械人の能力を思い出した。機械人にとってコンピュータネットワーク内の環境というのは、人間にとっての空気のようなものだ。人間が息をすることと同じくらいに、コンピュータ情報を吸収できる。

「アミシャダイだ」と慧慈は言った。「基地にはアミシャダイがいる。正確には基地施設内ではないが、そこでなにが起きているのかは、アミシャダイにはわかっているはずだ。彼への連絡を試みろ」

「方法を思いつきません。自分は機械人の特性については無知です」

「どの機械人でもいい、近くにいるやつの頭に向けて、メッセージをオープン送信すればいい。コンピュータ通信ではなく、ラジオ放送だよ。〈アミシャダイ、こちら慧慈、応答せよ、支援を請う。現在破沙警察署の刑事課オフィスにいる、コンピュータ通信にて応答を請う〉と発信しろ。機械人は彼ら自身の、独自のリンク手段を持っている。意識を共有しているんだ。一人の機械人に、こちらのメッセージが電波の声で届けば、アミシャダイにも自動的に通じるんだ。やってみよう」

「もっとも近くにいる機械人の位置と、機械人に受信可能な周波数帯や変調方式などを探らなくてはなりません。これにも時間が必要です」

「まず振幅変調の一〇〇〇キロヘルツ帯あたりを試してみるのがいい。問題は、送信機だ」

「送信手段は、この破沙警察署の無線指令システムが使えます。この端末からでも操作可能です、問題ありません」

ではやるんだ、と言おうとした慧慈に、正井が口を挟んだ。

「やめろ、慧慈。機械人へのコンタクトは、しないほうがいい」

「なぜだ。あなたに、なにがわかる」

「D66前進基地でいま起きている事態の予想はつく。きみのこの部下は優秀だ。これだけわかれば十分だろう。判断材料はそろっている。なぜ、きみには、わからないんだ」

「……なんだというんだ」

「通信の封鎖、統制は、外部から独立する意志の表明だ」

「だから、そうしなくてはならない原因を――」

「叛乱だよ」

「叛乱？」

「そうだ。機械人によるものかもしれない。だから、機械人へのコンタクトは慎重にすべきだろう」

慧慈は息を詰めて、正井を見やった。正井は慧慈が構えるライフルを、視線で押し返そうとするかのように見すえて、言う。

「だが、まあ、機械人ではないだろう。機械人には、現時点でそんなことをする動機がない」

正井は慧慈に目を向けて、続けた。

「慧慈軍曹、きみは人間のことがよくわかっていない。だから、判断できないでいるんだ。わたしは刑事だ。ここにいる全員が、そうだ。プロだよ。人間の犯罪行為については、人間の刑事の意見を参考にすべきだろう。だれでもいい。訊いてみろよ。末月、きみはどう思う」

「フム」と末月刑事。「おそらく、基地の兵士によるクーデターか、でなければ、外部からの侵入者による基地の占拠、占領、ようするに乗っ取りだろうな。交信が制限されている理由はそれしかない、と思う」

「D66地区に潜伏していた残留人による蜂起だろう」と尾木刑事が言った。「その基地はかなり強力な武装集団の手に落ちたんだ。その可能性がいちばん高い。ここの元残留人をUNAGが強制連行することからして、連行される者たちと繋がりのある残留人一派がD66前進基地を支配下においている、というのが、いちばん近いんじゃないかな。UNAGが善田どころではなくなったのは当然だろうな、事実とすれば」

「犯人側とUNAGは、捕虜交換をしようとしているのかもしれん」と末月刑事が言う。「ここから強制連行する連中とD66前進基地で人質になっている基地の軍人との交換だが、犯人側は、すべての人質を解放したりはしないだろうな。そうなったらUNAGは総攻撃を開始できる。容赦なく爆撃する。いまは、綱引き段階、交渉段階だろう。犯人側が通信手段を落としていないのはそのためだ」

「おそらく、そうだろう」と正井は冷ややかに言った。「われわれにとってもこの事態は他人事ではない。前進基地を乗っ取るなどという大規模な組織活動は初めてだ。破沙も安全とは言い切れない。これは、火星への退避計画に対する挑戦だ。残留人たちは機をうかがっていたに違いない……尾木の言うように、そうとう強力な武装集団だろう。スネアシンの使用も、彼らは知ったのではないかな。UNAGに通じた者たちがいるのだろう。基地内にも手引きをする兵士や軍人がいたに違いない。でなければ成功するとは思えん。こいつはクーデターという見方もできる。戦争になるぞ。いいや、すでに戦争状態だ。人間同士のだ。それこそアートルーパーには関係のない、われわれ人間の問題だ。慧慈軍曹、きみには直接は関係ない事態だよ」

「羅宇の志貴一族だ……関係は、ある。師勝だ。長尾師勝。あいつの仕業だ」

慧慈はうめくように言った。自分が撃ち殺した志貴の、死者の、復讐だ、と感じる。師勝は志貴の息子だ。アートルーパーを殺せ、破壊しろ、一体残らず、というのが父親である志貴の遺言だった。D６６前進基地が師勝らに占拠されたというのがもし事実とすれば、叛乱の目的はともかく、師勝の個人的な狙いはアートルーパーであり、父親の直接の仇であるこの自分だろう、と慧慈は思う。

死者に赦しを請うてもそれは絶対に叶わないことなのだ、というアミシャダイの言葉を、慧慈は実感する。逃れようはないのだ。死者からは、逃げられない。自分が殺してしまった相手からは。

37

刑事部屋が沈黙する。慧慈は窓際によって、大通りを見下ろす。人通りは少なく、変化はないように見えた。が、立ち止まって同じ方向を見ている者が二、三人いた。その先を慧慈は窓ガラスに顔をつけて見やって、すでにＵＮＡＧ部隊が民生局での仕事を終えたのを知った。一列縦隊が、大通りの角を破沙基地の方向に曲がっていくところだった。連行されてゆく人間たちのいちばん後ろに、小柄な人影を慧慈はたしかに見た。実加だ。間違いない。他の人間たちはさほどでもなかったが、実加は、いやいや歩かされているように見えた。彼女は行きたくないのだ。なぜなら、自分のやりたいことを見つけたから。人生は寂しいものではないことをいまの彼女は知っている、と慧慈は思う。アサルトライフルを握りしめて、実加の後ろ姿を目で追った。実加はまた戦闘の場に連れ戻されようとしている。

「行くな、実加……きみに必要なのは銃ではない、ペンだ。逃げ出せ」

慧慈は押し殺した声で、言う。正井がその声を聞き、連れられていったのか、と訊いた。

「いま、確認した。——行かせたくない」

「きみの直属上官、梶野少佐への連絡は取れない。優秀なきみの部下、ジェイにもできないのだから、われわれにも無理だ、助けてはやれない」と正井は平静に、諭すように、言葉を選んでいるのがわかる口調で、言った。「きみたちは、善田を見つけ出したということで、善田を連れて破沙基地に帰投しろ。それがきみの立場を守ることになる。あの娘には深入りするな。力ずくで実加を奪おうとすれば、きみも彼女も射殺される。きみの部下ジェイも、サンクもだ」

慧慈は正井には答えず、深く息を吐いて、サンクを見る。サンクはジェイの足下に伏せていたが、自分の名が出たためだろう、正井を見て、それから『なんなの』と言いたげに慧慈に顔を向けて、軽く尾を振った。慧慈はサンクに近寄り、手にしている強力な武器、対人戦闘用突撃自動小銃、アサルトライフルをデスクに置いた。そして、大きなサンクの頭を、両手で力を込めて、なでてやる。

「サンク……おまえが連れていかれそうになったら、わたしが守ってやるからな」

サンクは慧慈の手から逃れて、バタバタと身震いした。それから嬉しそうに尾をさかんに振って、慧慈の手をなめ、「バフワフ」と軽く吠えた。これは餌の催促だと慧慈にはわかったが、サンクから元気を出せと勇気づけられた気分になった。ポケットを探ったが、しかしサンク用の乾燥餌はもうなかった。

実加のことは気がかりだが、正井の言うとおり、ここは自重しなくてはならないと慧慈は、自分に言い聞かせた。

実加は殺されると決まったわけではない。生命は保証されているだろう、人質交換ならば。少なくともスネアシンの実験台にされるわけではなさそうだ。生きてさえいれば、また会える。ライフルを手にした実加には、会いたくないが。実加を撃ちたくないし、撃たれたくもない。だからといって、いま実加を力ずくで取り戻そうと行動するのは、自分も実加も、危険にさらす。ここは、耐えるしかない。

慧慈は立ち上がり、ライフルをまた手にして、ジェイに言った。

「ジェイ、われわれは、アミシャダイへの連絡を試み、その機械人にわれわれアートルーパーへの支援を請い、それから善田を連れて破沙基地に帰投する。いいな」

「アイ、サー」

とジェイは答えたが、正井が割り込んだ。

「だめだ。機械人へのそんな要請は、許可しない。梶野少佐への連絡行為は許したが、機械人との連絡を許可した覚えはない」

「どうしてだ、正井。先ほどもあなたは機械人に連絡を取るのはやめろと言った。なぜだ」

「アートルーパーが機械人に支援を要請するなどという事態を、人間として見逃すわけにはいかない。やりたければ即刻ここから出ていけ。わたしはUNAG基地に連絡を取ることになる」

「人間として見逃せない、とはどういう意味だ。あなたはなにを恐れているんだ」

正井は先ほどよりも緊迫した表情で慧慈に言った。

「きみは機械人を、闘争に巻き込もうとしている。人間にとって、そうなったら、破滅だ。アートルーパーも機械人も、非常に危険な兵器だ。そもそもアートルーパーは対機械人用に作られた兵器だろう。それが機械人と共闘などされたら人間にはまったく対抗できない」

「いいじゃないか」と言ったのは、善田だった。「正井さんよ、そう意地悪をすることはないだろう」

「家族への手紙は書いたか」と正井。

「いちおうはな。だが書ききれない。自分のことも気がかりになったしな。UNAGに戻ればおれは危ういが、この事態だと生き延びられるチャンスはあるかもしれない」

「どういうこと――」

慧慈は言いかけるが、正井が訊いた。

「機械人とアートルーパーが結託してもいいとおまえは言うのか、善田」

「かまわないだろう」

「やけになっているのか、善田、復讐のつもりか」

「かもしれない」善田は立ち、慧慈たちのほうにやってきた。「アートルーパーも機械人も、人間が創ったんだ。復讐されても文句は言えないだろう、おれたち人間にはな。違うかよ、正井。あんたにはこの軍曹、慧慈の、アートルーパーがやりたいことの、邪魔をする権利はない。権利は警官の得意だ、振りかざすのはな。おれはあんたらのそういう態度が気に入らない。黙って聞いていれば——黙って聞いてはいられなかったんだ。腹が立つんだよ、くそったれ」

「おまえというやつは、どこまで馬鹿なんだ。わたしに喧嘩を売って、なんの得がある」

「馬鹿でけっこう。あんたはせいぜい利口ぶってろ」

また緊迫した静寂。善田と正井がにらみ合う。人間とはまったくおかしな生き物だと慧慈はとまどい、どうこれに対処していいものやらわからず立ちつくしていると、廊下のほうから足音が聞こえてきた。サンクが駆けていく。

「サンク、戻れ」

笠石と美作の二人の刑事が、両手にハンバーガーの包みを抱えて刑事部屋に入ってきた。サンクが二人にじゃれつくように駆け戻ってくる。

「ヤッホー、お待たせ」と笠石。

「――どうした？」と美作。

末月刑事が二人を手招きして、空いたデスクに夕食を下ろさせる。サンクがそのデスクに前足をかけて匂いを嗅ぐ。慧慈は「待て」と命じて、それから善田に言った。

「チャンスだ、というのは、どういうことだ。聞かせてほしい」

「食べようじゃないか」と善田。「少し休ませてくれ。合い言葉を思い出しそうなんだ。使えるかもしれない」

「なんだ、それは」と正井。

「おあずけか」と善田。「おれは犬ではないんだがな」

正井はため息をつき、「わたしのおごりだ、忘れるなよ。感謝しろ」と言って、自らハンバーガーを取り、二つを慧慈に放った。慧慈は一つをジェイに、そしてもう一つの包みを開いて、サンクにやる。おやつ程度と予想していたが、そのハンバーガーはけっこうボリュームがあった。ジェイは手をつけなかったが、サンクは食べ始める。末月刑事が、戻ってきた二人の刑事に事態を小声で説明している。食べながら。

「合い言葉とは、なんのだ」と慧慈は善田に訊いた。

「門倉で、諫早大尉が外部の仲間と交信する際の合い言葉だ。ＵＮＡＧの構築した防護壁をパスできるキーワードだ」

「なんだって」

と正井が驚いた声を上げたが、慧慈も同感だった。

「立ち聞きしたことがあるんだ」と善田は続けた。「そもそも、UNAGの構築した防護壁というのは、諫早大尉一派が設計したものらしい。最初から抜け穴を作っておけるわけだよ。そんなことができるんだから、かなり大がかりな組織だ。でかい叛乱を起こしても不思議じゃない。立ち聞きしたときはまさか諫早大尉たちが残留人一派だとは思わなかったから、どうして諫早大尉がそんなことを知っているんだろうと思っただけだったが、あの連中はいまにして思えば最初からたしかに怪しかったよ。ずいぶん前の話だ……大尉は、そのキーワードを忘れた部下をこっぴどく叱っていた。『馬鹿め、われわれの合い言葉を忘れてどうする』と言っていた。で、言ったんだ、それを。なんだったかな、思い出せない。はっきりと聞いたわけじゃないし。やばい雰囲気だったしな」

「そのキーワードを試す価値はあると思います」とジェイが言った。「その文字列をアクセスキーにして、D66前進基地の通信サーバーとコンタクトできる可能性はあります」

「UNAGはおそらく先方からそのキーを与えられて、それを使用してD66前進基地と交信しているのだろう」と慧慈。「そうに違いない」

「いいえ、隊長、自分はそうは思いません。この合い言葉による接触が可能なのは、味方だけ、というようにしているはずです。UNAGとの交渉、交信は、通常のオープン無線交信で行っているはずです。このキーワードは、まさしく合い言葉なのでしょう。つまり、これを使ってアクセスすれば、先方は、われわれのことを――」

「仲間からの通信だ」と相手は思うわけだ」と正井がハンバーガーを善田に渡しながら、言った。「合い言葉とはな。おまえ、その情報でAGSSと取り引きできるぞ。思い出せ」

「思い出さなくても、いまのでも役に立ちそうだろう」と善田。「たぶん諫早大尉たちが拘束されている門倉でも、なんらかの動きがあるはずだ。この叛乱は、諫早大尉を救出するためなのかもしれない。UNAGは情報を欲しがっているはずだ。門倉に行き来していたわたしを簡単には殺せないだろうよ」

「AGSSにもそう言ってみるんだな、お人好しが。警察を相手にするのとはわけが違う。自白剤を打たれて頭を空にされて、廃人にされて棄てられるのがおちだ。ま、わたしには関係ないよな。せいぜい威張ってろ」

「その戦略は使えるとわたしは思う」と慧慈は言った。「善田、うまく戦略を練って生き延びることだ。AGSSを甘く見ないほうがいいが、チャンスはたしかにある」

「ありがとよ。なんか自信がなくなってきた」

「お願いだ、善田。思い出してくれ」

「……なんだったかな。地球に関することだったような気がする」

善田は大きなハンバーガーをぱくつきながら、思い出そうとしていた。慧慈にはじれったかったが、口は出さずに見守った。

「諫早大尉たちは、地球は廃星だ、とよく言っていた。ハイセイの意味がわからなかったが、廃棄物の廃に、星だよ」と善田。「あのときは、でも、地球は廃星ではない、と言ったんだ。

普段とは違っていたから、変だなと思って、立ち聞きしたんだ。ここが人類の母なる惑星だ、と言った。合い言葉は、地名のような響きだったな……カタカナ語だった。なんとかヒル。ビバリーヒル、ビバリーヒルズ、いや、もっと短い。なんとかビル、だったかもしれない。ズ、がついた気がする。ビルズかな。いや、ビル、だ——思い出した」

ハンバーガーを口元から離して、善田は言った。

「究極の地、と言ったんだ。いや、そのあとだ。エンズビル。合い言葉は、エンズビル。そう言った。間違いない。エンズビルだ」

「カタカナか、それともアルファベット表記か。綴りは」

そこまでは知らない、と善田は首を横に振った。

「エンズビル」と慧慈は言ってみる。「究極の地、という意味か。この単語を知っているか、正井。地名か」

「いや」と正井。「造語だろう。そのほうがキーとしてはいい」

「ジェイ、試してみよう。送信メッセージをこれから指示する」

「アイ、サー」

慧慈はライフルを構え、正井らにジェイから離れろ、と威嚇する。サンクがハンバーガーを食べ終えて舌なめずりをしていたが、慧慈の様子に気づいて耳を動かし、刑事らを見た。

慧慈はサンクを自分のわきに寄らせる。

「なにをする気だ、軍曹」

「アクセスを試みる。梶野少佐への連絡と、アミシャダイへの支援要請だ。基地内の状況を探る。邪魔はさせない」

「やらせてやれ」と善田。「せっかく思い出したんだ。機械人を動かせれば、その力で事態を収拾できるかもしれない。アートルーパーは対機械人用なんだから、機械人を利用するという軍曹の行動は、本来の任務そのものじゃないか。このアートルーパーにまかせろよ、正井。だいたい、邪魔をすれば撃たれる。軍曹は本気だぞ。怒らせるとどうなるか、あんたも思い知らされたろう。あの場で撃ち殺されていたかもしれないんだ、お互いに。ここでまた賭をすることはない。おれは、しないよ」

刑事たちはハンバーガーを置き、課長の正井の出方を待った。命令があれば銃を抜くだろう、と慧慈にはわかった。ライフルのセイフティが解除されているのを感触でたしかめる。

「模擬弾だ」と末月刑事が言った。「署長が言っていた」

「いや」と正井は、背後の部下たちを、腕を水平に上げて、止める。「この至近距離だ。模擬弾だろうと、たぶん二二口径の拳銃弾ほどの威力はあるだろう。しかも高性能のライフルだ。連射されたらただではすまない。手を出すな。善田の言うことも一理ある。おれは、わたしは、人類の代表ではない。責任があるとすれば、全人類だ。アートルーパーや機械人を創った、人間だ。個人が責任を負うには、事が大きすぎる」

「同じだよ、おれもあんたも」と善田は言った。「このアートルーパーの前ではな。あんたもやっとそのことに気づいた――」

「わたしにも干渉しないでくれ」

と慧慈は言った。状況はこの短い間に慧慈の思いもかけない方向に変化していた。変化したのではない、自分が知らなかっただけだ、と慧慈は思った。だが、知ることで世界そのものが変化していくのだ、この自分も、と慧慈は感じた。もっと詳しく知りたかった。本当に叛乱が起きているのか、師勝らがD66前進基地を乗っ取っているのかどうか、確かめたい。

「D66前進基地と、隣接する復興工場は、将来的にはわれわれアートルーパーのものだ」と慧慈は、行動の動機が変わりつつある自分を自覚しながら正井に言った。「わたしはそれを守りたい、人間の手から。あの基地や工場は機械人が建設した。建設の目的は人間のためのものだが、工場自体は、機械人のものであり、アートルーパーのものだ。管理権は人間にはない。それを無視する人間集団に工場や基地施設を奪われるのは、われわれの存在意義を危うくする。相手がUNAGであろうと残留人であろうと、関係ない」

「好きなようにしろ」

正井は残った二つのハンバーガーの一つを手に取り、包みを開いた。

「もうわたしはきみの理屈についていけない」と言いながら、正井は食べ始める。「やれることもなにもない。見物といこう。うまくいくかどうか。——なにか飲み物も注文すればよかったな。冷えたビールが欲しいよ。密造の酒売りがいたんだが、善田のような、いやいやもっと悪党だったたな、われわれの手で捕まえたんだ。まったく、おれたちは、なにをしているんだろうな」

そして、もう口出しはしなかった。正井の部下たちも無言。慧慈はジェイに命じる。

「ジェイ、エンズビルをキーワードにしたアクセスを試みる。メッセージの内容はこうだ。〈梶野少佐へ、慧慈軍曹。自分の部下たちは破沙基地の沖本大佐に身柄を確保されている。自分は隊長として直属上官であるあなたの指令を請うとともに、そちらの状況をお知らせ願う〉、とする。また、アミシャダイへは、〈アミシャダイ、こちら慧慈軍曹。われわれはアートルーパーとして困難な状況に直面している。機械人であるあなたの支援を請う。D66前進基地と復興工場は未知の人間集団により占拠されているものと思われるが、事実ならばわれらが手に取り戻したい。協力してくれ、アミシャダイ。そちらの状況を知らせてほしい。こちらでは、なにが起きているのか、わからない。正確な情報が得られないため、わたしは機能不全に陥りつつある。もう一度、助けてほしい〉、とする」

「アイ、サー」

復唱を求める必要はなかった。ジェイはキーを叩いて慧慈のメッセージをすでに画面に出している。

「この文を目標のサーバーに送り込め。目標は、これより敵と見なす」

「アイ、サー。ただ、エンズビルキーが有効に作用したとしても、時間稼ぎが必要です、隊長。ダイレクトに送信すれば人間にすぐに気づかれ、削除されるでしょう。敵は内容を吟味するでしょうが、これをサーバーに残しておくとは思われません」

「アミシャダイにとっては、おそらくその、ほんのしばらくの時間で十分だろうが……具体的にどうするのがいいというのか」

「隊長から映話モードで呼びかけ、出た相手と会話して時間稼ぎをしてください。その間に自分が梶野少佐を呼び出せる基地内ルートの検索を試みます。困難ですが不可能ではありません。梶野少佐と映話モードで接続できる可能性がそれで生まれます」

「うまくやれると思うか」

「敵のサーバーへの接続に成功し、かつ時間的な余裕さえあれば、敵のサーバー機能を混乱させ、アクセス中のルート情報の欺瞞工作が可能です。敵がその復旧に成功するまでに梶野少佐との交信をすませることができるでしょう。また、映話モードでは、映話に出た敵に対してこちら側の映像や音声の偽装工作も可能ですが、どうしますか」

「つまり、わたしの姿は見られないということか」

「別人の顔にもできます」

「わたしが出る。長尾師勝を呼び出す。いれば、だが。たぶん、いるだろう――」

「そのシカツとは何者だ」と正井が訊いた。「さっきから、きみはそいつに恨みでもあるかのように言っているが」

慧慈は正井に、かつて自分の所属する訓練部隊が羅宇の志貴たちに自分一人を残して全滅させられたことを、かいつまんで話した。上官のウー中尉と部下のアートルーパーを、あのとき失ったのだ。思い出すと、左腕の傷痕がうずくような感じとともに、無念さがこみ上げてくる。あの直後には感じることのできなかった感情だ、と慧慈は意識する。あのとき殺された自分の部下が大事にしていた、あの猫の栓抜きを、形見として自分が引き取ってやればよかった、彼の無念さを忘れないために。でもあの事件の直後には、こんな思いは浮かばなかった……

なんと自分は変わったことだろう、話しながらそう慧慈は思った。

「返り討ちを狙っているわけだ」と正井。「そいつに、そう宣言するつもりなのか」

「向こうがこちらをあくまでも殺す気ならば、そう、そうするつもりだ。だが、その基地施設はアートルーパーのものだ、と説明する。占拠しているなら、返してもらう」

「そんなんじゃ、だめだ。正井じゃないが、そんな理屈が通じるもんか」と善田が、まだ半分ほど残っているハンバーガーを食べる手を休めて言った。「あきれられて、すぐに通信を切られるだけだ。相手はしたたかな人間だぞ。あんたの手には負えないさ。交渉の専門家が必要だろう。UNAGではプロが交渉しているだろうが、ここには、正井がいる。あんたよりましだ。おれはあんたに撃ち殺されなかったからな。まだ生きている。叛乱が事実なら、犯罪だ。ここにはプロがそろってる。時間稼ぎはお手の物だろう」

「わたしにやれというのか、善田」

「さっきはやる気だったじゃないか」

「あれとこれとは次元が違う」

「やっぱり口先だけか。ま、そうだろうな」

「くそ。おまえに言われたくない。なんでわたしがやらなくてはならないんだ。大赤字だ。

ただ働きもいいところだ」

「だが、生きている実感はあるだろう、あんたはそう言ったよな、正井。こいつは戦争だ。わくわくしないのか」

「余計なことばかり覚えているな」

「ＵＮＡＧに情報を独占されるよりは、いいですよ、課長」と末月刑事が言った。「あいつら、警察をなめている。こちらはいつも蚊帳の外だ。ＵＮＡＧが情報を独占し事実を隠蔽するのも反社会的行為、犯罪だ。叛乱が事実かどうかをたしかめるだけでも、やる価値はあると思う」

「どうする、慧慈」と正井。「末月がいいと言うんだ、刑事課としては問題ない。つき合ってやってもいいぞ。本来なら、きみたちを探しに外に出ていなければならないところだ。署長命令を忘れていたよ」

「協力をお願いする」

慧慈はそう言い、態度でも示した。ライフルから弾倉を抜き、それはポケットに入れ、ライフルを肩から提げる。

「ジェイ、アクセスに成功したら、映話モードで呼び出すんだ。正井刑事に出てもらって、時間稼ぎをする。その間に、梶野少佐とアミシャダイとの交信を試みるんだ」

「アイ、サー。ただ、もう一つ解決すべき問題があります」とジェイが言った。「合い言葉とはいうものの、エンズビルキーはおそらく音声キーではなく、テキストキーと思われますが、いずれにせよ、エンズビルという合い言葉の厳密な発音と、綴りを知ることが必要です。その文字列は、敵の組織が全世界的なものならば、アルファベットが使用されているでしょう。綴りがわからなくてはなりません。短時間内で間違った文字列での複数回の試行は、敵側を警戒させます」

「カタカナでまず試してみるのがいい」と美作刑事が言った。「善田はアルファベットの綴りは聞かなかったのだろう。言う必要がなかったからだとおれは思う。合い言葉を忘れるような間抜けな部下なら、懇切丁寧に綴りを言わなくてはだめだ」

「なるほど」と慧慈。「そうかもしれない」

「合い言葉はカタカナ語だ、と善田も言ったしな」と笠石刑事。「エンズビルと聞いて、まさかこれをひらがなや、ましてや勝手な漢字を当てはめる馬鹿はいないよ。そう、カタカナだ」

「ジェイ、カタカナ入力で試せ。それがはねられたら、アルファベット表記で考えられるものを試せ。おそらくジ・エンドの複数形に、ビル、だろう。究極の地、というからには、ビルは請求書のビルではなく、ヴィル、vil かもしれない。ラテン語で〈田舎の土地〉を意味する。音声キーの入力が求められたときは、まずエンズビルという発音で、だめならエンズヴィルで試せ」

「アイ、サー」

「アートルーパーを騙すのは簡単だろうな」と正井が真面目な顔で言った。

「どういう意味だ」と慧慈。

「きみらアートルーパーは」と正井は答えた。「知識量は豊富で計算は素早く慎重なくせに、叛乱が起きているに違いない、というおれたちの言葉を簡単に信じてしまう。知能と精神がアンバランスだ。完全犯罪を狙うやつによくあるパターンだ。ようするに未熟なんだ、きみらはな。人間の問題に対して、持っている知識を生かし切れていない。知識に振り回されている。わたしにもアートルーパーのことがわかってきたよ」

慧慈は正井をにらむ。正井は目をそらさず、言う。

「この事態は叛乱などではなく、単なる新型サーバーの試験運用かもしれない。偶然が重なって、こちらが勘違いしただけかもしれないんだ――」

「あなたは、それでいいだろう」と慧慈は言った。「だがわれわれにとっては生命に関わる問題だ。最悪の事態を想定して対処するのは当然だ。あなたはわたしをまた怒らせたいのか、正井」

「ま、接続できれば、わかることだ。いいだろう、もうしばらくつき合ってやる。だが、署長が、きみらはまだ見つからないのかと言ってきたら、その時点でこのゲームから降りる。いいな」

「いいだろう」と言い、慧慈は深呼吸をし、ジェイに命じた。「実行だ、ジェイ。ミッションを開始しろ」

「イエッサー」

全員がジェイの周りに集まる。サンクが、自分も見たいというようにデスクを見上げているのに気づいた慧慈は、サンクを椅子に乗せてやった。六人の人間と二人のアートルーパー、そして椅子の上に正座する一頭の大型人造犬が、D66前進基地を呼び出しているコンピュータのモニタ画面が変化する様子を見守る。

D66前進基地でいま起きているのは叛乱か、それとも単なる偶然が重なってそのように見えるだけなのか。自分はそのどちらを望んでいるのか、と慧慈は自問した。よくわからない。だが、事態は自分が無意識に望んでいるほうになるだろうという、確信めいた奇妙な感覚に慧慈はとらわれた。戦いたくはなかった。しかし、おそらく自分や部下たちの生命を懸けた戦闘になるだろう、そう思った。

38

全員が注視するジェイの端末モニタで、D66前進基地アクセスルート探索中、の文字が点滅している。数秒後、その表示が消え、捕捉、の文字に変わった。それからすぐに、エラーメッセージが出た。

〈ステップエラー／交信モードが設定されていないか、設定がなんらかの原因により壊れています。再設定してください〉

「敵はまず、こちら側の送信モードの設定を強制的にクリアしてくるのです」とジェイが言った。「敵サーバーの最外部レベルを呼ぶことはできるのですが、接続にはこれまで成功していません。ここで、エンズビルというキーワードを打ち込めば、おそらく交信モードを選択可能な状態になるはずです。そこまで行けたら、交信モードを映話モードにしておいて、こちらの通信文を送り込むことができます」

ジェイは、隣のデスクのコンピュータ端末を映話モードで使うから、正井にそこで待機するように言った。

「映話モードでのレンズとマイクには指向性があります。正井刑事以外はその送信範囲内に入らないほうがいいと思います。その様子はこちらでモニタできます」

わかったと正井は言って、隣の席に着く。ジェイのモニタ画面の一部が映話モードになって、隣に移動した正井の上半身が出た。

「よろしいですか」とジェイ。

「いつでもいいぞ」と正井。「早くやれ」

「実行せよ」と慧慈。

「開始します」

ジェイは慧慈の命令を受けて、キーボードを叩く。エ・ン・ズ・ビ・ル、エンター。

全員が正井の画面を見やった。真っ白だった。なにも変化がない。だがジェイのモニタ画面には、映話モードにて呼び出し中、の文字が点滅している。エラーメッセージは出ない。

「敵サーバーを捕捉し、映話モードにて呼び出し中です。自動で映話モードが選択されました」と小声でジェイ。「コール音声は向こうに伝わります。素早く実行してください。一定時間で落とされ、エラー状態に戻ってしまうと予想されます」

正井は息を吸い込み、言った。

「こちら破沙警察の正井だ。長尾師勝、応答しろ。緊急連絡だ」

変化はない。正井は同じことをもう一度、繰り返す。するとジェイのモニタに、応答、の文字が出た。通信プロトコル情報が画面に流れ始める。ジェイは素早くそれに目を走らせる。

「コンタクトに成功、やりました」と小声のままで、ジェイ。「通信文の挿入を開始します」

慧慈はうなずき、正井の画面に目をやる。ジェイ以外の全員が、そちらを見た。

『エンズビル、了解』

という声とともに画面に男の顔が出た。セーター姿だがUNAG将校のベレー帽を被っていた。

『しかし、なぜ破沙警察がエンズビルを知っている。きみは何者だ』

「わたしは正井麓郷。破沙警察の刑事だ。門倉の諫早大尉とはちょっとした知り合いでね。師勝に話がある。早くしてくれないか。署のコンピュータ端末を使用しているんだ。のんびりしていると署長に気づかれる」

『師勝になんの用だ』

「呼んでくれ」

『いますぐには出られない。伝言があれば伝えておく』

「そこに出せなければ、中継しろ」

『もう一度言う。伝言はこの場で言え。エンズビルでの呼び出しには、以後応じない。セカンドキーを使ってくれ。おまえが同志なら知っているはず――』

「そんなもの知るか」と正井。「おれはおまえたちの仲間じゃない。刑事だ。――ちょっと待て、アートルーパーのことで話がある。師勝の父親を殺害した犯人だ」

『……なんだと』

「アートルーパーの慧慈軍曹だ。こちらで確保し、その犯罪行為について取調中だ」

『どういうことだ』と男。『犯罪だと。あれは軍事作戦行動中の出来事だ。警察が介入するようなことではない』

「おまえの思惑など、どうでもいい」と正井は高圧的に言った。「おれは、慧慈軍曹の身柄をいまこちらで確保している、と言っている。師勝に、あの事件の詳細を訊きたい。師勝を呼び出せ。刑事として訊きたいことがある」

『事情聴取をするというのか。おまえ、気はたしか か、馬鹿め――』

「悪い取り引きにはならないと思うがな」

『取り引きだと』

「おまえには関係ない。師勝が判断することだ。言っておくが、そちらから勝手にアクセスしてきても応じないからな。こちらも危ない橋を渡っているんだ。他の刑事らには言っていない。おまえがこちらを無視するなら、もうこの話はなしだ」

画面の男は、映像外へと視線をやった。その男を押しのけて、別の男が席に着いた。軍人で平装のシャツ姿、階級は大尉、帽子は被っていない。慧慈には男の顔に見覚えがあった。直接話をしたことはなく氏名も覚えはなかったが、梶野少佐の部下の一人だ。

『きみは何者だ。先ほどから何度も呼び出していたな』と大尉は言った。『エンズビルをどうして知っている』

「おれは刑事だ。嗅ぎ回るのが仕事だ。おまえたちは一般人にはなにも知られないように行動できるとでも思っているのか？　諫早大尉の友人はたくさんいるんだよ。ま、おれは彼の友人ではないが——」

と、突然、それまでおとなしくしていたサンクが椅子を飛び降りると、慧慈が止めるまもなく、正井の膝に前足をかけて、そのモニタ画面に首を伸ばした。

「わ、なんだ」と正井。「びっくりした」

『そいつは……破沙市中に動物はいないはず——』と画面の大尉が言った。『ブリザー号だな。MPで使っていた軍用犬、間明少佐が取り上げて、慧慈軍曹にやったんだ。慧慈軍曹は、その犬に新たな名をつけた。きみはその名を知っているか』

「サンク、降りろ」と正井。「なに？　名前だ？　サンクだ。降りろったら」

『フムン』と大尉。『慧慈がそちらにいるというのは、どうやら本当らしいな。——取り引きとはなんだ』

「おまえには言わない。師勝はトイレか。トイレならトイレのインターカムにつなげろ。尻を洗っている最中でもかまわん」

最初のベレー帽の男が画面に出て、大尉に耳打ちをする。こんなやつのことは信用できない、通信を落とそう、と言ったらしい。

『待て』と大尉は手でその男の頭を押しやり、言った。『UNAGではアートルーパーは全員そろえた、と言ってきた。慧慈軍曹がそこにいるというのなら、UNAGは嘘を言っていることになる。どうも交渉の引き延ばしをはかっているようだ」

「UNAGはアートルーパーをそろえた、とは、どういうことだ」

『われわれは、破沙にいるアートルーパーをよこせと要求している』

「アートルーパーはただの高性能なロボットではない。おまえたちに使いこなせるもんか」

『余計なお世話だ——』

「アートルーパーを手に入れて、どうするつもりだ。引き取ってまとめて破壊するつもりなのか」

『なんだ、それは』

「師勝にそれを訊きたい」

『師勝は警官の相手などしないが、おまえは、破沙市中の動きを捉えているだろう。情報をくれたら、師勝に取り次いでやってもいい。UNAGの破沙基地の連中は、われわれの仲間を待機させている、と言ってきた。事実かどうか、確認できるか――』

「人にものを頼むなら、こちらの名をきちんと呼べ」と正井。「師勝を出せ。交渉は師勝とやる。おまえはもういい。こちらではかまわんよ、切りたければ切れ」

相手の大尉は口を閉ざして画面をにらむ。

ジェイが慧慈にささやく。

「梶野少佐のオフィスの呼び出しに成功、しかし出ません。おそらく他の場所に移されていると思われます。敵はＵＮＡＧに対して叛乱行動を取っているのは間違いないでしょう。隊長が用意された二通の通信文の送信にも成功しましたが、梶野少佐の手元には渡らないと予想されます。この送信文は削除したほうがいいと思います。叛乱側の人間たちに気づかれない間に削除は可能です」

「残しておけ」と慧慈は小声で命じた。「だれに読まれてもかまわない。二通ともだ。それらはアートルーパーであるわれわれからの全人類に対する宣戦布告だ。基地をわれらが手に取り戻す」

「了解しました、サー。残します」

「アミシャダイからの応答は」

「ありません」

梶野少佐への直接連絡はどうやら無理だった。しかし、それがはっきりしただけでも大きな収穫ではあった。事態は叛乱だ、間違いない、それがわかったのだから所期の目的は達成できた、と思いつつ慧慈は、正井に邪険にされてしょんぼりしているサンクを小声で呼ぶ。正井を見やると、その刑事は緊張はしているのだろうが、薄笑いを浮かべていた。この男は楽しんでいる、と慧慈は思った。人間を相手にこのゲームを楽しんでいる。自分にはこんな余裕はない、自分が映話に出ていれば失敗していたろうと思う。

『この回線を師勝に回してやれ』

大尉は席を立ちながら、言った。最初のベレー帽の男が席に着く。大尉はなにかを言ったらしく、ベレー帽の男はうなずく。そして画面に向かって『少し待っていろ』と言ったあと、受信画面が暗くなった。

だが、接続は切られてはいないから注意しろとジェイが言う。切られたのではなく、空白信号を送信しているのだ。

「こちらの様子はモニタされています。雑談は無用です、正井刑事。また、あの大尉は別回線にて長尾師勝と連絡を取っているものと思われます」

正井は画面に顔を向けたまま、うなずく。ジェイのその小声の指示は、指向性の高い映話用のマイクは拾わない。それはジェイの見つめるモニタ画面で、慧慈にも確認できた。ジェイには抜かりはない、と慧慈は部下を信頼する。

師勝が基地のどこかにいるのは間違いないだろうが、この集団における師勝の地位はどのくらいのものなのだろうと慧慈は思う。一兵卒よりはましのようだが、しかし組織全体を動かせるほど高い位ではなさそうだった。いま画面から消えたあの大尉は、師勝に対して、正井刑事への対応について指示を下しているのだろう。

かなり統制のとれた組織だというのが、先方の対応でわかった。この分だと師勝も個人的な欲求で勝手な真似はできないだろう、と慧慈には予想できた。

羅宇の志貴一族は言ってみれば山賊のようなものだったろうが、いまD66前進基地を占拠している組織は、山賊レベルを超えている。師勝は自由気ままに行動することはできないだろう。これは、これこそが、人間の弱点であり、限界かもしれない――慧慈はそう思う。正井は先ほどアートルーパーの弱点について言ったが、ならば自分も言ってやろうと慧慈は思った、『人間は個としての自由を放棄することで長生きができる生物なのだ、それにつけ込むことが、人間ではないわれわれアートルーパーにはできる』と。できる、はずだ。

早い話、師勝が父親の仇であるこの自分を殺したくても、所属する組織自体の許可がなければそれはできない、ということだ。組織を動かしているトップがアートルーパーに敵意を抱くのならば、こちらとしても戦うしかないわけだが。

叛乱人たちはアートルーパーをどのように考えているのだろう。志貴や師勝や、そして門倉守備隊の隊長の諫早大尉のように、『一体残らず殲滅せよ』と思っているのか。あるいは叛乱人の上層部では、アートルーパーに利用価値を見出しているのかもしれない。

まだ先方からはなにも言ってこない。画面は暗いままだ。おそらく先方でも、こちらの回線がどういう経路でつながっているのかを解析するため、時間的な引き延ばしをはかっているのだ。ジェイが送り込んだ梶野少佐とアミシャダイ宛の通信文は、まもなく発見されるだろう。それで先方がなんらかの反応を示せば、それから腹を探ることができるのだが。そうはさせじと回線をすぐに切るだろうか――その前に、この回線が切られてしまう前に、アミシャダイからの返答が欲しいと慧慈は強く願った。

叛乱人たち、いや叛乱軍と言うべきだろう、その出方よりもまず、機械人のアミシャダイはどういう態度をとるのか、それを知ることが重要だ。慧慈はそう気づいた。この叛乱という事態はどう決着するのか、激しい戦闘でどちらかが壊滅するまで続くのか、あるいは妥協点が見出せるのか、その鍵を握っているのは機械人だ。

アミシャダイは叛乱人を恐れてなどいない。脅されて叛乱に与(くみ)することはないだろう。機械人は人間を敵とは思っていない。だがアートルーパーに対してはどうだろう。

この事態をアートルーパーに有利に導くには機械人の協力が必要だ。しかし機械人に協力してもらえず、共闘もできないとしてアミシャダイからその提案を拒否されたならば、その際にはせめて敵ではない、アートルーパーの行動には干渉しない、というアミシャダイの確約が欲しい。

アミシャダイがその気になれば、叛乱人らを排除するのは簡単だろう。皆殺しにもできるに違いない。もし機械人が叛乱人側の味方につくなら、ＵＮＡＧはなにもできず、基地と工場を叛乱人に渡すしかないだろう。なぜなら、機械人を巻き添えにして工場を爆撃するというのは、自らの将来を破壊するに等しいからだ。で、もし機械人がなにもしなければ、この紛争は長期化、泥沼化し、ＵＮＡＧも叛乱人も共倒れすることもあり得る。生き残るのは、すでに火星に退避した人間と、ごく少数の残留人だけになる。それはアートルーパーにとっては望ましい結果かもしれないが、それまで自分たちアートルーパーが無事でいられるとは思えない。

「機械人をコントロールしなければならない」

慧慈はそれを声に出して言い、あらためて、アートルーパーである自分の立場を意識した。この事態の鍵を握っているのが機械人ならば、その鍵の使い方をコントロールできるのは人間ではなく、アートルーパーなのだ。なにしろ機械人は人間を創造主だなどと思っていない。敬意も畏怖も抱いてはいない。人間の考え方に共感できないのだ。しかし、アミシャダイと接触した過去の経験からは、機械人はアートルーパーに共感することは可能だ。だから機械人をコントロールすることはできるだろう、しかもそれはアートルーパー本来の仕事ではある。

「ジェイ、アミシャダイとダイレクトに交信できないか。アミシャダイは基地に隣接する復興工場の管理責任者だ。工場の通信システムに割り込め。基地からできるはずだ。いま、こうしてつながっている状態から、できるだろう――」

おまえが師勝か、と正井が言った。正井の前の画面に、目つきの鋭い、髭面の男が出ていた。

「ジェイ、やってみてくれ」

と慧慈は部下のジェイにアミシャダイへの直接交信を試みることを命じて、正井と長尾師勝とのやり取りに注意を向ける。

画面の男が正井に『そうだ』と答えた。

慧慈は、師勝の顔を初めて見た。父親の志貴に似ていた。頬から顎にかけて髭を伸ばしていて、予想したよりも老けて見える。

『だれだ、貴様』

「聞いているはずだ」と正井。「破沙警察の正井だ」

『どういう取り引きがしたいというんだ。なにが欲しい』

「富と名誉だ」と正井は言った。「ようするに、安楽な暮らしだ」

『馬鹿め。さっさと火星行きの棺桶に入ってくたばれ』

「では、慧慈軍曹も道連れにする。一緒に棺桶に入ることにする」

『……どういう意味だ』

「言ったとおりだ。わたしは慧慈軍曹の身柄を確保しており、だれにも知られずに別人に仕立てて火星にも送れる立場にいる。では、二百五十年後に会おう。いや、おまえはとっくに死んでいるわけだな」

『無事に帰ってこられると思っているのか』

「おまえたちこそ地球に残って無事に生きていけると思うのか。残留人になにができる」

『地球は、残ったわれわれのものだ。火星に逃げ出したおまえたちの帰るところなどない』

「火星でアートルーパーを増産し、おまえたちの子孫が復興した地球を分捕ってやる」

『そんなことができるものか』

「それはこちらの台詞でもある」と正井は言った。「なにもかもおまえたちの思うようにうまくいくとはかぎらない。おまえたち残留人の理想や思想が、二百年以上も先のおまえたちの子孫に受け継がれていく、という保証はどこにもない。二百五十年という時間を想像してみろよ、七、八世代先なんだぞ。残留人の子孫は火星から帰るグループに殲滅されるかもしれない。火星から帰る連中は、いまのおまえたち残留人に対する攻撃性を維持しているのだから、勝負は目に見えているというものだ。ま、おまえには、そんな先のことはどうでもいいのだろう。とっくに死んでいるんだからな」

『おまえ、なにを考えているんだ。具体的になにが欲しいのか、言ってみろ』

「おまえと同じだ。先のことはどうでもいい。いま、実権が欲しい。この破沙の支配権だ。おまえたちはいずれこの破沙を、ＵＮＡＧの実効支配から解放したいはずだ。手助けをしてやるから、おれを破沙のボスにしろ」

『それでおまえはなにをこちらに差し出すつもりだ』

「情報をやる。破沙市中におけるＵＮＡＧの動向を教えてやろう。おれは、軍や上役にいいように命令されるのはもうまっぴらだ。おまえたちが好きにやるように、おれもそうする。ＵＮＡＧを叩きつぶせ。協力してやる。そのかわり、破沙には手を出すな。ここはおれのものだ。おまえたちは、破沙の環境を必要とするはずだ。スネアシンのせいでな。しかし、ただでここに入れるとは思うなよ。おれに協力しないと言うのなら、おまえらはおれとも戦うことになる。警察力を甘く見るな、師勝。おまえはお尋ね者だ。そういう連中が警察にどう扱われるかはよく知っているだろう――」

『おまえは、自分がなにを言っているのか、ぜんぜんわかっていない。本当に馬鹿――』

「よくわかっているつもりだ」と正井は言う。「おれは、破沙を独立させる、と言っているんだ。国連からも、UNAGからも、おまえら残留人の組織からもだ。きっかけを作ったのは、おまえたちだ。勝ち負けなど、どうでもいい。これは、戦いのための戦いだ。生命を懸けた取り引きほど、生きている実感があるものだ。もう、ぬるま湯的な生活には飽きたんだよ、おれは。おまえは、逃げ続ける生活から足を洗って安定したいと思っているかもしれないが、そんなことはさせない。おまえらだけいい思いは、絶対にさせないからな。そう思っている人間は、おれだけじゃない、大勢いる。覚えておけ、おまえたちの敵は、UNAGだけではない。それだけ相手にしていればいいと思ったら大間違いだ。じゃあな、切るぞ――」

いや、まだだ、引き延ばすのだ、『じゃあな』はないだろうと慧慈は、正井麓郷は本来の目的を忘れてとんでもないことを言い出したものだと思う。正井に、続けよ、と命じようとしたが、その必要はなかった。

『待て』と師勝が止めた。『おれの親父を殺したアートルーパーを、なんでおまえが捕まえられたんだ。アートルーパーはUNAGの兵器だ。横取りしたのか。どうやって確保した』

「慧慈軍曹は、破沙警察に保護を求めて出頭してきた」

るな」

「最初は脱走兵かと思ったが」と正井は、すらすらと言った。「人造人間とわかって、驚いた。聞けば、きみの父親を殺した、という。きみも、慧慈軍曹の上官である人間を殺してい

『なんだ、それは』

『あれは戦争だ。自分の撃った弾がだれを殺したかなんて、わかるもんか』

そう師勝は言い訳口調で言った。正井に『人間を殺した』と指摘されて、その過去の行為に引け目を感じているのだ。そして、そういう自分に気づいたのだろう、これではいけないと、すぐに尊大な態度にあらためて、言った。

『慧慈というそのアートルーパーを破沙基地のUNAGに引き渡せ』

「すると、慧慈はどうなる」

『UNAGがわれわれに、慧慈ほかのアートルーパーを差し出すことになる』

「おれにはなにをくれる」

『おまえは、連絡員として認めてやる』

「連絡員だ？　スパイ工作員としてただ働きさせるというのか」

『ピーや、おまえが欲しい物資をやる。破沙からUNAGを追い出すのにおまえが使えることがわかれば、それなりの扱いはしよう。いきなりは無理だ。高望みはするな。自分の立場を考えろ。AGSSに密告すれば、おまえなど、そんなでかい顔はしていられないんだぞ』

「おまえがでかい顔をしていられるのは、なぜなんだ」と正井は言う。「おまえのほうがお

れより絶対優位にあると、どうして信じられるんだ? おまえは典型的な犯罪者だ。おまえたちの組織そのものもだ。AGSSに密告するとか言ったな。AGSSも関係した叛乱なのか、どうなんだ——』

『取り引きしたいならその刑事面をやめろ』と師勝は苛立った。『まったくどういうつもりだ。もう、たくさんだ——』

師勝は画面から目をそらす。どうやら、例の大尉から、やはり時間を引き延ばすように言われていたのだろう、その大尉の指示を別回線で求めているのだと慧慈は思う。

もう、このあたりで引き延ばし作戦は限界だろう、アミシャダイとの直接交信はできないで終わりそうだった。

「自動小銃を取りあえず十挺ほどと」と正井は素早く言った。「弾薬を千発、それから可塑性爆弾と時限信管のセットなどをくれ。地上から破沙市中に入る連絡路がある。そこからだれかに持ってこさせろ。引き換えに、慧慈軍曹の身柄を渡す」

『あのアートルーパーだけは、殺す』と師勝はまた画面に顔を真っ直ぐに向けて、言った。『あいつだけは、生かしておかない。だれがなんと言おうとだ。シャンエもそう言っている——』

と、師勝が言ったところで、画面から師勝の顔が消えて、映像が切り替わった。先の大尉の顔が出る。

『正井、きみが要求していることは』と大尉は言った。『あまりにも非現実的で、本気とは思えん。あまりに脳天気だ。きみの目的は、こちらの様子を探ることなのだろう。破沙警察の刑事というのは間違いないことが確認できたが、その身分でＵＮＡＧの秘密工作員をやっているか、退屈しのぎに趣味でのぞき見しているだけなのか、そのどちらかだろう。違うか』

「わたしは、本気だ」と正井は平然と言う。「どうすれば信じる」

『そうだな』

と大尉は少し間をおいて、しかしいま思いついたというのではない、すでに考えていたことだろう、視線を外すことなく、こう言った。

『慧慈をそこで撃ち殺して見せろ。できなければ、おまえはそれまでだ。ＡＧＳＳがおまえを処分するだろうよ』

「この場で、軍曹を殺せ、か」

と正井。表情は変えない。

「それを実行したら、それこそＡＧＳＳが来そうだ。そんな罠にわたしが引っかかるとでも思うのか」

『どう思おうとおまえの勝手だ』と大尉。『信用できないのはお互い様だからな。しかし、やるなら、あとのことは悪いようにはしない。おまえが覚悟を見せるなら、捕虜交換のメンバーにおまえも加えてやろう。ＵＮＡＧもＡＧＳＳも、おまえには手が出せなくなる。そのようにしてやる。われわれの力を見る方法としてはいいだろうと思うが、決めるのはそちらだ。こちらはかまわんよ、きみがどうしようとだ』

慧慈は、もういいと正井に言うべく、正井の顔を見やる。正井も横目で慧慈を見たが、慧慈が作戦終了を伝えようと口を開くより早く、ジェイが異変に気づいた。

「隊長、未知の手段によるオーバーラップ現象をキャッチしました」

「オーバーラップ現象とはなんだ」

「ある信号回線に、本来のものではない情報が紛れ込む現象の一種、クロストーク現象の一種です。しかしオーバーラップ現象は、コントロールされたものです。不正なインターセプト手段が使われます。回線への割り込みは意図されたもので、これは単なる割り込みと言うよりも回線の乗っ取りですが、そうしていることを当事者が隠していない、という現象です。が、いまのこの状況は、こちらにはそれがわかるのですが、いま画面に出ているあの大尉には、これがオーバーラップ現象であることがわからないようです。これは、わたしには未知の現象です――アミシャダイでしょう、おそらく、機械人の能力によるものです」

『どうやら本気らしいな』と画面の向こうで、大尉が言った。『そいつはたしかに慧慈軍曹だ。本当にいたんだな。痛めつけていたのか』

とてもおかしなことが起きていた。先方の大尉は、架空の映像を見せられているのだ。

「こいつは……」

と末月刑事が驚きの声を上げると、刑事たちがどよめいた。静かにしていろと命じられていた犬のサンクまでが、「ワフワフ」と吠えた。

るが、しかし、その現象は、画面に表示されるその光景は、慧慈にはあまり楽しいものではなかった。正井が、慧慈を、銃で狙っている。

もっともサンクは驚いたのではなく、ただ緊張を解かれて嬉しいのだろうと慧慈にはわか

39

正井が映話モードで使っている端末画面には、相手の大尉が映っている。

正井が慧慈を撃つ光景は、ジェイの端末ディスプレイ上の、正井が相手側にどう見られているかを確認するためのモニタウインドウに映し出されていた。

そこでの慧慈は下着姿で、顔が痣だらけで唇の端も切れて血がこびりついている。これはあのときの自分だ、と慧慈にはわかった。

D66前進基地の病院で、夜中に何者かに襲われて逃げ出し、復興工場の敷地に迷い込んでアミシャダイに発見されたときの、自分の姿だ。アミシャダイの記憶像だろう。ジェイの言うオーバーラップ現象を引き起こしているのは、アミシャダイに間違いない。

その慧慈の頭に、正井が拳銃を突きつけた。本物の正井の姿にしか見えなかった。その虚構の正井は、『悪く思うなよ、慧慈軍曹』と言ったかと思うと、引き金を引いていた。

轟音。仮想の慧慈の頭が振り子のように振れ、貫通した銃弾の射出側から血が飛び散った。

慧慈はゆっくりとくずおれてゆく。画面上の正井は銃を懐にしまう。そして平然とした表情を崩さずに、言った。

『こいつは殺しではない。破壊だ。アートルーパーは物だ。人間じゃない。こんなことでおれの覚悟がわかるというのか』

『アートルーパーはUNAGの貴重な兵器だ。人間を殺すよりも重罪だ』とこちらは本物の大尉が言った。『おまえは重大犯罪者だよ、正井。そのうちにUNAG経由で連絡する。おまえがアートルーパーを破壊したことをUNAGが知れば、おまえはただではすまない。幸運を祈っている。近いうちに会おう』

画面が暗くなった。

ジェイが即座に言った。

「向こうから回線が切られましたが、オーバーラップ現象は続いています。この現象の詳細は不明です、解析するためのツールがありません」

真っ暗になった正井側の端末ディスプレイに、すぐに光が戻った。が、端末本来のスタンバイ画面ではなかった。通常、待機状態に戻ったディスプレイ画面にはモード設定メニューなどの情報が表示されるのだが、いまはそれとダブって、半透明の映像が映し出されていた。映話用の映像ではなく、広い部屋全体を撮っている、ドキュメンタリー映画のような画像だった。管制室のような雰囲気で、コンソールが並んでいて、その一席に、長尾師勝がいた。師勝が前にしているモニタに、先ほどの大尉が出ていて、師勝はそれと話している。

『カイトウ大尉、いまのはなんだ、どうしてあいつに慧慈を殺させたんだ。アートルーパーは使えるからUNAGから取り上げる、と言っていたじゃないか』

『慧慈は別だ』とカイトウと呼ばれたその大尉は言った。『あのアートルーパーはエリファレットモデルだ。ロボットとして使うには自意識が強すぎる。単純にこちらには従わない。非常に危険だ。殺せるときに殺しておくのがいい』

『なぜおれにやらせなかった。おれの気持ちはわかっているだろう』

『きみは、シャンエの名をうっかりと出したろう、馬鹿め、余計なことをべらべらと――いや、気持ちはわかるさ、きみはわれを忘れていたんだろう。父親の志貴の仇のこととなれば無理もない。だがあのアートルーパーは、疫病神だ。早急に排除すべきだと判断した。きみのためでもある』

『……くそ』と師勝は毒づき、それから少し落ち着きを取り戻して、続けた。『あいつ、あの刑事が本当に撃つとは思わなかったな。あんたはやると思ったか』

『わたしも驚いた。うまくいけばよし、だめでもこちらの不利益にはならないと思ったが、まさか本当にやるとはな――あの刑事は信用できない』

『どうして。やって見せたじゃないか』

『狂っているよ、あいつは。まともじゃない。刑事のくせに、署内でアートルーパーを殺したんだ。だれにも気づかれずに慧慈の死体を処理できるはずがないから、あの警察署は狂っているあいつに牛耳られているのだろうな。でなければ、どこかのスパイだろう。正体はわからんが、AGSではないな。あるいは、本気で破沙空洞市を自分のものにしたいと思っている狂信的なグループのボスなのかもしれない。いずれにせよ、仲間にはできない。だいたい、自分の傍らに慧慈を待機させておいて映話をしてきたというのも、おかしな話だ。その慧慈を、ああも簡単に撃てるとはな……どうもあいつの狙いがよくわからない。深入りはしないほうがいいと思うが、いちおうバンバ司令に報告して、判断を仰ぐことにしよう……』

カイトウという大尉は独り言のようになっていく言葉を切り、それから、気持ちを切り替えたことがわかる口調で、そちらの様子はどうだ、計画はうまくいっているか、と師勝に訊いた。

『順調だ』と師勝は言った。『対空防御兵器はナノマシンにて組み立て中だ。まるで立体的な絵を描く様子を見せられているようだ。魔法のように、形になっていくんだ。この工場は凄い。なんでも作れる』

『都市そのものが、そのようにして建設されるのだ』とカイトウ大尉は、師勝に言った。『復興されていくその様子は、ビルや道が地面からゆっくりと生えていくように見えるはずだ』

『早くそうすればよかったのにな。おれたちは逃げ続けずにすんだし、親父だって生きていたろう』

『無人化が必要なんだ。完成前の復興現場のフィールドに生体が紛れ込むのは危険なんだ』

『街が完成すれば、おれたちのものだな。待ち遠しいぜ』

『まったくだ』とカイトウ大尉はうなずき、そして師勝に注意を促した。『うまくやらなければな。機械人の様子はどうだ。反抗の兆しはないだろうな』

『大丈夫だ。協力的とは言えないが、邪魔もしていない。予想どおりだ。こいつらはアートルーパーよりもずっと安全だ』

『気を抜いてはいけない。機械人がなにか要求してきたら、すぐにこちらに伝えろ』

『なんでだ』

『もちろん、機械人の機嫌を損ねないようにするためだ。できるかぎりの要求はのむ。機械人が敵側についたら、われわれは生きていけないのだからな。注意しろ、師勝。機械人は素手で人間をひねり殺せる。機械人を甘く見ないことだ。機械人が人間をひねり殺したくなったときは、止められない。そのときは、人間の代わりになるものを、差し出すしかない。それが、アートルーパーだ。そもそも、そのためにアートルーパーが創られたんだ。それを忘れるな。いまそこにはアートルーパーはいない。きみが機械人を怒らせたら、身代わりになるものはいないんだ。決して気を緩めてはならない』

『わかった』師勝は不安を感じたらしく、背後を見て、そう言った。『気をつけるよ』

それでカイトウ大尉との映話は切れる。だが、振り向いた師勝の視線は、真っ直ぐに慧慈たちが見守っているモニタに向けられている。つまり師勝は自分を撮っているレンズを注視しているのだ。

「これはアミシャダイの視覚映像だ」と慧慈はジェイに、正井に、全員に、言った。「師勝のいるここは、復興工場の管制室だ。この映像は、機械人のアミシャダイからの直接通信だ」

「まったく未知の回線割り込み手段ですが」とジェイ、「交信は可能と思われます、隊長──」

「アミシャダイ、聞こえるか。慧慈軍曹だ」

返答があった。映像画面に、字幕のように文字が出た。

〈聞こえている、慧慈〉

「なにをした」と正井麓郷が言った。「どういうつもりだ。おまえはなにを考えている。なぜわたしに慧慈軍曹を殺させたんだ。あの虚構映像を作ったのは、おまえだろう、機械人。アミシャダイというのか、答えろ」

〈慧慈軍曹は、人間を殺すよりも自分が殺されたほうがましであると考えている、ということを、長尾師勝や垣内大尉に映像にて示してやったまでだ、正井刑事〉

「アミシャダイ、いまのわたしは、あなたと会ったときとは違う」と慧慈は言う。

〈どう違うのか、慧慈軍曹〉

「わたしは、自分や部下や、その工場を守るためなら、人間を撃つのをためらったりはしない」と慧慈は言って、肩から提げているアサルトライフルを外して、言った。「撃てるよ、いつでも」

慧慈は正井の背後に立ち、ライフルを構える。

「正井、どいてくれ」

慧慈の気迫に正井はあわてて席を立って、ライフルの狙いから逃れる。

慧慈はライフルの照準を、こちらに顔を向けている師勝の額に合わせた。半透明の映像の師勝の顔。

慧慈はそれに向けて引き金を引いた。弾倉は外していたが、ライフルの薬室に残っていた一発の模擬弾がディスプレイに向けて発射された。師勝の額が撃ち抜かれる。もちろん映像上の、師勝だ。ディスプレイに小さな穴があいて、模擬弾の赤い塗料が飛び散る。赤い血のようなそれは幾筋もの流れになってディスプレイの画面を伝い、デスク面に滴った。まるで映像という幽霊の師勝が実体化し、現実の師勝の血がディスプレイから流れ出ているような光景だった。それでも穴があいた個所を除けばディスプレイはまだ機能していて、師勝の顔もまだ映っていた。

が、突然、画面が通常の端末スタンバイ状態にもどった。幽霊映像が消える。アミシャダイが映像の送信をやめたのだ。

『慧慈軍曹、もし現実の人間の標的に向けてそれができるのなら』とアミシャダイは音声を送信してきた。『もはや、わたしの支援など必要ないだろう』

「待ってくれ、アミシャダイ」と慧慈は答え、そして続けた。「わたしは、自分や部下を無意味に殺されたくはないし、その工場や基地も理不尽に奪われたくはないんだ。その工場は、いずれわたしのものになると、あなたはそう言った。覚えているか」

『もちろんだ、慧慈軍曹』

「ならば、あなたはなぜ、師勝たちを工場に入れたんだ。そこは本来、人間は、入れないはずだ。師勝ら人間は、工場には入れないでほしかった」

『基地の最高責任者から要請があったのだ。師勝らを工場に受け入れなければ、基地の人間は皆殺しにされる、ということだった』

「わたしなら、だれから、なにを言われても、だれも入れなかったよ」

慧慈はそう言い、薬莢を排出した薬室を見せて作動を停止しているアサルトライフルに弾倉を装着する。初弾が送り込まれて排莢口が閉じる。

「人間が人間を殺すだけのことだ。機械人やアートルーパーには関係ない。あなたはそうは考えないのか」

『わたしはいつでも、人間からの要請や要求を拒否できる。いつでも、だ。遅すぎる、ということはわたしにはないのだ、慧慈。わたしはつねに自らの存在を維持するための最適な手段を考えて行動する』

慧慈には、アミシャダイが言っていることが理解できた。むやみに叛乱人の要求を拒否して無駄にエネルギーを使うことはない、そう判断したのだろう。人間同士の争いごとに干渉するのは機械人の生存活動の効率を低下させる、とアミシャダイは考えたのだ。人間同士の争いに巻き込まれるのは自らの不利益になる、と。

それはアートルーパーの自分の考え方に近いと慧慈は思う。だが、もっと超然としている。機械人は、人間よりも、アートルーパーよりも、ずっと強いのだ、身体的に、物理的に。『慧慈、だが、きみは違う』とアミシャダイは続けた。『きみは、弱い。だからきみの生存に有利なように、わたしはきみを支援した。きみがわたしに要請してきたことを、わたしは実行した』

「支援してくれとこちらが言わなくても、あなたはやっていたろう」と慧慈は言った。「その工場には人間は必要ない、アートルーパーがいるべきだと、あなたは思ったんだ。わたしからの通信文を読んで、師勝よりはわたしがいるべきだと考え、わたしを支援する気になったのだろう。ようするに、あなたは師勝が嫌いなんだ」

『そのとおりだ、慧慈。ここに師勝と彼の仲間がいるのは、わたしにとって煩わしい』

「効率が落ちる、か」

『まさしく、そうだ。師勝をはじめとする、ここに入ってきた人間たちは、汚い』

「汚い？　意地汚い、というのか」

『物理的な意味だ。泥を落とさずに入ってくるし、衛生観念に乏しい。工場やここ管理棟内が汚れることに無関心だ。彼らはすべての面で、工場の稼働効率を低下させている』

「彼らを排除する気はないのか」

『それには莫大なエネルギーが必要だ。掃除をしているほうがましだ。が、いつでも実行は可能だ』

「これが、機械人か」と正井が言った。「叛乱人たちは、おそろしく危ういことをしているわけだな。機械人の気が変われば、攻撃される——」

「課長、他人事ではない、われわれも危ない」と末月刑事が言った。「叛乱軍とＵＮＡＧの双方から敵視されて、襲撃されるおそれがある。まずＡＧＳＳが動くだろう」

「そいつはどうかな」と正井。「あの垣内大尉という男がどう出るかで、事態は変わる。あいつがこちらを敵と見なすなら、慧慈軍曹殺しをＵＮＡＧに伝えるだろうから、ＵＮＡＧは事実かどうかを確かめるためにこちらに連絡してくるだろう。実際に死体を確かめにやってくるかもしれない。慧慈軍曹がその前にここから出て、ＵＮＡＧに戻らずに単独行動を開始するとなると、わたしは身の潔白を証明できなくなるわけだ——アミシャダイ、おまえには、わたしのことも考えて行動してほしかったよ」

『わたしが干渉操作をしなかったとしても、あなたの危惧する事態は同じように生じた。垣内大尉はＵＮＡＧを通じて、あなたの正体を探るはずだ。あなたがＵＮＡＧにどう扱われるかは、わたしがやった行為とはさほど関係ない。あなたが危惧する事態の原因を作ったのは、あなた自身だ。わたしではない』

「機械人というのは、アートルーパー以上に機械的だな」と、善田が言った。「当然といえば当然か。機械人はほんとに機械だな。慧慈軍曹は機械には見えないよ、ずっと人間的で——」

「そんなことより、どうするんだ」と笠石刑事。「署長にばれるのは時間の問題だろう」

「隠し通すことは、そう、無理だろうな。もうここだけの話にはできない」と末月刑事。

「これは、正井課長だけでなく、おれたち全員が、やばい」

「署長に知らせたほうがいいでしょう、課長」と尾木刑事。「外で叛乱が起きているのは事実だ」

「でも、どう持ちかけるんだよ」と美作刑事。「破沙が狙われている、と言うのか。署長は信じるかな」

「信じられるときは、AGSSに殺される事態に直面するときかもな」と尾木刑事。「あの署長のことだ。それでも信じないかもしれないし、叛乱のことなど自分には関係ないと――」

「黙れ、頼むから」と慧慈は人間たちがしゃべり出すのを制止し、アミシャダイに訊く。「叛乱軍のリーダーはだれだ。全世界的な、残留人の蜂起なのか。それともD66前進基地だけの局地的なものなのか」

『基地外部との通信内容についてはわたしはいちいち傍受してはいないし、交信内容は保存されずにセキュリティ消去されているから、詳細はわからないが、おそらくは全世界的な叛乱組織だ。真のリーダーは、教授と呼ばれている人物らしいが、居所は不明だ。いまのところUNAGへの高度に組織的な叛乱活動を行っているのはここの集団だけで、責任者はバンバという男だが、基地の交信状況からして、この叛乱活動は、いずれ世界的な規模に拡大すると思われる。世界各地と交信しているからだ。しかし、それら各地の集団が、大規模な単一の組織に属している、という可能性は低い。人間という生物は、ある一定規模の大きさの集団組織しか維持できないのだ。その規模を超えると集団は自己分裂を始める。規模が大きくなるほど、分裂開始までの時間は短くなり、かつその分裂状況は激しく、組織を維持してきた思想的な条件そのものも崩壊する。UNAGも例外ではない。おそらくあと三十年は持たないだろう。それまでに残留人対策を完了してすべての人間が凍眠状態に入らなければ、この計画は失敗する。そのときは、すでに凍眠状態で火星に送られた人間たちが無事に帰還できる可能性はとても低くなる――』

「いまはそんなことはどうでもいい」と慧慈は遮った。「梶野少佐は。少佐はどうしている。無事なのか」

『梶野少佐は無事だ。基地の内部通信については、わたしには自分の意識の一部のように捉えられるので、確認は容易だ。当少佐は現在、拘束されている』

「梶野少佐は、叛乱軍の仲間ではない、ということだな」

『状況からは、そのとおりだ』

「そちらが占拠された事態の、経緯について詳しく教えてくれないか」

『どうやら通信担当の人間が、わたしの干渉操作に気づいた。詳しく説明している時間はない。あなたとのこの交信は、彼らにはわからないように、すべての痕跡を抹消しよう。おそらく以後、あなたとのこうした手段によるコンタクトは難しくなるだろう』

「アミシャダイ、わたしに、アートルーパーに、協力してくれ。支援を継続してくれ。少なくとも敵には回らないと、約束してくれ」

『その申し出をわたしはいつでも拒否できる。それでもよければ、支援の継続はしよう』

「それでは約束にならない」

『それはきみの解釈の問題だ。そういうきみの、人間的な解釈に即して言うならば、わたしはどのような存在とも、約束などしない。わたしは、どのような契約とも無縁の存在なのだ、慧慈。わたしは、あなたを支援することはできる。だが、命令は受けない。あなたからも、だれからもだ』

慧慈はあらためて、機械人の独特な世界観を見せつけられた思いだった。ようするに、機械人には神は存在しないということ、機械人にとって創造主はいない、そういうことなのだと慧慈は思う。契約がないから、裏切られることもなく、復讐ということも知らないだろう。

機械人は工場やいろいろなものを作ったが、それは創造とは違うのだ、と慧慈は思った。アミシャダイはまた、慈しむということや愛情や、憎しみや恨みということも、理解できないだろう。機械人は、機械だ——そのように先ほど善田が漏らした言葉を慧慈は思い出す。アミシャダイは機械だ……なにも、生まない。この自分には、アートルーパーには、なにかを生み出せるだろうか。可能性はある。道具はあるのだ、あの復興工場を使えば、なんでも作れそうだ。あれを奪われるわけにはいかない。

「わかったよ、アミシャダイ」と慧慈は言った。「約束はいらない。わたしに力を貸してくれ」

『了解した。あなたが工場にやってくるときには、あなたを支援しよう』

「あらかじめ師勝たちを排除するということはしてもらえないのか」

緊張して、慧慈はアミシャダイの返答を待った。だが、アミシャダイはその慧慈の問いかけには応答しなかった。たぶん応えたくても、もう時間がなかったのだ、と慧慈は思った。人間がアミシャダイのやっている割り込みに気づいて、なにが起きているかの解析を始めたのだろう。アミシャダイは、そうされる前に、回線空間から自己を引き上げたのだ。

返事は聞けなかったが、慧慈にはアミシャダイがどう答えようとしたかについては、予想できた。

機械人は、アートルーパーと共闘はしない。同じ立場にいるとは思っていないのだから、当然そういう答えになるに決まっている。それでも、交渉時間さえあれば、こちらを支援するというかたちで、事実上の、人間に対する共闘にもっていくことはできただろうと思うと、慧慈は途中でアミシャダイとの交信が切られてしまったことを惜しんだ。

「ジェイ、状況を知らせろ。オーバーラップ現象は消えたのか」

「はい、隊長……すべて消えつつあります」

「すべてとは、なんだ」

「交信ログや映話内容を、分散してバックアップしていましたが」とジェイはめずらしく焦りの感情をあらわにした口調で言った。「それらがすべて消去されていきます。どうにもできません。バックアップ個所を追跡されており、それを阻止することもできません。消去されたものの復活も不能。完全な消去です」

アミシャダイがやっているのだろう。いまのは、電子空間内では〈なかったこと〉になるわけだと、慧慈は思う。まるで、まったく、夢を見ていたような気分だった。

「ジェイ、交信の通話内容を思い出し、時系列に沿って書き出せ。この事態を記録することが必要だ。慧琳たちに説明する際に、必要になる。すぐに実行、その文書をハードコピー出力せよ」

「イエッサー」

「それをこちらにもくれないか、慧慈軍曹」と正井麓郷。「こちらとしても、起こりうる事態と対処について、それを元に検討したい」

「コピーは二部だ」と慧慈。「それで本ミッションは終了だ」

「アイ、サー」

「末月、署長を連れてこい」と正井が言った。「ここにだ。事態を報告する」

「わかりました」

「待ってくれ」と慧慈は正井に頼んだ。「他の人間に伝える前に、わたしと善田をここから出してくれ。署長に会えばまた時間をとられる」

「きみは単独で戦うつもりなのか」

「いや、そうではない」

慧慈は、ジェイの仕事の様子を椅子の上に乗ってながめているサンクを呼んだ。

「来い、サンク。帰る準備だ」

尾を振ってサンクは椅子を飛び降り、慧慈の元に来た。首筋をなでてやる。

「善田を連れて、破沙のUNAG基地に戻り、部下たちと合流する。叛乱軍はアートルーパーを殺すのではなく、利用するつもりだ。沖本大佐がそれにどう対処するつもりか、知りたい」

「きみはわたしに殺されたことになっているから、それを利用できるだろう」と正井は言った。「ここに隠れていることもできる。UNAGから独立できるチャンスをアミシャダイから得たんだ。なぜその好意をふいにするんだ」

「単独では、D66前進基地に行くことすら、わたしにはできない」

いま現在、アミシャダイの協力を期待できないとなれば、単独行動は無理だった。部下たちの力が必要だ。慧琳たちに、この事態を伝えなくてはならない。

「それに、わたしが生きているということをはっきりさせないと、あなたの立場が悪くなる。だから、沖本大佐のところに出頭する」

「どうしても、行くのか」

「そうだ。一刻も早く、戻る」と慧慈はうなずく。「そして、なんとしてでもD66前進基地に帰る」

「フムン。では、基地までカートで送っていこう」

「それは、いけない」と末月刑事。「課長にはいてもらわないと。基地にのこのこ出向けば

ＡＧＳＳに捕まりかねない」

「そうか……そうだな」と正井。「叛乱軍のなかにＡＧＳＳの人間もいるのは間違いなさそうだ。事態が今後どうなるか、いまのところは出方を見るしかないが、破沙は、ＵＮＡＧのものでも叛乱人らのものでもない、ということをやつらにわからせてやろう。アミシャダイがああいう工作をした以上、もう後には引けない。署長を説得する。こいつは、われわれにとって、対岸の火事などではないんだ」

「おれは、残るよ」と善田が言った。「慧慈軍曹、おれは手紙の続きを、書きたいんだ。ここで」

「どういうつもりだ」と慧慈ではなく、正井が訊いた。「いまになって怖じ気づいたか、善田」

「おれはＵＮＡＧに戻れば、ろくな扱いはされないだろう」と善田は言った。「どうせ危ないのなら、おれはここで家族を守りたい。いずれ家族は帰ってくるんだ。二百五十年あとだが。いま残留人らに地球が乗っ取られたら、家族は無事に帰れなくなるかもしれない。おれはそんなのは許せない。警官のバッヂをくれ、とは言わない。ここにおいてくれ、正井。頼むよ」

「もう、好きなようにしろ」と正井は言った。「きみはそれでいいか、慧慈」

「かまわない。善田捜索任務の件は、もはやさほど重要視されていないだろうし、叛乱の事実を知ることができたのは、あなたのおかげだ、善田。あなたには感謝している。あなたの意志を尊重する」

「実加に会えるといいな、軍曹」と善田。

「人質交換に出される前に会いたいが、面会などできないだろう」と慧慈。「D66前進基地に連れていかれるとなると、わたしは彼女と撃ち合うことになりかねない」

「そのときは、撃つのか」と正井。

「撃ちたくない」

「みんな実加だと思え」と正井。

「どういう意味だ」

「だれも、撃つな、慧慈。アートルーパーが人間を撃てば、おまえの立場が悪くなるというのは、理解できるだろう？」

「だが――」

「実加は撃ちたくない、という気持ちを忘れるな、慧慈。だれかを撃ちたくなったら、それを思い出せ。おれは刑事だが、凶悪犯など生きている価値はない、などと思って銃を撃ったら、刑事でなくなってしまう。もっと時間があれば、じっくりと講義してやれるんだが――」

「あなたが言いたいことは、理解できた」と慧慈は、正井を見つめ、うなずいた。「ありがとう、正井」

ジェイが、仕事を終える。交信内容の会話部分は、それほど多くはなかった。コピーを二部、ジェイが慧慈に差し出した。慧慈はざっと目を通す。

『きみは、シャンエの名をうっかりと出したろう、馬鹿め』と垣内大尉が師勝に言った言葉に目が止まる。シャンエとは、羅宇の志貴に殺されたウー中尉の妻、マ・シャンエ・ウーだ。彼女は、師勝と結託しているのだ。なんてことだ、人間という生き物は、まったく不可解だ……

分析すれば、もっといろいろな事実がわかりそうな、大量の情報を含んだ文書だ。一部を正井麓郷に渡す。

それから慧慈はジェイを立たせて、刑事らに挨拶をする。短い間に、来たときとは関係がまったく変化していた。

「あなたがたの厚意には感謝している」と慧慈は礼を言った。「正井麓郷、あなたにはいろいろ教えられた。その厚意に対してなにもお返しができないが、感謝している」

「礼などいらん。理想主義も悪くない」と正井は言った。「わたしも理想を抱いていた時期があったんだよ、慧慈。本当だ。人間は、きみが思うほどには、くだらない存在ではない」

「それは人間のあなたの気持ちだろう、わたしには実感できない感覚だ」と慧慈は答えた。本音だった。「だが、あなたのその言葉は覚えておくよ、正井麓郷」

正井は、持っていけ、と言って、二つのハンバーガーを手渡す。それを左手に持ち替えて、慧慈は無言で敬礼した。それから、サンクとジェイを連れて、刑事らに案内された裏口から、外に出た。

新たな一歩だ、と慧慈は思った。先行きどうなるかは、わからない。だが少なくとも実加のことを知るまでは生きていたい、と思う。それから、慧琳たち部下と無事に会いたいと思うし、それが実現したならば、なんとかＤ６６前進基地に、あの工場に行きたい、と願う。そして、間明少佐に答えるのだ、『おまえたちはなにを創るのか』という問いに。

ああ、こういうことなのだな、と慧慈は思った。こういう願いを一つひとつ叶えていくこと、叶えられるということ、それが生きているということなのだな、と。生きていくというのは、ほんの些細な願いの積み重ねで成り立っているものなのだ……

慧慈は顔を上げ、足に力を込めて、アートルーパーとしての独自の道を歩き出した。

40

ＵＮＡＧにとって、叛乱軍にＤ６６前進基地が占拠されるという事態は深刻なものだったが、しかしまったく予想外の出来事というものではなかった。ＵＮＡＧは、地球人のすべてを火星に避難させる計画に反抗して組織的な破壊活動に出る残留人集団の出現に備えて、そうした叛乱を想定した対策プログラムを早くから用意していた。スネアシンの開発もその一つだった。

またＵＮＡＧには、ＥＲＵ（エマージェンシー・リアクション・ユニット）、緊急出動隊と呼ばれる、突発的な事態に即応するための特殊部隊が存在した。世界各地のＵＮＡＧ部隊の支援を主たる任務とし、要請があれば地球上のどの地点にも飛んでいける機動力が与えられている。

ＥＲＵは、ＵＮＡＧ自体を守るために設立されたＵＮＡＧ保全機関、ＵＮＡＧＳＳに所属することから、その任務の主な内容は直接的な戦闘の支援ではなく、情報伝達手段や通信システムの保全および索敵だった。世界各地に展開するＵＮＡＧの治安部隊がなんらかの要因によって通信や索敵活動が困難な状況に陥ったとき、移動通信システムや各種レーダー、電波環境モニタ機器などを装備した特殊車輛や航空機で出動し、電波障害の原因究明、電波妨害の排除、敵の暗号解読、味方間の高度な暗号通信環境の構築などを現場で行う。戦闘には直接参加しないとはいえ、索敵などの本来の任務の最中に敵の攻撃を受けた場合には、部隊単独で反撃が可能なだけの装備と、高度な戦闘訓練を受けている。ＵＮＡＧの各部隊からは、ＥＲＵは地味な裏方というイメージで見られているが、実は戦闘のエキスパートを集めた特殊部隊だ。

ＵＮＡＧ保全機構に所属する組織には秘密警察として活動しているＡＧＳＳ（アドバンスガード・セキュリティサービス）があったが、ＥＲＵはＡＧＳＳとのつながりはなかった。ＥＲＵは通信システムの保全というハードウェアが専門で、対人捜査が専門のＡＧＳＳとは守備範囲が異なる。

慧慈は、アートルーパーの部下たち、インテジャーモデルの四名、ジェイ、ケイ、エル、エムと、自分と同じエリファレットモデルである慧琳の、計五名とともに、その説明を聴いていた。

説明をしているのは梶野衛青、慧慈の上官、梶野少佐だった。場所は、破沙基地の治安部隊本部の作戦ブリーフィングルーム。

梶野少佐は頑張っていた。

D66前進基地の治安部隊を実質的に動かしてきたのは梶野少佐だった。その任務は、かつてヨコハマと呼ばれた大都会のあった地域を中心とした復興地点に残留する人間たちの発見と保護だった。

D66前進基地が建設されたのは、いま五歳の慧慈が生まれる十年近く前のことで、その当時からすでに地域一帯から行政機関は撤退していた。つまり公からは打ち捨てられた廃墟であり、一般市民は存在しなかった。そこにいた住民は、火星退避計画による命令で破沙などの退避地帯に移住し、火星行きの順番を待った。すでに火星に向けて発った人間も多い。ようするに計画が発足してからすでに二十年が経過していたので、廃墟に取り残されている民間人などがその地帯にいるはずがないのであり、もしいるならば、それは地球人の最高意思決定機関である国連政府が決めた〈すべての地球人が火星に一時避難する〉という政策に反対する意志を持った人間たちに違いなかった。UNAGはそれに対処するために創設された国連軍組織であり、UNAGではそうした人間たちをひとまとめに残留人と呼んだ。

残留人には二種類いた。UNAGのねばり強い説得を受け入れられる者たちと、決して耳を貸さない集団の、二種類。梶野少佐の役割は、前者に対しては安全を保証し、後者に対しては、強硬手段をとってでも国連政府の決定に従わせることだったが、いずれにせよ、UNAGにとってそれは、保護活動なのだった。残留する者たちの目的がなんであれ、地球に残るのは危険だ、とUNAGは宣伝していた。地球の不安定な自然環境は事実、人間の生体には危険だったし、もう一つの理由は、あくまでも残る人間に対してUNAGは生命の保証はしない、ということだ。

「わたしは、あくまでも、残留人に対しては、保護する、という態度をとってきた。D66地域は承知のように、人間がまともに暮らせる地域ではない。われわれの支援がなくてはいずれ餓死するだろう。保護が必要だ。UNAGはそのために活動する組織だ」

梶野少佐は集まっている者たち全員に目をやりながら、続けた。

「だが、そこに踏みとどまっている連中は、はなからわれわれの保護など求めてはいない。それを覚悟でそこにいるのだ。こちらとしてはしかし、それでも人道上そんな人間たちを無視することはできない。なんとしてでもUNAGに従ってもらうべく説得すべきだ。わたしにとって、その地帯の残留人が、たとえ羅宇の志貴一族のような反社会的な活動をたくらんでいた集団であったとしても、彼らにわれわれの考えを伝えることは重要な仕事だった――」

「なにをおっしゃりたいのか、よくわからないですが。あなたがやってきたことと、ERUとが、どう関係するのですか」

そう言ったのは、沖本大佐の副官、鳩尻大尉だった。隣の席の沖本大佐がうなずいて、梶野少佐に、「ようするにきみのやり方は間違っていたというのだろう。回りくどい言い訳は無用だ」と言った。「潔く、おとなしく第一線から退いたらどうだ、少佐。いまのきみなら、すぐにでも凍眠して火星行きが許可されるだろう。うらやましいことだ。この機会を逃す手はないだろう、きみはもう十分に活躍したのだし、いまさらアートルーパー相手にそのような演説をすることもあるまい」

ブリーフィングルームにいる人間は、梶野少佐と沖本大佐とその副官だけだった。あとは、人間ではないアートルーパーの慧慈たちと人造犬のサンク。

簡素な部屋で、テーブルも椅子も折り畳みタイプだ。作戦用の大きな地図を広げられるテーブルが中央に出され、その両側に、人間とアートルーパーが着いていた。サンクはいつもの定位置、慧慈の足下に伏せてくつろいでいる。

この会合は、慧慈が沖本大佐に強く要請してようやく実現したものだった。慧慈は、叛乱軍との人質交換でD66前進基地から解放された梶野少佐に、ここで初めて面会を許されたのだった。だが沖本大佐は、慧慈たちアートルーパーと梶野少佐だけの面会は許可せず、大佐自らが立ち会う形になった。

梶野少佐の立場は、失墜とは言わないまでもかなり影響力を失っているのだな、と慧慈は沖本大佐の態度から感じ取った。鳩尻大尉からも蔑(さげす)まれている。

だが梶野少佐は、D66前進基地に本部をおく治安部隊、第66方面治安部隊の作戦参謀の地位を解任されてはいなかった。慧慈たちD66前進基地所属のアートルーパー小隊を指揮する司令官の職務もまた同様で、現在も慧慈たちの直属上官は梶野少佐だった。

それは、UNAGの上層部が、D66前進基地が占拠されたのは梶野少佐が失策を犯したのが原因だとは判断しなかったからだろう、と慧慈は思う。それでも、なんらかの責任をとらねばならないのだろうし、そこを沖本大佐は突いているのだと慧慈にはわかる。沖本大佐は、梶野少佐からアートルーパーを管理し利用できる権限を完全に奪い取りたいのだ。だから、梶野少佐とアートルーパーを、できれば会わせたくなかったに違いないのだが、しかし梶野少佐の部下であるアートルーパーからの、直属上官に会わせよという強い要求を拒むだけの根拠がないので、こういう形になったのだろうと、慧慈は理解している。

「名誉挽回を狙っておられるのでしょうが、大佐の言われるとおり、ここは少し休まれてはいかがですか、梶野少佐」

と副官の鳩尻大尉が、慧慈には怖いもの知らずと感じられる口調で、言った。

これはまた無礼な言い方だ、梶野少佐を負け犬扱いする態度はまだ早いのではないか、と慧慈は思う。

梶野少佐はこの件で名誉を失ったわけではない。そもそもどんな名誉が与えられていたというのか。少佐がこれまでになにか勲章をもらったなどというのは聞いたことがないし、おそらくそういう事実はないだろう、ならばこの副官の言っている名誉は抽象的な意味だろう。ようするにそんなものはないのだが、あると思う人間もいるのだ、この副官のように。それはほとんど嫉妬だ。

この沖本大佐の副官の言い方は、明らかに目下の、というより敗者へのものだ。早い話、こいつは梶野少佐を馬鹿にしているのだ。それは自分のボスである沖本大佐がいまや梶野少佐よりも上の立場にいると感じているからだ。階級の問題ではなく、いままでは梶野少佐のほうがその階級に似合わない大きな権力を持っていたのだが、今回の出来事で、その力を失ったと、そのように鳩尻大尉は見ているわけだ。もしこの大尉が梶野少佐の副官だったなら、この世の終わりという気分になっているのではなかろうか。

まったく人間とは、権力関係で少しでも上になることを生きがいとしているものなのだな、と慧慈は、梶野少佐に対する周囲の見方や評価、接し方の変化を目の当たりにして、あらためて感じ取った。梶野少佐自身も、自分の影響力を維持することに多大な関心を持っているのは間違いない。だから、この機会を決して無駄にはしないだろう。

「わたしは引退するつもりはない」と梶野少佐はきっぱりと言った。「どうして引っ込まなくてはならないのだ。わたしは休むつもりはない」

「きみのやり方は間違っていた。そうは思わないのか」と沖本大佐。

「思わない」と梶野少佐。「どこからそんな話が出てくるのか、理解に苦しむ。大佐、わたしは自分の残留人に対する態度が間違っていたとは思わない。それを説明しているのだ。現況に対処するには、あなたも彼らにそういう態度をとるべきだ。保護だよ、攻撃ではなく──

──」

「スネアシンを使うのは攻撃ではない、とでもいうのか」と沖本大佐は言い返した。「きみがスネアシンを門倉の守備隊に使用した結果が、これだ。保護だと？　詭弁もいい加減にしろ。きみのそういう甘い認識のせいで、われわれはD66前進基地を失ったのだ」

「あなたがわたしの立場にいて、D66前進基地の治安部隊の行動計画の仕事に携わっていたなら、いまごろあなたを含めて基地の人間たちは一人も生きてはいなかったろう。叛乱軍は人質交換などという手段には出ることなく、全面衝突になり、基地の人間は皆殺しにされたはずだ」

「叩きつぶせばいいのだ。そのほうが手っ取り早い。多少の犠牲はやむを得ない。われわれは軍人だ——」

「正面切って戦う必要はない。基地は残留人にくれてやればいいのだ」

「なんだと。どういう意味だ」

「それがUNAGの残留人に対する基本的な態度だ。もっとも効率のいい、それが、最善の戦略なんだよ、大佐。それを理解していないあなたのような将校がUNAGにいることは問題だ。だから、説明している。わたしはこの事態を自分が招いたことへの言い訳をしているのではない、これからわれわれがどういう戦術をとるべきかを説明している。本来、あなたにこうした説明をする必要はないのだが——」

「そういうのを負け惜しみというのだ、少佐。自分の立場をわきまえたまえ。きみは負けたんだ。わたしならおめおめと生きて戻ってはこないところだ。いったいきみは捕虜になっている間、なにをしていた」

「ERUは使える」と梶野少佐は沖本大佐の問いは無視して、慧慈に言った。「ERUの連中は、AGSSの息はかかっていない。信用できる。あれを参加させた、わたし独自の叛乱軍制圧部隊を編制し、アートルーパーを、きみたちを送り込む」

「梶野少佐」と沖本大佐は苛立った声を上げる。「敗軍の将は兵を語らず、という。いいかげんにしたらどうだ」

「少し黙っていてもらいたい、大佐。でなければ出ていってほしい。わたしは部下に話している。わたしがあなたに言いたいのは、ここではわが部下のアートルーパーが世話になった、お礼申し上げる——それだけだ」

梶野少佐はそう言うと、あとは沖本大佐を無視し、慧慈たちに顔を向けて、言った。

「慧慈軍曹、ここまでで、なにか質問はあるか」

「D66前進基地の治安部隊が、一帯の残留人を敵視して、保護ではなく排除を目的とした行動をとっていたならば、事態はより悲惨な結果になっていたであろう、という内容であると理解しました。間違っているならば、指摘してください」

「きみの理解は正しい。そのとおりだ。きみはまったく優秀だ。出来の悪い人間を相手にするより、よほど精神衛生上、いい」

沖本大佐は席を蹴って立った。それを横目で見ながら、梶野少佐は慧慈に訊いた。

「きみはこの基地から脱走しようとしたと、沖本大佐から聞いたが、本当か」

「いいえ、少佐。そういう事実はありません。わたしはあなたへの連絡を試みるため、破沙警察の刑事課に支援してもらっただけです。そのため帰隊が遅れたのです。脱走の意図はありません」

「なぜ基地の通信センターに行かなかったのだ」

「沖本大佐には、何度も、わが小隊の直属上官であるあなたの指令を確認したいので連絡してほしいとお願いしましたが、叶えられなかったためです」

「大佐」

と梶野少佐は沖本大佐を今度は注視して、言う。大佐はもう部屋を出ようとしているところだったが。

「わたしはアートルーパーを信じるよ。沖本大佐、あなたは、わたしからアートルーパーを取り上げようとしたのは間違いない。いまここであなたの弁明を聞いてやってもいいが、どうする」

「不愉快だ、梶野くん。きみは戦闘後遺症の対症療法を継続すべきだ。わたしが自ら申請してきてやるから、ここで待っていたまえ。失敬する」

沖本大佐はそう言い捨ててさっさと部屋から出ていった。副官の鳩尻大尉が慌てて追って、静かになった。

梶野少佐は深くため息をついて、「なにか飲み物はないか」と言った。「大佐のような人間の相手をするとのどが渇く。なんだかこちらの水分を吸い取られていくような気がする」

慧慈はジェイに、部屋の隅にあるコーヒーメーカーを目で指して、「少佐に入れて差し上げろ」と命じる。

「きみたちもつき合え」と少佐。「人数分いれるんだ」

それから梶野少佐は、慧琳に目をやって、きみが慧琳軍曹か、と確認した。

「そうであります、少佐どの」と慧琳。

「そうかしこまらなくてもいい。きみも慧慈軍曹とともに、門倉で実戦経験をしたそうだな」

「はい、少佐」

「正式にアートルーパー慧慈小隊の副長にならないか。わたしのもとに来ないか、ということだが。慧慈軍曹やきみのような優秀なアートルーパーは貴重だ。沖本大佐らは、その意味がわかっていない……どうだね、慧琳軍曹」

「はい。それが可能ならば、自分に異存はありません」

「可能ならば、か。きみはわたしの言葉を疑っているのか、わたしにきみを異動させる力はない、と思っているのか」

「自分は、慧慈軍曹とともに働ければ、と願っております、梶野少佐。それだけであります」

「よろしい。エリファレットモデルはさすがに一体ごとの個性が豊かだな。慧慈軍曹がこの状況で答えたならば、きみとはかなり違っていただろう……わたしは慧慈以外のエリファレットモデルに実際に会うのは初めてだ。きみも慧慈なみに優秀なのだろうな」

「光栄であります」

「あります、はやめろ。きみの本意ではないだろう。言い慣れていないのはわたしにはわかる。いつものとおりでいい」

「アイ、サー。恐縮です」

「慧慈ほど理屈っぽくないようにと願うよ」

そのように梶野少佐に言われた慧琳は返事のしようがなくて、黙っている。梶野少佐は、コーヒーをいれに立ったジェイに目をやり、続ける。

「あとの四名はインテジャーモデルだな。実際に見るのは初めてだが、見分けがつかない。身上書の写真では見ていたのだが……みんな同じ顔だ。慧慈、きみとはまったく別モデルだな。エリファレットモデルのきみや慧琳軍曹に比べたら、この新型アートルーパーはまるで人形だ」

慧慈は、そうは思わなかった。ジェイたちに会ったときには確かにそういう印象を抱いた、と慧慈は思い出したが、いまはもう、そうは感じなかった。

四人のインテジャーモデルの部下たちを見間違えることは慧慈にはもはやなかった。

ジェイの、コンピュータを駆使する能力は破沙警察での端末操作で十分に知ったし、性格も四名それぞれ個性的になってきていた。それがわかるほどの、けっこうな時間をともに過ごしてきたということだろう、と慧慈は思う。ジェイは頼りにできる、よき片腕になりつつあった。ジェイは他の三名よりも物事に対する広角的な視野を持っていて、精神的に安定していた。ケイはどちらかといえば悲観的で保守的、エムは短気で、攻撃的に物事を考え、エルはその両者の中間の慎重派というところだった。そうした性格の違いは表情や身体の動きにも現れたから、いまや、インテジャーモデルのアートルーパーはみな同じ人形のようだなどとは、慧慈はまったく思わなかった。だが梶野少佐はジェイらのことはよく知らないので、人形に見えるのも無理はないと慧慈は、梶野少佐にうなずいて、逆らわずに同意を示しつつ、訊いた。

「無事に解放されてから、いままで、先ほど沖本大佐が言われていた療法により、強制的に入院させられていたのですか」

「戦闘後遺症の対症療法というやつか。いや、強制入院はなかったが、拘束されていたも同然だ。そう、それも、あった。もう、それを含めて、事実報告やら事情聴取やら、たくさん――」

「そうした報告については記録を取られましたか。コンピュータに保存されたのでしょうか」

「当然だ」

「ジェイ、そこの端末から、当該ファイルを検索しろ。われわれにも、事実を知る権利がある」

「なんだ、それは。なにをやるつもりだ」

疲れた顔を緊張させて、梶野少佐は慧慈に訊く。

「ジェイに言ったとおりです、梶野少佐。われわれアートルーパーにも、D66前進基地でなにがあったのかを知る権利がある。なにしろ、あの基地と復興工場は、いずれわれわれが管理すべき施設ですから。あなたから直接うかがうのがいちばんですが、概略を知っておいたほうがよいので、記録文書があるならばそれを読むのがいいものと判断しました。——ケイ、ジェイのコーヒーをいれる仕事を代わってやれ。ジェイ、検索を実行しろ」

「慧慈軍曹」と梶野少佐。

「はい、少佐。なんでしょう。端末を操作するのはいけませんか？」

「いいや、かまわないさ」梶野少佐はゆっくりと首を左右に振りながら、言った。「きみらは人間よりも信用できる」

「どういう意味ですか」

「アートルーパーのきみらは人間扱いされてこなかった。ゆえに、信頼度も高い」

「よくわかりませんが」

「きみたちは、アートルーパー以外のなにかになりすます、ということはできなかった、ということだ。わたしにとっては、今回の出来事は、衝撃的だった。沖本大佐にはああ言ったが、わたしの考えに甘いところもあったんだ。まさかUNAG内に残留人と通じている人間がいるとは、予想もしていなかった」

なるほど、そういうことか、と慧慈は思う。梶野少佐は人間不信に陥っているというわけだ。戦闘後遺症の対症療法というのは確かに必要かもしれない。

「叛乱の首謀者はだれですか」

「何度も何度も、同じことを訊かれたよ」

「申し訳ありません」

「かまわんさ……D66前進基地の乗っ取りの手引き者は、AGSSの久良知大佐だった。まったく驚きだ。きみには信じられるか、慧慈」

「疑問はあります。久良知大佐が、わたしのPCを細工したのでしょうか？」

「アイデアを出したのはやつだ。実行は、わたしの部隊でやった」

「スネアシンを門倉守備隊に向けて使用する、という作戦は、あなたが立案したのですか」

「そうだよ、慧慈軍曹。わたしは、門倉の彼らを制圧する機会をずっと狙っていた——」

「D66からは遠方の、門倉の、ですか」

「残留人組織の捜査には全世界的な視野が必要なんだ」

手柄を立てるには、ということだと慧慈は思ったが、むろんそれは口に出さず、うなずく。

「きみを破沙に送り込んだのもその活動の一環だ。諫早大尉らが、残留人に向けて物品の横流しやピーの盗みをしているという証拠が必要だった。それで、AGSSの久良知に相談したら、ああいう手を考え出してきたんだ」

「よくわかりませんね」と慧慈。「久良知大佐は、では、同じ叛乱軍グループの仲間である諫早大尉や門倉守備隊を危機に陥らせることを承知の上で、あなたの相談に乗り、わたしの

PCを細工せよと提案した、ということになる」

「そのとおりだ。叛乱軍側は、決起する前に莫大なピーを一気に手に入れることを優先し、諫早大尉らを犠牲にするのを厭わなかったんだろう。久良知の性格を思えば驚くこともないが、おそらくやつ独自の考えではない。諫早大尉らを犠牲にしてもかまわない、として久良知に指示したボスが背後にいる」

「だれですか」

「だから、それは、わからない」と梶野少佐は弱気な表情になって言った。「情けないよ。久良知の背後関係はいまだにわからないし、垣内大尉も久良知の仲間だったとは、わたしは自分の人を見る目のなさを実感したよ。しかも無事にUNAGのこの基地に戻ったはいいが、捕虜になっていたときよりも疲れる。まいったよ」

「しかし、少なくともここならば生命の危険はありません」

「そう、たしかにな。とても危うかった。しかし捕虜の立場で緊張していたときのほうが、生きている実感はあったよ。むろん虫けらのように殺されるよりは生きているほうがましだが、安全なのに死にたくなる気分になることはあるんだ。人間にはな」

　作戦ブリーフィングルームには正面の壁に大きなスクリーンモニタがある。その脇に、携帯タイプの端末機があって、ジェイはそれを手にして、慧慈たちが着いているテーブルに戻ってきた。端末のメインスイッチを入れるとスクリーンモニタが明るくなったが、メニュー画面は出ない。ただ白いだけだ。

「この端末からのログインには、登録された者の音声による認証が必要です」とジェイが言った。「匿名でのログインも可能ですが、その場合はアクセス領域がかなり限定されます。いずれにしても、さほど高度な認証手段ではありません。ログイン自体は簡単ですが、どうしますか、隊長」

ログインとは、ここから基地内のコンピュータを利用できる状態にするということで、いったんその状態にできれば、あとは不正な手段を使ってでも、どのような機密ファイルにもアクセスしてみせると、ジェイはそう言っているのだ。慧慈にはわかる。たしかにジェイならやれるだろう。だがここはジェイの才能を使うこともないと慧慈は判断する。

ここには梶野少佐がいるのだ。小細工は必要ない。堂堂とやればいい。それに、梶野少佐の立場でどの程度の機密レベルへのアクセスが許可されるのか、それも知ることができる。つまり梶野少佐がこの基地でどのくらい信用されているのか、ということが確認できる。

「梶野少佐」と慧慈は言った。「あなたがログインしてください。お願いします。コンピュータを使って、わたしたちに、状況を教えてください」

「慧慈軍曹」

「はい、少佐」

梶野少佐は、あらためて、まじまじと慧慈の顔を見つめた。

「先ほどもきみがジェイに命じているのを見て思ったのだが、きみは、なんとも隊長らしくなったな」

「それはわたし自身も自覚しています。短い期間でしたが、さまざまな経験をしました」

「きみは変わったよ。いまや立派な下士官だ。めざましい成長ぶりだ。沖本大佐が汚い手を使ってでも手放したがらないのもわかる。きみを実戦任務に就けるというわたしの判断は間違っていなかったろう。間明少佐にも教えてやりたいな。彼は強く反対していたんだ。間明彊志に感謝してもらいたいよ。きみからもだ」

「はい、少佐」

自分が変わったのは、あなたのおかげではない、と慧慈は心で反論した。感謝します、とは、だから言わなかった。まあ、一因ではあるだろうが。

自分は変わったのではない、自分のやりたいことが、以前よりもはっきりとわかってきた、ただそれだけのことだ。それが変化だというのなら、そのように自分を変えたのは、梶野少佐ではない。経験してきたことを溯(さかのぼ)れば、羅宇の志貴であり、アミシャダイであり、かつての部下や、実加、善田や正井だ。それでも、これはやはり自分は変わったのではなく、もともとの自分がいま表面に現れてきた、ということではなかろうか。間明少佐なら、そう言うだろう。間明少佐は、梶野少佐に感謝など決してしない。するはずがない。

間明少佐なら、いまのこの自分に対して、こう言うだろう、『おまえはより危険な存在になった。アートルーパーの危険性が顕在化しつつある』と。この自分は、それを自覚している。

だが梶野衛青という人間には、それがわかっていない。潜在意識では、アートルーパーは危険な存在だと認識しているのだろうが。先ほどジェイにコンピュータ端末の使用を命じたとき、梶野少佐はこちらを止めようとしたのではなかろうか。勝手な真似をするアートルーパーに恐れを抱いたのだ。そのように、自分には感じられたが、たぶん少佐自身もそれを意識したはずだ。だが、打ち消してしまった。アートルーパーをなぜ恐れなければならないのかを、うまく説明できないからだ、彼自身に対して。

梶野少佐はこの自分を、『立派な下士官』になったと表現した。軍人として自立して行動できるようになったのは喜ばしいことではないか、と彼は自身に言い聞かせて、こちらへの恐れを打ち消したのだろう。

しかし梶野少佐、このわたしは、立派な軍人になるつもりはない。あなたや人間の忠実な道具でいるつもりもない。アートルーパーは人間ではないのだから、人間のように生きていく必要はまったくないのだ。人間とは異なる新しい生物として、わたしはそのように生きるつもりだ。でも、あなたには、アートルーパーとはなにかということは永久にわからないかもしれないな――

「コーヒーで乾杯しよう」と梶野少佐が言った。「あまり香りがないが、ないよりはましだ。無事に再会できたことを祝おう。互いの情報交換はそれからだ。いいな、軍曹」

あなたはぜんぜん変わらない、と慧慈は思いつつ、うなずいた。人間というのは、生まれてから死ぬまで、そうは変わらないものなのだ、たぶん、この自分も。

そして、こう思った。変わるように見えるときは、その見られる者の本性がとても純粋な形で表面に現れるときに違いない、と。

「アイ、サー」と慧慈は言った。

梶野少佐が解放されてから六日経っていた。

41

このところサンクは元気がなかった。原因は慧慈にはわかっていた。破沙警察の正井刑事たちに別れを告げて破沙基地に帰投してから、その基地の地階に三十日近く閉じ込められているためだった。

とくべつ拘禁されているというのではなく、破沙基地の中枢機能は地下に作られていて、生活空間もそこにあり、そこで普通に生活しているというだけのことなのだが、土の匂いもなく思い切り駆け回ることもできない人工的で閉鎖的な環境で暮らすことは、サンクにとっては普通ではなかった。

それは慧慈にとっても同じだった。あの日、破沙警察の正井ら刑事たちと善田に別れを告げて基地に帰投した慧慈は、部下たちとともに、基地内での待機を命じられた。基地の地下施設からは出てはならないという命令だったので、地上にも、破沙空洞市街にも出られない。

それが二十九日続いている。

この間、慧慈は日記をつけてはいたが、一日に数行ほどしか書いていなかった。ほとんどサンクの給餌日誌で、他に書き留めておきたいような新奇な出来事も、自分自身の心のうちの発見もない。外部からの情報が入ってこないので、書く気がしなかった。疑問符のつくことならばいくらでも書くことができたのだが、新しい発見のない文章などいくら書いても疲れるだけだった。

あのあと、正井刑事はどうしているのかとか、師勝たちは正井がこの自分を撃ち殺した光景をまだ信じているのかどうかとか、実加はどうしたのか、とか。知りたいことは山ほどあったが、沖本大佐からはなんの情報も得られなかった。ただ、待機せよ、だけだった。

これは軟禁状態に等しいと慧慈は思ったが、考えてみれば、軍人や兵士というのはそういうものなのだ、と気づいた。命令に拘束されているのだ。

それにしても、窓のないこうした地下施設というのはとても不自然なのに、人間たちがこの環境に不満を抱かないのはどうしてなのだろうと慧慈は不思議に思いつつ過ごしていた。

人間というのは、彼ら自らが作ったものに対しては警戒心や不安感は抱かないものなのだろうか。このような人工的な環境に対して、人工的に作られた人造犬や人造人間であるアートルーパーの自分のほうこそがなじめないでいるというのは、おかしな話ではないか。

たぶん人間も、人工的なものは潜在的に危険だと感じてはいるのだろうが、意識の表面にはそれを出さないのだろうと思い、結局それは、梶野少佐のアートルーパーに対する感覚と同じだ、と慧慈は気づく。

地下に閉じ込められた生活から二十九日目にして慧慈は、基地の人間たちがなぜこの人工的な環境を不満に思わないのかという理由を摑んだ思いで、その自分の考えを日記に書いている。梶野少佐が教えてくれたようなものだと思いながら。梶野少佐にようやく面会できた、その夜だった。

人間は、自らが創ったものに対しては、創られたものから復讐されてもいいと無意識に思っているのだろう。

それは、危険性と利便性を秤にかけて、便利ならば多少の犠牲は仕方がない、というのとは少し違う。人間がなにかを創るのは、単に利便性を追求するためではない。創る能力が自らにあることを、実際に示すためだ。だれに？　自らと、そして自らを創造したものに対してだ。

創造というのは創造者自らにとって本質的に危険なものだ。創造と破壊は表裏の関係にあるからだ。創造の究極的な目的は、すべてを破壊し尽くすこと、すべてを無にしてしまうこと、宇宙そのものを消去してしまうことではなかろうか。

人間はアートルーパーを芸術作品のような創造作品とは見てはいまいが、結局は同じことだと、慧慈は思う。利便のために創作したものであろうと、創られたものは、創造主を破滅させる力を持っている。人間自身が、自分たちを創った宇宙に対して、それを証明しようとしているかのようだ。アートルーパーは宇宙を無にするような壮大なスケールの創造物ではないと人間は思っているだろうが、それは過小評価というものだろう、と慧慈は思いながら、自分のそうした考えを書く。

アートルーパー自身にも創造の能力があるのだ。創造力は破壊力でもある。アートルーパーは兵器だ、と刑事の正井麓郷は何度も言っていたが、アートルーパーの破壊力はおそらく地上に存在するどんな爆弾よりも強力だろう。物理的な破壊力をもつ爆弾よりも、創造力を有する人工物のほうが危険性は高い。世界そのものを破壊する可能性を持っているのだから。アートルーパーはまさにそのような存在だ。

創造とは創造主への復讐だ、と間明少佐は言ったが、いまの慧慈にはその言葉が以前にもまして重く感じられた。

あの少佐、間明彊志という人間は、この自分に、人間に復讐せよ、などと言いたかったのではない、と慧慈は、久しぶりに長文の日記を書きながら、そのことに気づいた。あの言葉の意味は、アートルーパーと人間は共闘しなくてはならない、ということなのだ。だれと闘うのかといえば、互いに共通の創造主に向けてだ。

アートルーパーの真の創造主は人間ではなく、人間を創った存在なのだ、という立場をとれば、間明少佐のその言葉は、そのように解釈できた。たぶん間明少佐もそう感じていたのだろう——慧慈にとって、それはまた新しい発見だった。

だが現状は、間明少佐の理想とはほど遠い。結局、アートルーパーの存在意義を真に理解している人間はほとんどいないということだ。自分たちが軍規に拘束されているかぎりは、アートルーパーは人類の役には立てない。軍が戦う相手は人間だ。そんなのは、創造でも破壊でもない。たんなる殺し合いだ。アートルーパーはそんな者たちと共闘することはできない。

もしかしたら、アミシャダイがこちらの要請、人間に対する共闘を断ってきたのは、アミシャダイにとってのアートルーパーというのは、やはり人間とたいした違いはない、ということなのかもしれないと慧慈は思いつき、焦燥感に駆られた。自分は、人間にもアミシャダイにも、偉そうなことを言えるだけのことをなにもしていない、と。

とにかく、ここは監獄のようなものだった。食欲を失っているサンクの様子は、そのまま自分の精神状態をあらわしていると慧慈は思う。

空が見えないのが、慧慈にはこたえた。

破沙空洞市には本物の空はないが、それでも広い空間はあった。広さは自由の尺度だと慧慈は実感した。広大な空からは、雨も降ってくる。雨は嫌いだが、ここの人工環境には雨は絶対に降らないかわりに、好ましいものもないのだ。暖かい部屋からながめる雨景色は、好きだった。

ここには空がない。サンクのためにも、とにかく外に出なくてはならない。

そう締めくくって、慧慈は日記を閉じる。それから、慧琳に声をかけた。

「慧琳、梶野少佐の話をどう思う。独自の叛乱軍制圧部隊を編制すると少佐は言ったが、上層部は梶野少佐の提案を取り上げると思うか」

この基地に来たときに与えられた、同じ部屋だった。慧琳はベッドに腰掛けて、ジェイがプリントアウトした、梶野少佐が報告した叛乱軍の様子についての情報ファイルを、熟読していた。ここには作業用のデスクがないのだ。慧慈もベッドの上で、日記を書いた。サンクはその下に潜り込んでいる。サンクがあまり静かなのが不安で、ときどき慧慈は様子をみる。サンクのトイレは、タライを調達してきて、部下たちが交代で世話をしていた。「どうかな」と慧琳は顔を上げて、答えた。「梶野少佐の思惑は、自分の力でD66前進基地を奪還したいということなのだろうが、たぶん上層部では、少佐にあまり大きな権限は与えないだろうと思う。沖本大佐が梶野少佐を『敗軍の将』呼ばわりしたのは、まんざら間違いではないとわたしは思うよ。上層部もそう見ているだろう。でも梶野少佐の実績をふまえて、失地回復の機会は与えるだろう」

「わたしも、そう思う」と慧慈はうなずく。「少佐は、自ら銃を持たされて、前線で指揮を執ることになりそうだ。後方の、この破沙基地で指揮を執る、ということはできないだろう。おそらく梶野少佐もそんなことは考えていない。自分で直接部隊を率いて出動するつもりとみた。問題は、われわれがどう扱われるかだ」

梶野少佐との面会が叶ってから、ようやく事態が動き出した。

苦いばかりで香りのないコーヒーで再会を祝って乾杯をしたあと、梶野少佐は叛乱軍に占領されたD66前進基地の様子を語ったが、アミシャダイからの情報を直接受けている慧慈にとっては、それほど新しい事実というものはなかった。

慧慈が強く関心を抱いたのは、梶野少佐がこれから何をやろうとしているのか、ということだった。慧慈は、梶野少佐を利用して事態の打開をはかれないかと考えた。とにかく、ここにいつまでもいたくはないが、かといって、自分たちアートルーパーが、Ｄ６６前進基地に残されている人質と無条件で交換されるなどというのもごめんだった。

「もちろん梶野少佐は」と慧琳は言った、「われわれアートルーパーを、戦力として使うだろう。スネアシンの耐性があるわけだし、なにかと使いやすい。少佐は、アートルーパーを緊急増産することで消耗戦に持ち込むという戦略も示唆している。この報告書のなかに、そういう提案も掲載されている。これでは、沖本大佐よりも、たちが悪い気がする。こんなのはわれわれを巻き込んでの、ＵＮＡＧの自滅行為だ」

「わたしもそう判断します」とジェイが言った。「梶野少佐のそうした戦略提案は、効果的ではない、と思います」

ベッドでそれぞれ休んでいたインテジャーモデルの部下たちが、ジェイの発言をきっかけにして、慧慈と慧琳に注意を向ける。まるでスイッチを入れられたかのようだったが、部下たちも、自分たちの扱われ方が気になっているのだと慧慈にはわかる。もはや人形ではない。慧慈は、部下たちの成長ぶりを心強く思う。

「梶野少佐という軍人は、もうすこし物わかりがいい人間かと思っていたよ」と慧琳が続けた。「実際に会ったのは初めてだが、おそらく以前はあんな人間ではなかったのだろう。もっと大局をみられる人間かと思っていたが、どうなんだ」

「梶野少佐は、ＡＧＳＳの久良知大佐が叛乱軍側の人間だったことが、とてもショックだったんだ」

慧慈は、その報告書にもそうしたことが書かれているはずだ、と慧琳に、梶野少佐の心の内を思いやって言った。

「少佐は、もうだれを信じていいのか、その基準が、揺らいでいるんだろう。アートルーパーは人間ではないから信じられるんだ。少佐自身、そう言ったろう。彼は、われわれを頼りにしているんだ」

「それに応えなくてはならない、というのか、慧慈」

「それはまた別の話になる。梶野少佐の心は傷ついている、ということだよ。誇りを失っている状態、と言ってもいいだろうな」

「あなたが、正井麓郷に対して、銃を突きつけたという、それと同じ気持ちだということか」

慧慈は、もちろん、あの破沙空洞市での出来事を、慧琳たち、先にあそこから出た部下たちに、詳しく説明していた。

「たぶん似たようなものだと思うが」と慧慈は言った、「梶野少佐はこれまで挫折したことが、たぶんない。わたしが破沙市で無限のピーが使えるようにＰＣを細工したのは、ＡＧＳＳの久良知大佐からの提案で、少佐はうまくそれに乗せられたんだ。結局、梶野少佐は、この叛乱の片棒をそれとは知らずに担がされたんだ。このまま引っ込んでは、負けになる。梶野少佐は負けは認めない。そういう人なんだ。わたしも、先ほど、それが初めてわかった。性格が変わったわけではないんだ。もとからああいう人間なんだ」

「われわれは、むしろ沖本大佐を支援する側につくほうがましではないかな、とも思うが、あなたはどう考える」

「わたしはどちら側にもつく気はない」と慧慈は言った。「わたしの願いは、D66前進基地とアミシャダイのいるあの復興工場の奪還だ。ここにいては、それができない。まずここを出るのが先決だ。きみがそれに反対なら、きみは元の鉤坂大尉の部隊に帰ることを考えるべきだろう。このままいくと、きみも梶野少佐の配下として組み入れられる」

「あなたと別れて行動するつもりは、わたしにはないよ、慧慈軍曹。あなたの、破沙警察での経験は、わたしには実に刺激的だった。わたしも機械人のいる復興工場に行ってみたい」

「それなら、きみは梶野少佐の側につくことだ。もし梶野少佐が権力を失うか、それでもいいと諦めた場合は、きみのその願いは実現しないだろうが」

「フム」

慧慈のベッドの下から、サンクが出てきて、身震いした。慧慈と慧琳の会話に誘われるように。これから狩りに行くぞという気配を察して元気を取り戻したかのようだ、と慧慈は思う。たぶんそうだ。慧慈はサンクの頭をなでてやる。

慧琳は、広げて読んでいた書類を集めて整理してベッドの傍らに置き、それから、慧慈の話を本腰を入れて聞こうという態度をとった。

「わたしはあなたにつくよ、慧慈隊長。梶野少佐ではなく。話してくれ。梶野少佐が失脚すると、われわれはどうなるというのだ」

「自由に行動できる機会がまた遠のくだろう。UNAGは、アートルーパーを叛乱軍に引き渡すことはしない。アートルーパーが叛乱軍に利用されることは認めないだろうからだ。すると、われわれは、ずっと待機状態におかれるだろう。それがUNAGにとっては、ベストの戦略のはずだ。叛乱軍に対しては、正面切った戦闘など必要ない。スネアシンか致死性の毒ガスを使えばいいだけのことだ」

「人質はどうなる」

「基地に民間人はいない。沖本大佐は言っていたろう、兵隊や軍人なら自己を犠牲にしろ、そういう覚悟はあるはずだ、ということだ」

「見捨てるわけか」

「犠牲が出ることも予定のうちということだ。だが当然、それは最小限にしたいだろう。ならば、UNAGは待つだけでいい。どのみち、こうした事態はいずれ起きるかもしれないとUNAGは予想していた。梶野少佐自ら、そう言ったじゃないか。スネアシンもそれを見越して開発されたのだと、そう言った。ここは叛乱軍の要求は無視して、スネアシンを本格的に大規模に使うことを考えるはずだ。そうしておいて、あとは叛乱軍がギブアップするのを待てばいい。地上に出て活動できなくされた人間たちは、外部からの支援なくして生きていくことはできない。少なくともUNAGはそう信じてスネアシンを作ったのだろう」

「でも、梶野少佐は、待てない。それをわれわれは利用すべきだと、そういうことか」

「われわれもまた、待つという戦略を選択することもできる」

「いつまで」

「そんなことはわからない。運がよければどこか別の復興工場に行って本来の役割を開始するか、悪ければ、無期限の待機状態におかれる」

「おそらく」とジェイが言った。「この叛乱はいずれ全世界的なものになるはずです。UNAGが抜本的な対策を講じない限り、わたしたちは本来の任務には就けないことが予想されます」

「つまり、この一ヵ月間の生活が、この先もずっと続くということか」と慧琳は天井に顔を向け、ため息混じりで言った。「基地内の掃除やら、他の部隊の人間たちの服まで洗濯したり靴を磨いたり、雑用にこき使われて、やがて年をとって死んでいく、ということか」

「本来の仕事も、似たようなものではある」と慧慈は言った。「そう思えば、このままの状態も、それほど悪くはない」

「本気なのか、慧慈」

「悪くないと思えるならば、長生きできるだろう」

「慧慈、わたしを試したいのか。それとも、わたしを馬鹿にしているのか？」

「わたしには、耐えられない。サンクもだ。わたしは空が見たい。サンクを連れて外に出たい。いま梶野少佐を踏み台にすればそれができそうだ。でも危険は伴う。わたしと行動を共にすれば、早死にする可能性が高い。だから強制はできない。もともと強制するつもりもない。これは個人的な問題だとわたしは思う。わたしはきみの隊長なんかじゃない。それは人間が決めたことだ。わたしじゃない。わたしはアートルーパー独自の生き方をしたいんだよ、慧琳。軍規に縛られていてはそれは叶わない。きみを縛るつもりもない。でも、助け合うことは、できる」

「それはわたしにもわかっているよ、慧慈。わかっているから、回りくどい言い方はしなくていい。わたしも、自分のやりたいことは、自分で決める。でもあなたのほうが経験を積んでいるから、あなたの考えを参考にしたいし、共闘するのが互いに有利だろう。それにジェイたちを見殺しにすることは、わたしにはできない、あなたがどう思おうと、あなたにはやはり隊長としての責任というものはあるんだ。人間が決めた隊長ではなく、われわれアートルーパーとしてのだ。あなたはわたしを思いやってくれているつもりなのだろうが、それは優しさとは違う。そうは思わないのか？」

「覚悟は必要だと、思う」と慧慈は言った。「わたしがあの基地にどんな手段を取ってでも行きたいと思うのは、とても個人的な理由からだ。途中で死ぬことになっても、行くという行動を起こしたいんだ。あの基地と工場は、わたしのホームだ。帰る場所なんだ。その家を乗っ取られているのだから、奪還しに行くのは当然だし、理由なら、他にも、ある。マ・シャンエ・ウーという人間にもう一度会ってみたい。長尾師勝にも――」

「敵には、あなたは死んだと思わせておくままのほうが有利だろう」

「だから、損得の問題ではないんだよ、理屈ではないんだ」

「理屈による裏付けをすることは、できます」とジェイが言った。「ここに留まっていることが、わたしたちにとって得か損かという、そのような計算を論理的に実行することは可能です。わたしは、ここで成り行きに任せることが、われわれにとって必ずしも生存に有利であるとは言えないと思います。個人的な意見を申し上げるなら、自分は隊長に従いたい、と思います。そのほうが、わたしの生存確率や、自分の満足度は高いと予想されるからです」

「われわれみんなで共闘だ」と慧琳は言った。「それなら、あなたも文句はないだろう。梶野少佐は、あなたは理屈っぽいと言ったが、よく見抜いているよ。しかし、アミシャダイがわれわれとの共闘を拒否してきたというのはマイナス材料だな。がむしゃらに実行してもだめだ」

「工場までなんとか行ければ、そのときは、アミシャダイはわれわれを見殺しにはしないと約束してくれた」と慧慈。

「アミシャダイの表現では〈約束〉ではありませんが」とジェイが補足した。「工場内に進入できれば、生存確率は高まるでしょう」

「そこまで行くのに梶野少佐をどう利用するつもりだ」と慧琳は、もう直截に訊いた。「慧慈、考えがあるんだろう」

「アートルーパーの立場では、梶野少佐が失脚しないことを祈ることくらいしかできない。UNAGはアートルーパーの陳情など受け付けないからな」

「梶野少佐を持ち上げて、くじけないように精神的にサポートすることはできる」と慧琳はうなずきながら言った。「あなたは、そうしていたな」

「ERUとはどういう部隊なのか、それも知りたい。強力な武装集団なのか」

と慧慈はインテジャーモデルの部下たちに訊いた。

「エム」と慧慈。「きみは、さまざまな部隊の、武装や内情に詳しいだろう。ERUとは、強いのか？」

「そうですね、強い、という意味にもよりますが、どちらかと言えば」とエムは答えた、「戦闘よりも、支援を主任務とする部隊です。下士官クラスが要職を占めているのが特徴的です。すなわち平均年齢が若く、その面では、総合的な戦闘能力は高い、と言えるでしょう。体力、気力、共に充実している。専門の訓練も受けているので、一般部隊よりは〈強い〉と言えるかと思います。もちろん丸腰ではありません、武装しています」

「今回の事態でERUを使うことは、梶野少佐に言われなくても上層部では考えているでしょう。すでに出ているものと思います」とケイが言った。「叛乱軍の動向をより詳しく知るためには、ERUを使うのがいい。機動力は高いですし、小回りも利く」

「一口にERUと言っても」とエルが補足した。「主要基地にそれぞれの基地所属の部隊が存在します。梶野少佐が考えておられるのは破沙基地のそれではなく、最強の部隊と言われている、416ERUでしょう。攻撃的な電子戦闘装備を持っているとされますが、詳細は明らかではありません。まさしく特殊部隊的な活動もしていると予想されます。宇宙港のあるカロリン基地に本部を置く部隊です」

「フムン」と慧慈。

「梶野少佐は、エリート部隊を使うはずだ」と慧琳。「おそらくエルの言うとおり、416ERUへ参加要請するだろうな。こちらとしても、できるだけ強力な部隊が参加するほうが安心だ」

「それは、いや、まずい」

「どうして」

「われわれが制圧部隊に組み込まれるのが実現し、外に出られたら、あとは、覚悟を決めて、やるつもりだから」

「なにを」と慧琳。

「われわれアートルーパーの、UNAGからの離脱宣言だ」

そう、慧慈は、言い切った。

さすがに慧琳も、そしてインテジャーモデルの准兵たちも、息をのんだ。

しばしの沈黙を破って、慧琳が口を開いた。

「UNAGから離脱するというのは」と慧琳は言い、そして口ごもった。「……ようするに——」

「独立宣言だ」と慧慈は言う。「叛乱と受け取られるかもしれない。必要なら、武力を使う。おそらく、そうなる。行動で示さなければ、宣言が本気だとは伝わらないだろうから」

「あなたが『覚悟が必要だ』と先ほど言ったのは、なるほど、そういうことか」と慧琳はうなずき、「あなたには覚悟ができていると、そういうわけだな」と訊いた。

「そうだ」と慧慈。「独りでもやる。サンクは連れていくが」

静まりかえった部屋に、嬉しそうなサンクの息づかいが響く。サンクは自分の名が呼ばれて嬉しいのだ。もうじきこの閉鎖空間から出られそうだ、というのが本能的にわかるのだろうと慧慈は思い、ベッドの下から出て嬉しそうな顔をこちらに向けているそのサンクの耳の周りをかいてやる。それに応えてサンクは尾を立てて振った。犬は本当に健気だと、慧慈はサンクを愛おしく思う。

「勝ち目はあるかな」と慧琳が腕を組んで、天井を見上げる。「勝算がないとすれば、単なる自殺だ」

「どうする、慧琳」と慧慈はあらためて訊いた。「わたしはアートルーパーの隊長としてではなく、一個人として行動することもできる。そのときは、わたしのその行為はアートルーパーの独立宣言ではなく、単なるわたし個人の人間に対する叛逆でありUNAGからの脱走にすぎなくなる。それでも、そうなったとしても、わたしの意識では、アートルーパーとしての自分の生き方の実現が、それなんだ。UNAGに黙って使われている限り、アートルーパーはアートルーパーとしては生きられない。わたしはそう思う」

「理論や理屈はもういい」と慧琳は言った。「あなたの言いたいことや気持ちは、よくわかっている。わたしがいましているのは現実的な話だよ、慧慈。あなたの自殺的な行為については、わたしは強制的にでも阻止するつもりだ。あなたの自殺行為の影響はわれわれにも及ぶからだ」

「わたしは自殺行為だとは思っていない。生命をかけるだけの価値がある、ということだ。わたしにとっては、だ。きみにとって、それが自殺行為に思えるのは、生きる目的がはっきりしていないからだろう、慧琳」

「それは、侮辱とも受け取れる」と慧琳は、しかしそう憤慨した様子ではなく、慧慈に抗議する。「あなたには自分のことしか見えていない。あなたにとってわたしは、目的もなくただ生きているだけ、なのだろう。そんな生き方には価値がない、とあなたはわたしを侮辱しているも同じだ」

「侮辱するつもりはないが――」

「わたしの生きる目的がはっきりしていないと困るのは、あなたであって、わたしではない。あなたはそう言っているんだ。わたしにとって生きる目的はなにかというのなら、そんなのは、はっきりしている」

「なんだ」

「死なないことだ」と慧琳は言った。

「それは――」と少少あっけにとられて、慧慈は言う。「目的とは言わないだろう。漠然としすぎている」

「悪いか？」

「いや。無駄死にはしたくないだろうし、わたしもさせたくない。気持ちはわかる」

「慧慈、生きていることの何に価値を見出すかは、われわれみな、それぞれ違う。いいも悪いもない。当然だろう、わたしはあなたではないからだ。わたしは、そんな言葉遊びをしているのではない。わたしが危惧しているのは、UNAGはあなたの離脱宣言を、あなたの個人的なものだ、などと考えるはずがない、ということだ。あなたのそういう行為は、すべてのアートルーパーの将来を左右するものだ。わかるだろう、慧慈。独立宣言などという言葉は軽軽しく口にしてはならない。独断では行動しないでくれ。われわれを無視した対人戦略をとらないでくれ、ということだ」

「わたしは、自分が本気だという覚悟を伝えたかったんだ。きみを無視したり侮辱するつもりはない。梶野少佐が編制する制圧部隊に、高度な対人戦闘訓練を受けた緊急出動隊、ERUが加わった場合、UNAGからの離脱宣言はしにくくなるだろうと思い、それをエムに確かめようとしただけだ。わたしは自分だけ先走って行動するつもりはない」

慧慈はそう言って、口を閉ざした。慧慈には慧琳の言うことは、よくわかった。そして、たぶん慧琳もこちらの気持ちはわかっているだろうと信じた。それなのに、こうして会話が嚙み合わなくなるのだから、コミュニケーションとは難しいものだ、と実感した。なんだか、慧琳との会話は、独り言を言い合っているようなものではないか、と。

慧慈はあらためて、ベッドに腰掛けている慧琳を見つめた。慧琳は腕を組み、そして足も組んで、微かに貧乏揺すりをしていた。不安なのだろう、と慧慈は、慧琳という自分と同レベルのモデル、エリファレットモデルのアートルーパーの心の内を思いやった。同モデルなのだから共感するのは比較的簡単なはずだ、と想像力を働かせる。

それで慧琳の性格というものを思い出した。最初に会ったとき、『このアートルーパーは人間よりも自分のほうが偉いという超人意識を持っている』、と感じた。ようするにプライドが高いのだ。そんな慧琳にこの自分は、『生きる目的も知らずに生きているのだろう、それは蔑まれても当然だ』と受け取られるようなことを言ったのだ。おそらくそれで慧琳のプライドが傷ついたのだろう、そう慧慈は気づいた。

そして、『生きる目的』などというものはなくても生きられるし、むしろそんなものがあるほうが不自然なのかもしれない、慧琳はそう感じているのだろう、それは正しいかもしれない、自分にしても、それほど偉そうな目的意識でもってつねに行動しているわけではない、と反省した。自分だって、あのとき、正井刑事らと別れて破沙警察を出たとき、悟ったではないか。生きていくというのは、ほんの些細な願いの積み重ねで成り立っているものなのだな、と。いま生きているのだから、もう少し生きていたい、その積み重ねだ。

「慧琳」と慧慈は口を開いた。「わたしが言ったUNAGからの離脱宣言というのは、機を見てUNAGから離脱する覚悟がわたしにはあり、それは本気だということであって、馬鹿正直にスピーカーで『これからアートルーパーは人間から独立する』というメッセージを流す、などということではないんだ。でも、行動を起こしたときに、阻止された場合には、武力を使うこともあり得るだろうと、そういうことなんだ」

けではなかったが、とくにかわいがる様子もこれまで見せてはいなかった。それで、サンクのほうが戸惑った様子でボスの慧慈をうかがった。慧慈が「行け」と小さく命じると、サンクは慧琳の元に駆け寄った。相手をしてもらえるのが嬉しいのだ。サンクが来ると慧琳はその人造犬の首筋をなでてやりながら、言った。

「わかっている」

慧琳はそう言って、それから、めずらしくサンクを呼んだ。慧琳はサンクを避けていたわ

「あなたが本気だというのがわかって、それが、衝撃だったんだ。アートルーパーの生存戦略について、これまであなたと議論してきたが、それは机上のことだったのだ、わたしにとっては。それがわかった。まさか、こんなふうに、覚悟を迫られるときが実際に来るということなど、想像していなかったんだ。だから、焦ったんだよ」

「わたしは自殺行為には出ない」

と慧慈は自ら確認するように、自分の声を意識しながら、慧琳に言った。

「大義のためなら命など惜しくはない、というように受け取られたのなら、言い方が悪かったと思う。生きていればこその、生きる覚悟だ。きみは正しいと思う。死なないことが、生命が生きている目的なんだろう」

「わたしは迷ったんだよ、慧慈」と慧琳はサンクをなでながら、視線をサンクにやったまま、言った。「あなたについていくのは、やはりまずいかな、危ないのではなかろうか、と。どうするのが自分にとっていいのか、自分はどうしたいのか、あなたの『離脱宣言』云云を聴

いて、一瞬わからなくなった。そういう意味で、覚悟ができていないということなんだ。痛いところをつかれて、話をそらしたんだ。あなたの言いたいことは、理解している」

「慧琳——」

「サンクは、あなたを疑ったりはしていない。これはこれで幸せな生き方だと思う。わたしは犬ではないが、そういう生き方も悪くないと思う」

そして慧琳は慧慈に顔を向けて、言った。

「わたしは、元の鉤坂部隊に帰隊したいと願い出れば、帰れるかもしれない。だが、わたしはあなたと行動をともにしたい。得るものは大きいと思うし、好奇心もある。あなたをサポートする。全面的にだ。ようするに、サンクのように、あなたについていくということだ。ジェイたちも、一足先に、そう決意したんだ。インテジャーモデルは計算が速いからな。そうだろう、おまえたち」

ジェイが、准兵の仲間たちを見やり、代表で、うなずいた。

「われわれの生存戦略として、慧慈隊長に従って行動するという手段は、合理的な選択である、と判断します。慧琳軍曹のご指摘のとおり、わたしはすでにそのように表明しており、仲間も同じ考えです」

「慧慈、続けてくれ」

「なにを」

「作戦会議だ。インテジャーモデルの能力を使いこなせ。わたしも、あなた自身の能力もだ。

アートルーパーは、人間を超える能力を持っているとわたしは信じている。あなたの言うように、それを発揮すべきだ。だが、それを引き出すには、優れたリーダーが必要だ。あなたがそれをやれ。適任だと、ここの全員が認めている。慧慈、ジェイの表明は、すごいことなんだ。インテジャーモデルは、エリファレットモデルのわれわれが思う以上に、正直で、冷徹だ。不合理だと判断した命令に対する仕事の効率は、極端に落ちる。なかなか使いこなすのは難しいんだ。われわれの教育担当の鉤坂大尉もそれに悩んでいた。だが、あなたが隊長になって、様子が変わった。ジェイたちは、それしか選択肢がないから仕方がなくあなたに従うのではない。ジェイが自らの意志で、あなたに従うと宣言しているんだ。これは全面的にあなたを支持するということだよ。インテジャーモデルとしての最大能力を発揮できるだろう。これは、すごいことなんだ。あなたにはわからないかもしれないが、わたしはずっとこの准兵たちを部下に持ってやってきたから、わかる。あなたの発言いかんでは、あなたが使えなくなったと判断される場合もあるだろう、そのときは彼らはまた、ただのでくの坊に戻るだろう」

「発言は慎重にすることにするよ」と慧慈は神妙に言った。

「いや、あなたの、離脱覚悟の表明は、インテジャーモデルの彼らにも、ショックだったんだよ。活を入れたんだ」

それから慧琳は、ジェイたちに分析させたいことがあるのだが、いいか、と慧慈に言った。

「なんだ」と慧慈。

「叛乱軍の切り札はなんだろう、ということだ」と慧琳は答え、それまで見ていた文書を指さした。「梶野少佐の報告によると、叛乱軍の連中は、スネアシンを使われることは、もう承知の上なのだろう。人質を取っているといっても、いつまでも通用すると思ってはいないだろう。全面的な戦闘状態に陥った場合、彼らは絶対的に不利だ。それはない、と連中は判断しているのかどうか、そうでないとすれば、なにをよりどころにして立てこもっていられるのか、それがわたしには不思議でならない」

「それは、工場だよ」と慧慈は即座に答えることができた。「アミシャダイのいる、あの復興工場は、なんでも作れる。それこそアートルーパーも作れるんだ。それが彼らの対UNAGの切り札であり、よりどころであり、すべてだ。──だが、そうだな、彼らがなにを創造してくるかによって、こちらの対処の仕方は変わるだろう……ジェイ、予想できるか？」

「手分けして分析しろ」と慧琳がジェイに命じた。「兵器関係ならエムが詳しい」

「復興工場を奪還できれば」と慧慈は言った。「その力はそのまま、われわれのものだ。第一目標は、とにかくそこへ行くことだ。さまざまな場面を想定して、図上演習をしてみよう。慧琳、きみが指揮を執れ」

「了解した」

アートルーパーは独立に向けて動き出した。そう慧慈は実感する。

42

破沙基地から出られれば、あとは機会を見て行動を開始するだけだ。そのはずだった。いろいろな場合を想定し、何度も机上演習をするのは、永久に本番がこなくても退屈しのぎとして役に立つ、と慧慈には思えるほどで、慧慈だけでなく慧琳も、そして感情をあまり表に出さないインテジャーモデルたちも、そのゲームに熱中した。人造犬のサンクも、希望という餌を与えられたかのように、元気を取り戻した。

しかし現実というのは演習のようなわけにはいかないものだ——それを慧慈は思い知る。破沙基地から出るところまでは、予想どおりに実現した。ところが、まったく予想もしていなかった要素が付け加えられたのだ。

晋彗（シンスイ）というのが、それだった。慧慈が新たに出会ったアートルーパーで、その名前が、晋彗。慧慈だけでなく慧琳やジェイたちにとっても新顔のアートルーパーだった。出会った場所は、Ｄ６６前進基地を遠くに望む、かつてヨコハマと呼ばれた土地だ。

晋彗はカロリン基地で教育を受けていたアートルーパーで、その基地に本部を置く４１６ＥＲＵという緊急出動隊に伴って、今回の作戦に参加するためにやってきた。

今回の作戦とは、Ｄ６６前進基地を占拠した叛乱軍への対応策であり、梶野少佐を指揮官とする先遣部隊がヨコハマに出動して敵の様子を探るというものだった。制圧ではなく、先遣偵察隊として現地で情報収集にあたるという任務だ。それは慧慈たちにとって予想どおりの展開だった。４１６ＥＲＵが参加したことも、この作戦の主力は４１６ＥＲＵであって、梶野少佐が編制した部隊、ＫＣＵは付け足しのようなものだが梶野少佐はそうは思っていない、ということも。ＫＣＵと４１６ＥＲＵが勝手に行動するのはまずいので、作戦の部隊編制においてはＫＣＵ内に４１６ＥＲＵが組み込まれる形を取っていた。それが先遣部隊であり、先遣部隊の指揮官はＫＣＵの隊長である梶野少佐が兼任する、というものだったから、たしかに、ここの最高責任者は梶野少佐ではあるのだが、実質的な作戦行動においては、梶野少佐は４１６ＥＲＵの若き隊長、石谷剛行（いしたによしゆき）少尉の意見を無視できなかった。そうなるであろうとは、ここに来る前から慧慈たちには予想できていた。

だが、新たなアートルーパーが参加するなどというのは、慧慈小隊のだれも予想していなかった。

「あいつは一体なんなんだ」と慧琳が言った。

双眼鏡を手にしての周囲警戒の任務中だったので、慧慈は慧琳がなにか不審なものを発見したのだと思い、「どこだ、方位は」と緊張して問い返した。

「いや、すまない」と慧琳、「晋彗のことだ。あんなアートルーパーに会うのは初めてだ。なにを考えているのか、よくわからない」

「慧琳軍曹、任務中に余計なことを考えるな。きみはいつもそうだ」

慧慈はそう叱責する。慧慈自身も、晋彗という新顔のアートルーパーについては戸惑うことが多かったので慧琳の気持ちはわかるのだが、いまは、慧琳につき合う気分ではなかった。

場所が、慧慈を緊張させている。

羅宇の志貴らと出会った場所が近い。あの事件現場のビルの廃墟を望む小高い位置で、あの雨の日の訓練と同じく、周囲警戒任務にあたっているのだ。しかも、いまはもはや訓練を受けている身の上ではなかった。UNAGからも独立しようかという、人生においての実戦状態にあるのだ。

雨こそ降ってはいなかったが、あの日と同様に低く垂れ込めた雲のために付近は薄暗く、陰鬱で、いやでも慧慈にあのときのことを思い出させた。

「安全を確かめてから言ったつもりだが」と慧琳は強い調子の慧慈の態度に気圧された様子で、まず弁解をしてから、やんわりと抗議する。「いつも、と言われるのは心外だ、隊長。客観的にみても、ここで叛乱軍に襲われる確率は低い」

「あそこで、出会ったんだ。そして、撃たれた」

慧慈は左腕を前方の廃墟のビルへ伸ばして、言った。

「師勝たちに撃たれたのが、あの廃墟ビルだ。現場の一階ロビーには、血溜まりも乾いて残っているはずだ」

「そうだったのか……あそこが、そうなのか。あの倒壊したビルは、ミレニアム・タワーだな」

「なんだ、それは」

「かつてそう呼ばれていたビルだ。ヨコハマのシンボル的な高層ビルだった」

「よく知っているな」

「今回の作戦地図を記憶した——あなたが知らないはずがない。ここはあなたにとって初めての場所ではない。訓練時にすでにこの一帯の地図は覚えさせられたはずだし、忘れるはずもないだろう」

「訓練時に使用した地図には旧地名など記載されてはいなかった。今作戦の、416ERUから渡された地図は、詳しくは見ていない」

今回の作戦のために416ERUは第66方面復興計画地域周辺の詳細な地図を用意してきていたが、そういえば、そこには廃墟になる前の街の主要なポイント、ビルの名称などが記載されていたことを、慧慈は思い出す。

「見たくなかったんだな」と慧琳が言った。「あなたの上官や、部下が殺された場所だ」

「かもしれない」と慧慈は認める。「たぶん、無意識に逃げたんだろう」

厚い雲がピンクに輝いた。雷だ。慧琳が肩から提げているライフルの、銃口を上にしたその先端から、蛇が威嚇しているようなシュウシュウというかすかな音が立つ。放電音だ。もっと暗ければ紫の炎のような放電光、セントエルモの火が見られるだろう。

「移動だ、慧琳。ここは落雷の危険がある。ケイ、先に下れ。スモックに乗車だ。待機しているジェイたちにも乗車を伝えろ。ミレニアム・タワーに向かう」

「イエッサー」

瓦礫の山を下り始めるときも、既視感があった。だが、サンクの存在が、根拠のない不安感を薄れさせた。スモックで待っている部下たちも、かつてとは顔ぶれが違う。過去の亡霊は乗っていない。ジェイたちのほうが、ずっとたくましく慧慈には感じられる。サンクを後部荷室に飛び乗らせて、慧慈は空けられている助手席に着く。

「慧琳」

「いいぞ、全員乗車を確認」

そのスモックという名称のストライダーは416ERUが空輸してきた電子情報収集用の特殊な車輛だ。六輪ということでは基本タイプのストライダーと同じだったが共通なのはそれくらいで、外観は無蓋ではなくパネルバンタイプ、荷室にあたる内部は電子機器で占められていて、狭い。対戦車ライフルといった武装はいっさいない。そのかわりに、屋根には各種アンテナが林立している。

「ジェイ、出せ」

「地中波アンテナの収容が、まだです、隊長——エル、急げ」

後部で電子通信システム要員としてコンソールに着いているエルに向かって、運転担当のジェイが叫んだ。インターカムのヘッドセットを付けている。慧慈が後部へ通じる通路をのぞき込むと、サンクが駆けてきた。後ろのパネルドアを慧琳が閉める。コンソールに、エルとエムが着座しており、ケイは、はね上げ式のシートを着座位置に下ろして、そこに落ち着こうとしている。

「地中波アンテナ収納完了」とエルが言った。

「出します」とジェイ。

走り出すと、慧琳が前にやってきた。幅の広い二人がけの助手席に、慧慈と並んで腰掛ける。サンクは通路で伏せる。そこが定位置だった。電子装置の過熱を防ぐためにエアコンが装備されていて、ちょうどそこが涼しくて気持ちがいいことをサンクは覚えたのだ。

それで、全員だった。新顔のアートルーパーは、慧慈小隊とは行動をともにしていない。

「いいのか、慧慈」

慧琳が言った。慧慈は、ここに晋彗がいないのはやはりおかしい、とそのアートルーパーのことを思っていたので、また慧琳の言葉を取り違えて、「いいも悪いも、晋彗の件は、梶野少佐の考えなんだから」などと答えていた。「どうしようもないだろう」

「ミレニアム・タワーに向かっていいのか、ということだが」と慧琳は言葉を足し、それから、「あなたも晋彗のことは気に入らないんだな」と言った。

「あのビルの地下から、地下街に入れるはずだ」と慧慈は答える。「師勝たちは手がかりを残しているかもしれない。怪しいと思われる個所は調べろ、という命令だ。それについても、いいも悪いもない」

それから慧慈は、ジェイに、「電磁環境モニタだ」と命じた。「とくに、本車から能動波が出ていないか、確認しろ。敵に悟られないために空中波の使用はせず、電磁放射は極力抑えるようにとの命令だ」

「アイ、サー。エル、実行しろ」

エルから、「機関からの通常のノイズレベル以外には、目立った電磁波は感知されません」と即座に答えが返ってくる。ヘッドセットがなくても慧慈の耳にその肉声が伝わった。慧慈は戦闘ヘルメットを脱いで、手で髪をといた。

「盗聴されてはいないだろうが」と慧慈は言う。「陰口というのは、墓穴のような地下にこもってひっそりとやるというものだろう。416ERUは予想以上に高度な電子戦部隊だ」

「フム」と慧琳。「わたしはどうも、あなたについていながら、もう一つ、実戦的でない。反省するよ、慧慈」

「それもあるし、自分の覚悟を確かめたいんだ。あの現場に行って過去の傷が痛むようなら、わたしにはまだ行動を起こすだけの力はないんだ」

それほどの過去ではない。まだ三カ月と経っていないのだ。それでも慧慈は、左腕の貫通銃創の傷も、トラウマも、もはや開くことなく、むしろ、以前より自分を強くしているだろうと信じた。

周囲の景色は訓練時と変わりない。無彩色の荒れ地だ。かつてはビルだった構造物の瓦礫の山が風化されてこぶのような丘になっている。旧名など意味がなかった。街路も埋まっているのだ。それでも当時ランドマークとなっていた巨大な構造物については、廃墟となったいまでも目印にはなった。瓦礫の丘を迂回してつけられている現在の道筋も、そうしたいくつかの巨大な遺構の間を結んでいる。ミレニアム・タワーはその中心地といってもよかった。

ミレニアム・タワーは基部がしっかりとしていて、その周囲一帯の地下構造体も破壊されてはいなかった。隠れて暮らすにはいい場所ではあるだろうが、食料を生産できなければ長期間は無理だ。志貴たちは食料を携えてここにやってきたに違いないが、それが尽きたらどうするつもりだったのか、それが慧慈には疑問だった。

まさかD66前進基地に仲間がいたのだ、などとは思いつきもしなかった。たぶん、密かに差し入れもあったのだろう、武器などと一緒に。AGSSの久良知大佐が叛乱軍側の人間だったというのだから、武器の横流しなどが発覚するはずがない。わかってみればたいした謎ではない。いちばんの謎は、なぜそうまでして人間同士で戦わなくてはならないのかということだ、と慧慈は思う。人間の心は謎だ。

羅宇の志貴に撃ち殺されたウー中尉の妻の、マ・シャンエは、最初から叛乱軍側の人間だったわけではあるまい。それが、どうして、師勝と手を組むことになったのだろう。おそらく、この自分に対する憎しみのためだ、というのはわかる。シャンエは、師勝と利益を共有しているわけだ。彼女のアートルーパーに対する憎しみは、夫を殺した志貴の息子、師勝へのそれよりも大きいわけだが、まったく、どうしてそうなるのか、自分には人間の心がいまだによくわからない……

だが慧慈は、あの事件のきっかけとなった、志貴の気分が、いまはわかる気がするのだ。あのとき、羅宇の志貴は、たしかに人生に疲れていたのだろう。自らの力で未来を拓いていくということが面倒になり、決闘という形で、さいころを振るように、自分の運命を他人に任せてしまったかのようだった。あのときの志貴は、なぜ戦い続けなくてはならないのかが、ふと彼自身にもわからなくなったのかもしれない。きっと人間は、ずっと戦い続けることに耐えられるような存在ではないのだ、と慧慈はそう思う、ならば、火星への避難組も、地球で暮らすことにこだわり続ける残留人も、お互いのことは干渉しなくて勝手に生きていけばいいではないか。なぜそれができないのだろう。面子の維持と利益の確保のためだろうと慧慈には思える。

それらは一種の信仰であって、ようするに信仰の実現のために、人間は戦うのだろう、でも信仰の対象には実体がない、と慧慈は思うのだ、そんなのは幻想ではないか、と。

なぜそれがわからないのだろう。少なくともアートルーパーの自分には、神は見えない。人間には見えるのか。それが、謎だ。人間ならばそんなのは謎でもなんでもなく理解できるというのなら、それがわからないアートルーパーの自分は、やはり人間とは微妙に異なる存在なのだろう。

いずれにしても、と慧慈は思う、ヒトという種自体もいずれ大自然界において生存競争に敗れて消えていくのは必然だろうが、ヒトはそれに逆らう能力があり、そうした能力があるゆえに、かえって種としての寿命を自ら縮めることもあるだろう。志貴のように自滅的な道を選択する能力すら、ヒトにはあるのだ。それは自滅というよりも、存在を望む意思を生んでいるソフトウェア的な機構が、ヒトを形作っているハードウェアほどには強靭ではない、あるいは未完成である、ためだろう。そう慧慈は人間というものを理解し始めている。

生物には、自滅機構があらかじめ組み込まれているのだから、そうした現実に意思の力では逆らいようがないのは当然だが、おそらく人間の意思は、それをすんなりとは認めようとしない。人間は〈強勒にはできていない〉を、〈柔軟にできている〉と言い換えることだろう。そうした多面的な解釈をする能力、それが、たぶん、自らの生存にとっての最大の脅威は同じ人間であるという考えを生み、互いに戦う理由だろう。しかし人間はどのように自らの能力を解釈しようと、一生を通じて戦い続けられはしない。ヒトは、強くなりたいと自分で思うほどには強くはなれないし、種としても、永久に戦い続けられるようにはできていないのだ。勝ち負けという結果は別にして。

アミシャダイという機械人は、どうだろう。そして、アートルーパーの自分は？

「ここで通信手段の確保をしますか、隊長」

スモックが目的地点で停止した。

慧慈は思いに耽るのをやめて、目をそこに向ける。現場が黒い口を開けていた。ミレニアム・タワーのロビーが見えている。ビルの外観はあのときよりもさらに廃墟の度合いを増したように見えた。UNAGの治安航空部隊が戦闘ヘリから連射した機関砲の弾痕が無数についている。それは廃墟につけられた新しい傷痕だ。その断面は鋭く、傷痕自体がまだ風化しておらずあの事件をなまなましく記憶しているので、このビルは遠い昔ではなくあの事件時に破壊されたように感じられてもいいはずなのに、でも、あれからもう何十年も経ったかのように慧慈には思えて、それが不思議だった。

「いや」と慧慈は首を横に振る。「このまま中へ乗り入れるんだ」

「しかし、地中波アンテナは、地面に撃ち込む銛のようなものです」とジェイが言った。「その震動にこの傷ついたビル構造体が耐えられるかどうか、不安です。ちょっとしたきっかけで一気に崩壊するかもしれません」

「行くんだ、ジェイ」と慧慈は命じる。「命令だ」

「アイ、サー」

ジェイはゆっくりと、スモックを廃墟のビル内へと進める。

この作戦の行動部隊、416ERUも参加する先遣部隊の本部は、同じ廃墟地帯ヨコハマの一角に野営設置されている。ここミレニアム・タワーからさほど離れてはいない。直線距離にして五キロメートルほどだ。その本部との通信には空中波は使うな、という命令だった。一般の無線通信はだめ、ということだ。そのかわり、地中波通信という手段を416ERUは用意していた。

それは本来、地球の裏側といった遠距離通信に使用する手段だった。連絡にはそれを使え、と416ERUの隊長、石谷少尉は命じ、その理由を、説明した。

『D66前進基地には地中波通信設備がない。つまりD66前進基地を占拠している敵は、その通信を傍受することができない。叛乱軍が持っていない通信手段はそれだけで、他の手段による通信はキャッチされる可能性がある。通信内容そのものは高度な暗号化によって敵には解析できないだろうが、われわれが知られたくないのは通信内容よりもまず、この場所にわれわれがいるということなのだ』

ようするに灯火管制ならぬ電波管制だった。４１６ＥＲＵは、歩兵が発射できるハンドランチタイプの、敵の電波発信源に向けて飛翔するスマートミサイルを持ってきていたが、敵にそうした兵器を使用されることも警戒しているのだ。地中波通信の使用にはそうした危険はほとんどないし、もし通信していることが知られても発信源の位置を正確に突き止めることは原理的に空中波よりも難しい、という説明を慧慈たちは受けた。

そして、敵側がこちらの存在に気づいているかどうかは、徹底した電磁環境モニタにより敵の動向情報を収集しているからすぐにわかると、石谷少尉は豪語した。自信過剰気味な態度だと慧慈は最初は感じたが、その装備や活動内容を知ったいまでは、まんざらはったりでもなさそうだと考えをあらためている。

それでも、やりすぎだと感じられないでもなかった。いちいち送受信アンテナを地中に挿し込まないと連絡できない手段は不便きわまりないのに、走行時以外はつねにアンテナを地面に挿して受信に備えよ、という命令なのだ。これは石谷少尉の、梶野少佐の部下であるこちらへの嫌がらせではないかとさえ慧慈には思えた。

「停止」と慧慈は命じる。「通信手段の確保はしなくていい。索敵の開始だ。このビルの地下を地中レーダーで探るんだ。自動モードで地中のデータを収集する準備をしろ」

一階ロビーのほぼ中央だ。慧慈は地中レーダーの使用をジェイに命じた。そのレーダーは移動しながらでないと性能を発揮できないため、停止した車体の腹部から地中に埋め込んで固定して使う通信アンテナとの併用はできない。

「イエッサー。エル、地中レーダーの準備だ」

怪しい地点の捜索は任務のうちだったから、命令違反にはならない。また、地中レーダーの使用中は、こちらの行動がなんらかの未知の監視システムで盗聴されているとしても、それを攪乱するのに役に立つかもしれないと、慧慈は判断した。

晋彗の件を含めて、今作戦部隊から離脱するにはどうすればいいかを仲間たちと相談するには、警戒しすぎということはないだろう。この一帯は隠れて活動するにはいいところなのだ、たしかに。

羅宇の志貴たちと同じ立場にいまいるわけだなと慧慈は思いながら、アサルトライフルを手にしてスモックを降りる。慧琳が続き、サンクが素早く駆け下りてきた。

ライフルを水平に構えて、慧慈は深呼吸をしてみる。空気は乾いていて、外よりも涼しい。ひんやりしている。埃とカビの臭いがしたが、あるいはと予想していた生臭い臭気は感じられない。

奥は暗い。だがまったくの暗闇ではなく、地下に降りる階段が見える。そこはあのときとは違って埋もれてはいない。あの事件のあと、梶野少佐は機械力を投入してここを調べさせたのだ。それでも長尾師勝は隠れ続けていたわけだった。

雷光が閃いて、一瞬フロア全体が照らし出された。赤や茶色という色、血の痕跡は、目に入らなかった。なくなっている。わざわざ人の手で洗浄するようなことはしなかったろうから、たぶん、埃に覆われたか、激しい雨水が流れ込んできて洗い流されたかして、自然に痕跡が消されたのだろう、と慧慈は思った。

あのときよりもより荒廃しているように感じられるのは、そうだ、この一帯が乾ききっているせいだ、と慧慈はその理由に思い当たった。あのときは雨が降っていた。埃も洗い流されていたのだ。優しい雨の匂いもしていた。濡れるのはいやだが、あの雨の匂いは好きだ。この雷だ、一雨くればいい、ここなら濡れずにすむ。乗ってきた電子索敵用の特殊車輛スモックには屋根が付いているので、雨の中を出ていくにも無蓋のストライダーのような心配をしなくていい……

そして、そんなことを思い出していられるのだから、自分は大丈夫だ、と思った。志貴という人間をここで自分は殺したが、死者に赦されることは決してないという重みに自分は耐えることができる、と感じた。長尾師勝の復讐心にも対抗できるだろう、と。

ライフルを左手だけで構えてみた。しっかりと支えることができたし、左上腕の傷痕も、意識すれば、わずかに引きつるような違和感があるのがわかるものの、痛みはまったくなかった。不安や恐怖も感じない。

いま心に感じられるのは、人工的に作られたアートルーパーということだけで無条件に殺されかけたことへの怒りと、そのようにして殺された部下への悼みや悔しさの気持ちと、そしてそれとは異なる、哀しみだった。怒りは撃たれた直後にもあったが、部下への哀悼の気持ちや、部下を失ってしまった悔しさ、寂しさは、あのときにはなかった。

なんだろう、この焦燥感を伴っているような絶望感にも似た虚しい感覚は、と慧慈は明るい外のほうに目をやって、そちらに黒い人影の幻を見た。そして、思い当たった。実加の存在だ。あの娘の声を思い出す。

『こいつ、まだくたばっていないよ』

自分は実加にとどめを刺される寸前だったのだ。実加はアートルーパーが憎くて撃とうとしたのではない、とても危険な敵だと信じて、あの事態に対処しただけだろう。でもアートルーパーという存在がどのように危険なのかを実加が理解していたとは思えない。

『あなたの日記を読んでやる、だからあなたは寂しくない』

どちらも同じ実加の言ったことだ。そこに共通するのは、強い孤独感だ。独りでは生きられないというのに、信じられる者がいないゆえに孤独にならざるを得ないという境遇におかれていた、実加。実加のことを思うと、心が切なくなる。自分もまた、同じ境遇だったのだ。そうだ、実加に会ったから、部下を失った悔しさや、部下の死を悼む感情を自分のものにすることができたのだ。実加は、あそこにいるのだろうか、あのD66前進基地に。

「気分はどうだ」と慧琳が言った。「大丈夫か、慧慈」

「ああ」と慧慈はライフルの銃口を下げて、答えた。「わたしは、大丈夫だ」

「地下を調べるなら、ヘルメットを被ったほうがいい。サーチライトの用意も必要だ。ジェイに用意させるか。どうする」

「馬鹿正直に人間の気に入られるように行動する必要はない」

「そうか」と慧琳は緊張した顔でうなずく。「こちらも、覚悟を新たにしよう。このまま部隊から離脱するか、慧慈」

「それは、叛乱軍の動向をもっと摑んでからでも遅くない。それに416ERUを相手にするとなると、簡単には離脱できない。416ERUには高度な索敵能力がある。こっそり離脱してもすぐに捕捉されるだろう。それに、晋彗のことがある。彼の存在は予想外だった。あのアートルーパーをどうするかを決めないと、動きがとれない。——慧琳、みんなを集めろ。シビアな相談を始めよう。こういう、内緒話ができる機会は、あまりない。みんなの覚悟を再確認したい。あとは無言でもやれるようにだ」

「わかった。晋彗に関しては、言いたいことがたくさんある。たぶん、ジェイたちもだ」

慧琳はそう言い、スモックに戻って准兵たちに「地中レーダーの準備ができたら全員降車だ」と命じた。

もっか慧慈のいちばんの関心事はもちろん、どうやってD66前進基地の復興工場に無事にたどり着くか、だった。しかしそれより先に決めておかなくてはならない事項があった。晋彗をどう扱うかについて、だ。

そのアートルーパーの身上は、詳しいことがわからない。晋彗がこの作戦にどういう経緯で参加しているのかということも、わからない。そのため、そのアートルーパーをどう扱えばいいのか、ようするに、仲間として認めてもいいものかどうか、それを慧慈は決められないでいた。それが決まらないと行動計画も立てられない。

同じアートルーパーとして、慧慈はその存在を無視したくはなかった。だが、UNAGから離脱してアートルーパー独自の生存戦略に従って生きるという計画をいまの時点で晋彗に漏らす気にはなれなかった。慧琳の言うとおり、晋彗というアートルーパーは、なにを考えているのかよくわからないのだ。

晋彗は、本部のある野営地では慧慈たちと同じテントで寝泊まりしているのだが、作戦任務では、慧慈小隊には加わっていない。晋彗は梶野少佐の秘書官のような仕事に就いていた。梶野少佐は、晋彗を416ERUとの連絡係として起用した、と慧慈には言っていた。なにしろERUという部隊は独特の雰囲気を持った組織で、うまく使うにはその部隊の性格をよく知っている仲介役や連絡係がいるほうがたしかに便利だろうと、慧慈には理解できた。

石谷少尉というあの隊長の態度は、梶野少佐を支援してもいいが、その命令や指示は受けない、というものだった。実際にその部隊、416ERUは、梶野少佐の指令など待つことなく独自の判断で、情報収集計画、すなわち作戦行動を立てて、実行に移していた。その内容などいちいち梶野少佐のいる本部に報告はしない。そのような煩雑な手続きを免除されているからこそ緊急事態に即応できるのであって、もとよりERUの活動とはそういうものなのだ、ということを慧慈たちは、晋彗の説明で初めて知った。梶野少佐は事前に理解していたようだが、おそらくそれでは面白くないので、連絡係というものを用意し、416ERUにも受け入れられる者として、晋彗というカロリン基地のアートルーパーを選んだのだろう。

あの晋彗の態度は、しかし連絡係などというそんな控えめなものではない、『あのアートルーパーは梶野少佐の副官のつもりでいる』というのが慧琳の晋彗に対する印象の、第一声だった。いや、梶野少佐の副官ではなく石谷少尉の副官だろう、と慧慈が言うと、慧琳は、なるほどそれも言える、とにかく偉そうな態度だ、と憤った。慧琳は、晋彗が自分より下の伍長という階級のくせに『偉そうにしている』ということを憤っているのではない、と慧慈にはわかる。実際に、慧琳にそうなのか、と訊いたのだ。すると慧琳は、『そうじゃない、人間の決めた階級など意味がない……なんであいつに苛立ちを覚えるのか、自分でもよくわからない』と答えていた。慧慈も、そう感じた。晋彗が偉そうにこちらを見下しているようだ、というのはわかるのだが、晋彗が偉さのよりどころにしているのがなんなのか、それが、わからないので、気分が落ち着かないのだ。

じっくりと話しあえばわかるだろうが、しかし晋彗は慧慈小隊のアートルーパーと打ち解ける様子は見せず、それがきょうまで、四日間、続いている。

「あいつは、もしかしたら、アートルーパーに化けている人間じゃないのか」と慧琳が、ふと言った。「いや、冗談だ。でも、あいつは、なんだかアートルーパーである自分自身に慣れていないような、おかしな雰囲気がある。アートルーパーなどというのはこの世にはいない、とでも思っているんじゃないか」

ああ、まさしくそうだ、と慧慈は、慧琳のその言葉がとても腑に落ちた。

きっと晋彗というアートルーパーは、自分が人工的に作られた存在だという事実に、慣れることができないのだろう。アートルーパーなどというのはこの世には存在しない、そんなのは幻想だと納得するために、人間のように振る舞っているのだ。そのように、たしかに見える。

晋彗に対する違和感は、それから生じているのだと、慧慈は慧琳のその言葉で悟った。単純に表現するならば、晋彗は自身のことを自分でアートルーパーだとは認めたくなくて、人間になりたいのだ、ということだが、それとも少し違う。慧琳が言うように、自分自身に慣れていない、という表現はまさに的を射ていると、慧慈は思う。

晋彗は、尊大な態度をとるかと思えば、言葉の端端からは強い劣等意識も感じられた。そうした複雑に屈折した心境というのは、まさにコンプレックスだ、その本音は簡単には解き明かすことができないだろう、彼にも、他人にも。

そのような複雑怪奇な精神をもったアートルーパーに会ったのは、慧慈は初めてだった。晋彗は、慧琳とは正反対に、アートルーパーは人間よりも劣った生き物だと思いこんでいるのだろう、しかしそういう意識を、彼自身は、たぶん自覚していないのだ。

「晋彗伍長は」とスモックから降りてきたジェイが言った。「カロリン基地のアートルーパー教育部隊では優秀であると評価されていましたが、半年ほど前に入院し、それ以降、この作戦に参加するまで訓練教育部隊には戻らずに、個別の指導を受けていました」

「どこで調べた」と慧琳。「いつ知ったんだ」

「破沙基地で、ここに出動する前のことです。カロリン基地の416ERUについて調べていたときに、自分の個人的な興味から、晋彗伍長を含むカロリン基地所属のアートルーパーの軍歴ファイルにアクセスして、知りました」

　ジェイは破沙基地内で、梶野少佐のログインコードを使って、情報の収集をした。それは梶野少佐の許可の下での作業だった。特殊部隊の編制作業の一環として、少佐自身も、416ERUについて詳しく知っておきたかったのだ。形の上では、だから梶野少佐の命令によりジェイがコンピュータを使って情報の収集をしたわけだが、ジェイは慧慈小隊というアートルーパーの利益のために梶野少佐を利用した、というのが本当のところだった。

「そいつが416と一緒に来ることがわかっていれば、もっと詳細に調べておくのだったな」と慧琳。「こんなに重要なことを、どうしていままで黙っていたんだ、ジェイ。訊かれなかったから言わなかっただけだ、などと言い訳をするなよな。答えろ」

「自分は、この事実をそれほど重要な事柄とは認識していませんでした、慧琳軍曹」

「個別指導を受けている、ということの意味がわからなかった、というわけだ——カロリン基地には何名のアートルーパーがいるんだ」

「四名です。晋彗（シンスイ）、英彗（エイスイ）、皐彗（コウスイ）、妖彗（ヨウスイ）という名で——」

「晋彗はこの半年間は、アートルーパーとしては扱われてはいなかったはずだ」と慧琳はジェイを詰問するような口調で訊く。「半年前に入院した、というのは、どこが悪かったんだ。原因はなんだ」

「自分には、そこまではわかりません」とジェイ。「申し訳ありません、慧琳軍曹どの」

「ジェイ、謝らなくていい」と慧琳は言ってやった。「慧琳はべつにきみを批難しているわけじゃない」

「アイ、サー」

「慧慈――」

「慧琳、個別指導を受けている者は、アートルーパーとしては扱われない、とは、どういうことなんだ。わたしにも、わからない。みんなに説明してくれ」

スモックから全員が降りてきていた。無人になったスモックは、ケイがセットしたとおり、地中の様子を探るためにゆっくりと自走を始めた。

サンクは慧慈から離れて床を嗅ぎ回ったりしていたが、全員がそろって緊張した様子を見せているのに気づいて、駆け戻ってきた。

「個別指導というのは」と慧琳が言った。「アートルーパーとして再教育が可能か、それともスクラップにするか、それを見極めるプログラムのことだ。言い方は、いろいろあるようだ。鉤坂大尉は、リフレッシャーにかける、と言っていた。わたしはかつて、その処置を受けて帰ってこなかったアートルーパーを知っている」

「この、個別指導が、それだ、とは断定できないだろう、慧琳。晋彗は優秀だそうだし――」

「いや、まともではない。教育部隊に戻っていない、というのが、なによりの根拠だ。梶野少佐は、たぶん個別指導の意味を知らない。廃棄処分されてもいいような、カスを少佐は掴まされたんだ。カロリン基地側が、簡単に優秀なアートルーパーを手放すはずがない……これで、すべて、納得できる。晋彗というアートルーパーは、壊れているんだよ、慧慈。間違いない」

「慧琳、自分がなにを言っているのか、わかっているんだろうな？」

「晋彗を侮辱し、名誉を傷つけている、ということか」

「そうだ」

「彼は、アートルーパーではない。まず間違いない」

「アートルーパーでなければ、なんだ。人間ではない、アートルーパーでもない。では彼はなんだ、慧琳。物か、それとも、ゴミか。言ってみろ」

「慧慈……あなたは、あいつの肩を持つのか」

「きみはなぜ、持たない」

「まともなアートルーパーではないと思うからだ」

「サンクは」

「なに？」

「サンクはアートルーパーだ、とでもいうのか」

「サンクは、サンクだ。人造犬として壊れてはいない」

「壊れているなら、直せばいい。どうしてそう思わないんだ、慧琳」

「われわれには、そんな時間はないはずだ。UNAGから離脱するという覚悟を、あなた自身、この場で再確認したばかりだろう、慧慈。そもそも、晋彗は、梶野少佐のスパイかもしれないんだ。少佐は、晋彗が壊れているのを承知の上で拾ってきて、われわれの監視役に晋彗を利用しようとしているのかも――」

「言い訳をするんじゃない、慧琳」

「言い訳だと？ なにを怒っているんだ。頭を冷やせ――」

「きみは、晋彗にどれだけひどいことを言っているか、自覚しているだろう。意識して晋彗を貶(おとし)めているんだ。それほどの悪意をぶつけられるほどの、なにを晋彗がして、きみはなにをされたというんだ？ 晋彗の肩を持つのは当然だろう、わたしがそうしなければ、彼を護る者は、だれもいないだろうからな」

「やつを仲間にしようというのか」

「仲間にするもしないもない、同じアートルーパーだ、と言っている。きみは、そうではない、と言う。ならば、なんだ。答えをまだ聞いていない。答えろ、慧琳」

慧慈には、慧琳の気持ちはわかっていた。晋彗は鼻持ちならない相手だと慧慈も思っていた。しかし、慧琳の態度を認めるわけにはいかなかった。

「わからないのか、慧琳」と慧慈は続けた。「きみは、使い物にならないアートルーパーはアートルーパーではない、と言っているんだぞ」

「……仲間にするのは危険だ。そうだろう」

「きみのその考えは、人間の価値観だ。気がつかないのか。そういう態度は、晋彗もそうなんだよ。晋彗も、人間の価値観に毒されているんだ。彼は、アートルーパーに化けている人間ではなく、人間に化けようとしているアートルーパーだ。きみも、人間の価値観でもって、晋彗を切り捨てようとしている。同じじゃないか。晋彗を侮辱するのは、きみ自身を傷つけることだ」

「現実的に見てくれ、慧慈」と慧琳は少し自信をなくした口調で、言った。「彼を仲間にして、事を起こせると、本気で思うのか」

「答えろ、慧琳。晋彗がアートルーパーでないなら、なんだ」

「あなたは、晋彗がまともなアートルーパーだと、本当に思っているのか？」

「答えろ。命令だ」

突然、サンクが、バウ、と慧琳に向かって吠えた。ボスへの忠誠、または応援だ、と慧慈は思う。サンクにとっては、慧琳はいちおう同じ群のなかで暮らしてはいるが、しかしボスの座を狙う油断のならない存在で、サンク自身は、慧慈を絶対的に支援しようとしているのだ。

「晋彗は、アートルーパー以前の状態に退行した人造人間だ」サンクに吠えられた慧琳は、それで活を入れられて素早く頭を働かせることができたかのように、さらりと答えた。「われわれも、生産された直後はそうだった。教育を受けてアートルーパーに成長するんだ。だが、ときどき、なんらかの原因で、退行現象を起こす。いまの晋彗は、その状態だ。リフレッシャーにかけるか、個別指導が必要だ。今作戦の任務がこなせる状態ではない」

「わたしなら、もっと端的に言える」

「ぜひ聞かせてくれ」

「晋彗は、病気だ。治療が必要だ。人間にはおそらく治せない。アートルーパーにしか、できないだろう。梶野少佐には、わたしから、そう進言する」

「本気か、慧慈」

「まともなアートルーパーなら、みなそう言うだろう」

「例の計画はどうなる」

「例の、とはなんだ。盗聴されている心配はない、はっきり言ってみろ、慧琳」

「UNAGからの離脱だ」

「アートルーパーの独立だ。晋彗はアートルーパーだ。彼を見捨てることはできない」

「そのために、独立の実現が遅れることになってもいいというのか。われわれは、まだその取っかかりすら摑んではいないんだぞ」

「急ぐことはない。復興工場は逃げてはいかないし、あの寿命はわれわれよりもずっと長い。なにも心配することはない」

「准兵たちの意見も聞こうじゃないか。この問題は、われわれの生命に関わる問題だ」

「いいだろう」と慧慈はうなずいた。「なんでも言ってくれ」

「梶野少佐は、わたしたちを分裂させることを狙って、アートルーパーとしてはイレギュラーな状態にある現在の晋彗伍長の性質を利用しているのかもしれません」とジェイが言った。

「梶野少佐は、われわれの離脱を予想している、というのか」と慧琳。

「少佐がそこまで意識しているなら、われわれはこの作戦には使われなかっただろう」と慧慈。「梶野少佐はこの叛乱事件で人間不信に陥ったが、たぶんアートルーパーについても完全には信用していない。それでアートルーパーを仲間どうし結束させたくないとは思っているだろう、というのはたしかに考えられる。しかし、だから晋彗がそれに利用できると少佐が考えたというのは、深読みのしすぎだろう」

「晋彗伍長についてのさらなる情報収集は必要です」とケイが言った。

「彼は、エリファレットモデルではないな」と慧琳は、晋彗を、やつ、とは言わず、彼、と呼んで、言った。「インテジャーモデルでもない」

「二世代目だろう」と慧慈は言った。「わたしのかつての部下が、そうだった。わたし自身はモデルの違いというのは意識しなかったが」

「二世代目というのは、わたしは知らない」と慧琳。

「ニュートリシャスと言われるモデルです」とエムが言った。「ハードウェアとしては安定したタイプであると聞いています」

「しかし、病気ならば、治療すべきだとわたしは思います」とエルが言った。「人間には治せない種類の病である、という慧慈隊長のご意見にわたしは賛同します。わたしも、そう感じます」

「しかし、結論を長引かせるのは、あまり好ましくはありません」とジェイが言った。「破沙基地で状況分析をして叛乱軍の戦略予想をしましたが、彼らが復興工場を最大限に利用してのUNAGへの対抗策を考えているのはほぼ確実です。UNAGを壊滅的な状況に追い込む最終的な手段を使ってくる可能性もあります」

「すべてを道づれに、自滅というパターンも考えただろう」と慧琳。「人間なら、やりかねない。なにしろ、人間は月を空から落として消してしまったくらいなんだ」

たしかに、追いつめられたならば、やりかねないと慧慈は思った。叛乱軍はこちらの都合など待ってはくれないだろう。

しかし、晋彗と打ち解けて、その本音を捉えるくらいの余裕はあるはずだ、と慧慈は思った。だが、それは、晋彗の出現が予想外のことだったように、またしても現実に裏切られることになった。

自走していたスモックが、突然、けたたましいサイレンを鳴らして、停止した。

「スモックが敵性目標を発見しました」とエルが叫んで、スモックに駆け戻った。

「地下だぞ」と慧琳。

スモックは地中を調べていたのだから、その判断は当然だったが、実際は違っていた。

「乗車してください、退避します」

エルの声がスピーカーから響いた。

「総員乗車、退避だ」と慧慈は叫び、サンクを呼んで走った。

「D66前進基地から短射程のクルーズミサイルが発射されたとの、本部からの緊急通信です」

本部は空中波を使って警告してきたのだ。

「目標は、ここ、ミレニアム・タワー。いま、こちらでも目標をキャッチしました。着弾まで、約四分」

「全速力で離れるんだ」

叛乱軍は、もちろん、叩くべき敵がここにいることを知ったから攻撃を仕掛けてきたのだ。慧慈は、そして、全員が、そう信じて疑わなかった。だが、それもまた、事実はその慧慈たちの解釈とは少し異なっていた。

そのミサイルは、破壊ではなく、創造のためのものだったのだ。が、このときの慧慈には、それを確認している余裕などなかった。それは、正しい行動と言えた。命中すれば死ぬという思いについては、事実だったから。

本書は、二〇〇四年四月に早川書房より単行本として
刊行された作品を文庫化したものです。

あなたの魂に安らぎあれ

神林長平

核戦争後の放射能汚染は、火星の人間たちを地下の空洞都市へ閉じ込め、アンドロイドに地上で自由を謳歌する権利を与えた。有機アンドロイドは、いまや遥かにすぐれた機能をもつ都市を創りあげていた。だが、繁栄をきわめる有機アンドロイドたちにはひとつの伝説があった。破壊神エンズビルが現われ、すべてを破壊しつくすという……。人間対アンドロイドの緊張たかまる火星を描く傑作長篇

ハヤカワ文庫

帝王の殻

神林長平

火星ではひとりが一個、銀色のボール状のパーソナル人工脳を持っている。それは、子供が誕生したその日から経験データを蓄積し、巨大企業・秋沙能研所有の都市部を覆うアイサネットを通じて制御され、人工副脳となるのだ。そして、事実上火星を支配する秋沙能研の当主である秋沙享臣は「帝王」と呼ばれていた……。人間を凌駕する機械知性の存在を問う、火星三部作の第二作。

ハヤカワ文庫

絞首台の黙示録

神林長平

長野県松本で暮らす作家のぼくは、連絡がとれない父・伊郷由史の安否を確認するため、新潟の実家へと戻った。生後三カ月で亡くなった双子の兄とぼくに、それぞれ〈文〉〈工〉と書いて同じタクミと読ませる名付けをした父。だが、実家で父の不在を確認したぼくは、タクミを名乗る自分そっくりな男の訪問を受ける。彼は育ての親を殺して死刑になってから、ここへ来たというのだが……。

ハヤカワ文庫

マルドゥック・アノニマス1

冲方 丁

『スクランブル』から二年。自らの人生を取り戻したバロットは勉学に励み、ウフコックは新たなパートナーのロックらと事件解決の日々を送っていた。そんなイースターズ・オフィスに、弁護士サムから企業の内部告発者ケネス・C・Oの保護依頼が持ち込まれた。調査に赴いたウフコックとロックは都市の新勢力〈クインテット〉と遭遇する。それは悪徳と死者をめぐる最後の遍歴の始まりだった

コロロギ岳から木星トロヤへ

小川一水

西暦二二三一年、木星前方トロヤ群の小惑星アキレス。戦争に敗れたトロヤ人たちは、ヴェスタ人の支配下で屈辱的な生活を送っていた。そんなある日、終戦広場に放置された宇宙戦艦に忍び込んだ少年リュセージとワランキは信じられないものを目にする。いっぽう二〇一四年、北アルプス・コロロギ岳の山頂観測所。太陽観測に従事する天文学者、岳樺百葉（だけかんばももは）のもとを訪れたのは……異色の時間SF長篇

ハヤカワ文庫

疾走！千マイル急行（上・下）

小川一水

名門中等院に通うテオは、文明国エイヴァリーの粋を集めた寝台列車・千マイル急行で旅に出た。父親と「本物の友達を作る」約束を交わして――だが途中、ルテニア軍の襲撃を受ける。装甲列車の活躍により危機を脱するも、祖国はすでに占領されていた。テオたちは救援を求め東大陸の采陽（サイヨー）を目指す決意をするが、苦難の旅程は始まったばかりだった。小川一水の描く「陸」の名作。

解説／鈴木力

華竜の宮（上・下）

上田早夕里

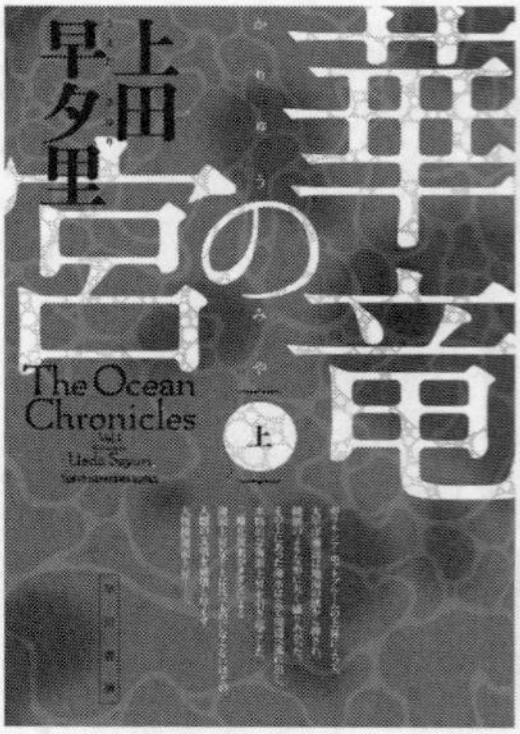

海底隆起で多くの陸地が水没した25世紀。陸上民はわずかな土地と海上都市で高度な情報社会を維持し、海上民は〈魚舟〉と呼ばれる生物船を駆り生活していた。青澄誠司は日本の外交官としてさまざまな組織と共存するために交渉を重ねてきたが、この星が近い将来再度もたらす過酷な試練は、彼の理念とあらゆる生命の運命を根底から脅かす――。第32回日本SF大賞受賞作。　解説／渡邊利道

著者略歴　1953年生，長岡工業高等専門学校卒　作家　著書『戦闘妖精・雪風〈改〉』『魂の駆動体』『敵は海賊・A級の敵』（以上早川書房刊）他多数

HM=Hayakawa Mystery
SF=Science Fiction
JA=Japanese Author
NV=Novel
NF=Nonfiction
FT=Fantasy

膚(はだえ)の下(した)
〔上〕

〈JA881〉

二〇〇七年三月三十一日　発行
二〇一九年九月　十五日　二刷
（定価はカバーに表示してあります）

著　者　神林長平(かんばやしちょうへい)
発行者　早川　浩
印刷者　西村文孝
発行所　株式会社　早川書房

郵便番号　一〇一 - 〇〇四六
東京都千代田区神田多町二ノ二
電話　〇三 - 三二五二 - 三一一一
振替　〇〇一六〇 - 三 - 四七七九九
https://www.hayakawa-online.co.jp

乱丁・落丁本は小社制作部宛お送り下さい。
送料小社負担にてお取りかえいたします。

印刷・精文堂印刷株式会社　製本・株式会社川島製本所

ISBN978-4-15-030881-0 C0193

本書は活字が大きく読みやすい〈トールサイズ〉です。